文學研究叢書·古典詩學叢刊

南北朝詩歌韻轍研究（下）

丘彥遂　著

目次

上冊

南北朝詩歌韻譜

【說明】

一、所有編號為筆者所加，為的只是方便計算和查找。

二、韻腳所屬韻目，暫以《廣韻》206 韻為代表。

三、韻腳字若有破讀，則選擇同一個韻段中能夠合韻者，以「同韻」
優先，其次「同攝」。

四、有些韻腳字需要釋讀，凡需要釋讀的韻腳字，一律比對原文，並
注明出處。[1]

壹　宋詩韻譜

宋詩卷一

1〈遊羅浮山詩〉王叔之（逯 1129）
封（鍾）。峯（鍾）。重（鍾）。容（鍾）。

2〈擬古詩〉王叔之（逯 1129）
趾（止）。子（止）。市（止）。

3〈勞歌二首〉伍輯之（逯 1130）
　3.1長（陽）。霜（陽）。康（唐）。光（唐）。望（陽）。央（陽）。
傷（陽）。

1　在文字釋讀方面，曾多次請教同事林清源教授，獲益良多，特此致謝。

3.2 枝（支）。萎（支）。期（之）。危（支）。澌^2（支）。奇（支）。知（支）。

4 〈赴中書郎詩〉卞伯玉（逯 1130）
已（止）。裏（止）。

5 〈九日從宋公戲馬臺集送孔令詩〉謝瞻（逯 1131）
工（東一）。叢（東一）。鴻（東一）。穹（東三）。宮（東三）。桐（東一）。窮（東三）。終（東三）。蓬（東三）。

6 〈答康樂秋霽詩〉謝瞻（逯 1132）
清（清）。盈（清）。寧（青）。誠（清）。情（清）。輕（清）。生（庚二）。

7 〈於安城答靈運詩〉（五章）謝瞻（逯 1132）
7.1 潘（稕）。胤（震）。訊（震）。峻（稕）。
7.2 響（養）。賞（養）。長（養）。廣（蕩）。
7.3 樂（覺）。曲（燭）。邈（覺）。篤（沃）。
7.4 隸（代）。內（隊）。對（隊）。愛（代）。
7.5 仞（震）。吝（震）。峻（稕）。進（震）。訊（震）。

8 〈王撫軍庾西陽集別時為豫章太守庾被徵還東詩〉謝瞻（逯 1133）
服（屋三）。牧（屋三）。宿（屋三）。速（屋一）。陸（屋三）。僕（屋一）。隩（屋一）。復（屋三）。牘（屋一）。

9 〈經張子房廟詩〉謝瞻（逯 1133）
章（陽）。亡（陽）。殤（陽）。光（唐）。王（陽）。昌（陽）。槍（陽）。皇（唐）。鄉（陽）。疆（陽）。荒（唐）。陽（陽）。嘗（陽）。忘（陽）。行（唐）。場（陽）。方（陽）。良（陽）。康（唐）。

2　《康熙字典・水部・十二》：「澌，《唐韻》息移切。《集韻》、《韻會》相支切，《正韻》相咨切，丛音斯。」

10〈遊西池詩〉謝瞻（逯 1134）

過（戈）。霞（麻二）。阿（歌）。柯（歌）。何（歌）。

11〈置酒高堂上〉孔欣（逯 1134）

生（庚二）。檽（青）。青（青）。楹（清）。聲（清）。情（清）。鳴（庚三）。榮（庚三）。誠（清）。征（清）。停（青）。名（清）。

12〈相逢狹路間〉孔欣（逯 1134）

躅（虞）。衢（虞）。如（魚）。驅（虞）。渝（虞）。盧（魚）。樞（虞）。胥（魚）。廬（魚）。書（魚）。娛（虞）。

13〈猛虎行〉孔欣（逯 1135）

里（止）。始（止）。

14〈祠太廟〉孔欣（逯 1135）

祀（止）。軌（旨）。起（止）。止（止）。已（止）。

15〈元嘉七年以滑臺戰守彌時遂至陷沒乃作詩〉宋文帝劉義隆（逯 1136）

仇（尤）。休（尤）。收（尤）。囚（尤）。修（尤）。秋（尤）。仇（尤）。憂（尤）。瘳（尤）。浮（尤）。州（尤）。籌（尤）。猷（尤）。流（尤）。

16〈北伐詩〉宋文帝劉義隆（逯 1136）

始（止）。以（止）。祀（止）。起（止）。否（旨）。鄙（旨）。已（止）。軌（旨）。俟（止）。里（止）。耻（止）。子（止）。士（止）。

17〈登景陽樓詩〉宋文帝劉義隆（逯 1136）

17.1成（清）。屏（清）。清（清）。莖（耕）。京（庚三）。英（庚三）。

17.2城（清）。旌（清）。[3]

3　逯欽立認為兩篇當為一首，其說有理。

18〈登半石山詩〉宗炳（逯1137）
　洒（紙）。委（紙）。詭（紙）。髓（紙）。

19〈登白鳥山詩〉宗炳（逯1137）
　擬（止）。里（止）。起（止）。

20〈櫂歌行〉孔甯子（逯1138）
　時（之）。嬉（之）。旗（之）。枝（支）。辭（之）。思（之）。絲
　（之）。坻（脂）。夷（脂）。期（之）。

21〈前緩聲歌〉孔甯子（逯1138）
　亞（禡二）。暇（禡二）。駕（禡二）。樹（禡三）。夏（禡二）。化
　（禡二）。夜（禡三）。舍（禡三）。蜡（禡二）。

22〈從武帝平閩中詩〉傅亮（逯1139）
　方（陽）。行（唐）。芒（唐）。

23〈從征詩〉傅亮（逯1139）
　鄉（陽）。翔（陽）。行（唐）。芒（唐）。

24〈奉迎大駕道路賦詩〉傅亮（逯1139）
　舟（尤）。球（尤）。尤（尤）。收（尤）。輈（尤）。留（尤）。修
　（尤）。謀（尤）。酬（尤）。浮（尤）。由（尤）。謳（侯）。

25〈冬至〉傅亮（逯1140）
　陸（屋三）。馥（屋三）。

26〈彭城會詩〉謝晦（逯1140）
　塵（真）。輪（諄）。

27〈悲人道〉謝晦（逯1140）
　難（寒）。[4]安（寒）。源（元）。門（魂）。延（仙）。愆（仙）。皇
　（唐）。綱（唐）。房（陽）。章（陽）。牀（陽）。忘（陽）。王
　（陽）。亡（陽）。光（唐）。荒（唐）。喪（唐）。遑（唐）。彰

4　詩句原作「悲人道兮悲人道之實難。」中間不句讀。惟此詩二句一韻，因而重新斷
　句為「悲人道兮。悲人道之實難。」

（陽）。疆（陽）。昌（陽）。康（唐）。蕃（元）。煌（唐）。桓
（桓）。旰⁵（寒）。翰（寒）。再（代）。裁（代）。貸（代）。瘣
（隊）。民（真）。申（真）。臻（臻）。轔（真）。陳（真）。倫
（諄）。湮（真）。輪（諄）。振（真）。旬（諄）。塵（真）。遵
（諄）。人（真）。陳（真）。吝（震）。舋（震）。振（震）。信
（震）。嬰（清）。生（庚二）。亭（青）。丁（青）。蹴（屋三）。族
（屋一）。鞠（屋三）。戮（屋三）。復（屋三）。牧（屋三）。福
（屋三）。叔（屋三）。哲（薛）。缺（薛）。滅（薛）。絕（薛）。戾
（屑）。雪（薛）。義（寘）。寄（寘）。詖（寘）。易（寘）。議
（寘）。寘（寘）。智（寘）。克（德）。得（德）。惑（德）。則
（德）。

28〈連句詩〉謝晦（逯 1142）
　　力（職）。陟（職）。

29〈連句詩〉謝世基（逯 1142）
　　翼（職）。食（職）。

30〈行經張子房廟詩〉鄭鮮之（逯 1143）
　　淪（諄）。濱（真）。鱗（真）。

31〈經漢高廟詩〉范泰（逯 1143）
　　分（文）。氛（文）。雄（東三）。風（東三）。隆（東三）。

32〈鸞鳥詩〉范泰（逯 1144）
　　際（祭）。厲（祭）。勢（祭）。契（霽）。弊（祭）。

33〈九月九日詩〉范泰（逯 1144）
　　候（候）。茂（候）。

34〈詠老〉⁶范泰（存疑）（逯 1144）
　　老（晧）。抱（晧）。造（晧）。

5　《集韻》卷二又居寒切，音干。日行也。
6　原作「詩」，據《古詩紀》卷六十三作「詠老」。

宋詩卷二

35〈善哉行〉謝靈運（逯1147）
　　落（鐸）。薄（鐸）。索（鐸）。卻（藥）。譴（藥）。萼（鐸）。鑠（藥）。酌（藥）。瘼（鐸）。樂（鐸）。

36〈隴西行〉謝靈運（逯1148）
　　篇（仙）。泉（仙）。閑（山）。便（仙）。圓（仙）。園（元）。篇（仙）。

37〈日出東南隅行〉謝靈運（逯1148）
　　山（山）。泉（仙）。軒（元）。璠（元）。暄（元）。

38〈長歌行〉謝靈運（逯1148）
　　團（桓）。安（寒）。湍（桓）。端（桓）。顏（刪）。桓（桓）。闌（寒）。歎（寒）。觀（桓）。歡（桓）。

39〈苦寒行〉謝靈運（逯1148）
　　落（鐸）。壑（鐸）。涸（鐸）。

40〈苦寒行〉謝靈運（逯1149）
　　飡（寒）。酸（桓）。

41〈豫章行〉謝靈運（逯1149）
　　敧（支）。期（之）。嶷（之）。

42〈相逢行〉謝靈運（逯1149）
　　道（晧）。草（晧）。抱（晧）。保（晧）。槁（晧）。早（晧）。老（晧）。好（晧）。鳥（篠）。造（晧）。燥（晧）。寶（晧）。繞（小）。曉（篠）。了（篠）。縞（晧）。

43〈折楊柳行〉謝靈運（逯1150）
　　雪（薛）。潔（屑）。節（屑）。滅（薛）。拔（月）。哲（薛）。

44〈泰山吟〉謝靈運（逯1150）
　　天（先）。綿（仙）。然（仙）。篇（仙）。

45〈君子有所思行〉謝靈運（逯 1150）

畿（微）。歸（微）。闈（微）。逵（脂）。詩（之）。徽（微）。飛（微）。歸（微）。飢（脂）。譏（微）。

46〈悲哉行〉謝靈運（逯 1151）

生（庚二）。情（清）。榮（庚三）。聲（清）。清（清）。生（庚二）。縈（清）。并（清）。榮（庚三）。形（青）。聽（青）。

47〈會吟行〉謝靈運（逯 1151）

音（侵）。吟（侵）。初（魚）。敷（虞）。始（止）。汜（止）。理（止）。里（止）。杞（止）。似（止）。雉（旨）。沚（止）。子（止）。紀（止）。止（止）。市（止）。梓（止）。已（止）。

48〈緩歌行〉謝靈運（逯 1152）

丘（尤）。浮（尤）。洲（尤）。旒（尤）。

49〈燕歌行〉謝靈運（逯 1152）

成（清）。庭（青）。楹（清）。城（清）。征（清）。鳴（庚三）。纓（清）。箏（耕）。聲（清）。屏（清）。清（清）。星（青）。

50〈鞠歌行〉謝靈運（逯 1152）

鄰（真）。因（真）。雲（文）。陳（真）。淪（諄）。真（真）。親（真）。斤（欣）。人（真）。辰（真）。

51〈順東西門行〉謝靈運（逯 1152）

間（山）。泉（仙）。川（仙）。旋（仙）。山（山）。言（元）。年（先）。牽（先）。絃（先）。然（仙）。

52〈上留田行〉謝靈運（逯 1153）

道（晧）。道（晧）。皎（篠）。夫（虞）。夫（虞）。驅（虞）。適（昔）。適（昔）。夕（昔）。就（宥）。就（宥）。袖（宥）。憂（尤）。憂（尤）。留（尤）。

53〈三月三日侍宴西池詩〉謝靈運（逯 1153）

傳（仙）。天（先）。艱（山）。眷（線）。衍（線）。殿（霰）。宴（霰）。

54〈贈從弟弘元詩〉（六章）謝靈運（逯 1154）

　　54.1羨（齊）。谿（齊）。諧（皆）。栖（齊）。

　　54.2泉（仙）。天（先）。宣（仙）。藩（元）。

　　54.3征（清）。情（清）。溟（青）。聲（清）。

　　54.4湍（桓）。難（寒）。翰（寒）。歎（寒）。

　　54.5薄（鐸）。獲（麥）。落（鐸）。託（鐸）。

　　54.6本（混）。卷（獮）。善（獮）。遠（阮）。轉（獮）。反
　　　　（阮）。

55〈答中書詩〉（八章）謝靈運（逯 1154）

　　55.1玉（燭）。岳（覺）。族（屋一）。牘（屋一）。

　　55.2里（止）。恥（止）。史（止）。喜（止）。

　　55.3端（桓）。官（桓）。蘭（寒）。歎（寒）。

　　55.4庸（鍾）。從（鍾）。蹤（鍾）。龍（鍾）。

　　55.5萍（青）。明（庚三）。征（清）。荊（庚三）。

　　55.6郢（靜）。永（梗三）。甯[7]（梗三）。省（梗三）。

　　55.7已（止）。李（止）。玘（止）。耳（止）。起（止）。子
　　　　（止）。

　　55.8天（先）。閑（山）。園（元）。篇（仙）。捐（仙）。旋
　　　　（仙）。

56〈贈從弟弘元時為中軍功曹住京詩〉（五章）謝靈運（逯 1155）

　　56.1姜（陽）。祥（陽）。光（唐）。芳（陽）。

　　56.2經（青）。情（清）。成（清）。生（庚二）。

　　56.3止（止）。士（止）。紀（止）。鄙（旨）。

　　56.4娛（虞）。徂（模）。衢（虞）。殊（虞）。

　　56.5襟（侵）。侵（侵）。心（侵）。音（侵）。

7　原缺，逯欽立（1983:1155）認為當是「甯」字。

57〈贈安成詩〉（七章）謝靈運（逯 1155）

57.1從（鍾）。宗（冬）。聰（東一）。崇（東三）。

57.2傳（仙）。賢（先）。蕃（元）。宣（仙）。

57.3聲（清）。生（庚二）。情（清）。生（庚二）。

57.4懷（皆）。黎（齊）。譏（微）。飛（微）。

57.5斥（昔）。跡（昔）。拆[8]（陌二）。慼（錫）。

57.6鮮（仙）。弦（先）。偏（仙）。言（元）。

57.7薰（文）。雲（文）。塵（真）。汾（文）。文（文）。

58〈答謝諮議詩〉（八章）謝靈運（逯 1156）

58.1飛（微）。沂（微）。稀（微）。違（微）。

58.2周（尤）。疇（尤）。仇（尤）。留（尤）。

58.3垠（欣）。勤（欣）。濆（文）。紛（文）。

58.4顯（銑）。演（獮）。典（銑）。洗（銑）。

58.5敬（映三）。定（徑）。性（勁）。詠（映三）。

58.6泰（泰）。帶（泰）。籟（泰）。害（泰）。

58.7從（鍾）。風（東三）。逢（鍾）。同（東一）。

58.8名（清）。馨（青）。冥（青）。輕（清）。

59〈述祖德詩二首〉謝靈運（逯 1157）

59.1雲（文）。氛（文）。民（真）。軍（文）。分（文）。人（真）。塵（真）。綸（諄）。屯（諄）。民（真）。

59.2已（止）。始（止）。圮[9]（旨）。子（止）。理（止）。軌（旨）。止（止）。裏（止）。梓（止）。美（旨）。

---

8 本字作「坼」、「㼜」。

9 本作「圯」，《說文》：「東楚謂橋為圯。」之韻。今改作「圮」，《說文》：「毀也。」旨韻。詩句：「河外無反正。江介有蹙圯。」《文選》李善注：「河外，西晉也。《公羊傳》曰：撥亂反正，莫近於春秋。江介，東晉也。《左氏傳》曰：以敝邑褊小，介於大國。杜預曰：介，間也。《毛詩》曰：今也蹙國百里。《爾雅》曰：圮，敗覆也。」《類篇》卷六：「蹙，又子六切。迫也。亦書作蹙。」

60〈九日從宋公戲馬臺集送孔令詩〉謝靈運（逯 1157）

　　雪（薛）。絜（屑）。節（屑）。哲（薛）。缺（薛）。悅（薛）。列
　　（薛）。閱（屑）。轍（薛）。別（薛）。劣（薛）。

61〈彭城宮中直感歲暮詩〉謝靈運（逯 1158）

　　殫（寒）。歡（桓）。顏（刪）。蘭（寒）。

62〈從遊京口北固應詔詩〉謝靈運（逯 1158）

　　高（豪）。超（宵）。鑣（宵）。椒（宵）。潮（宵）。皋（豪）。桃
　　（豪）。昭（宵）。苗（宵）。巢（肴）。謠（宵）。

63〈永初三年七月十六日之郡初發都詩〉謝靈運（逯 1159）

　　素（暮）。露（暮）。暮（暮）。故（暮）。度（暮）。步（暮）。惡
　　（暮）。慕（暮）。顧（暮）。瓠（暮）。路（暮）。悟（暮）。

64〈鄰里相送至方山詩〉謝靈運（逯 1159）

　　越（月）。發（月）。月（月）。歇（月）。闕（月）。別（薛）。薎
　　（屑）。

65〈過始寧墅詩〉謝靈運（逯 1159）

　　遷（仙）。年（先）。堅（先）。便（仙）。山（山）。沿（仙）。綿
　　（仙）。漣（仙）。巔（先）。旋（仙）。言（元）。

66〈富春渚詩〉謝靈運（逯 1160）

　　郭（鐸）。薄（鐸）。錯（鐸）。壑（鐸）。託（鐸）。弱（藥）。諾
　　（鐸）。落（鐸）。蠖（鐸）。

67〈七里瀨詩〉謝靈運（逯 1160）

　　眺（嘯）。峭（笑）。曜（笑）。嘯（嘯）。妙（笑）。誚（笑）。釣
　　（嘯）。調（嘯）。

68〈晚出西射堂詩〉謝靈運（逯 1160）

　　岑（侵）。沈（侵）。陰（侵）。深（侵）。林（侵）。心（侵）。衿
　　（侵）。琴（侵）。

69〈登池上樓詩〉謝靈運（逯 1161）

音（侵）。沈（侵）。任（侵）。林（侵）。臨（侵）。嶔（侵）。陰（侵）。禽（侵）。吟（侵）。心（侵）。今（侵）。

70〈遊南亭詩〉謝靈運（逯 1161）

馳（支）。規（支）。歧（支）。池（支）。移（支）。垂（支）。斯（支）。崖（支）。知（支）。

71〈遊赤石進帆海詩〉謝靈運（逯 1162）

歇（月）。沒（沒）。髮（月）。發（月）。月（月）。越（月）。闕（月）。忽（沒）。伐（月）。

72〈登江中孤嶼詩〉謝靈運（逯 1162）

旋（仙）。延（仙）。川（仙）。鮮（仙）。傳（仙）。緣（仙）。年（先）。

73〈登永嘉綠嶂山詩〉謝靈運（逯 1162）

室（質）。畢（質）。質（質）。密（質）。日（質）。悉（質）。吉（質）。匹（質）。一（質）。出（術）。

74〈郡東山望溟海詩〉謝靈運（逯 1163）

悠（尤）。憂（尤）。丘（尤）。洲（尤）。流（尤）。遒（尤）。求（尤）。

75〈遊嶺門山詩〉謝靈運（逯 1163）

吏（志）。嗣（志）。意（志）。思（志）。喜（志）。異（志）。駛（志）。茝（至）。志（志）。

76〈石室山詩〉謝靈運（逯 1164）

郊（肴）。高（豪）。椒（宵）。朝（宵）。霄（宵）。喬（宵）。交（肴）。條（蕭）。

77〈登石室飯僧詩〉謝靈運（逯 1164）

浦（姥）。戶（姥）。莽（姥）。覩（姥）。鼓（姥）。虎（姥）。土（姥）。苦（姥）。

78〈登上戍石鼓山詩〉謝靈運（逯 1164）

接（葉）。涉（葉）。躡（葉）。協（怗）。狹（洽）。疊（怗）。葉
（葉）。燮（怗）。愜（怗）。

79〈石壁立招提精舍詩〉謝靈運（逯 1165）
已（止）。始（止）。齒（止）。起（止）。俟（止）。軌（旨）。裏
（止）。理（止）。

80〈石壁精舍還湖中作詩〉謝靈運（逯 1165）
暉（微）。歸（微）。微（微）。霏（微）。依（微）。扉（微）。違
（微）。推（脂）。

81〈登石門最高頂詩〉謝靈運（逯 1165）
棲（齊）。溪（齊）。階[10]（皆）。迷（齊）。蹊（齊）。嗁（齊）。攜
（齊）。羡（齊）。排（皆）。梯（齊）。

82〈石門新營所住四面高山迴溪石瀨茂林脩竹詩〉謝靈運（逯
1166）
門（魂）。捫（魂）。繁（元）。敦（魂）。罇（魂）。翻（元）。諼
（元）。猿（元）。嗷（魂）。奔（魂）。存（魂）。魂（魂）。論（魂）。

83〈從斤竹澗越嶺溪行詩〉謝靈運（逯 1166）
顯（銑）。泫（銑）。峴（銑）。緬（獮）。轉（獮）。淺（獮）。卷
（獮）。眼（產）。展（獮）。辨（獮）。遣（獮）。

84〈過白岸亭詩〉謝靈運（逯 1167）
屋（屋一）。木（屋一）。曲（燭）。屬（燭）。鹿（屋一）。樂
（覺）。慽（錫）。朴（覺）。

85〈石門岩上宿詩〉謝靈運（逯 1167）
歇（月）。月（月）。發（月）。越（月）。伐（月）。髮（月）。

86〈行田登海口盤嶼山詩〉謝靈運（逯 1168）
風（東三）。東（東一）。容（鍾）。峯（鍾）。

---

10 詩句原作「積石擁階基」，據《文選》卷二十二改作「積石擁基階」。

87〈白石巖下徑行田詩〉謝靈運（逯 1168）
生（庚二）。情（清）。齡（青）。營（清）。汀（青）。并（清）。萌
（耕）。京（庚三）。誠（清）。

88〈齋中讀書詩〉謝靈運（逯 1168）
壑（鐸）。寞（鐸）。雀（藥）。作（鐸）。謔（藥）。閣（鐸）。樂
（鐸）。託（鐸）。

89〈讀書齋詩〉謝靈運（逯 1168）
尋（侵）。深（侵）。陰（侵）。侵（侵）。

90〈命學士講書詩〉謝靈運（逯 1169）
城（清）。生（庚二）。榮（庚三）。成（清）。經（青）。鍘（青）。
聲（清）。情（清）。明（庚三）。

91〈種桑詩〉謝靈運（逯 1169）
剔（錫）。績（錫）。益（昔）。隙（陌三）。場（昔）。跡（昔）。役
（昔）。

宋詩卷三

92〈初去郡詩〉謝靈運（逯 1171）
榮（庚三）。生（庚二）。名（清）。耕（耕）。并（清）。卿（庚
三）。生（庚二）。荊（庚三）。平（庚三）。迎（庚三）。坰（青）。
行（庚二）。明（庚二）。英（庚三）。停（青）。情（清）。

93〈北亭與吏民別詩〉謝靈運（逯 1171）
軍（文）。雲（文）。群（文）。民（真）。勤（欣）。塵（真）。濱
（真）。振（真）。綸（諄）。身（真）。旻（真）。津（真）。因
（真）。身（真）。

94〈田南樹園激流植楥詩〉謝靈運（逯 1172）
同（東一）。中（東三）。風（東三）。江（江）。墉（鍾）。窗

（江）。峯（鍾）。功（東一）。蹤（鍾）。同（東一）。

95〈於南山往北山經湖中瞻眺詩〉謝靈運（逯 1172）

峯（鍾）。松（鍾）。瓏（東一）。涼（冬）。蹤（鍾）。容（鍾）。茸
（鍾）。風（東三）。重（鍾）。同（東一）。通（東一）。

96〈南樓中望所遲客詩〉謝靈運（逯 1173）

迫（陌二）。客（陌二）。夕（昔）。適（昔）。慼（錫）。隔（麥）。
摘（麥）。析（錫）。覿（錫）。

97〈廬陵王墓下作詩〉謝靈運（逯 1173）

陽（陽）。方（陽）。岡（唐）。腸（陽）。涼（陽）。忘（陽）。行
（唐）。芳（陽）。傷（陽）。妨（陽）。將（陽）。常（陽）。揚
（陽）。章（陽）。

98〈初至都詩〉謝靈運（逯 1174）

處（語）。暑（語）。

99〈還舊園作見顏范二中書詩〉謝靈運（逯 1174）

年（先）。山（山）。宣（仙）。煙（先）。遷（仙）。愆（仙）。緣
（仙）。巓（先）。艱（山）。旋（仙）。賢（先）。泉（仙）。邅
（仙）。甄（仙）。纏（仙）。然（仙）。穿（仙）。延（仙）。閑
（山）。牽（先）。篇（仙）。

100〈入東道路詩〉謝靈運（逯 1175）

朝（宵）。飆（宵）。韶（宵）。桃（豪）。苗（宵）。遼（蕭）。高
（豪）。朝（宵）。謠（宵）。

101〈酬從弟惠連詩〉（五章）謝靈運（逯 1175）

101.1峯（鍾）。容（鍾）。同（東一）。胸（鍾）。

101.2披（支）。斯（支）。知（支）。馳（支）。離（支）。

101.3川（仙）。山（山）。延（仙）。篇（仙）。言（元）。

101.4時（之）。遲（脂）。期（之）。思（之）。時（之）。

101.5交（肴）。遨（豪）。苞（肴）。陶（宵）。勞（豪）。

102〈登臨海嶠初發疆中作與從弟惠連可見羊何共和之詩〉（四章）謝
靈運（逯 1176）

102.1近（隱）。畛（軫）。忍（軫）。隱（隱）。

102.2舟（尤）。流（尤）。遊（尤）。樓（侯）。留（尤）。

102.3歡（桓）。歎（寒）。端（桓）。巒（桓）。攢[11]（桓）。

102.4心（侵）。陰（侵）。岑（侵）。尋（侵）。音（侵）。

103〈答謝惠連詩〉謝靈運（逯 1176）

旬（諄）。臻（臻）。

104〈初發石首城詩〉謝靈運（逯 1176）

緇（之）。詩（之）。絲（之）。茲（之）。颸（之）。辭（之）。時
（之）。之（之）。期（之）。嶷（之）。其（之）。欺（之）。

105〈道路憶山中詩〉謝靈運（逯 1177）

緩（緩）。斷（緩）。欸（緩）。薆（緩）。誕（旱）。纂（緩）。短
（緩）。竿[12]（旱）。暖（緩）。散（旱）。管（緩）。

106〈夜發石關亭詩〉謝靈運（逯 1177）

夕（昔）。役（昔）。滴（錫）。

107〈入彭蠡湖口詩〉謝靈運（逯 1178）

論（魂）。奔（魂）。蓀（魂）。屯（魂）。昏（魂）。門（魂）。存
（魂）。魂（魂）。溫（魂）敦（魂）。

108〈入華子岡是麻源第三谷詩〉謝靈運（逯 1178）

山（山）。泉（仙）。賢（先）。阡（先）。煙（先）。筌（仙）。傳
（仙）。前（先）。湲（仙）。然（仙）。

---

11 《康熙字典・手部・十九》「攢」：「《韻會》徂丸切，《正韻》徂官切，<u>太</u>音巑。族
聚也。司馬相如〈大人賦〉：『攢羅列聚。』又〈上林賦〉：『攢立叢倚。』宋之問
〈詩〉：『江回雲壁轉，天小霧峰攢。』」

12 《康熙字典・竹部・三》「竿」：「又《字彙補》居旱切，干上聲。謝靈運〈詩〉：
『不怨秋夕長，恆苦夏日短。濯流激浮湍，息蔭倚密竿。』」

109〈發歸瀨三瀑布望兩溪詩〉謝靈運（逯 1178）
　　圓（仙）。漣（仙）。山（山）。前（先）。天（先）。邅（仙）。難
　　（寒）。宣（仙）。年（先）。

110〈初往新安至桐廬口詩〉謝靈運（逯 1179）
　　至（至）。思（志）。意（志）。忌[13]（志）。駛（志）。媚（至）。憙
　　（志）。

111〈登廬山絕頂望諸嶠詩〉謝靈運（逯 1179）
　　輟（薛）。缺（薛）。穴（屑）。閟（屑）。轍（薛）。雪（薛）。

112〈初發入南城詩〉謝靈運（逯 1180）
　　目（屋三）。宿（屋三）。

113〈登孤山詩〉謝靈運（逯 1180）
　　折（薛）。壁（錫）。

114〈入崍溪詩〉謝靈運（逯 1180）
　　㶚（獮）。搴（獮）。

115〈送雷次宗詩〉謝靈運（逯 1180）
　　壕（豪）。慆（豪）。

116〈七夕詠牛女詩〉謝靈運（逯 1180）
　　夕（麥）。隙（陌三）。脉（麥）。覿（錫）。軛（麥）。

117〈歲暮詩〉謝靈運（逯 1181）
　　頹（灰）。哀（咍）。催（灰）。

118〈擬魏太子鄴中集詩八首〉謝靈運（逯 1181）
　　118.1〈魏太子〉謝靈運（逯 1181）
　　　　辰（真）。津（真）。民（真）。臻（臻）。仁（真）。新
　　　　（真）。陳（真）。人（真）。茵（真）。塵（真）。珍
　　　　（真）。

　　118.2〈王粲〉謝靈運（逯 1182）

---

13 原作「計」，據《藝文類聚》卷二十八改。

蕩（蕩）。象（養）。壤（養）。獎（養）。往（養）。長
（養）。盪（蕩）。朗（蕩）。賞（養）。兩（養）。廣
（蕩）。響（養）。養（養）。

118.3〈陳琳〉謝靈運（逯 1182）

慝（德）。北（德）。勒（德）。國（德）。賊（德）。則
（德）。德（德）。刻（德）。黑（德）。默（德）。惑
（德）。

118.4〈徐幹〉謝靈運（逯 1183）

瑟（櫛）。密（質）。畢（質）。慄（質）。質（質）。室
（質）。一（質）。日（質）。匹（質）。失（質）。

118.5〈劉楨〉謝靈運（逯 1183）

平（庚三）。京（庚三）。英（庚三）。城（清）。情（清）。
生（庚二）。輕（清）。鳴（庚三）。聲（清）。并（清）。冥
（青）。

118.6〈應瑒〉謝靈運（逯 1184）

羽（麌）。渚（語）。許（語）。旅（語）。所（語）。阻（語）。
宇（麌）。醑（語）。語（語）。沮（語）。敘（語）。

118.7〈阮瑀〉謝靈運（逯 1184）

起（止）。已（止）。士（止）。沚（止）。汜（止）。子
（止）。耳（止）。始（止）。美（旨）。

118.8〈平原侯植〉謝靈運（逯 1184）

沼（小）。草（晧）。討（晧）。道（晧）。褭（篠）。抱
（晧）。早（晧）。藻（晧）。昊（晧）。飽（巧）。老
（晧）。

119〈東陽溪中贈答詩二首〉謝靈運（逯 1185）

119.1足（燭）。得（德）。

119.2舸（哿）。墮（果）。

120〈作離合詩〉謝靈運（逯 1185）
　　央（陽）。傷（陽）。忘（陽）。

121〈詩〉謝靈運（逯 1185）
　　恥（止）。子（止）。

122〈臨終詩〉謝靈運（逯 1186）
　　盡（軫）。殞（準）。菌（準）。愍（軫）。泯（軫）。忍（軫）。朕
　　（寑）。

123〈衡山詩〉謝靈運（逯 1186）
　　絕（薛）。說（薛）。別（薛）。哲（薛）。

宋詩卷四

124〈贈潘綜吳逵舉孝廉詩〉（六章）王韶之（逯 1187）
　　124.1喬（宵）。霄（宵）。髦（豪）。皐（豪）。
　　124.2輪（諄）。人（真）。新（真）。仁（真）。
　　124.3潘（桓）。難（寒）。蘭（寒）。單（寒）。寒（寒）。丸（桓）。
　　124.4彰（陽）。芳（陽）。陽（陽）。光（唐）。荒（唐）。
　　124.5荷（歌）。嗟（麻三）。嘉（麻二）。華（麻二）。
　　124.6盜（號）。教（效）。好（號）。孝（效）。

125〈詠雪離合詩〉王韶之（逯 1188）
　　零（青）。庭（青）。鳴（庚三）。

126〈秋胡行〉（二章）謝惠連（逯 1188）
　　126.1姜（齊）。黃（齊）。蹊（齊）。諧（皆）。
　　126.2得（德）。惑（德）。揚（陽）。王（陽）。

127〈隴西行〉謝惠連（逯 1188）
　　屈（物）。黻（物）。榮（庚三）。營（清）。名（清）。萱（元）。
　　原（元）。煩（元）。

128〈隴西行〉謝惠連（逯 1189）
　　瞞（桓）。言（元）。

129〈豫章行〉謝惠連（逯 1189）
　　江（江）。從（鍾）。峯（鍾）。鍾（鍾）。蹤（鍾）。革（鍾）。龍
　　（鍾）。胸（鍾）。封（鍾）。容（鍾）。

130〈塘上行〉謝惠連（逯 1189）
　　營（清）。庭（青）。甍（耕）。馨（青）。明（庚三）。

131〈卻東西門行〉謝惠連（逯 1190）
　　徽（微）。機（微）。祈（微）。之（之）。

132〈長安有狹邪行〉謝惠連（逯 1190）
　　車（魚）。舒（魚）。閭（魚）。輿（魚）。

133〈從軍行〉謝惠連（逯 1190）
　　翼（職）。息（職）。

134〈燕歌行〉謝惠連（逯 1190）
　　停（青）。莖（耕）。征（清）。盈（清）。聲（清）。情（清）。明
　　（庚三）。并（清）。瀛（清）。鳴（庚三）。成（清）。纓（清）。

135〈猛虎行〉謝惠連（逯 1191）
　　135.1峯（鍾）。容（鍾）。蹤（鍾）。恭（鍾）。從（鍾）。
　　135.2風（東三）。傷（陽）。

136〈鞠歌行〉謝惠連（逯 1191）
　　騎（支）。知（支）。觜（支）。離（支）。疲（支）。吹（支）。危
　　（支）。差（支）。垂（支）。

137〈前緩聲歌〉謝惠連（逯 1191）
　　峨（歌）。歌（歌）。胸（鍾）。峯（鍾）。公（東一）。銳（祭）。
　　蔽（祭）。越（月）。同（東一）。豐（東三）。

138〈順東西門行〉謝惠連（逯 1192）
　　力（職）。息（職）。直（職）。識（職）。惻（職）。

139〈三月三日曲水集詩〉謝惠連（逯 1192）

　　爍（藥）。灼（藥）。廓（鐸）。薄（鐸）。壑（鐸）。爵（藥）。

140〈汎南湖至石帆詩〉謝惠連（逯 1192）

　　始（止）。峙（止）。起（止）。耳（止）。已。（止）

141〈西陵遇風獻康樂詩〉（五章）謝惠連（逯 1193）

　　141.1發（月）。歇（月）。月（月）。闕（月）。

　　141.2林（侵）。陰（侵）。心（侵）。音（侵）。

　　141.3悲（脂）。誰（脂）。遲（脂）。湄（脂）。

　　141.4流（尤）。丘（尤）。疇（尤）。舟（尤）。

　　141.5波（戈）。和（戈）。歌（歌）。何（歌）。

142〈代古詩〉謝惠連（逯 1193）

　　綾（蒸）。繩（蒸）。興（蒸）。凌（蒸）。升（蒸）。澠（蒸）。

143〈秋懷詩〉謝惠連（逯 1194）

　　患（諫）。晏（諫）。爛（翰）。雁（諫）。幔（換）。半（換）。算[14]
（換）。慢（諫）。宦（諫）。瓵（換）。翰（翰）。亂（換）。旦
（翰）。煥（換）。歎（翰）。串（諫）。

144〈擣衣詩〉謝惠連（逯 1194）

　　催（灰）。槐（皆）。啼（齊）。闈（齊）。携（齊）。階（皆）。哀
（咍）。題（齊）。歸（微）。衣（微）。開（咍）。非（微）。

145〈泛湖歸出樓中望月詩〉謝惠連（逯 1195）

　　橈（宵）。潮（宵）。要（宵）。椒（宵）。飈（宵）。條（蕭）。囂
（宵）。朝（宵）。

146〈七月七日夜詠牛女詩〉謝惠連（逯 1195）

　　櫳（東一）。風（東三）。穹（東三）。從（鍾）。容（鍾）。蹤
（鍾）。雙（江）。惊（冬）。空（東一）。龍（鍾）。重（鍾）。

14《康熙字典・竹部・八》「算」：「《集韻》、《正韻》<u>夶</u>蘇貫切，音蒜。計歷數者
也。」

147〈喜兩詩〉謝惠連（逯 1196）

　　飈（宵）。宵（宵）。朝（宵）。謠（宵）。

148〈詠冬詩〉謝惠連（逯 1196）

　　滅（薛）。切（屑）。雪（薛）。潔（屑）。轍（薛）。

149〈讀書詩〉謝惠連（逯 1196）

　　遵（諄）。塵（真）。人（真）。

150〈夜集歎乖詩〉謝惠連（逯 1197）

　　別（薛）。切（屑）。轍（薛）。惠（霽）。誓（祭）。

151〈與孔曲阿別詩〉謝惠連（逯 1197）

　　秋（尤）。舟（尤）。遊（尤）。留（尤）。

152〈詠螺蚌詩〉謝惠連（逯 1197）

　　羅（歌）。加（麻二）。沙（麻二）。和（戈）。

153〈離合詩二首〉謝惠連（逯 1197）

　　153.1別（薛）。節（屑）。

　　153.2古（姥）。苦（姥）。

154〈夜集作離合詩〉謝惠連（逯 1198）

　　臻（臻）。遵（諄）。

155〈詩〉謝惠連（逯 1198）

　　寫（馬三）。賈（馬二）。火（果）。冶（馬三）。瑣（果）。

156〈詩〉謝惠連（逯 1198）

　　中（東三）。風（東三）。

157〈雜詩二首〉王微（逯 1199）

　　157.1把（馬三）。捨（馬二）。冶（馬三）。假（馬二）。社（馬三）。雅（馬二）。寫（馬三）。野（馬三）。者（馬三）。馬（馬二）。下（馬二）。寡（馬二）。廈（馬二）。檟（馬二）。

　　157.2軒（元）。言（元）。門（魂）。溫（魂）。園（元）。昏（魂）。怨（元）。論（魂）。

158〈四氣詩〉王微（逯1200）
　　翳（霽）。雪（薛）。

159〈詠愁詩〉王微（逯1200）
　　長（陽）。航（唐）。彰（陽）。方（陽）。梁（陽）。當（唐）。攘
　　（陽）。

160〈嘲府僚詩〉何長瑜（逯1200）
　　室（質）。出（術）。

161〈離合詩〉何長瑜（逯1201）
　　別（薛）。雪（薛）。

162〈臨川亭詩〉荀雍（逯1201）
　　辰（真）。人（真）。

163〈烏夜啼〉臨川王劉義慶（逯1202）
　　開（咍）。來（咍）。

164〈遊黽湖詩〉臨川王劉義慶（逯1202）
　　長（陽）。光（唐）。

165〈樂遊應詔詩〉范曄（逯1202）
　　岑（侵）。心（侵）。臨（侵）。音（侵）。深（侵）。陰（侵）。嶔
　　（侵）。尋（侵）。侵（侵）。林（侵）。

166〈臨終詩〉范曄（逯1203）
　　極（職）。息（職）。識（職）。直（職）。側（職）。色（職）。即
　　（職）。

167〈征虜亭餞王少傅〉范廣淵（逯1203）
　　足（燭）。麓（屋一）。辱（燭）。覺（覺）。

168〈征虜亭祖王少傅〉孔法生（逯1204）
　　舲（青）。情（清）。

169〈贈范曄詩〉陸凱（逯1204）
　　人（真）。春（諄）。

170〈鼓吹鐃歌十五首〉何承天（逯1204）

170.1〈朱路篇〉何承天（逯 1205）

　　華（麻二）。霞（麻二）。車（麻三）。歌（歌）。笳（麻二）。和（戈）。波（戈）。阿（歌）。遐（麻二）。家（麻二）。

170.2〈思悲公篇〉何承天（逯 1205）

　　衣（微）。歸（微）。歸（微）。叔（屋三）。復（屋三）。復（屋三）。申（真）。民（真）。民（真）。明（庚三）。聲（清）。聲（清）。祥（陽）。康（唐）。康（唐）。已（止）。士（止）。周（尤）。求（尤）。

170.3〈雍離篇〉何承天（逯 1205）

　　情（清）。兵（庚三）。庭（青）。旌（清）。英（庚三）。鳴（庚三）。傾（清）。清（清）。鯨（庚三）。城（清）。平（庚三）。誠（清）。

170.4〈戰城南篇〉何承天（逯 1206）

　　塵（真）。震[15]（真）。殷（欣）。雲（文）。靈（青）。生（庚二）。鳴（庚三）。星（青）。旋（仙）。煙（先）。搴[16]（仙）。天（先）。徒（模）。蘇（模）。都（模）。娛（虞）。

170.5〈巫山高篇〉何承天（逯 1206）

　　峻（稕）。仞（震）。靈（青）。冥（青）[17]。鳴（庚三）。停（青）。情（清）。微（微）。[18]威（微）。機（微）。師

---

15 《康熙字典・雨部・七》「震」：「《韻會》、《正韻》汰之人切，音眞。怒也。《班固・東都賦》：『赫然發憤，應者雲興。霆擊昆陽，憑怒雷震。』《前漢・敘傳》：『票騎冠軍，猋勇紛紜。長驅六舉，電擊雷震。』《註》師古曰：『震，音之人反。』」

16 《康熙字典・手部・十》「搴」：「《集韻》、《韻會》汰丘虔切，音愆。取也。一曰縮也，拔也。與攓同。《史記・河渠書》：『搴長茭兮沈美玉。』《前漢・季布傳贊》：『身履軍搴旗者數矣。』《註》謂勝敵拔取旗也。」

17 詩句原作「崇巖冠靈林冥冥。」中間不句讀。今重新斷句為「崇巖冠靈。林冥冥。」

18 詩句原作「在昔陽九皇綱微。」中間不句讀。今重新斷句為「在昔陽九。皇綱微。」

（脂）。貴（未）。墜（至）。遂（至）。肆（至）。[19]

170.6〈上陵者篇〉何承天（逯 1206）

攀（刪）。紈（桓）。巒（桓）。桓（桓）。端（桓）。軒（元）。蘭（寒）。原（元）。山（山）。歎（寒）。還（刪）。斑（刪）。乾（寒）。酸（桓）。怨（元）。歡（桓）。

170.7〈將進酒〉何承天（逯 1207）

朝（宵）。肴（肴）。交（肴）。僚（蕭）。鑣（宵）。濠（豪）。勞（豪）。遨（豪）。膠（豪）。妖（宵）。謠（宵）。呶（肴）。荒（唐）。亡（陽）。觴（陽）。殃（陽）。

170.8〈君馬篇〉何承天（逯 1207）

姿（脂）。飛（微）。暉（微）。旐（微）。畿（微）。機（微）。悲（微）。稀（微）。師（脂）。私（脂）。肥（微）。歸（微）。

170.9〈芳樹篇〉何承天（逯 1207）

徊（灰）。開（咍）。諧（皆）。階（皆）。樓（齊）。閨（齊）。凄（齊）。懷（皆）。袿（齊）。乖（皆）。

170.10〈有所思篇〉何承天（逯 1208）

人（真）。親（真）。晨（真）。神（真）。卿（庚三）。榮（庚三）。楹（清）。明（庚三）。附（遇）。娶（遇）。旻（真）。辛（真）。因（真）。墳（文）。

170.11〈雉子游原澤篇〉何承天（逯 1208）

心（侵）。林（侵）。岑（侵）。陰（侵）。琴（侵）。金（侵）。尋（侵）。襟（侵）。任（侵）。深（侵）。

170.12〈上邪篇〉何承天（逯 1208）

矯（小）。表（小）。草（晧）。道（晧）。霜（陽）。商（陽）。昌（陽）。亡（陽）。方（陽）。良（陽）。央（陽）。張（陽）。忘（陽）。

---

19 詩句原作「咨爾巴子無放肆。」中間不句讀。今重新斷句為「咨爾巴子。無放肆。」

170.13〈臨高臺篇〉何承天（逯 1209）

衢（虞）。虛（魚）。鄉（陽）。翔（陽）。臺（咍）。萊（咍）。盤（桓）。蘭（寒）。州（尤）。遊（尤）。旌（清）。冥（青）。群（文）。君（文）。遭（豪）。勞（豪）。

170.14〈遠期篇〉何承天（逯 1209）

辰（真）。親（真）。賓（真）。人（真）。文（文）。塵（真）。神（真）。均（諄）。身（真）。春（諄）。

170.15〈石流篇〉何承天（逯 1209）

波（戈）。河（歌）。偕（皆）。懷（皆）。寐（至）。（至）。嬰（清）。成（清）。運（問）。慍（問）。己（止）。已（止）。

宋詩卷五

171〈效曹子建白馬篇〉袁淑（逯 1211）

翩（仙）。間（山）。賢（先）。年（先）。權（仙）。酄（仙）。言（元）。弦（先）。西[20]（先）。捐（仙）。泉（仙）。懸（先）。前（先）。然（仙）。

172〈效古詩〉袁淑（逯 1211）

東（東一）。戎（東三）。中（東三）。風（東三）。同（東一）。宮（東三）。空（東一）。蓬（東一）。

173〈詠冬至詩〉袁淑（逯 1212）

歲（祭）。滯（祭）。惠（霽）。誓（祭）。

174〈種蘭詩〉袁淑（逯 1212）

楚（語）。所（語）。

20　《篇海類編・西部二十七》：「又蘇前切，音先。」

175〈登宣城郡詩〉袁淑（逯 1212）
居（魚）。書（魚）。

176〈詠寒雪詩〉袁淑（逯 1212）
深（侵）。吟（侵）。金（侵）。

177〈啄木詩〉袁淑（存疑）（逯 1213）
木（屋一）。木（屋一）。宿（屋三）。欲（燭）。辱（燭）。

178〈三婦豔詩〉南平王劉鑠（逯 1213）
練（霰）。殿（霰）。霰（霰）。

179〈白紵曲〉南平王劉鑠（逯 1214）
盈（清）。行（庚二）。蛾（歌）。羅（歌）。河（歌）。波（戈）。

180〈擬行行重行行詩〉南平王劉鑠（逯 1214）
之（之）。辭（之）。滋（之）。基（之）。期（之）。思（之）。詩（之）。緇（之）。治（之）。時（之）。

181〈擬明月何皎皎詩〉南平王劉鑠（逯 1214）
闕（月）。月（月）。發（月）。歇（月）。越（月）。

182〈擬孟冬寒氣至詩〉南平王劉鑠（逯 1215）
初（魚）。除（魚）。疏（魚）。書（魚）。居（魚）。餘（魚）。虛（魚）。

183〈擬青青河邊草詩〉南平王劉鑠（逯 1215）
館（換）。漢（翰）。嘆（翰）。旦（翰）。彈（翰）。

184〈代收淚就長路詩〉南平王劉鑠（逯 1215）
濆（文）。雲（文）。分（文）。氛（文）。軍（文）。

185〈過歷山湛長史草堂詩〉南平王劉鑠（逯 1215）
瞻（豔）。浸（沁）。禁（沁）。蔭（沁）。淡（闞）。枕（沁）。

186〈七夕詠牛女詩〉南平王劉鑠（逯 1216）
歇（月）。月（月）。闕（月）。發（月）。越（月）。忽（沒）。沒（沒）。

187〈歌詩〉南平王劉鑠（逯 1216）
　　涼（陽）。光（唐）。房（陽）。黃（唐）。裳（陽）。

188〈贈記室羊徽其屬疾在外詩〉（六章）丘淵之（逯 1217）
　　188.1運（問）。訓（問）。問（問）。蘊（問）。
　　188.2方（陽）。湘（陽）。涼（陽）。霜（陽）。
　　188.3揮（微）。違（微）。徽（微）。歸（微）。
　　188.4造（晧）。老（晧）。抱（晧）。攬（巧）。
　　188.5期（之）。茲（之）。怡（之）。思（之）。
　　188.6役（昔）。籍（昔）。積（昔）。益（昔）。

189〈擬相逢狹路間〉荀昶（逯 1217）
　　間（山）。旋（仙）。言（元）。多（歌）。家（麻二）。博（鐸）。
　　閣（鐸）。郭（鐸）。鶴（鐸）。追（脂）。綏（脂）。輝（微）。逵
　　（脂）。衣（微）。徽（微）。飛（微）。

190〈擬青青河邊草〉荀昶（逯 1218）
　　火（果）。左（哿）。至（至）。寐（至）。同（東一）。邦（江）。
　　邑（緝）。及（緝）。煙（先）。堅（先）。牽（先）。綈（齊）。綈
　　（齊）。珪（齊）。珪（齊）。悽（齊）。懷（皆）。

191〈丁督護歌六首〉宋孝武帝劉駿（逯 1218）
　　191.1平（庚三）。名（清）。
　　191.2極（職）。得（德）。
　　191.3壚（魚）。渠（魚）。
　　191.4浦（姥）。吐（姥）。
　　191.5許（語）。旅（語）。
　　191.6里（止）。子（止）。

192〈自君之出矣〉宋孝武帝劉駿（逯 1219）
　　精（清）。生（庚二）。

193〈遊覆舟山詩〉宋孝武帝劉駿（逯 1220）
　　薄（鐸）。壑（鐸）。絡（鐸）。閣（鐸）。爍（鐸）。鶴（鐸）。

194〈登作樂山詩〉宋孝武帝劉駿（逯 1220）
轅（元）。原（元）。根（痕）。苑（阮）。垣（元）。繁（元）。

195〈登魯山詩〉宋孝武帝劉駿（逯 1220）
丘（尤）。眸（尤）。流（尤）。修（尤）。

196〈濟曲阿後湖詩〉宋孝武帝劉駿（逯 1220）
郛（虞）。蕪（虞）。嵋（虞）。榆（虞）。

197〈與廬陵王紹別詩〉宋孝武帝劉駿（逯 1221）
集（緝）。戢（緝）。及（緝）。邑（緝）。入（緝）。泣（緝）。

198〈幸中興堂餞江夏王詩〉宋孝武帝劉駿（逯 1221）
陰（侵）。心（侵）。

199〈拜衡陽文王義季墓詩〉宋孝武帝劉駿（逯 1221）
庭（青）。清（清）。局（青）。明（庚三）。青（青）。情（清）。
傾（清）。

200〈七夕詩二首〉宋孝武帝劉駿（逯 1221）
　200.1光（唐）。揚（陽）。梁（陽）。章（陽）。長（陽）。傷（陽）。
　200.2心（侵）。音（侵）。臨（侵）。針（侵）。尋（侵）。

201〈夜聽妓詩〉宋孝武帝劉駿（逯 1222）
寄（寘）。吹（寘）。易（寘）。

202〈詠史詩〉宋孝武帝劉駿（逯 1222）
風（東三）。宮（東三）。終（東三）。窮（東三）。

203〈初秋詩〉宋孝武帝劉駿（逯 1222）
生（庚二）。庭（青）。鳴（庚三）。情（清）。

204〈秋夜詩〉宋孝武帝劉駿（逯 1223）
垂（支）。枝（支）。移（支）。離（支）。

205〈四時詩〉宋孝武帝劉駿（逯 1223）
飡（寒）。寒（寒）。

206〈齋中望月詩〉宋孝武帝劉駿（逯 1223）
清（清）。明（庚三）。盈（清）。

207〈北伐詩〉宋孝武帝劉駿（逯 1223）

梁（陽）。光（唐）。

208〈歌〉宋孝武帝劉駿（逯 1224）

泉（仙）。宣（仙）。天（先）。

209〈離合詩〉宋孝武帝劉駿（逯 1224）

消（宵）。交（肴）。昭（宵）。僚（蕭）。凋（蕭）。漂（宵）。要（宵）。謠（宵）。

210〈華林都亭曲水聯句效柏梁體詩〉宋孝武帝劉駿（逯 1224）

繽（宕）。_帝亮（漾）。_{揚州刺史江夏王義恭}望（漾）。_{竟陵王誕}謗（宕）。_{領軍將軍元景}量（漾）。_{太子右率暢}曠（宕）。_{吏部尚書莊}讓（漾）。_{侍中偃}諒（漾）。_{御史中丞顏師伯}

211〈應詔讌曲水作詩〉（八章）顏延之（逯 1225）

211.1亂（換）。貫（換）。算[21]（換）。漢（翰）。

211.2聖（勁）。鏡（映三）。性（勁）。泳（映三）。

211.3尚（漾）。覘（漾）。望（漾）。嶂（漾）。

211.4貳（至）。粹（至）。器（至）。祕（至）。

211.5穆（屋三）。叔（屋三）。牧（屋三）。服（屋三）。

211.6變（線）。電（霰）。睠（線）。宴（霰）。

211.7禮（薺）。陛（薺）。醴（薺）。濟（薺）。

211.8物（物）。黻（物）。屈（物）。拂（物）。

212〈皇太子釋奠會作詩〉（九章）顏延之（逯 1226）

212.1門（魂）。言（元）。昏（魂）。昆（魂）。

212.2聖（勁）。正（勁）。令（勁）。鏡（映三）。

212.3晬（至）。至（至）。器（至）。祕（至）。

---

21 通「筭」。《說文‧竹部》：「筭，長六寸，計歷數者。」《廣韻‧去聲‧換韻》：「筭，計也，數也。」

212.4記（志）。嗣（志）。志（志）。值（志）。

212.5日（質）。帙（質）。筆（質）。述（術）。

212.6明（庚三）。靈（青）。笙（庚二）。馨（青）。

212.7讌（先）。懸（先）。彥（線）。弁（線）。

212.8儀（支）。街（皆）。馳（支）。猗（支）。

212.9照（笑）。奧（號）。教（效）。效（效）。

213〈三月三日詔宴西池詩〉顏延之（逯 1227）

　　見（霰）。禪（線）。變（線）。睠（線）。繁（元）。元（元）。蕃（元）。言（元）。輅（暮）。沂（暮）。

214〈為皇太子侍宴餞衡陽南平二王應詔詩〉顏延之（逯 1228）

　　貞（清）。經（青）。形（青）。靈（青）。遠（阮）。苑（阮）。闔（混）。晚（阮）。

215〈從軍行〉顏延之（逯 1228）

　　巘（山）。山（山）。天（先）。川（仙）。涓（先）。燕（先）。弦（先）。邊（先）。前（先）。懸（先）。燃（仙）。憐（先）。

216〈秋胡行〉（九章）顏延之（逯 1228）

216.1律（術）。匹（質）。室（質）。日（質）。畢（質）。

216.2違（微）。幾（微）。依（微）。遲（脂）。歸（微）。

216.3暮（暮）。露（暮）。樹（遇）。去（御）。路（暮）。

216.4祖（模）。除（魚）。枯（模）。隅（虞）。蕪（虞）。

216.5河（歌）。華（麻二）。過（戈）。柯（歌）。阿（歌）。

216.6形（青）。生（庚二）。成（清）。輕（清）。聲（清）。

216.7辭（之）。基（之）。之（之）。時（之）。持（之）。

216.8難（寒）。關（刪）。寒（寒）。歎（寒）。顏（刪）。

216.9起（止）。始（止）。己（止）。齒（止）。沚（止）。

217〈挽歌〉顏延之（逯 1230）

　　昏（魂）。門（魂）。園（元）。根（痕）。

218〈應詔觀北湖田收詩〉顏延之（逯1230）

川（仙）。仙（仙）。廛（仙）。山（山）。環（刪）。天（先）。先
（先）。煙（先）。芊（先）。年（先）。筵（仙）。妍（先）。牽
（先）。

219〈車駕幸京口侍遊蒜山作詩〉顏延之（逯1230）

溟（青）。成（清）。京（庚三）。營（清）。靈（青）。明（庚
三）。坰（青）。甍（耕）。英（庚三）。情（清）。征（清）。氓
（耕）。耕（耕）。

220〈車駕幸京口三月三日侍遊曲阿後湖作詩〉顏延之（逯1231）

遊（尤）。州（尤）。流（尤）。舟（尤）。浮（尤）。斿（尤）。謳
（侯）。洲（尤）。疇（尤）。丘（尤）。柔（尤）。

221〈拜陵廟作詩〉顏延之（逯1231）

靈（青）。塋（清）。庭（青）。情（清）。輕（清）。形（青）。并
（清）。迎（庚三）。城（清）。坰（青）。青（青）。生（庚二）。
聲（清）。旌（清）。萌（耕）。貞（清）。傾（清）。

222〈贈王太常僧達詩〉顏延之（逯1232）

折（薛）。徹（薛）。穴（屑）。哲（薛）。列（薛）。壘（屑）。閉
（屑）。轍（薛）。雪（薛）。節（屑）。闋（屑）。札（黠）。

223〈夏夜呈從兄散騎車長沙詩〉顏延之（逯1232）

紛（文）。分（文）。雲（文）。聞（文）。芬（文）。殷（欣）。文
（文）。

224〈直東宮答鄭尚書道子詩〉顏延之（逯1232）

工（東一）。風（東三）。墉（鍾）。中（東三）。宮（東三）。窮
（東三）。衷（東三）。松（鍾）。充（東三）。桐（東一）。

225〈和謝監靈運詩〉顏延之（逯1233）

迷（齊）。棲（齊）。闉（齊）。暌（齊）。霾（皆）。乖（皆）。蹊
（齊）。黊（齊）。稽（齊）。泥（齊）。淮（皆）。藜（齊）。畦

（齊）。偕（皆）。悽（齊）。珪（齊）。懷（皆）。

226〈北使洛詩〉顏延之（逯 1233）

艱（山）。山（山）。間（山）。川（仙）。賢（先）。橡（仙）。煙
（先）。年（先）。天（先）。言（元）。煩（元）。譽（仙）。然
（仙）。

227〈還至梁城作詩〉顏延之（逯 1234）

勤（欣）。軍（文）。群（文）。分（文）。雲（文）。文（文）。墳
（文）。君（文）。聞（文）。殷（欣）。

228〈始安郡還都與張湘州登巴陵城樓作詩〉顏延之（逯 1234）

服（屋三）。牧（屋三）。陸（屋三）。復（屋三）。囿（屋三）。澳
（屋三）。目（屋三）。伏（屋三）。淑（屋三）。竹（屋三）。

229〈五君詠五首〉顏延之（逯 1235）

229.1〈阮步兵〉顏延之（逯 1235）

洞（送一）。諷（送一）。眾（送三）。慟（送一）。

229.2〈嵇中散〉顏延之（逯 1235）

人（真）。神（真）。淪（諄）。馴（諄）。

229.3〈劉參軍〉顏延之（逯 1235）

見（霰）。眩（霰）。宴（霰）。見（霰）。

229.4〈阮始平〉顏延之（逯 1235）

秀（宥）。奏（候）。觀（候）。守（宥）。

229.5〈向常侍〉顏延之（逯 1236）

素（暮）。句（遇）。舉（語）。賦（遇）。

230〈為織女贈牽牛詩〉顏延之（逯 1236）

月（月）。闕（月）。髮（月）。越（月）。發（月）。沒（沒）。歇
（月）。

231〈歸鴻詩〉顏延之（逯 1236）

暉（微）。歸（微）。畿（微）。飛（微）。違（微）。

232〈除弟服詩〉顏延之（逯 1237）
　　冬（冬）。窮（東三）。容（鍾）。躬（東三）。

233〈辭難潮溝詩〉顏延之（逯 1237）
　　襟（侵）。侵（侵）。琴（侵）。簪（侵）。

234〈侍東耕詩〉顏延之（逯 1237）
　　部（厚）。耦（厚）。壽（有）。

235〈登景陽樓詩〉顏延之（逯 1237）
　　光（唐）。芳（陽）。

宋詩卷六

236〈冉冉孤生竹〉何偃（逯 1239）
　　沚（止）。始（止）。紀（止）。里（止）。軌（旨）。美（旨）。已
　　（止）。耳（止）。

237〈釋奠詩〉王僧達（逯 1240）
　　脩（尤）。求（尤）。浮（尤）。柔（尤）。

238〈答顏延年詩〉王僧達（逯 1240）
　　陰（侵）。心（侵）。林（侵）。襟（侵）。沈（侵）。斟（侵）。岑
　　（侵）。音（侵）。侵（侵）。吟（侵）。臨（侵）。金（侵）。

239〈和琅琊王依古詩〉王僧達（逯 1240）
　　源（元）。言（元）。樊（元）。園（元）。根（痕）。昏（魂）。魂
　　（魂）。怨（元）。

240〈七夕月下詩〉王僧達（逯 1240）
　　波（戈）。柯（歌）。羅（歌）。河（歌）。

241〈詩〉王僧達（逯 1241）
　　芳（陽）。光（唐）。

242〈七廟迎神辭〉顏竣（逯 1241）

通（東一）。容（鍾）。終（東三）。衷（東三）。邦（江）。

243〈淫思古意詩〉顏竣（逯1242）
方（陽）。堂（唐）。藏（唐）。知（支）。移（支）。

244〈宣貴妃挽歌〉江智淵（逯1243）
存（魂）。原（元）。

245〈怨詩行〉湯惠休（逯1243）
光（唐）。腸（陽）。傷（陽）。長（陽）。揚（陽）。芳（陽）。堂
（唐）。揚（陽）。

246〈江南思〉湯惠休（逯1244）
津（真）。人（真）。

247〈楊花曲三首〉湯惠休（逯1244）
247.1思（之）。遺（脂）。
247.2音（侵）。心（侵）。
247.3雲（文）。君（文）。

248〈白紵歌三首〉湯惠休（逯1244）
248.1悲（脂）。持（之）。思（之）。疑（之）。出（術）。日
（質）。逸（質）。一（質）。
248.2前（先）。然（仙）。延（仙）。言（元）。煎（仙）。年
（先）。
248.3房（陽）。傷（陽）。腸（陽）。揚（陽）。忘（陽）。芳
（陽）。

249〈秋思引〉湯惠休（逯1245）
河（歌）。波（戈）。何（歌）。

250〈楚明妃曲〉湯惠休（逯1245）
楹（清）。甍（耕）。英（庚三）。榮（庚三）。輕（清）。靈
（青）。迎（庚三）。成（清）。榮（庚三）。

251〈贈鮑侍郎詩〉湯惠休（逯1245）

英（庚三）。莖（耕）。榮（庚三）。生（庚二）。傾（清）。

252〈昭君辭〉庾徽之（逯 1245）
　　澳（屋三）。駃（屋三）。

253〈自君之出矣〉顏師伯（逯 1246）
　　舉（語）。緒（語）。

254〈侍宴詩〉沈慶之（逯 1246）
　　昌（陽）。岡（唐）。房（陽）。

255〈豔歌行〉江夏王劉義恭（逯 1247）
　　女（語）。楚（語）。湑（姥）。渚（語）。予（語）。侶（語）。舉
　　（語）。語（語）。

256〈遊子移〉江夏王劉義恭（逯 1247）
　　寶（晧）。草（晧）。道（晧）。造（晧）。抱（晧）。早（晧）。好
　　（晧）。倒（晧）。

257〈自君之出矣〉江夏王劉義恭（逯 1247）
　　開（咍）。徊（灰）。

258〈登景陽樓詩〉江夏王劉義恭（逯 1248）
　　牀（陽）。霜（陽）。芳（陽）。疆（陽）。塘（唐）。行（唐）。箱
　　（陽）。光（唐）。

259〈彭城戲馬臺集詩〉江夏王劉義恭（逯 1248）
　　楚（語）。侶（語）。暑（語）。竚（語）。

260〈溫泉詩〉江夏王劉義恭（逯 1248）
　　泉（仙）。源（元）。

261〈擬古詩〉江夏王劉義恭（逯 1248）
　　孫（魂）。屯（魂）。奔（魂）。

262〈詩〉江夏王劉義恭（逯 1249）
　　天（先）。山（山）。

263〈烝齋應詔詩〉謝莊（逯 1250）

引（震）。晉（震）。軔（震）。楝（震）。潤（稕）。愗（震）。

264〈和元日雪花應詔詩〉謝莊（逯 1250）
　道（晧）。寶（晧）。造（晧）。藻（晧）。杲（晧）。掃（晧）。表
　（小）。眇（小）。矯（小）。

265〈七夕夜詠牛女應制詩〉謝莊（逯 1251）
　衿（侵）。陰（侵）。潯（侵）。簪（侵）。心（侵）。深（侵）。臨
　（侵）。

266〈侍宴蒜山詩〉謝莊（逯 1251）
　雲（文）。氳（文）。分（文）。雲（文）。

267〈侍東耕詩〉謝莊（逯 1251）
　聞（文）。雲（文）。熏（文）。汾（文）。

268〈游豫章西觀洪崖井詩〉謝莊（逯 1252）
　彌（支）。垂（支）。虧（支）。池（支）。移（支）。斯（支）。

269〈自潯陽至都集道里名為詩〉謝莊（逯 1252）
　尋（侵）。臨（侵）。陰（侵）。深（侵）。金（侵）。陰（侵）。音
　（侵）。岑（侵）。林（侵）。

270〈北宅秘園詩〉謝莊（逯 1252）
　陰（侵）。林（侵）。深（侵）。音（侵）。尋（侵）。

271〈喜雨詩〉謝莊（逯 1252）
　流（尤）。浮（尤）。疇（尤）。

272〈江都平解嚴詩〉謝莊（逯 1253）
　靈（青）。寧（青）。馨（青）。

273〈從駕頓上詩〉謝莊（逯 1253）
　雲（文）。聞（文）。

274〈八月侍華林曜靈殿八關齋詩〉謝莊（逯 1253）
　舒（魚）。孚（虞）。

275〈懷園引〉謝莊（逯 1253）

里（止）。起（止）。汜（止）。鄉（陽）。長（陽）。方（陽）。關
（刪）。寒（寒）。還（刪）。庭（青）。青（青）。英（庚三）。鳴
（庚三）。蕤（脂）。衰（脂）。追（脂）。悲（脂）。墀（脂）。湄
（脂）。蓀（魂）。樊（元）。園（元）。喧（元）。門（魂）。紆
（虞）。踰（虞）。書（魚）。湲（仙）。旋（仙）。泉（仙）。絃
（先）。燕（先）。年（先）。

276〈山夜憂〉謝莊（逯 1254）

歸（微）。稀（微）。飛（微）。澬（祭）。憩（祭）。薰（文）。蒀
（文）。雲（文）。沈（侵）。深（侵）。音（侵）。清（清）。輕
（清）。驚（庚三）。照（笑）。嘯（嘯）。弔（嘯）。悠（尤）。妯
（尤）。流（尤）。丘（尤）。憂（尤）。綿（仙）。淵（先）。天
（先）。年（先）。還（刪）。顏（刪）。關（刪）。

277〈瑞雪詠〉謝莊（逯 1255）

平（庚三）。清（清）。驚（庚三）。溟（青）。世（祭）。曳
（祭）。晰（祭）。娟（仙）。仙（仙）。天（先）。錢（仙）。積
（昔）。奕（昔）。尺（昔）。澤（陌二）。經（青）。靈（青）。庭
（青）。馨（青）。施（寘）。瑞（寘）。被（寘）。施（寘）。

278〈長笛弄〉謝莊（逯 1255）

悠（尤）。流（尤）。秋（尤）。飛（微）。衣（微）。長（陽）。傷
（陽）。緜（仙）。年（先）。

宋詩卷七

279〈采桑〉鮑照（逯 1257）

落（鐸）。作（鐸）。閣（鐸）。攫（鐸）。幕（鐸）。萼（鐸）。爍
（藥）。藿（鐸）。託（鐸）。諾（鐸）。薄（鐸）。洛（鐸）。涸
（鐸）。酌（藥）。

280〈代蒿里行〉鮑照（逯 1258）
　伸（真）。晨（真）。親（真）。巾（真）。陳（真）。淪（諄）。人
　（真）。塵（真）。

281〈代挽歌〉鮑照（逯 1258）
　臺（咍）。裁（咍）。來（咍）。災（咍）。苔（咍）。梅（灰）。灰
　（灰）。哉（咍）。

282〈代東門行〉鮑照（逯 1258）
　驚（庚三）。聲（清）。情（清）。零（青）。絕（薛）。訣（屑）。
　別（薛）。遠（阮）。晚（阮）。飯（阮）。斷（緩）。酸（桓）。寒
　（寒）。顏（刪）。端（桓）。

283〈代放歌行〉鮑照（逯 1259）
　非（微）。懷（皆）。開（咍）。來（咍）。埃（咍）。歸（微）。才
　（咍）。猜（咍）。萊（咍）。臺（咍）。迴（灰）。

284〈代陳思王京洛篇〉鮑照（逯 1259）
　窗（江）。龍（鍾）。風（東三）。容（鍾）。中（東三）。鴻（東
　一）。蓬（東一）。空（東一）。縫（鍾）。濃（鍾）。從（鍾）。

285〈代門有車馬客行〉鮑照（逯 1260）
　士（止）。里（止）。俚（止）。喜（止）。已（止）。止（止）。始
　（止）。起（止）。耳（止）。李（止）。

286〈代櫂歌行〉鮑照（逯 1260）
　所（語）。滸（姥）。楚（語）。渚（語）。舉（語）。竚（語）。

287〈代白頭吟〉鮑照（逯 1261）
　繩（蒸）。冰（蒸）。仍（蒸）。興（蒸）。勝（蒸）。蠅（蒸）。陵
　（蒸）。昇（蒸）。稱（蒸）。憑（蒸）。膺（蒸）。

288〈代東武吟〉鮑照（逯 1261）
　喧（元）。言（元）。恩（痕）。源（元）。垣（元）。奔（魂）。溫
　（魂）。存（魂）。論（魂）。門（魂）。豚（魂）。猿（元）。怨

（魂）。軒（元）。魂（魂）。

289〈代別鶴操〉鮑照（逯 1262）

　　間（山）。懸（先）。山（山）。煙（先）。霧（遇）。住（遇）。馳（支）。儀（支）。離（支）。枝（支）。知（支）。

290〈代出自薊北門行〉鮑照（逯 1262）

　　陽（陽）。方（陽）。強（陽）。望（陽）。梁（陽）。霜（陽）。揚（陽）。張（陽）。良（陽）。殤（陽）。

291〈代陸平原君子有所思行〉鮑照（逯 1262）

　　闕（月）。髮（月）。月（月）。渤（沒）。越（月）。發（月）。歇（月）。骨（沒）。沒（沒）。晰[22]（薛）。

292〈代悲哉行〉鮑照（逯 1263）

　　節（屑）。轍（薛）。結（屑）。悅（薛）。別（薛）。列（薛）。絕（薛）。

293〈代陳思王白馬篇〉鮑照（逯 1263）

　　弓（東三）。風（東三）。中（東三）。冬（冬）。縫（鍾）。封（鍾）。松（鍾）。墉（鍾）。戎（東三）。功（東一）。鍾（鍾）。雄（東三）。

294〈代昇天行〉鮑照（逯 1263）

　　城（清）。情（清）。平（庚三）。榮（庚三）。生（庚二）。靈（青）。經（青）。行（庚二）。庭（青）。齡（青）。聲（清）。腥（青）。

295〈松柏篇〉鮑照（逯 1264）

　　衰（脂）。悲（脂）。暉（微）。歸（微）。時（之）。期（之）。治（之）。醫（之）。辭（之）。獲（麥）。迫（陌二）。益（昔）。宅（陌二）。隔（麥）。埋（皆）。懷（皆）。開（咍）。哀（咍）。臺

---

22 原作「昧」，據《樂府詩集》卷六十一改。

（咍）。室（質）。日（質）。畢（質）。滅（薛）。訣（屑）。節
（屑）。說（薛）。生（庚二）。成（清）。嬰（清）。情（清）。拘
（虞）。虞（虞）。濡（虞）。娛（虞）。中（東三）。豐（東三）。
風（東三）。窮（東三）。茵（真）。身（真）。親（真）。因
（真）。隙（陌三）。昔（昔）。役（昔）。劇（陌三）。丘（尤）。
不（尤）。由（尤）。抽（尤）。

296〈代苦熱行〉鮑照（逯 1266）
　　威（微）。歸（微）。圻（微）。晞（微）。圍（微）。暉（微）。衣
　　（微）。飛（微）。腓（微）。機（微）。微（微）。希（微）。

297〈代朗月行〉鮑照（逯 1266）
　　山（山）。前（先）。妍（先）。絃（先）。先（先）。篇（仙）。宣
　　（仙）。間（山）。

298〈代堂上歌行〉鮑照（逯 1266）
　　歌（歌）。河（歌）。何（歌）。華（麻二）。霞（麻二）。葩（麻
　　二）。酡（歌）。梭（戈）。娥（歌）。羅（歌）。和（戈）。多
　　（歌）。過（戈）。

299〈代結客少年場行〉鮑照（逯 1267）
　　頭（侯）。鈎（侯）。讐（尤）。遊（尤）。丘（尤）。州（尤）。浮
　　（尤）。侯（侯）。流（尤）。求（尤）。憂（尤）。

300〈扶風歌〉鮑照（逯 1267）
　　殿（霰）。縣（霰）箭（線）。傳（線）。卷（線）。

301〈代少年時至衰老行〉鮑照（逯 1268）
　　晨（真）。鄰（真）塵（真）。人（真）。新（真）。因（真）。春
　　（諄）。

302〈代陽春登荊山行〉鮑照（逯 1268）
　　頭（侯）遊（尤）。留（尤）。州（尤）。樓（侯）。流（尤）。收
　　（尤）。疇（尤）。柔（尤）。憂（尤）。丘（尤）。

303〈代貧賤苦愁行〉鮑照（逯 1268）

劇（陌三）。夕（昔）。白（陌二）。益（昔）。客（陌二）。惜（昔）。赤（昔）。隙（陌三）。獲（麥）。洫（職）。穸（昔）。

304〈代邊居行〉鮑照（逯 1269）

陽（陽）。行（唐）。岡（唐）。場（陽）。行（唐）。楊（陽）。長（陽）。忙（唐）。忘（陽）。傷（陽）。漿（陽）。光（唐）。

305〈代邽街行〉鮑照（逯 1269）

飛（微）。歸（微）。違（微）。徽（微）。祈（微）。虧（支）。

306〈簫史曲〉鮑照（逯 1269）

顏（刪）。攀（刪）。關（刪）。還（刪）。

307〈王昭君〉鮑照（逯 1270）

絕（薛）。咽（屑）。

308〈吳歌三首〉鮑照（逯 1270）

308.1戍（遇）。下（禡二）。

308.2樓（侯）。流（尤）。

308.3闊（末）。達（曷）。

309〈採菱歌七首〉鮑照（逯 1270）

309.1潭（覃）。南（覃）。

309.2若（藥）。蕚（鐸）。

309.3華（麻二）。麻（麻二）。

309.4間（山）。山（山）。

309.5急（緝）。泣（緝）。

309.6堤（齊）。齊（齊）。

309.7憶（職）。識（職）。極（職）。

310〈幽蘭五首〉鮑照（逯 1271）

310.1顏（刪）。還（刪）。

310.2風（東三）。終（東三）。

310.3忤（暮）。誤（暮）。

310.4絲（之）。期（之）。

310.5知（支）。歧（支）。

311〈中興歌十首〉鮑照（逯 1271）

311.1日（質）。畢（質）。

311.2樂（鐸）。閣（鐸）。

311.3光（唐）。芳（陽）。

311.4中（東三）。風（東三）。

311.5歇（月）。沒（沒）。

311.6遊（尤）。流（尤）。

311.7滋（之）。時（之）。

311.8天（先）。煎（仙）。

311.9城（清）。京（庚三）。

311.10色（職）。極（職）。

312〈代白紵舞歌詞四首〉鮑照（逯 1272）

312.1褘（微）。衣（微）。晞（微）。飛（微）。迴（灰）。歸（微）。暉（微）。

312.2居（魚）。疏（魚）。渠（魚）。舒（魚）。竿（虞）。除（魚）。須（魚）。

312.3濕（緝）。入（緝）。急（緝）。泣（緝）。戢（緝）。立（緝）。集（緝）。

312.4捐（仙）。天（先）。恩（痕）。筵（仙）。山（山）。年（先）。言（元）。

313〈代白紵曲二首〉鮑照（逯 1273）

313.1舉（語）。女（語）。紵（語）。舞（麌）。黃（唐）。霜（陽）。央（陽）。

313.2多（歌）。和（戈）。芽（麻二）。華（麻二）。筵（仙）。絃

（先）。年（先）。

314〈代鳴鴈行〉鮑照（逯 1274）

旦（翰）。漢（翰）。亂（換）。散（翰）。知（支）。為（支）。

315〈擬行路難十八首〉鮑照（逯 1274）

315.1 琴（侵）。衾（侵）。沉（侵）。吟（侵）。音（侵）。

315.2 山（山）。仙（仙）。前（先）。煙（先）。年（先）。

315.3 閣（鐸）。幕（鐸）。藿（鐸）。雀（藥）。樂（鐸）。鶴（鐸）。

315.4 流（尤）。愁（尤）。寬（桓）。難（寒）。言（元）。

315.5 草（晧）。道（晧）。日（質）。出（術）。然（仙）。泉（仙）。年（先）。錢（仙）。天（先）。

315.6 食（職）。息（職）。翼（職）。息（職）。側（職）。織（職）。直（職）。

315.7 門（魂）。樽（魂）。魂（魂）。髡（魂）。尊（魂）。言（元）。

315.8 花（麻二）。家（麻二）。惋（換）。歎（翰）。換（換）。亂（換）。半（換）。

315.9 治（志）。意（志）。置（志）。異（志）。思（志）。

315.10 朝（宵）。銷（宵）。頭（侯）。期（之）。詞（之）。基（之）。時（之）。怡（之）。

315.11 庭（青）。莖（耕）。罌（耕）。爭（耕）。電（霰）。見（霰）。讌（霰）。暮（暮）。怖（暮）。忤（暮）。

315.12 林（侵）。岑（侵）。沈（侵）。音（侵）。心（侵）。簪（侵）。帷（脂）。遺（脂）。悲（脂）。

315.13 鳴（庚三）。情（清）。僑（宵）。霄（宵）。齡（青）。生（庚二）。盈（清）。精（清）。聲（清）。城（清）。城（清）。征（清）。名（清）。房（陽）。裳（陽）。粧

（陽）。忘（陽）。

315.14還（刪）。關（刪）。寒（寒）。顏（刪）。難（寒）。歎
（寒）。

315.15臺（咍）。萊（咍）。宮（東三）。中（東三）。隅（虞）。軀
（虞）。壚（模）。

315.16寒（寒）。安（寒）。看（寒）。冠（桓）。

315.17花（麻二）。華（麻二）。多（歌）。

315.18貧（真）。人（真）。辰（真）。春（諄）。篇（仙）。天
（先）。錢（仙）。年（先）。

316〈梅花落〉鮑照（逯 1278）

多（歌）。嗟（麻三）。花（麻二）。實（質）。日（質）。質
（質）。

317〈代淮南王二首〉鮑照（逯 1278）

317.1生（庚二）。經（青）。盤（桓）。丹（寒）。丹（寒）。房
（陽）。璫（唐）。腸（陽）。

317.2開（咍）。懷（皆）。懷（皆）。佩（隊）。愛（代）。利
（至）。棄（至）。

318〈代雉朝飛〉鮑照（逯 1279）

翼（職）。力（職）。逼（職）。直（職）。臆（職）。色（職）。手
（有）。酒（有）。有（有）。

319〈代北風涼行〉鮑照（逯 1279）

涼（陽）。雰（陽）。粧（陽）。傷（陽）。忘（陽）。歸（微）。悲
（脂）。衰（脂）。追（脂）。

320〈代空城雀〉鮑照（逯 1279）

阿（歌）。河（歌）。羅（歌）。多（歌）。禾（戈）。窠（戈）。何
（歌）。

321〈代夜坐吟〉鮑照（逯 1280）

吟（侵）。心（侵）。林（侵）。尋（侵）。音（侵）。深（侵）。

322〈代春日行〉鮑照（逯 1280）

行（庚二）。明（庚三）。聲（清）。榮（庚三）。驚（庚三）。鳴（庚三）。生（庚二）。傾（清）。池（支）。枝（支）。披（支）。知（支）。

宋詩卷八

323〈侍宴覆舟山詩二首〉鮑照（逯 1281）

323.1縣（霰）。殿（霰）。宴（霰）。變（線）。甸（霰）。遍（霰）。

323.2州（尤）。游（尤）。周（尤）。謳（侯）。浮（尤）。

324〈從拜陵登京峴詩〉鮑照（逯 1281）

終（東三）。松（鍾）。重（鍾）。通（東一）。峯（鍾）。容（鍾）。窮（東三）。中（東三）。邦（江）。空（東一）。

325〈蒜山被始興王命作詩〉鮑照（逯 1282）

流（尤）。羞（尤）。周（尤）。休（尤）。遊（尤）。留（尤）。洲（尤）。阪（尤）。浮（尤）。州（尤）。柔（尤）。謳（侯）。球（尤）。猷（尤）。

326〈登廬山詩二首〉鮑照（逯 1282）

326.1楹（清）。縈（清）。名（清）。經（青）。橫（庚二）。榮（庚三）。清（清）。靈（青）。情（清）。并（清）。

326.2士（止）。趾（止）。里（止）。汜（止）。耳（止）。祀（止）。裏（止）。起（止）。似（止）。子（止）。市（止）。

327〈從登香爐峯詩〉鮑照（逯 1283）

繹（昔）。宅（陌二）。策（麥）。跡（昔）。壁（錫）。石（昔）。脉（麥）。碧（昔）。客（陌二）。籍（昔）。魄（陌二）。覿

（錫）。帛（陌二）。

328〈從庾中郎遊園山石室詩〉鮑照（逯 1283）
室（質）。密（質）。疾（質）。日（質）。質（質）。溢（質）。慄（質）。述（術）。畢（質）。

329〈登翻車峴詩〉鮑照（逯 1283）
光（唐）。霜（陽）。腸（陽）。箱（陽）。梁（陽）。鄉（陽）。傷（陽）。

330〈登黃鶴磯詩〉鮑照（逯 1284）
秋（尤）。謳（侯）。浮（尤）。流（尤）。遊（尤）。憂（尤）。

331〈登雲陽九里埭詩〉鮑照（逯 1284）
疾（質）。一（質）。瑟（櫛）。日（質）。

332〈自礪山東望震澤詩〉鮑照（逯 1284）
雲（文）。分（文）。聞（文）。群（文）。文（文）。

333〈三日遊南苑詩〉鮑照（逯 1284）
雲（文）。文（文）。紋（文）。芬（文）。

334〈贈故人馬子喬詩六首〉鮑照（逯 1285）
334.1草（晧）。早（晧）。道（晧）。老（晧）。
334.2燃（仙）。鮮（仙）。堅（先）。緣（仙）。年（先）。
334.3枝（支）。崖（支）。離（支）。斯（支）。移（支）。
334.4中（東三）。風（東三）。容（鍾）。鴻（東一）。雙（江）。
334.5丹（寒）。難（寒）。顏（刪）。還（刪）。蘭（寒）。
334.6鳴（庚三）。形（青）。城（清）。局（青）。明（庚三）。并（清）。

335〈答客詩〉鮑照（逯 1286）
詞（之）。思（之）。疑（之）。之（之）。基（之）。持（之）。期（之）。詩（之）。滋（之）。絲（之）。時（之）。嗤（之）。

336〈和王丞詩〉鮑照（逯 1286）

年（先）。綿（仙）。賢（先）。山（山）。煙（先）。牽（先）。傳
（仙）。間（山）。

337〈日落望江贈荀丞詩〉鮑照（逯 1286）
　　深（侵）。陰（侵）。林（侵）。尋（侵）。音（侵）。心（侵）。金
（侵）。沈（侵）。

338〈秋日示休上人詩〉鮑照（逯 1287）
　　零（青）。驚（庚三）。鳴（庚三）。征（清）。清（清）。榮（庚
三）。城（清）。生（庚二）。

339〈答休上人菊詩〉鮑照（逯 1287）
　　稻（晧）。草（晧）。倒（晧）。羞（尤）。秋（尤）。愁（尤）。

340〈吳興黃浦亭庾中郎別詩〉鮑照（逯 1287）
　　輝（微）。依（微）。歸（微）。違（微）。揮（微）。衣（微）。追
（脂）。飛（微）。韋（微）。

341〈與伍侍郎別詩〉鮑照（逯 1288）
　　命（映三）。迸（諍）。性（勁）。逕（徑）。病（映三）。定
（徑）。盛（勁）。敬（映三）。

342〈送別王宣城詩〉鮑照（逯 1288）
　　情（清）。生（庚二）。明（庚三）。清（清）。聲（清）。馨
（清）。

343〈送從弟道秀別詩〉鮑照（逯 1288）
　　悲（脂）。時（之）。怡（之）。旗（之）。思（之）。滋（之）。辭
（之）。持（之）。期（之）。

344〈贈傅都曹別詩〉鮑照（逯 1288）
　　沚（止）。已（止）。里（止）。耳（止）。起（止）。裏（止）。

345〈和傅大農與僚故別詩〉鮑照（逯 1289）
　　音（侵）。心（侵）。林（侵）。陰（侵）。深（侵）。禽（侵）。沈
（侵）。岑（侵）。尋（侵）。

346〈送盛侍郎餞候亭詩〉鮑照（逯 1289）

　　闉（真）。津（真）。塵（真）。人（真）。身（真）。春（諄）。

347〈與荀中書別詩〉鮑照（逯 1289）

　　風（東三）。躬（東三）。終（東三）。容（鍾）。江（江）。從（鍾）。空（東一）。

348〈從過舊宮詩〉鮑照（逯 1290）

　　塗（模）。榆（虞）。圖（模）。湖（模）。初（魚）。衢（虞）。漁（魚）。荼（模）。腴（虞）。居（魚）。敷（虞）。渝（虞）。徒（模）。駑（虞）。

349〈從臨海王上荊初發新渚詩〉鮑照（逯 1290）

　　行（庚二）。冥（青）。荊（庚三）。旌（清）。鳴（庚三）。京（庚三）。情（清）。零（青）。盈（清）。

350〈還都道中詩三首〉鮑照（逯 1290）

　　350.1勤（欣）。分（文）。濆（文）。群（文）。紜（文）。聞（文）。

　　350.2舳（屋三）。目（屋三）。木（屋一）。谷（屋一）。狄（屋三）。陸（屋三）。宿（屋三）。

　　350.3懼（遇）。路（暮）。霧（遇）。趣（遇）。顧（暮）。素（暮）。樹（遇）。遇（遇）。

351〈上潯陽還都道中作詩〉鮑照（逯 1291）

　　洲（尤）。留（尤）。儔（尤）。遒（尤）。鷗（侯）。流（尤）。浮（尤）。秋（尤）。遊（尤）。憂（尤）。

352〈還都至三山望石頭城詩〉鮑照（逯 1292）

　　波（戈）。阿（歌）。羅（歌）。河（歌）。華（麻二）。芽（麻二）。霞（麻二）。家（麻二）。歌（歌）。多（歌）。何（歌）。

353〈還都口號詩〉鮑照（逯 1292）

　　宮（東三）。通（東一）。風（東三）。冬（冬）。空（東一）。容

（鍾）。江（江）。邦（江）。逢（鍾）。功（東一）。

354〈行京口至竹里詩〉鮑照（逯 1292）

　　仄（職）。色（職）。翼（職）。逼（職）。食（職）。力（職）。息
　　（職）。

355〈發後渚詩〉鮑照（逯 1293）

　　雪（薛）。別（薛）。發（月）。檝（月）。滅（薛）。結（屑）。節
　　（屑）。絕（薛）。

356〈陽岐守風詩〉鮑照（逯 1293）

　　沒（沒）。月（月）。發（月）。歇（月）。越（月）。髮（月）。

357〈發長松遇雪詩〉鮑照（逯 1293）

　　馳（支）。枝（支）。涯（支）。疲（支）。吹（支）。

358〈詠史詩〉鮑照（逯 1293）

　　利（至）。位（至）。次（至）。轡（至）。至（至）。地（至）。媚
　　（至）。棄（至）。

359〈蜀四賢詠〉鮑照（逯 1294）

　　鵲（藥）。閣（鐸）。寞（鐸）。爵（藥）。躍（藥）。落（鐸）。博
　　（鐸）。絡（鐸）。作（鐸）。樂（鐸）。託（鐸）。薄（鐸）。

宋詩卷九

360〈擬古詩八首〉鮑照（逯 1295）

　　360.1素（暮）。顧（暮）。路（暮）。慕（暮）。懼（遇）。誤
　　　　（暮）。兔（暮）。

　　360.2通（東一）。宮（東三）。風（東三）。鋒（鍾）。功（東
　　　　一）。戎（東三）。弓（東三）。終（東三）。

　　360.3逐（屋三）。服（屋三）。陸（屋三）。宿（屋三）。目（屋
　　　　三）。覆（屋三）。竹（屋三）。

360.4泉（仙）。堅（先）。年（先）。山（山）。川（仙）。煙（先）。填（先）。賢（先）。

360.5都（模）。儒（虞）。書（魚）。壺（模）。隅（虞）。廬（魚）。初（魚）。疏（魚）。

360.6陰（侵）。心（侵）。尋（侵）。林（侵）。深（侵）。侵（侵）。今（侵）。

360.7翼（職）。織（職）。識（職）。息（職）。色（職）。何（歌）。多（歌）。羅（歌）。

360.8平（庚三）。榮（庚三）。鳴（庚三）。情（清）。生（庚二）。誠（清）。

361〈紹古辭七首〉鮑照（逯1297）

361.1傳（仙）。前（先）。妍（先）。偏（仙）。然（仙）。遷（仙）。

361.2時（之）。絲（之）。治（之）。緇（之）。旗（之）。欺（之）。

361.3木（屋一）。促（燭）。鶴（鐸）。錄（燭）。玉（燭）。曲（燭）。

361.4飛（微）。畿（微）。暉（微）。衣（微）。歸（微）。

361.5雲（文）。群（文）。濆（文）。聞（文）。君（文）。

361.6塗（模）。書（魚）。疏（魚）。舒（魚）。隅（虞）。

361.7達（曷）。靄（曷）。捋（末）。闥（曷）。闊（末）。葛（曷）。

362〈學古詩〉鮑照（逯1298）

巾（真）。親（真）。人（真）。身（真）。神（真）。唇（真）。珍（真）。塵（真）。申（真）。晨（真）。陳（真）。春（諄）。

363〈古辭〉鮑照（逯1298）

梁（陽）。腸（陽）。傷（陽）。央（陽）。

364〈擬青青陵上柏詩〉鮑照（逯 1298）
　　泉（仙）。煙（先）。年（先）。絃（先）。川（仙）。山（山）。蓮
　　（先）。前（先）。賢（先）。

365〈學劉公幹體詩五首〉鮑照（逯 1299）
　　　365.1私（脂）。帷（脂）。葵（脂）。遺（脂）。
　　　365.2集（緝）。急（緝）。立（緝）。澀（緝）。
　　　365.3山（山）。前（先）。天（先）。妍（先）。
　　　365.4規（支）。垂（支）。池（支）。移（支）。
　　　365.5光（唐）。霜（陽）。芳（陽）。章（陽）。

366〈擬阮公夜中不能寐詩〉鮑照（逯 1299）
　　憂（尤）。流（尤）。儔（尤）。愁（尤）。

367〈學陶彭澤體詩〉鮑照（逯 1300）
　　多（歌）。過（戈）。羅（歌）。河（歌）。波（戈）。

368〈數名詩〉鮑照（逯 1300）
　　東（東一）。宮（東三）。邦（江）。鴻（東一）。豐（東三）。風
　　（東三）。鍾（鍾）。重（鍾）。容（鍾）。通（東一）。

369〈建除詩〉鮑照（逯 1300）
　　煌（唐）。羌（陽）。箱（陽）。牆（陽）。望（陽）。裝（陽）。張
　　（陽）。王（陽）。梁（陽）。漿（陽）。光（唐）。章（陽）。狂
　　（陽）。

370〈白雲詩〉鮑照（逯 1301）
　　天（先）。仙（仙）。淵（先）。山（山）。煙（先）。泉（仙）。間
　　（山）。絃（先）。傳（仙）。旋（仙）。

371〈臨川王服竟還田里詩〉鮑照（逯 1301）
　　薄（鐸）。壑（鐸）。爵（藥）。藿（鐸）。閣（鐸）。作（鐸）。崿
　　（鐸）。藥（藥）。洛（鐸）。

372〈行藥至城東橋詩〉鮑照（逯 1301）

晨（真）。闉（真）。津（真）。麈（真）。人（真）。親（真）。身
（真）。春（諄）。淪（諄）。辛（真）。

373〈園中秋散詩〉鮑照（逯1302）

單（寒）。殘（寒）。寒（寒）酸（桓）。闌（寒）。歡（桓）。彈
（寒）。

374〈觀圃人藝植詩〉鮑照（逯1302）

牧（屋三）。陸（屋三）。服（屋三）。肉（屋三）。睦（屋三）。築
（屋三）。熟（屋三）。宿（屋三）。覆（屋三）。

375〈過銅山掘黃精詩〉鮑照（逯1302）

策（麥）。曆（錫）。跡（昔）。石（昔）。滴（錫）。壁（錫）。積
（昔）。白（陌二）。客（陌二）。惜（昔）。

376〈賣玉器者詩〉鮑照（逯1303）

分（文）。聞（文）。溫（魂）。轅（元）。門（魂）。村（魂）。論
（魂）。

377〈懷遠人〉鮑照（逯1303）

因（真）。神（真）。辰（真）。塵（真）。伸（真）。

378〈夢歸鄉詩〉鮑照（逯1303）

逵（脂）。畿（微）。歸（微）。機（微）。闈（微）。輝（微）。薇
（脂）。徽（微）。違（微）。飛（微）。巍（微）。衰（脂）。誰
（脂）。

379〈春羈詩〉鮑照（逯1304）

邐（紙）。咫（紙）。倚（紙）。迤（紙）。旎（紙）。茲（之）。思
（之）。紙（紙）。子（止）。

380〈歲暮悲詩〉鮑照（逯1304）

落（鐸）。昨（鐸）。薄（鐸）。鶴（鐸）。壑（鐸）。諾（鐸）。酌
（藥）。

381〈在江陵歎年傷老詩〉鮑照（逯1304）

抱（晧）。腦（晧）。保（晧）。好（晧）。道（晧）。草（晧）。老
（晧）。

382〈夜聽妓詩二首〉鮑照（逯 1305）

382.1落（鐸）。藿（鐸）。作（鐸）。樂（鐸）。酌（藥）。

382.2多（歌）。歌（歌）。華（麻二）。

383〈翫月城西門廨中詩〉鮑照（逯 1305）

樓（侯）。鉤（侯）。埤（脂）。眉（脂）。櫳（東一）。窗（江）。
同（東一）。中（東三）。風（東三）。辛（真）。塵（真）。辰
（真）。春（諄）。淪（諄）。人（真）。

384〈喜雨詩〉鮑照（逯 1306）

陽（陽）。光（唐）。鄉（陽）。潢（唐）。莊（陽）。堂（唐）。芳
（陽）。箱（陽）。皇（陽）。

385〈苦雨詩〉鮑照（逯 1306）

灌（換）。亂（換）。旦（翰）。晏（翰）。岸（翰）。館（換）。漫
（換）。彈（翰）。

386〈詠白雪詩〉鮑照（逯 1306）

妍（先）。圓（仙）。鮮（仙）。年（先）。堅（先）。

387〈三日詩〉鮑照（逯 1307）

懷（皆）。臺（咍）。開（咍）。苔（咍）。栽（咍）。梅（灰）。杯
（灰）。摧（灰）。

388〈詠秋詩〉鮑照（逯 1307）

親（真）。塵（真）。淪（諄）。人（真）。

389〈秋夕詩〉鮑照（逯 1307）

機（微）。暉（微）。稀（微）。霏（微）。微（微）。違（微）。帷
（脂）。

390〈秋夜詩二首〉鮑照（逯 1307）

390.1央（陽）。裝（陽）。堂（唐）。梁（陽）。行（唐）。涼

（陽）。張（陽）。裳（陽）。光（唐）。觴（陽）。

390.2寞（鐸）。雀（藥）。樂（鐸）。塹（鐸）。鶴（鐸）。落
（鐸）。籜（鐸）。幕（鐸）。酌（藥）。鑠（藥）。

391〈和王護軍秋夕詩〉鮑照（逯1308）

寒（寒）。還（刪）。彈（寒）。酸（桓）。單（寒）。殘（寒）。難
（寒）。紈（桓）。餐（寒）。

392〈和王義興七夕詩〉鮑照（逯1308）

白（陌二）。客（陌二）。夕（昔）。隔（麥）。

393〈冬至詩〉鮑照（逯1309）

歡（翰）。換（換）。鴈（諫）。岸（翰）。晏（翰）。散（翰）。彈
（翰）。

394〈冬日詩〉鮑照（逯1309）

次（至）。地（至）。異（志）。棄（至）。利（至）。媚（至）。稚
（至）。至（至）。

395〈望水詩〉鮑照（逯1309）

長（養）。廣（蕩）。上（養）。爽（養）。賞（養）。想（養）。莽
（蕩）。

396〈望孤石詩〉鮑照（逯1310）

峯（鍾）。風（東三）。虹（東一）。窮（東三）。終（東三）。衷
（東三）。

397〈山行見孤桐詩〉鮑照（逯1310）

陰（侵）。深（侵）。淫[23]（侵）。吟（侵）。禽（侵）。心（侵）。任
（侵）。琴（侵）。

398〈詠雙燕詩二首〉鮑照（逯1310）

398.1崖（支）。池（支）。陲（支）。窺（支）。移（支）。知

---

23 原作「浮」，今改作「淫」。《說文・水部》：「淫，……久雨為淫。」後世作「霪」。

（支）。

398.2歸（微）。飛（微）。衣（微）。衰（脂）。威（微）。機（微）。

399〈酒後詩〉鮑照（逯 1311）

處（語）。旅（語）。

400〈講易詩〉鮑照（逯 1311）

人（真）。紳（真）。

401〈可愛詩〉鮑照（逯 1311）

羅（歌）。歌（歌）。

402〈夜聽聲詩〉鮑照（逯 1311）

繁（元）。翻（元）。

403〈在荊州與張使君李居士聯句〉鮑照（逯 1311）

鞍（寒）。竿（寒）。

404〈與謝尚書莊三連句〉鮑照（逯 1312）

澄（蒸）。勝（蒸）。凝（蒸）。興（蒸）。

405〈月下登樓連句〉鮑照（逯 1312）

陰（侵）。心（侵）。鮑博士深（侵）。臨（侵）。王延秀尋（侵）。音（侵）。荀原之祲（侵）。金（侵）。荀中書萬秋

406〈字謎三首〉鮑照（逯 1312）

406.1頭（侯）。流（尤）。

406.2鈎（侯）。抽（尤）。牛（尤）。

406.3九（有）。偶（厚）。六（屋三）。宿（屋三）。

407〈贈顧墨曹詩〉鮑照（逯 1312）

揆（旨）。軌（旨）。

408〈擬古詩〉鮑照（逯 1313）

弁（線）。昈（霰）。

409〈擬青青河畔草詩〉鮑令暉（逯 1313）

桐（東一）。中（東三）。紅（東一）。戎（東三）。風（東三）。

410〈擬客從遠方來詩〉鮑令暉（逯1313）
　　琴（侵）。音（侵）。心（侵）。尋（侵）。

411〈代葛沙門妻郭小玉作詩二首〉鮑令暉（逯1314）
　　411.1茵（真）。晨（真）。人（真）。秦（真）。春（諄）。
　　411.2錦（寑）。枕（寑）。寢（寑）。甚（寑）。

412〈題書後寄行人詩〉鮑令暉（逯1314）
　　顏（刪）。關（刪）。蘭（寒）。寒（寒）。還（刪）。

413〈寄行人詩〉鮑令暉（逯1314）
　　葉（葉）。妾（葉）。

414〈古意贈今人詩〉鮑令暉（逯1315）
　　練（霰）。綖[24]（線）。霰（霰）。見（霰）。燕（霰）。電（霰）。變（線）。

宋詩卷十

415〈學阮步兵體詩〉王素（逯1317）
　　思（之）。姬（之）。持（之）。期（之）。詩（之）。

416〈飛來雙白鵠〉吳邁遠（逯1318）
　　氛（文）。雲（文）。分（文）。濆（文）。群（文）。君（文）。知（支）。離（支）。移（支）。知（支）。

417〈櫂歌行〉吳邁遠（逯1318）
　　蘭（寒）。關（刪）。寒（寒）。還（刪）。端（桓）。殘（寒）。

418〈陽春歌〉吳邁遠（逯1318）
　　域（職）。色（職）。側（職）。翼（職）。息（職）。惻（職）。極

---

24 「綖」，線。《集韻》卷八：「（綫）私箭切。《說文》縷也。古从泉，或从延。」

（職）。

419〈胡笳曲〉吳邁遠（逯 1319）

今（侵）。金（侵）。禽（侵）。音（侵）。侵（侵）。陰（侵）。

420〈長相思〉吳邁遠（逯 1319）

端（桓）。還（刪）。鄲（寒）。寒（寒）。殫（寒）。顏（刪）。蘭
（寒）。看（寒）。關（刪）。歡（桓）。桓（桓）。

421〈長別離〉吳邁遠（逯 1319）

思（之）。時（之）。持（之）。悲（脂）。衰（脂）。疑（之）。飛
（微）。歸（微）。微（微）。暉（微）。

422〈杞梁妻〉吳邁遠（逯 1320）

薰（文）。文（文）。君（文）。雲（文）。墳（文）。群（文）。分
（文）。論（諄）。

423〈楚朝曲〉吳邁遠（逯 1320）

阿（歌）。波（戈）。何（歌）。歌（歌）。和（戈）。過（戈）。多
（歌）。羅（歌）。河（歌）。娥（歌）。

424〈秋風曲〉吳邁遠（逯 1320）

練（霰）。縱（線）。霰（霰）。見（霰）。燕（霰）。電（霰）。變
（線）。

425〈遊廬山觀道士石室詩〉吳邁遠（逯 1321）

稀（微）。歸（微）。衣（微）。衰（支）。為（支）。

426〈臨終詩〉吳邁遠（逯 1321）

山（山）。間（山）。

427〈華林北澗詩〉徐爰（逯 1322）

源（元）。泉（仙）。淺（先）。連（仙）。

428〈詩〉劉俁（逯 1323）

草（晧）。早（晧）。

429〈自為童謠〉卞彬（逯 1323）

服（屋三）。哭（屋一）。族（屋一）。

430〈雪詩〉任豫（逯 1324）
　　號（豪）。高（豪）。

431〈夏潦省宅詩〉任豫（逯 1324）
　　室（質）。陌（陌二）。拆（陌二）。夕（昔）。白（陌二）。跡
　　（昔）。惜（昔）。

432〈楚妃歎〉袁伯文（逯 1324）
　　霜（陽）。芳（陽）。

433〈述山貧詩〉袁伯文（逯 1325）
　　丘（尤）。洲（尤）。憂（尤）。留（尤）。

434〈歷山草堂應教〉湛茂之（逯 1325）
　　跡（昔）。柏（陌二）。客（陌二）。澤（陌二）。石（昔）。隙（陌
　　三）。

435〈離合詩〉賀道慶（逯 1325）
　　疲（支）。斯（支）。

436〈效孫皓爾汝歌〉王歆之（逯 1326）
　　肩（先）。年（先）。

437〈貧士詩〉蕭璟（逯 1326）
　　迫（陌二）。客（陌二）。適（昔）。易（昔）。軛（麥）。跡
　　（昔）。懌（昔）。

438〈春遊詩〉張公庭（逯 1327）
　　正（清）。瓊（清）。征（清）。坰（青）。精（清）。榮（庚三）。
　　鳴（庚三）。馨（青）。傾（清）。莖（耕）。情（清）。

439〈答孫緬歌〉漁父（逯 1327）
　　瀱（尤）。鉤（侯）。憂（尤）。

【雜歌謠辭】（諺語附）

440〈時人為檀道濟歌〉（逯 1328）
　　鳩（尤）。州（尤）。

441〈元嘉中魏地童謠〉（逯 1329）
　　雉（旨）。水（旨）。死（旨）。徙（紙）。

442〈民間為奚顯度謠〉（逯 1330）
　　額（陌二）。拍（陌二）。

443〈元徽中童謠〉（逯 1331）
　　蹄（齊）。兒（齊）。

444〈時人為劉劭劉駿語〉（逯 1331）
　　城（清）。縈（清）。兒（庚三）。

445〈麥城俗諺〉（逯 1331）
　　磨（過）。破（過）。

446〈顏延之引諺〉（逯 1332）
　　盛（勁）。病（映三）。

447〈清溪諺〉（逯 1332）
　　青（青）。營（清）。

448〈釋慧通引諺〉（逯 1332）
　　北（德）。惑（德）。東（東一）。蒙（東一）。

449〈時人為丁旿語〉（逯 1332）
　　扈（姥）。旿（姥）。

450〈南豫州軍士為王玄謨宗越語〉（逯 1333）
　　徒（模）。謨（模）。可（哿）。我（哿）。

451〈鼓山俗語〉（逯 1333）
　　鼓（姥）。五（姥）。

452〈京邑為何勗孟靈休語〉（逯 1333）

食（職）。飾（職）。

453〈時人為王延之王僧虔語〉（逯 1334）
平（庚三）。迎（庚三）。

454〈時人為胡母顥語〉（逯 1334）
諾（鐸）。橐（鐸）。

455〈百姓為袁粲褚彥回語〉（逯 1334）
城（清）。生（庚二）。

456〈時人評八僧語〉（逯 1335）
得（德）。塞（德）。

457〈時人為釋道經慧靜語〉（逯 1335）
墨（德）。塞（德）。

宋詩卷十一

【清商曲辭】

458〈碧玉歌三首〉（逯 1337）
458.1倒（晧）。好（晧）。
458.2德（德）。色（職）。
458.3攀（刪）。蘭（寒）。

459〈華山畿二十五首〉（逯 1338）
459.1畿（微）。施（支）。時（之）。開（咍）。
459.2絲（之）。為（支）。
459.3思（之）。時（之）。
459.4渚（語）。汝（語）。
459.5許（語）。汝（語）。
459.6止（止）。裏（止）。

459.7曙（御）。去（御）。

459.8惱（晧）。燥（晧）。

459.9思（之）。時（之）。

459.10許（語）。緒（語）。

459.11歡（換）[25]。漢（翰）。

459.12憶（職）。息（職）。

459.13羅（歌）。多（歌）。

459.14我（哿）。汝（語）。

459.15起（止）。已（止）。

459.16濃（鍾）。汝（語）。

459.17離（支）。啼（齊）。

459.18灌（換）。斷（換）。賴（泰）。

459.19渚（語）。許（語）。

459.20許（語）。汝（語）。

459.21道（晧）。繞（小）。

459.22蘿（歌）。過（戈）。

459.23思（之）。來（咍）。

459.24雞（齊）。啼（齊）。

459.25絲（之）。來（咍）。

460〈讀曲歌八十九首〉（逯 1340）

460.1雲（文）。裙（文）。

460.2有（有）。不（有）。

460.3敵（錫）。摘（錫）。

460.4邊（先）。蓮（仙）。

460.5久（有）。藕（厚）。

---

25 「歡」又作「懽」，又音「貫」。

460.6思（之）。碑（支）。

460.7言（元）。痕（痕）。

460.8郎（唐）。昂（唐）。

460.9子（止）。死（旨）。

460.10踱（鐸）。露（暮）。

460.11所（語）。度（暮）。

460.12忍（軫）。盡（軫）。

460.13燥（晧）。道（晧）。

460.14憐（先）。年（先）。

460.15昂（唐）。陽（陽）。

460.16柳（有）。口（厚）。

460.17低（齊）。啼（齊）。

460.18子（止）。耳（止）。

460.19忍（軫）。盡（軫）。

460.20好（晧）。抱（晧）。

460.21睹（姥）。許（語）。

460.22食（職）。息（職）。

460.23遊（尤）。龜（尤）。

460.24子（止）。裏（止）。

460.25草（晧）。抱（晧）。

460.26鮮（仙）。眠（先）。

460.27垂（支）。飛（微）。

460.28字（志）。棄（至）。

460.29許（語）。語（語）。

460.30來（咍）。誰（脂）。

460.31青（青）。情（清）。

460.32道（晧）。寶（晧）。

460.33央（陽）。光（唐）。

460.34來（咍）。期（之）。

460.35舉（語）。汝（語）。

460.36飛（微）。歸（微）。

460.37回（灰）。歸（微）。徊（灰）。

460.38遙（宵）。消（宵）。

460.39去（御）。慮（御）。

460.40度（暮）。露（暮）。

460.41前（先）。言（元）。

460.42響（養）。像（養）。

460.43肆（至）。事（志）。意（志）。

460.44郎（唐）。瘡（陽）。

460.45裏（止）。爾（紙）。

460.46斷（換）。散（翰）。

460.47語（語）。緒（語）。

460.48宿（屋三）。目（屋一）。

460.49伺（之）。來（咍）。

460.50憐（先）。邊（先）。

460.51路（暮）。度（暮）。

460.52的（錫）。曆（錫）。

460.53於（魚）。疏（魚）。

460.54出（術）。畢（質）。

460.55鳥（篠）。曉（篠）。

460.56裏（止）。爾（止）。

460.57情（清）。明（庚三）。

460.58驅（虞）。由（尤）。

460.59慮（御）。處（御）。

460.60怒（暮）。苦（暮）。

460.61意（志）。駛（志）。

460.62時（之）。期（之）。

460.63燥（晧）。早（晧）。

460.64置（志）。媚（至）。

460.65來（咍）。題（齊）。

460.66血（屑）。計（霽）。

460.67已（止）。死（旨）。

460.68已（止）。起（止）。

460.69中（東三）。儂（冬）。

460.70忍（軫）。盡（軫）。

460.71浦（姥）。苦（姥）。

460.72納（合）。沓（合）。

460.73離（支）。碑（支）。

460.74慮（御）。去（御）。

460.75慮（御）。處（御）。

460.76烏（模）。鑪（模）。

460.77生（庚二）。明（庚三）。

460.78博（鐸）。薄（鐸）。

460.79裏（止）。爾（止）。

460.80子（止）。已（止）。

460.81息（職）。極（職）。

460.82餘（魚）。疏（魚）。

460.83風（東三）。中（東三）。

460.84裏（止）。子（止）。

460.85憶（職）。得（德）。

460.86鼓（姥）。苦（姥）。

460.87情（清）。生（庚二）。

460.88厭（豔）。念（桥）。

460.89是（紙）。子（止）。

461〈石城樂〉（五曲）（逯 1346）

461.1樓（侯）。投（侯）。

461.2前（先）。年（先）。

461.3津（真）。還（仙）。

461.4餘（魚）。居（魚）。

461.5亭（青）。聲（清）。

462〈莫愁樂〉（二曲）（逯 1346）

462.1西（齊）。來（咍）。

462.2州（尤）。頭（侯）。流（尤）。

463〈烏夜啼〉（八曲）（逯 1347）

463.1跡（昔）。識（職）。

463.2子（止）。起（止）。里（止）。

463.3居（魚）。書（魚）。

463.4曙（御）。去（御）。

463.5去（御）。曙（御）。

463.6動（董）。往（養）。

463.7家（麻二）。何（歌）。

463.8麻（麻二）。何（歌）。

464〈襄陽樂〉（九曲）（逯 1348）

464.1宿（屋三）。目（屋三）。

464.2櫨（姥）。柱（麌）。

464.3央（陽）。長（陽）。

464.4處（御）。去（御）。

464.5松（鍾）。儂（冬）。

464.6飛（微）。徊（灰）。誰（脂）。

464.7叢（東一）。儂（冬）。

464.8表（小）。繞（小）。

464.9語（御）。去（御）。

465〈壽陽樂〉（九曲）（逯 1348）

465.1陽（陽）。忘（陽）。

465.2雲（文）。君（文）。

465.3流（尤）。照（笑）。

465.4去（御）。駛（志）。

465.5琴（侵）。吟（侵）。

465.6思（之）。來（咍）。愁（尤）。

465.7悠（尤）。憂（尤）。

465.8路（暮）。度（暮）。

465.9去（御）。載（代）。

466〈西烏夜飛〉（五曲）（逯 1349）

466.1黃（唐）。傍（唐）。

466.2前（先）。譏（微）。

466.3刺（昔）。僻（昔）。

466.4盛（勁）。詠（映三）。

466.5慮（御）。去（御）。

宋詩卷十二

【郊廟歌辭】

467〈宋南郊登歌三首〉顏延之（逯 1351）

467.1〈夕牲歌〉顏延之（逯 1351）

祖（姥）。楚（語）。武（麌）。宇（麌）。主（麌）。土
（姥）。舉（語）。序（語）。俎（語）。祜（姥）。

467.2〈迎送神歌〉顏延之（逯1351）

親（真）。春（諄）。禋（真）。陳（真）。民（真）。晨
（真）。淪（諄）。神（真）。輪（諄）。振（真）。

467.3〈饗神歌〉顏延之（逯1351）

衷（東三）。從（鍾）。宮（東三）。通（東一）。吉（質）。
室（質）。秩（質）。謐（質）。供（鍾）。躬（東三）。容
（鍾）。鍾（鍾）。踤（質）。溢（質）。一（質）。日
（質）。終（東三）。穹（東三）。功（東一）。充（東三）。

468〈宋明堂歌九首〉謝莊（逯1352）

468.1〈迎神歌〉謝莊（逯1352）

回（灰）。開（咍）。雲（文）。縕（文）。邑（緝）。集
（緝）。簾（鹽）。檐（鹽）。融（東三）。風（東三）。牷
（仙）。虔（仙）。昌（陽）。光（唐）。安（寒）。鑾
（桓）。歡（桓）。

468.2〈登歌〉謝莊（逯1353）

辰（真）。陳（真）。庭（青）。靈（青）。德（德）。國
（德）。

468.3〈歌太祖文皇帝〉謝莊（逯1353）

則（德）。國（德）。瀛（清）。旌（清）。風（東三）。虹
（東一）。庭（青）。靈（青）。春（諄）。民（真）。

468.4〈歌青帝〉謝莊（逯1353）

晨（真）。春（諄）。蕤（脂）。遲（脂）。新（真）。垠
（真）。

468.5〈歌赤帝〉謝莊（逯1354）

中（東三）。同（東一）。衡（庚二）。榮（庚三）。阜
（有）。有（有）。

468.6〈歌黃帝〉謝莊（逯 1354）
　　方（陽）。涼（陽）。結（屑）。折（薛）。節（屑）。度
　　（暮）。步（暮）。

468.7〈歌白帝〉謝莊（逯 1354）
　　明（庚三）。精（清）。波（戈）。河（歌）。寧（青）。靈
　　（青）。

468.8〈歌黑帝〉謝莊（逯 1355）
　　馳（支）。規（支）。涯（支）。光（唐）。梁（陽）。鄉
　　（陽）。延（仙）。宣（仙）。泉（仙）。

468.9〈送神歌〉謝莊（逯 1355）
　　度（暮）。暮（暮）。達（曷）。秣（末）。梁（陽）。香
　　（陽）。都（模）。虛（魚）。熾（志）。思（志）。

469〈宋宗廟登歌八首〉王韶之（逯 1355）

469.1〈北平府君歌〉王韶之（逯 1356）
　　融（東三）。風（東三）。隆（東三）。窮（東三）。

469.2〈相國掾府君歌〉王韶之（逯 1356）
　　肅（屋三）。穆（屋三）。服（屋三）。福（屋三）。

469.3〈開封府君歌〉王韶之（逯 1356）
　　序（語）。舉（語）。羽（麌）。祖（姥）。祜（姥）。

469.4〈武原府君歌〉王韶之（逯 1356）
　　將（陽）。皇（唐）。光（唐）。疆（陽）。

469.5〈東安府君歌〉王韶之（逯 1356）
　　心（侵）。音（侵）。金（侵）。欽（侵）。

469.6〈孝皇帝歌〉王韶之（逯 1357）
　　淵（先）。天（先）。絃（先）。宣（仙）。

469.7〈高祖武皇帝歌〉王韶之（逯 1357）
　　哲（薛）。撥（末）。墳（文）。文（文）。名（清）。京（庚

　　　三）。劭（笑）。廟（笑）。

　　469.8〈七廟享神歌〉王韶之（逯 1357）

　　　　庭（青）。盈（清）。馨（青）。誠（清）。禎（清）。成
　　　　（清）。

470〈宋世祖廟歌二首〉謝莊（逯 1357）

　　470.1〈世祖孝武皇帝歌〉謝莊（逯 1357）

　　　　祖（姥）。祜（姥）。矩（麌）。緒（語）。宇（麌）。京（庚
　　　　三）。城（清）。瀛（清）。甍（耕）。宮（東三）。風（東
　　　　三）。崇（東三）。窮（東三）。

　　470.2〈宣太后歌〉謝莊（逯 1358）

　　　　光（唐）。姜（陽）。房（陽）。芳（陽）。

471〈宋章廟樂舞歌十五首〉（逯 1358）

　　471.1〈肅咸樂〉（二章）殷淡（逯 1358）

　　　　471.1.1聖（勁）。慶（映三）。彰（陽）。張（陽）。庭
　　　　　　（青）。聲（清）。承（蒸）。膺（蒸）。

　　　　471.1.2敘（語）。俎（語）。基（之）。司（之）。朝（宵）。
　　　　　　宵（宵）。芳（陽）。光（唐）。

　　471.2〈引牲樂〉殷淡（逯 1359）

　　　　靈（青）。牲（庚二）。豐（東一）。衷（東三）。傅（仙）。
　　　　牷（仙）。

　　471.3〈嘉薦樂〉殷淡（逯 1359）

　　　　舉（語）。序（語）。陳（真）。神（真）。薦（霰）。縣
　　　　（霰）。闈（微）。暉（微）。則（德）。國（德）。容
　　　　（鍾）。雍（鍾）。

　　471.4〈昭夏樂〉殷淡（逯 1359）

　　　　微（微）。輝（微）。馨（青）。清（清）。縣（先）。天
　　　　（先）。慕（暮）。祚（暮）。

471.5〈永至樂〉殷淡（逯 1360）

　　昭（宵）。濟[26]（豪）。朝（宵）。韶（宵）。祧（蕭）。

471.6〈登歌〉（二章）殷淡（逯 1360）

　　471.6.1日（質）。室（質）。佾（質）。芬（文）。陳（真）。
　　　　振（真）。

　　471.6.2時（之）。辭（之）。通（東一）。風（東三）。親
　　　　（真）。神（真）。

471.7〈章德凱容樂〉殷淡（逯 1360）

　　聖（勁）。慶（映三）。詠（映三）。命（映三）。

471.8〈昭德凱容樂〉宋明帝劉彧（逯 1360）

　　風（東三）。穹（東三）。宮（東三）。容（鍾）。

471.9〈宣德凱容樂〉宋明帝劉彧（逯 1361）

　　輝（微）。機（微）。微（微）。徽（微）。

471.10〈嘉胙樂〉殷淡（逯 1361）

　　昌（陽）。祥（陽）。王（陽）。鄉（陽）。光（唐）。疆
　　（陽）。

471.11〈昭夏樂〉（二章）殷淡（逯 1361）

　　471.11.1豐（東三）。充（東三）。穹（東三）。空（東一）。
　　　　風（東三）。

　　471.11.2度（暮）。慕（暮）。樹（遇）。輅（暮）。步（暮）。

471.12〈休成樂〉殷淡（逯 1361）

　　薦（霰）。徧（霰）。縣（霰）。殿（霰）。虛（魚）。途
　　（模）。宸（真）。音（侵）。感（感）。範（范）。明（庚
　　三）。生（庚二）。

26　「濟」，膏的異體字。〈北魏元昭墓誌〉：「其訓俗禮民之教，若濛雨之濟春萌；窮奸
　　塞暴之政，猶洪飈之墜零藋。」（《洛陽出土北魏墓誌選編》307頁）《宋書》作
　　「滈」，恐非。

【燕射歌辭】

472〈宋四廂樂歌五首〉王韶之（逯 1362）

　　472.1〈肆夏樂歌〉（四曲）王韶之（逯 1362）

　　　　472.1.1元（元）。坤（魂）。軒（元）。蕃（元）。

　　　　472.1.2僚（蕭）。朝（宵）。韶（宵）。昭（宵）。

　　　　472.1.3舒（魚）。除（魚）。餘（魚）。初（魚）。

　　　　472.1.4時（之）。詩（之）。熙（之）。茲（之）。

　　472.2〈大會行禮歌〉（二曲）王韶之（逯 1363）

　　　　472.2.1祥（陽）。唐（唐）。光（唐）。方（陽）。

　　　　472.2.2靈（青）。禎（清）。京（庚三）。明（庚三）。

　　472.3〈王公上壽歌〉（一曲）王韶之（逯 1363）

　　　　皇（唐）。光（唐）。

　　472.4〈殿前登歌〉（三曲）王韶之（逯 1363）

　　　　472.4.1道（晧）。保（晧）。方（陽）。皇（唐）。

　　　　472.4.2池（支）。儀（支）。容（鍾）。邦（江）。

　　　　472.4.3聖（勁）。慶（映三）。盛（勁）。命（映三）。

　　472.5〈食舉歌〉（十曲）王韶之（逯 1364）

　　　　472.5.1覯（姥）。舉（語）。明（庚三）。庭（青）。聲
　　　　　　（清）。輝（微）。闈（微）。歸（微）。

　　　　472.5.2獻（願）。薦（霰）。殿（霰）。面（線）。願（願）。
　　　　　　燕（霰）。縣（霰）。倦（線）。變（線）。

　　　　472.5.3陽（陽）。祥（陽）。鍾（鍾）。龍（鍾）。墜（至）。
　　　　　　穗（至）。敷（虞）。符（虞）。

　　　　472.5.4民（真）。賓（真）。賓（真）。盛（勁）。慶（映
　　　　　　三）。慶（映三）。載（代）。戴（代）。代（代）。

　　　　472.5.5德（德）。則（德）。默（德）。國（德）。

472.5.6泰（泰）。外（泰）。帶（泰）。濊（泰）。大（泰）。

472.5.7王（陽）。皇（唐）。章（陽）。芳（陽）。康（唐）。
昌（陽）。

472.5.8顯（銑）。典（銑）。闈（獮）。始（止）。紀（止）。
祀（止）。祉（止）。

472.5.9儀（支）。施（支）。池（支）。稱（蒸）。興（蒸）。

472.5.10淑（屋三）。服（屋三）。俗（燭）。俗（燭）。融
（東三）。功（東一）。窮（東三）。

【舞曲歌辭】

473〈宋前後舞歌二首〉王韶之（逯1367）

473.1〈前舞歌〉王韶之（逯1367）
臨（侵）。陰（侵）。深（侵）。琴（侵）。音（侵）。今
（侵）。宣（仙）。乾（仙）。然（仙）。天（先）。年
（先）。騫（仙）。

473.2〈後舞歌〉王韶之（逯1368）
德（德）。塞（德）。國（德）。默（德）。德（德）。勒
（德）。仁（真）。神（真）。塵（真）。民（真）。人
（真）。新（真）。

474〈白紵舞歌詩〉無名氏（逯1368）
翔（陽）。洋（陽）。光（唐）。昂（唐）。方（陽）。行（唐）。央
（陽）。忘（陽）。人（真）。銀（真）。塵（真）。巾（真）。陳
（真）。神（真）。

475〈宋泰始歌舞曲十二首〉（逯1368）

475.1〈皇業頌〉明帝（逯1368）
融（東三）。風（東三）。慶（映三）。聖（勁）。命（映
三）。詠（映三）。

475.2〈聖祖頌〉明帝（逯 1369）

　　曆（錫）。冊（麥）。聲（清）。靈（青）。謀（尤）。流（尤）。猷（尤）。

475.3〈明君大雅〉虞龢（逯 1369）

　　基（之）。詩（之）。慝（德）。德（德）。埏（仙）。天（先）。

475.4〈通國風〉明帝（逯 1369）

　　昌（陽）。光（唐）。勳（文）。文（文）。軍（文）。贊（翰）。旦（翰）。亂（換）。王（陽）。康（唐）。彰（陽）。揚（陽）。疆（陽）。

475.5〈天符頌〉明帝（逯 1370）

　　皇（唐）。驤（陽）。光（唐）。祥（陽）。

475.6〈明德頌〉明帝（逯 1370）

　　紀（止）。祉（止）。趾（止）。祀（止）。

475.7〈帝圖頌〉明帝（逯 1370）

　　宣（仙）。鮮（仙）。年（先）。傳（仙）。

475.8〈龍躍大雅〉明帝（逯 1370）

　　宮（東三）。中（東三）。文（文）。雲（文）。呈（清）。成（清）。神（真）。（臻）。

475.9〈淮祥風〉明帝（逯 1370）

　　生（庚二）。平（庚三）。

475.10〈宋世大雅〉虞龢（逯 1371）

　　始（止）。喜（止）。酒（有）。久（有）。

475.11〈治兵大雅〉明帝（逯 1371）

　　戰（線）。面（線）。辰（真）。塵（真）。

475.12〈白紵篇大雅〉明帝（逯 1371）

　　詩（之）。絲（之）。時（之）。基（之）。舒（魚）。初

（魚）。餘（魚）。行（庚二）。成（清）。英（庚三）。聲
（清）。工（東一）。風（東三）。豐（東三）。衷（東
三）。

476〈宋鳳凰銜書伎辭〉明帝（逯1371）
　符（虞）。書（魚）。虛（魚）。虞（虞）。餘（魚）。

【鬼神】

477〈青溪小姑歌二首〉（逯1372）
　　477.1吹（支）。枝（支）。知（支）。
　　477.2幕（鐸）。落（鐸）。

478〈郭長生吹笛歌〉（逯1372）
　清（清）。鳴（庚三）。生（庚二）。

479〈聶包鬼歌〉（逯1373）
　盈（清）。行（庚二）。生（庚二）。

480〈陵欣歌〉（逯1373）
　鬼（尾）。罪（賄）。

481〈鬼謠歌〉（逯1373）
　歸（微）。輝（微）。

482〈鬼歌〉（逯1374）
　鼓（姥）。魯（姥）。

483〈犬妖歌〉（逯1374）
　歌（歌）。花（麻二）。何（歌）。

484〈鶴吟〉（逯1374）
　佇（語）。緒（語）。

貳　齊詩韻譜

齊詩卷一

1〈塞客吟〉齊高帝蕭道成（逯 1375）

　　序（語）。楚（語）。武（麌）。渚（語）。衰（脂）。悲（脂）。飛（微）。明（庚三）。庭（青）。征（清）。情（清）。英（庚三）。聲（清）。馨（青）。斜（麻三）。霞（麻二）。波（戈）。多（歌）。歌（歌）。泉（仙）。山（山）。湲（仙）。懸（先）。言（元）。泉（仙）。玄（先）。

2〈群鶴詠〉齊高帝蕭道成（逯 1376）

　　音（侵）。禽（侵）。

3〈估客樂〉齊武帝蕭賾（逯 1376）

　　渚（語）。敘（語）。

4〈別蕭諮議詩〉王延（逯 1377）

　　軒（元）。言（元）。暄（元）。園（元）。蓀（魂）。

5〈侍太子九日宴玄圃詩〉王儉（逯 1378）

　　量（漾）。尚（漾）。王（漾）。望（漾）。榮（庚三）。平（庚三）。衛（祭）。軼[1]（質）。房（陽）。翔（陽）。霜（陽）。芳（陽）。梁（陽）。猷（尤）。柔（尤）。

6〈侍皇太子釋奠宴詩〉王儉（逯 1378）

　　端（桓）。安（寒）。瀾（寒）。寒（寒）。誘（有）。壽（有）。久（有）。友（有）。旦（翰）。館（換）。漢（翰）。贊（翰）。與（語）。序（語）。譽（御）。楚（語）。

1　詩句原作「方軑前軌」，據《藝文類聚》卷四改為「方軌前軑」。

7〈贈徐孝嗣詩〉王儉（逯 1379）

　　7.1龍（鍾）。東（東一）。蹤（鍾）。雍（鍾）。從（鍾）。行（庚
　　　　二）。貞（清）。征（清）。情（清）。

　　7.2輔（麌）。吐（姥）。

8〈春日家園詩〉王儉（逯 1379）

　　收（尤）。留（尤）。脩（尤）。周（尤）。丘（尤）。

9〈春詩二首〉王儉（逯 1380）

　　9.1池（支）。枝（支）。

　　9.2暉（微）。飛（微）。

10〈春夕詩〉王儉（逯 1380）

　　春（諄）。塵（真）。

11〈後園餞從兄豫章詩〉王儉（逯 1380）

　　軒（元）。園（元）。

12〈贈王儉詩〉王僧佑（逯 1380）

　　郭（鐸）。雀（藥）。

13〈臨終詩〉顧歡（逯 1381）

　　舍（禡三）。化（禡二）。柘（禡三）。夜（禡三）。駕（禡二）。
　　謝（禡三）。

14〈九日侍宴詩〉竟陵王蕭子良（逯 1382）

　　寒（寒）。團（桓）。巒（桓）。飡（寒）。

15〈侍皇太子釋奠宴詩〉竟陵王蕭子良（逯 1382）

　　雲（文）。文（文）。芬（文）。

16〈遊後園〉竟陵王蕭子良（逯 1382）

　　外（泰）。藹（泰）。會（泰）。

17〈行宅詩〉竟陵王蕭子良（逯 1383）

　　外（泰）。艾（泰）。

18〈登山望雷居士精舍同沈右衛過劉先生墓下作詩〉竟陵王蕭子良

（逯 1383）

缺（薛）。絕（薛）。哲（薛）。滅（薛）。裔（祭）。逝（祭）。

19〈後湖放生詩〉竟陵王蕭子良（逯 1383）

邊（先）。瀾（山）。

20〈經劉瓛墓下詩〉隨郡王蕭子隆（逯 1384）

窮（東三）。通（東一）。終（東三）。風（東三）。空（東一）。

齊詩卷二

21〈齊明王歌辭七首〉王融（逯 1385）

21.1〈明王曲〉王融（逯 1385）

和（戈）。歌（歌）。羅（歌）。跎（歌）。波（戈）。何（歌）。

21.2〈聖君曲〉王融（逯 1386）

期（之）。基（之）。滋（之）。思（之）。辭（之）。時（之）。

21.3〈淥水曲〉王融（逯 1386）

旭（燭）。淥（燭）。燭（燭）。曲（燭）。促（燭）。玉（燭）。

21.4〈采菱曲〉王融（逯 1386）

樓（侯）。流（尤）。舟（尤）。謳（侯）。浮（尤）。求（尤）。

21.5〈清楚引〉王融（逯 1387）

岧（蕭）。宵（宵）。遼（蕭）。飇（宵）。苗（宵）。妖（宵）。

21.6〈長歌引〉王融（逯 1387）

明（庚三）。平（庚三）。清（清）。城（清）。生（庚二）。迎（庚三）。聲（清）。

21.7〈散曲〉王融（逯 1387）

然（仙）。纏（仙）。弦（先）。妍（先）。煙（先）。年（先）。

22〈有所思〉王融（逯 1387）

思（之）。時（之）。綦（之）。持（之）。絲（之）。

23〈三婦豔詩〉王融（逯 1388）

　　黃（唐）。堂（唐）。央（陽）。

24〈青青河畔草〉王融（逯 1388）

　　起（止）。子（止）。歸（微）。輝（微）。促（燭）。曲（燭）。餘
　　（魚）。疏（魚）。返（阮）。晚（阮）。婉（阮）。

25〈同沈右率諸公賦鼓吹曲二首〉王融（逯 1388）

　　　25.1〈巫山高〉王融（逯 1388）

　　　　　曲（燭）。續（燭）。矚（燭）。綠（燭）。

　　　25.2〈芳樹〉王融（逯 1389）

　　　　　霧（遇）。樹（遇）。趣（遇）。遇（遇）。

26〈臨高臺〉王融（逯 1389）

　　臺（咍）。開（咍）。來（咍）。徊（灰）。

27〈望城行〉王融（逯 1389）

　　裏（止）。似（止）。已（止）。市（止）。

28〈法樂辭〉（十二章）王融（逯 1389）

　　　28.1悠（尤）。舟（尤）。籌（尤）。流（尤）。

　　　28.2越（月）。月（月）。闕（月）。發（月）。

　　　28.3央（陽）。祥（陽）。光（唐）。皇（唐）。

　　　28.4殿（霰）。宴（霰）。薦（霰）。戀（線）。

　　　28.5榮（庚三）。生（庚二）。瀛（清）。貞（清）。

　　　28.6樹（遇）。慕（暮）。路（暮）。去（御）。

　　　28.7禪（仙）。川（仙）。玄（先）。泉（仙）。

　　　28.8結（屑）。滅（薛）。缺（薛）。世（祭）。

　　　28.9棲（齊）。隄（齊）。躋（齊）。齊（齊）。

　　　28.10陰（侵）。簪（侵）。琴（侵）。心（侵）。

　　　28.11穹（東三）。風（東三）。中（東三）。蔥（東一）。宮（東
　　　　　三）。

28.12親（真）。塵（真）。仁（真）。民（真）。

29〈少年子〉王融（逯 1392）

人（真）。陳（真）。

30〈江皋曲〉王融（逯 1392）

開（咍）。來（咍）。

31〈思公子〉王融（逯 1392）

脩（尤）。憂（尤）。

32〈王孫遊〉王融（逯 1392）

思（之）。期（之）。

33〈陽翟新聲〉王融（逯 1392）

城（清）。鳴（庚三）。

34〈永明樂十首〉王融（逯 1393）

34.1聲（清）。明（庚三）。

34.2起（止）。軌（旨）。

34.3芳（陽）。王（陽）。

34.4鶴（鐸）。閣（鐸）。

34.5整（靜）。穎（靜）。

34.6霞（麻二）。花（麻二）。

34.7鈴（青）。清（清）。

34.8居（魚）。舒（魚）。

34.9阿（歌）。羅（歌）。

34.10蓮（先）。年（先）。

35〈奉和秋夜長〉王融（逯 1393）

長（陽）。央（陽）。梁（陽）。

36〈贈族叔衛軍儉詩〉（十五章）王融（逯 1394）

36.1峻（稕）。鎮（震）。仞（震）。振（震）。

36.2圖（模）。盱（虞）。謨（模）。符（虞）。

36.3輔（麌）。主（麌）。矩（麌）。禹（麌）。

36.4溫（魂）。門（魂）。言（元）。鐏（魂）。

36.5姓（勁）。敬（映三）。正（勁）。鏡（映三）。

36.6文（文）。雲（文）。紛（文）。群（文）。

36.7務（遇）。譽（御）。素（暮）。樹（遇）。

36.8良（陽）。方（陽）。昌（陽）。王（陽）。

36.9京（庚三）。成（清）。情（清）。名（清）。

36.10宮（東三）。蒙（東一）。中（東三）。風（東三）。

36.11又（廢）。闕（月）。伐（月）。發（月）。

36.12清（清）。明（庚三）。珩（庚二）。馨（青）。

36.13宣（仙）。山（山）。騫（仙）。年（先）。

36.14傳（仙）。玄（先）。員（仙）。斾（仙）。

36.15貫（換）。粲（翰）。算²（換）。旦（翰）。

37〈從武帝琅邪城講武應詔詩〉王融（逯 1395）

篇（仙）。全（仙）。斾（仙）。船（仙）。綿（仙）。宣（仙）。然（仙）。

38〈樓玄寺聽講畢遊邸園七韻應司徒教詩〉王融（逯 1395）

隙（昔）。闢（昔）。液（昔）。積（昔）。石（昔）。碧（昔）。夕（昔）。

39〈雜體報范通直詩〉王融（逯 1396）

濱（真）。鄰（真）。人（真）。臣（真）。塵（真）。新（真）。親（真）。紳（真）。

40〈蕭諮議西上夜集詩〉王融（逯 1396）

梁（陽）。長（陽）。霜（陽）。光（唐）。芳（陽）。

---

2 通「筭」。《說文・竹部》:「筭，長六寸。計歷數者。从竹、从弄。言常弄乃不誤也。」《廣韻・去聲・換韻》蘇貫切。

41〈別王丞僧孺詩〉王融（逯 1396）

　　甸（霰）。練（霰）。面（線）。衍（線）。見（霰）。

42〈寒晚敬和何徵君點詩〉王融（逯 1396）

　　律（術）。日（質）。蓽（質）。瑟（櫛）。疾（質）。逸（質）。彎（至）。

43〈古意詩二首〉王融（逯 1397）

　　43.1歸（微）。輝（微）。衣（微）。稀（微）。飛（微）。

　　43.2谷（屋一）。穀（屋一）。沐（屋一）。聞（文）。蘊（文）。紛（文）。

44〈奉和竟陵王郡縣名詩〉王融（逯 1397）

　　丘（尤）。洲（尤）。流（尤）。秋（尤）。收（尤）。脩（尤）。遊（尤）。謳（侯）。儔（尤）。遊（尤）。

45〈遊仙詩五首〉王融（逯 1398）

　　45.1節（屑）。雪（薛）。碣（薛）。說（薛）。礪（祭）。

　　45.2隅（虞）。區（虞）。壺（模）。珠（虞）。俱（虞）。

　　45.3臺（咍）。哀（咍）。迴（灰）。杯（灰）。來（咍）。

　　45.4征（清）。城（清）。楹（清）。榮（庚三）。笙（庚二）。

　　45.5鑣（宵）。潮（宵）。飆（宵）。霄（宵）。寥（蕭）。

46〈訶詰四大門詩〉王融（逯 1398）

　　入（緝）。習（緝）。給（緝）。集（緝）。及（緝）。泣（緝）。

47〈在家男女惡門詩〉王融（逯 1399）

　　堅（先）。賢（先）。年（先）。遷（仙）。纏（仙）。延（仙）。

48〈大慚愧門詩〉王融（逯 1399）

　　草（晧）。皓（晧）。藻（晧）。道（晧）。保（晧）。造（晧）。

49〈努力門詩〉王融（逯 1399）

　　移（支）。為（支）。離（支）。垂（支）。危（支）。馳（支）。窺（支）。

50〈迴向門詩〉王融（逯 1400）

形（青）。情（清）。名（清）。并（清）。橫（庚二）。生（庚二）。瀛（清）。

51〈春遊迴文詩〉王融（逯 1400）

東（東一）。叢（東一）。風（東三）。紅（東一）。中（東三）。

52〈侍遊方山應詔詩〉王融（逯 1400）

縣（霰）。甸（霰）。見（霰）。讌（霰）。

53〈奉辭鎮西應教詩〉王融（逯 1400）

遊（尤）。鄒（尤）。秋（尤）。洲（尤）。

54〈餞謝文學離夜詩〉王融（逯 1401）

歌（歌）。莎（戈）。波（戈）。何（歌）。

55〈和南海王殿下詠秋胡妻詩〉（七章）王融（逯 1401）

55.1貞（清）。明（庚三）。情（清）。生（庚二）。

55.2闕（月）。月（月）。越（月）。髮（月）。

55.3秋（尤）。流（尤）。愁（尤）。憂（尤）。

55.4故（暮）。度（暮）。露（暮）。慕（暮）。

55.5反（阮）。遠（阮）。晚（阮）。婉（阮）。

55.6隅（虞）。渝（虞）。躕（虞）。虞（虞）。

55.7欲（燭）。矚（燭）。濁（燭）。曲（燭）。

56〈詠琵琶詩〉王融（逯 1402）

清（清）。情（清）。聲（清）。生（庚二）。

57〈詠幔詩〉王融（逯 1402）

楹（清）。輕（清）。聲（清）。明（庚三）。

58〈藥名詩〉王融（逯 1403）

荒（唐）。裳（陽）。翔（陽）。光（唐）。

59〈星名詩〉王融（逯 1403）

永（梗三）。影（梗三）。整（靜）。穎（靜）。

60〈奉和月下詩〉王融（逯 1403）

網（養）。賞（養）。

61〈詠池上梨花詩〉王融（逯 1403）

萍（青）。星（青）。

62〈詠梧桐詩〉王融（逯 1403）

綠（燭）。曲（燭）。

63〈詠女蘿詩〉王融（逯 1404）

枝（支）。垂（支）。

64〈移席琴室應司徒教詩〉王融（逯 1404）

雲（文）。聞（文）。

65〈抄眾書應司徒教詩〉王融（逯 1404）

善（獮）。篆（獮）。

66〈奉和代徐詩二首〉王融（逯 1404）

66.1厄（支）。離（支）。

66.2燃（仙）。煎（仙）。

67〈擬古詩二首〉王融（逯 1404）

67.1生（庚二）。明（庚三）。

67.2隨（支）。虧（支）。

68〈四色詠〉王融（逯 1405）

澈（薛）。雪（薛）。

69〈離合賦物為詠詠火〉王融（逯 1405）

暉（微）。歸（微）。

70〈後園作迴文詩〉王融（逯 1405）

連（仙）。蟬（仙）。

71〈雙聲詩〉王融（逯 1405）

華（麻二）。霞（麻二）。

72〈代五雜組詩〉王融（逯 1406）

發（月）。月（月）。越（月）。

73〈奉和纖纖詩〉王融（逯1406）

紋（文）。群（文）。嚑（文）。分（文）。

74〈詠七寶扇詩〉丘巨源（逯1406）

闉（真）。輪（諄）。珍（真）。神（真）。親（真）。津（真）。人
（真）。新（真）。茵（真）。晨（真）。

75〈聽鄰妓詩〉丘巨源（逯1407）

才（咍）。埃（咍）。臺（咍）。來（咍）。杯（灰）。灰（灰）。哉
（咍）。

76〈白馬篇〉孔稚珪（逯1408）

鳴（庚三）。平（庚三）。庭（青）。征（清）。星（青）。城
（清）。驚（庚三）。聲（清）。兵（庚三）。清（清）。青（青）。
亭（青）。傾（清）。成（清）。英（庚三）。

77〈旦發青林詩〉孔稚珪（逯1408）

長（陽）。央（陽）。霜（陽）。忘（陽）。

78〈遊太平山詩〉孔稚珪（逯1409）

缺（薛）。雪（薛）。

79〈白日歌〉張融（逯1409）

暉（微）。衰（脂）。

80〈簫史曲〉張融（逯1410）

中（東三）。風（東三）。

81〈憂且吟〉張融（逯1410）

琴（侵）。心（侵）。

82〈別詩〉張融（逯1410）

歇（月）。月（月）。

83〈白雪歌〉徐孝嗣（逯1411）

明（庚三）。生（庚二）。

84〈答王儉詩〉徐孝嗣（逯 1411）

飆（宵）。椒（宵）。深（侵）。音（侵）。

齊詩卷三

85〈隋王鼓吹曲十首〉[3]謝朓（逯 1413）

85.1〈元會曲〉謝朓（逯 1413）

期（之）。思（之）。旗（之）。滋（之）。基（之）。

85.2〈郊祀曲〉謝朓（逯 1414）

泉（仙）。埏（仙）。旋（仙）。虔（仙）。年（先）。

85.3〈鈞天曲〉謝朓（逯 1414）

觀（換）。漢（翰）。散（翰）。亂（換）。彈（翰）。

85.4〈入朝曲〉謝朓（逯 1414）

州（尤）。樓（侯）。溝（侯）。輈（尤）。收（尤）。

85.5〈出藩曲〉謝朓（逯 1415）

阿（歌）。河（歌）。波（戈）。歌（歌）。和（戈）。

85.6〈校獵曲〉謝朓（逯 1415）

開[4]（咍）。來（咍）。迴（灰）。臺（咍）。哉（咍）。

85.7〈從戎曲〉謝朓（逯 1415）

轅（元）。源（元）。翻（元）。昏（魂）。煩（元）。言（元）。

85.8〈送遠曲〉謝朓（逯 1416）

3　《樂府詩集》卷二十作〈齊隨王鼓吹曲〉，小序云：「齊永明八年，謝朓奉鎮西隨王教於荊州道中作：一曰〈元會曲〉，二曰〈郊祀曲〉，三曰〈鈞天曲〉，四曰〈入朝曲〉，五曰〈出藩曲〉，六曰〈校獵曲〉，七曰〈從戎曲〉，八曰〈送遠曲〉，九曰〈登山曲〉，十曰〈泛水曲〉。〈鈞天〉已上三曲頌帝功，〈校獵〉已上三曲頌藩德。」逯書另收〈江上曲〉、〈蒲生行〉於十曲之後。

4　原作「衷」，據逯欽立注：「本集作開。文選補遺、廣文選同。樂府云：一作開。」改。

人（真）。輪（諄）。陳（真）。因（真）。巾（真）。

85.9〈登山曲〉謝朓（逯 1416）

隄（齊）。低（齊）。梯（齊）。齊（齊）。萋（齊）。

85.10〈泛水曲〉謝朓（逯 1416）

枝（支）。池（支）。差（支）。漪（支）。知（支）。

85.11〈江上曲〉謝朓（逯 1416）

暮（暮）。渡（暮）。路（暮）。許（語）。與（語）。楚（語）。

85.12〈蒲生行〉謝朓（逯 1417）

側（職）。色（職）。植（職）。力（職）。翼（職）。

86〈詠邯鄲故才人嫁為廝養卒婦〉謝朓（逯 1417）

墀（脂）。眉（脂）。悲（脂）。姿（脂）。私（脂）。

87〈同沈右率諸公賦鼓吹曲名二首〉謝朓（逯 1417）

87.1〈芳樹〉謝朓（逯 1417）

梽（祭）。結（屑）。折（薛）。絕（薛）。

87.2〈臨高臺〉謝朓（逯 1418）

翼（職）。極（職）。色（職）。憶（職）。

88〈同賦雜曲名〉謝朓（逯 1418）

88.1〈秋竹曲〉謝朓（逯 1418）

差（支）。離（支）。吹（支）。枝（支）。池（支）。

88.2〈曲池之水〉謝朓（逯 1418）

風（東三）。叢（東一）。窮（東三）。中（東三）。

89〈同謝諮議詠銅爵臺〉謝朓（逯 1418）

生（庚二）。聲（清）。情（清）。輕（清）。

90〈永明樂十首〉謝朓（逯 1419）

90.1溟（青）。靈（青）。

90.2徽（微）。衣（微）。

90.3道（晧）。草（晧）。

　　　90.4清（清）。瓊（清）。

　　　90.5長（陽）。象（陽）。

　　　90.6川（仙）。船（仙）。

　　　90.7輝（微）。歸（微）。

　　　90.8塵（真）。輪（諄）。

　　　90.9隆（東三）。宮（東三）。

　　　90.10陽（陽）。商（陽）。皇（唐）。

91〈同王主簿有所思〉謝朓（逯 1420）

　　　歸（微）。機（微）。稀（微）。

92〈銅雀悲〉謝朓（逯 1420）

　　　帷（脂）。悲（脂）。

93〈玉堦怨〉謝朓（逯 1420）

　　　息（職）。極（職）。

94〈金谷聚〉謝朓（逯 1420）

　　　客（陌二）。夕（昔）。

95〈王孫遊〉謝朓（逯 1420）

　　　發（月）。歇（月）。

96〈侍宴華光殿曲水奉勑為皇太子作詩〉（九章）謝朓（逯 1421）

　　　96.1名（清）。貞（清）。英（庚三）。聲（清）。

　　　96.2命（映三）。慶（映三）。映（映三）。競（映三）。

　　　96.3職（職）。色（職）。極（職）。陟（職）。

　　　96.4跗（虞）。區（虞）。樞（虞）。濡（虞）。

　　　96.5濟（薺）。醴（薺）。啟（薺）。陛（薺）。

　　　96.6斯（支）。儀（支）。移（支）。池（支）。

　　　96.7密（質）。出（術）。日（質）。佾（質）。

　　　96.8阼（暮）。泝（暮）。暮（暮）。步（暮）。

　　　96.9漳（陽）。芳（陽）。方（陽）。良（陽）。

97〈三日侍華光殿曲水宴代人應詔詩〉（十章）謝朓（逯 1422）

　　97.1式（職）。德（德）。默（德）。國（德）。

　　97.2違（微）。歸（微）。飛（微）。幾（微）。

　　97.3位（至）。備（至）。轡（至）。肆（至）。

　　97.4萋（齊）。棲（齊）。珪（齊）。奎（齊）。

　　97.5逸（質）。秩（質）。卹（質）。日（質）。

　　97.6馳（支）。規（支）。池（支）。斯（支）。

　　97.7義（寘）。寄（寘）。被（寘）。跂（寘）。

　　97.8帷（脂）。壝（脂）。姿（脂）。跜（脂）。

　　97.9舞（麌）。柱（麌）。武（麌）。祜（姥）。

　　97.10成（清）。清（清）。明（庚三）。京（庚三）。旌（庚二）。

98〈三日侍宴曲水代人應詔詩〉（九章）謝朓（逯 1422）

　　98.1融（東三）。宮（東三）。蒙（東一）。功（東一）。

　　98.2蹇（獮）。辯（獮）。踐（獮）。善（獮）。

　　98.3明（庚三）。城（清）。清（清）。聲（清）。

　　98.4震（震）。潤（稕）。蓋（震）。鎮（震）。

　　98.5越（月）。闕（月）。發（月）。茷（月）。

　　98.6流（尤）。疇（尤）。舟（尤）。遊（尤）。

　　98.7夜（禡三）。灞（禡二）。樹（禡三）。架（禡二）。

　　98.8移（支）。螭（支）。篪（支）。儀（支）。

　　98.9直（職）。力（職）。飾（職）。翼（職）。

99〈遊山詩〉謝朓（逯 1424）

　　蹇（獮）。辯（獮）。緬（獮）。轉（獮）。澶（仙）。淺（獮）。梗
　　（獮）。蘚（獮）。衍（獮）。展（獮）。踐（獮）。搴（獮）。免
　　（獮）。選（獮）。善（獮）。

100〈遊敬亭山詩〉謝朓（逯 1424）

　　齊（齊）。棲（齊）。谿（齊）。低（齊）。啼（齊）。淒（齊）。蹊

（齊）。迷（齊）。梯（齊）。暌（齊）。

101〈將遊湘水尋句溪詩〉謝朓（逯 1425）

螭（支）。垂（支）。漪（支）。岐（支）。離（支）。移（支）。枝
（支）。麋（支）。斯（支）。

102〈遊東田詩〉謝朓（逯 1425）

樂（鐸）。閣（鐸）。漠（鐸）。落（鐸）。郭（鐸）。

103〈答王世子詩〉謝朓（逯 1425）

外（泰）。籟（泰）。會（泰）。帶（泰）。艾（泰）。

104〈答張齊興詩〉謝朓（逯 1426）

極（職）。色（職）。昔（職）。職（職）。側（職）。直（職）。翼
（職）。飾（職）。力（職）。陟（職）。

105〈暫使下都夜發新林至京邑贈西府同僚詩〉謝朓（逯 1426）

央（陽）。長（陽）。蒼（唐）。望（陽）。章（陽）。陽（陽）。鄉
（陽）。梁（陽）。霜（陽）。翔（陽）。

106〈酬王晉安德元詩〉謝朓（逯 1426）

晞（微）。飛（微）。闈（微）。依（微）。歸（微）。衣（微）。

107〈郡內高齋閑望答呂法曹詩〉謝朓（逯 1427）

深（侵）。林（侵）。吟（侵）。琴（侵）。心（侵）。音（侵）。岑
（侵）。

108〈在郡臥病呈沈尚書詩〉謝朓（逯 1427）

茲（之）。時（之）。蓄（之）。辭（之）。颸（之）。持（之）。絲
（之）。期（之）。萁（之）。嗤（之）。

109〈別王丞僧孺詩〉謝朓（逯 1427）

甸（霰）。練（霰）。宴（霰）。衍（線）。見（霰）。

110〈同羈夜集詩〉謝朓（逯 1428）

夕（昔）。客（陌二）。隙（陌三）。席（昔）。藉（昔）。柏（陌
二）。

111〈新亭渚別范零陵雲詩〉謝朓（逯 1428）

　　遊（尤）。流（尤）。猶（尤）。求（尤）。憂（尤）。

112〈忝役湘州與宣城吏民別詩〉謝朓（逯 1428）

　　奧（號）。好（號）。暴（號）。冒（號）。竈（號）。導（號）。號（號）。操（號）。報（號）。勞（號）。蹈（號）。

113〈懷故人詩〉謝朓（逯 1429）

　　期（之）。思（之）。之（之）。茲（之）。時（之）。詩（之）。

114〈始之宣城郡詩〉謝朓（逯 1429）

　　理（止）。史（止）。子（止）。祀（止）。士（止）。齒（止）。恥（止）。里（止）。涘（止）。市（止）。裏（止）。趾（止）。始（止）。

115〈之宣城郡出新林浦向板橋詩〉謝朓（逯 1429）

　　鶩（遇）。樹（遇）。屢（遇）。趣（遇）。遇（遇）。霧（遇）。

116〈休沐重還丹陽道中詩〉謝朓（逯 1430）

　　歸（微）。非（微）。違（微）。依（微）。飛（微）。微（微）。衣（微）。菲（微）。徽（微）。闈（微）。扉（微）。

117〈京路夜發詩〉謝朓（逯 1430）

　　兩（養）。滂（蕩）。上（養）。廣（蕩）。賞（養）。蕩（蕩）。鞅（養）。

118〈晚登三山還望京邑詩〉謝朓（逯 1430）

　　縣（霰）。見（霰）。練（霰）。甸（霰）。宴（霰）。霰（霰）。變（線）。

119〈始出尚書省詩〉謝朓（逯 1431）

　　陛（薺）。醴（薺）。體（薺）。濟（薺）。薺（薺）。啟（薺）。邸（薺）。禮（薺）。洗（薺）。棨（薺）。沘（薺）。泥（薺）。弟（薺）。悌（薺）。底（薺）。

120〈直中書省詩〉謝朓（逯 1431）

敞（養）。掌（養）。網（養）。上（養）。響（養）。仰（養）。蕩
（蕩）。賞（養）。

121〈觀朝雨詩〉謝朓（逯 1432）

來（咍）。臺（咍）。埃（咍）。開（咍）。哉（咍）。鰓（咍）。徊
（灰）。萊（咍）。

122〈宣城郡內登望詩〉謝朓（逯 1432）

圓（仙）。然（仙）。泉（仙）。天（先）。煙（先）。遷（仙）。邊
（先）。鮮（仙）。田（先）。

123〈冬日晚郡事隙詩〉謝朓（逯 1432）

木（屋一）。竹（屋三）。蕭（屋三）。陸（屋三）。目（屋三）。
馥（屋三）。軸（屋三）。菊（屋三）。

124〈高齋視事詩〉謝朓（逯 1433）

日（質）。出（術）。筆（質）。膝（質）。一（質）。疾（質）。

125〈冬緒羈懷示蕭諮議虞田曹劉江二常侍詩〉謝朓（逯 1433）

闕（月）。髮（月）。月（月）。對（隊）。薆（代）。纜[5]（隊）。
沒（沒）。越（月）。渴（曷）。眜[6]（末）。歇（月）。

126〈落日悵望詩〉謝朓（逯 1433）

舍（馬三）。下（馬二）。把（馬二）。馬（馬二）。者（馬三）。
寡（馬二）。社（馬三）。

127〈賽敬亭山廟喜雨詩〉謝朓（逯 1434）

薌（陽）。祥（陽）。方（陽）。堂（唐）。皇（唐）。裳（陽）。梁
（陽）。觴（陽）。鄉（陽）。茫（唐）。莊（陽）。

128〈賦貧民田詩〉謝朓（逯 1434）

慶（映三）。政（勁）。病（映三）。性（勁）。并（勁）。正

5　原作「纜」，據《重校拜經樓叢書十種・謝宣城集五卷（三）》改。

6　原作「昧」，據《古詩紀》卷六十九改。詩句：「依隱幸自從。求心果蕪昧。」「蕪
　昧」猶「蕪沒」。

（勁）。盛（勁）。映（映三）。淨（勁）。命（映三）。詠（映三）。鄭（勁）。

129〈移病還園示親屬詩〉謝朓（逯1434）

蓬（東一）。鴻（東一）。空（東一）。重（鍾）。容（鍾）。沖（東三）。從（鍾）。

130〈治宅詩〉謝朓（逯1435）

曲（燭）。足（燭）。旭（燭）。蔌（燭）。粟（燭）。

131〈秋夜講解詩〉謝朓（逯1435）

央（陽）。腸（陽）。堂（唐）。茫（唐）。梁（陽）。相（陽）。忘（陽）。霜（陽）。涼（陽）。傷（陽）。長（陽）。航（唐）。

132〈春思詩〉謝朓（逯1435）

日（質）。一（質）。匹（質）。闊（末）。瑟（櫛）。室（質）。

133〈秋夜詩〉謝朓（逯1436）

急（緝）。立（緝）。入（緝）。濕（緝）。及（緝）。

134〈詠風詩〉謝朓（逯1436）

蓷（支）。離（支）。披（支）。知（支）。差（支）。

135〈詠竹詩〉謝朓（逯1436）

奇（支）。枝（支）。垂（支）。窺（支）。離（支）。

136〈詠落梅詩〉謝朓（逯1436）

霏（微）。歸（微）。威（微）。輝（微）。追（脂）。

137〈詠牆北梔子詩〉謝朓（逯1437）

移（支）。離（支）。枝（支）。池（支）。奇（支）。觜（支）。

齊詩卷四

138〈奉和竟陵王同沈右率過劉先生墓詩〉謝朓（逯1439）

寶（晧）。道（晧）。抱（晧）。早（晧）。草（晧）。老（晧）。

139〈和何議曹郊遊詩二首〉謝朓（逯 1439）

139.1林（侵）。音（侵）。尋（侵）。心（侵）。今（侵）。

139.2者（馬三）。下（馬二）。瀉（馬三）。假（馬二）。夏（馬二）。

140〈和劉西曹望海臺詩〉謝朓（逯 1440）

平（庚三）。生（庚二）。驚（清）。城（清）。營（清）。

141〈和宋記室省中詩〉謝朓（逯 1440）

極（職）。色（職）。翼（職）。職（職）。側（職）。

142〈和王著作融八公山詩〉謝朓（逯 1440）

澳（屋三）。服（屋三）。陸（屋三）。竹（屋三）。複（屋三）。目（屋三）。穀（屋一）。牧（屋三）。曝（屋一）。倏（屋三）。淑（屋三）。軸（屋三）。谷（屋一）。沐（屋一）。築（屋三）。

143〈和伏武昌登孫權故城詩〉謝朓（逯 1441）

戰（線）。縣（霰）。甸（霰）。選（線）。練（霰）。盼（襇）。殿（霰）。讌（霰）。蒨（霰）。薦（霰）。變（線）。囀（線）。徧（霰）。瞬（線）。弁（線）。見（霰）。絢（霰）。衍（線）。

144〈夏始和劉潺陵詩〉謝朓（逯 1441）

隰（緝）。邑（緝）。襲（緝）。戢（緝）。入（緝）。及（緝）。揖（緝）。立（緝）。汲（緝）。粒（緝）。集（緝）。

145〈新治北窗和何從事詩〉謝朓（逯 1442）

屏（靜）。景（梗三）。嶺（靜）。整（靜）。影（梗三）。潁（靜）。領（靜）。頃（靜）。頸（靜）。

146〈和王主簿季哲怨情詩〉謝朓（逯 1442）

宴（霰）。扇（線）。燕（霰）。變（線）。賤（線）。見（霰）。

147〈和徐都曹出新亭渚詩〉謝朓（逯 1442）

遊（尤）。州（尤）。流（尤）。浮（尤）。周（尤）。疇（尤）。

148〈和劉中書繪入琵琶峽望積布磯詩〉謝朓（逯 1443）

漢（翰）。散（翰）。翰（翰）。氹（換）。觀（換）。亂（換）。半（換）。岸（翰）。幹（翰）。爛（翰）。歎（翰）。畔（換）。

149〈和蕭中庶直石頭詩〉謝朓（逯 1443）

朓（嘯）。徼（嘯）。嶠（笑）。照（笑）。曜（笑）。峭（笑）。妙（笑）。燎（笑）。笑（笑）。劭（笑）。調（嘯）。釣（嘯）。詔（笑）。嘯（嘯）。誚（笑）。要（笑）。叫（嘯）。

150〈和王長史臥病詩〉謝朓（逯 1444）

河（歌）。多（歌）。歌（歌）。沱（歌）。和（戈）。波（戈）。蘿（歌）。跎（歌）。荷（歌）。阿（歌）。過（戈）。莎（戈）。

151〈和江丞北戍琅邪城詩〉謝朓（逯 1444）

樓（侯）。悠（尤）。流（尤）。舟（尤）。留（尤）。

152〈和沈祭酒行園詩〉謝朓（逯 1444）

蓬（東一）。通（東一）。茸（鍾）。紅（東一）。同（東一）。葱（東一）。

153〈奉和隨王殿下詩十六首〉謝朓（逯 1444）

153.1深（侵）。陰（侵）。林（侵）。音（侵）。心（侵）。

153.2情（清）。城（清）。鳴（庚三）。英（庚三）。聲（清）。情（清）。明（庚三）。纓（清）。

153.3陽（陽）。楊（唐）。芳（陽）。光（唐）。長（陽）。傷（陽）。相（陽）。商（陽）。忘（陽）。梁（陽）。

153.4隈（灰）。來（咍）。回（灰）。臺（咍）。杯（灰）。

153.5歧（支）。漪（支）。移（支）。枝（支）。曦（支）。斯（支）。

153.6玄（先）。筵（仙）。旋（仙）。舷（先）。筌（仙）。

153.7開（咍）。來（咍）。懷（灰）。徊（灰）。

153.8布（暮）。樹（遇）。豫（御）。賦（遇）。

153.9室（質）。日（質）。密（質）。曆（錫）。

153.10來（咍）。開（咍）。臺（咍）。枚（灰）。

153.11鏡（映三）。泳（映三）。性（勁）。盛（勁）。

153.12堂（唐）。陽（陽）。光（唐）。芳（陽）。

153.13淪（諄）。晨（真）。陳（真）。人（真）。

153.14傾（清）。明（庚三）。情（清）。聲（清）。

153.15融（東三）。風（東三）。中（東三）。窮（東三）。

153.16霧（遇）。樹（遇）。趣（遇）。屢（遇）。

154〈和紀參軍服散得益詩〉謝朓（逯1447）

色（職）。測（職）。力（職）。識（職）。

155〈和王中丞聞琴詩〉謝朓（逯1447）

陰（侵）。琴（侵）。音（侵）。心（侵）。

156〈贈王主簿詩二首〉謝朓（逯1447）

156.1色（職）。織（職）。食（職）。翼（職）。

156.2珠（虞）。襦（虞）。躕（虞）。隅（虞）。

157〈和別沈右率諸君詩〉謝朓（逯1448）

客（陌二）。陌（陌二）。積（昔）。夕（昔）。

158〈離夜詩〉謝朓（逯1448）

臺（咍）。哀（咍）。裁（咍）。杯（灰）。

159〈將發石頭上烽火樓詩〉謝朓（逯1448）

阿（歌）。多（歌）。波（戈）。何（歌）。

160〈望三湖詩〉謝朓（逯1448）

翼（職）。直（職）。色（職）。極（職）。

161〈送江水曹還遠館詩〉謝朓（逯1449）

陌（陌二）。客（陌二）。白（陌二）。席（昔）。

162〈送江兵曹檀主簿朱孝廉還上國詩〉謝朓（逯1449）

京（庚三）。情（清）。鳴（庚三）。聲（清）。

163〈臨溪送別詩〉謝朓（逯1449）

步（暮）。暮（暮）。渡（暮）。露（暮）。

164〈後齋迴望詩〉謝朓（逯 1449）

　　帶（泰）。外（泰）。蓋（泰）。斾（泰）。

165〈與江水曹至干濱戲詩〉謝朓（逯 1450）

　　賞（養）。丈（養）。網（養）。壞（養）。

166〈祀敬亭山廟詩〉謝朓（逯 1450）

　　圃（姥）。戶（姥）。浦（姥）。古（姥）。

167〈出下館詩〉謝朓（逯 1450）

　　燠（屋三）。竹（屋三）。目（屋三）。屋（屋一）。

168〈落日同何儀曹煦詩〉謝朓（逯 1450）

　　雜（合）。合（合）。沓（合）。颯（合）。

169〈夜聽妓詩二首〉謝朓（逯 1451）

　　169.1滿（緩）。管（緩）。緩（緩）。盌（緩）。

　　169.2金（侵）。心（侵）。襟（侵）。沈（侵）。

170〈詠薔薇詩〉謝朓（逯 1451）

　　通（東一）。紅（東一）。風（東三）。叢（東一）。

171〈詠蒲詩〉謝朓（逯 1451）

　　蒲（模）。珠（虞）。雛（虞）。塗（模）。軀（虞）。

172〈詠兔絲詩〉謝朓（逯 1452）

　　織（職）。色（職）。測（職）。直（職）。

173〈遊東堂詠桐詩〉謝朓（逯 1452）

　　餘（魚）。疏（魚）。居（魚）。墟（魚）。

174〈雜詠三首〉謝朓（逯 1452）

　　174.1〈鏡臺〉謝朓（逯 1452）

　　　　闕（月）。月（月）。髮（月）。歇（月）。

　　174.2〈燈〉謝朓（逯 1452）

　　　　峯（鍾）。龍（鍾）。重（鍾）。縫（鍾）。

　　174.3〈燭〉謝朓（逯 1453）

　　　　沈（侵）。琴（侵）。金（侵）。陰（侵）。

175〈同詠樂器〉謝朓（逯 1453）

　　〈琴〉謝朓（逯 1453）

　　　枝（支）。危（支）。池（支）。垂（支）。

176〈同詠坐上玩器〉謝朓（逯 1453）

　　〈烏皮隱几〉謝朓（逯 1453）

　　　枝（支）。施（支）。儀（支）。移（支）。疲（支）。

177〈同詠坐上所見一物〉謝朓（逯 1454）

　　〈席〉謝朓（逯 1454）

　　　池（支）。差（支）。蘺（支）。卮（支）。彌（支）。

178〈詠竹火籠〉謝朓（逯 1454）

　　　玉（燭）。褥（燭）。曲（燭）。綠（燭）。旭（燭）。

179〈詠鸂鶒〉謝朓（逯 1454）

　　　色（職）。翼（職）。

180〈阻陽雪連句遙贈和〉謝朓（逯 1455）

　　　池（支）。枝（支）。離（支）。_{謝朓}漸（支）。馳（支）。_{江秀才革}垂（支）。知（支）。_{王丞融}池（支）。虧（支）。_{王蘭陵僧孺}岐（支）。儀（支）。_{謝洗馬昊}移（支）。卮（支）。_{劉中書繪}疲（支）。差（支）。_{沈右率約}

181〈還塗臨渚〉謝朓（逯 1455）

　　　質（質）。日（質）。_{何從事}一（質）。律（術）。_{吳郎}出（術）。秩（質）。_{府君遙和}

182〈紀功曹中園〉謝朓（逯 1456）

　　　崿（鐸）。鶴（鐸）。_{何從事}落（鐸）。酌（藥）。_{吳郎}籜（鐸）。壑（鐸）。_{府君}

183〈閒坐〉謝朓（逯 1456）

　　　溢（質）。疾（質）。_{陳郎}密（質）。悉（質）。_{紀功曹晏}出（術）。秩（質）。_{府君}日（質）。質（質）。_{何從事}

184〈侍筵西堂落日望鄉〉謝朓（逯 1456）

憂（尤）。浮（尤）。_{曹丞}秋（尤）。酬（尤）。_{府君}收（尤）。猷
（尤）。_{紀功曹晏}秋（尤）。悠（尤）。_{何從事}

185〈往敬亭路中〉謝朓（逯 1457）

紫（紙）。是（紙）。_{府君}綺（紙）。委（紙）。_{何從事}靡（紙）。倚
（紙）。_{齊舉郎}灑（紙）。徙（紙）。_{陳郎}詭（紙）。犧（紙）。_{府君}

186〈祀敬亭山春雨〉謝朓（逯 1457）

開（咍）。來（咍）。_{府君}埃（咍）。徊（灰）。_{何從事}該（咍）。隈
（灰）。_{齊舉郎}

齊詩卷五

187〈玉堦怨〉虞炎（逯 1459）

枝（支）。垂（支）。

188〈餞謝文學離夜詩〉虞炎（逯 1459）

飛（微）。輝（微）。歸（微）。衣（微）。扉（微）。

189〈詠簾詩〉虞炎（逯 1459）

日（質）。質（質）。密（質）。失（質）。

190〈奉和竟陵王經劉巘墓下詩〉虞炎（逯 1460）

逸（質）。蕐（質）。日（質）。瑟（櫛）。密（質）。

191〈皇太子釋奠詩〉（殘缺）王思遠（逯 1460）

191.1芳（陽）。昌（陽）。王（陽）。方（陽）。

191.2失（質）。術（術）。器（至）。懿（至）。

191.3古（姥）。矩（麌）。序（語）。宇（麌）。

191.4鏡（映三）。正（勁）。性（勁）。盛（勁）。

191.5筵（仙）。宣（仙）。玄（先）。賢（先）。

192〈第五兄揖到太傅竟陵王屬奉詩〉（五章）王寂（逯 1461）

192.1坂（阮）。遠（阮）。巘（阮）。綣（阮）。

192.2士（止）。子（止）。美（旨）。痔（止）。

192.3麗（霽）。滯（祭）。蔕（霽）。憓（霽）。

192.4緬（獮）。鉉（銑）。典（銑）。踐（獮）。

192.5煙（先）。緜（仙）。然（仙）。篇（仙）。

193〈皇太子釋奠會詩〉（八章）阮彥（逯1461）

193.1荃（仙）。傳（仙）。天（先）。宣（仙）。

193.2新（真）。秦（真）。堙（真）。均（諄）。

193.3澈（薛）。晰（薛）。藝（祭）。枻（祭）。

193.4霄（宵）。標（宵）。朝（宵）。昭（宵）。

193.5旦（翰）。煥（換）。贊（翰）。祼（換）。

193.6阯（止）。齒（止）。止（止）。矣（止）。

193.7宴（霰）。縣（霰）。絢（霰）。變（線）。

193.8鎬（晧）。造（晧）。草（晧）。阜（晧）。

194〈皇太子釋奠會詩〉（六章）王僧令（逯1462）

194.1貞（清）。平（庚三）。明（庚三）。馨（青）。

194.2曆（錫）。冊（麥）。隔（麥）。澤（陌二）。

194.3融（東三）。沖（東三）。崇（東三）。風（東三）。

194.4奠（霰）。縣（霰）。讌（霰）。徧（霰）。

194.5節（屑）。焫（薛）[7]。撤（薛）。悅（薛）。

194.6偏（仙）。筵（仙）。天（先）。年（先）。

195〈皇太子釋奠詩〉（七章）袁浮丘（逯1463）

195.1載（代）。載（代）。代（代）。晦（隊）。

7　原作「烌」，韻書不見。同事林清源教授據《集韻》：「焫，火氣。」疑為「焫」。其
　說有理，《康熙字典・火部・七》：「焫，本作爇。」《廣韻・入聲・薛韻》「爇，火
　氣。」南朝詩歌「析」與「折」作為聲旁時會混，例如：梁・沈約〈奉和竟陵王藥
　名詩〉：「長生永昭晣。」《古詩紀》卷八十三作「晢」。

195.2德（德）。國（德）。尅（德）。惑[8]（德）。

195.3筵（仙）。宣（仙）。泉（仙）。遷（仙）。

195.4旅（語）。舉（語）。俎（語）。序（語）。

195.5來（咍）。陪（灰）。台（咍）。埃（咍）。

195.6輝（微）。晞（微）。幾（微）。歸（微）。

195.7遲（脂）。時（之）。坻（脂）。辭（之）。

196〈遊仙詩〉陸慧曉（逯 1463）

移（支）。歧（支）。

197〈蒲坂行〉陸厥（逯 1464）

把（馬二）。寫（馬三）。下（馬二）。

198〈齊歌行〉陸厥（逯 1464）

句（遇）。露[9]（暮）。注（遇）。賦（遇）。驅（遇）。霧（遇）。

199〈南郡歌〉陸厥（逯 1464）

大（泰）。蓋（泰）。帶（泰）。蔡（泰）。貝（泰）。

200〈邯鄲行〉陸厥（逯 1464）

步（暮）。顧（暮）。路（暮）。暮（暮）。

201〈左馮翊歌〉陸厥（逯 1465）

戶（姥）。杜（姥）。伍（姥）。覩（姥）。

202〈京兆歌〉陸厥（逯 1465）

欒（桓）。寒（寒）。干（寒）。薄（鐸）。蕚（鐸）。落（鐸）。灼（藥）。鑠（藥）。爵（藥）。

203〈李夫人及貴人歌〉陸厥（逯 1465）

滅（薛）。絕（薛）。絕（薛）。蕪（虞）。塗（模）。蛛（虞）。珠（虞）。

---

8 原作「感」，據《文館詞林》卷二改。

9 原作「覆」，據《樂府詩集》卷六十四注：「一作露。」改。

204〈中山王孺子妾歌二首〉陸厥（逯 1466）

204.1子（止）。市（止）。容（鍾）。重（鍾）。

204.2車（魚）。餘（魚）。藥（魚）。魚（魚）。如（魚）。

205〈臨江王節士歌〉陸厥（逯 1466）

連（仙）。山（山）。裁（咍）。來（咍）。寒（寒）。紈（桓）。冠（桓）。端（桓）。

206〈奉答內兄希叔詩〉（五章）陸厥（逯 1466）

206.1孫（魂）。門（魂）。尊（魂）。溫（魂）。

206.2斯（支）。池（支）。差（支）。漪（支）。

206.3臣（真）。民（真）。陳（真）。濱（真）。

206.4絕（薛）。札（黠）。轍（薛）。別（薛）。

206.5遊（尤）。酬（尤）。秋（尤）。舟（尤）。

207〈同沈右率諸公賦鼓吹曲二首〉劉繪（逯 1468）

207.1〈巫山高〉劉繪（逯 1468）

望（漾）。上（漾）。障（漾）。悵[10]（漾）。

207.2〈有所思〉劉繪（逯 1468）

之（之）。帷（脂）。眉（脂）。思（之）。

208〈餞謝文學離夜詩〉劉繪（逯 1468）

色（職）。極（職）。陟（職）。翼（職）。

209〈入琵琶峽望積布磯呈玄暉詩〉劉繪（逯 1468）

神（真）。春（諄）。陳（真）。鱗（真）。新（真）。津（真）。親（真）。塵（真）。鄰（真）。

210〈詠博山香爐詩〉劉繪（逯 1469）

憐（先）。山（山）。煙（先）。蓮（先）。間（山）。妍（先）。鮮（仙）。眠[11]（先）。然（仙）。蓮（先）。天（先）。

---

10 詩句原作「嬋娟以悵惆」，據《樂府詩集》卷十七改為「嬋娟以惆悵」。

11 原作䁔，據《古詩紀》卷七十二改。

211〈詠萍詩〉劉繪（逯 1469）

　　青（青）。平（庚三）。莖（耕）。情（清）。

212〈和池上梨花詩〉劉繪（逯 1469）

　　多（歌）。蛾（歌）。

213〈送別詩〉劉繪（逯 1470）

　　風（東三）。鴻（東一）。

214〈上湘度琵琶磯詩〉劉瑱（逯 1470）

　　中（東三）。風（東三）。空（東一）。紅（東一）。

215〈贈庾易詩〉袁彖（逯 1470）

　　亮（漾）。尚（漾）。

216〈遊僊詩〉袁彖（逯 1471）

　　設（薛）。發（月）。月（月）。闕（月）。髮（月）。

217〈同前〉袁彖（逯 1471）

　　路（暮）。樹（遇）。

218〈贈傅昭詩〉虞通之（逯 1471）

　　陽（陽）。芳（陽）。

齊詩卷六

219〈望廨前水竹詩〉顧恩（逯 1473）

　　映（映三）。淨（勁）。影（梗三）。頸（靜）。景（梗三）。屏
　　（靜）。頃（靜）。

220〈登群峯標望海詩〉鍾憲（逯 1473）

　　平（庚三）。生（庚二）。驚（庚三）。城（清）。營（清）。

221〈擬自君之出矣〉許瑤之（逯 1474）

　　精（清）。生（庚二）。

222〈詠柟榴枕詩〉許瑤之（逯 1474）

　　　妍（先）。連（仙）。

223〈閨婦答鄰人詩〉許瑤之（逯 1474）
　　　越（月）。月（月）。

224〈吳聲獨曲二首〉朱碩仙（朱子尚附）（逯 1475）
　　　224.1〈碩仙歌〉朱碩仙（逯 1475）
　　　　　荏（寢）。動（董）。
　　　224.2〈子尚歌〉朱碩仙（逯 1475）
　　　　　躕（虞）。臾（虞）。

225〈離合詩〉石道慧（逯 1475）
　　　欣（欣）。晨（真）。

226〈陽春歌〉檀秀才（逯 1476）
　　　梁（陽）。長（陽）。香（陽）。傷（陽）。

227〈淥水曲〉江朝請（逯 1476）
　　　歇（月）。越（月）。月（月）。襪（月）。

228〈採菱曲〉陶功曹（逯 1476）
　　　嶼（語）。與（語）。侶（語）。佇（語）。

229〈白雪曲〉朱孝廉（逯 1477）
　　　漢（翰）。散（翰）。幹（翰）。歎（翰）。旦（翰）。

230〈臥疾敘意詩〉王秀之（逯 1477）
　　　豫（御）。慮（御）。曙（御）。暮（暮）。霧（遇）。去（御）。故
　　　（暮）。樹（遇）。路（暮）。賦（遇）。

231〈北戍琅邪城詩〉江孝嗣（逯 1478）
　　　息（職）。極（職）。食（職）。臆（職）。織（職）。

232〈離夜詩〉江孝嗣（逯 1478）
　　　風（東三）。空（東一）。終（東三）。同（東一）。

233〈離夜詩〉王常侍（逯 1478）
　　　時（之）。悲（脂）。湄（脂）。絲（之）。

234 〈為顏氏賦詩〉韓蘭英（逯 1479）

　　隅（虞）。驅（虞）。

235 〈估客樂〉（二曲）釋寶月（逯 1479）

　　235.1 送（送一）。用（用）。

　　235.2 憶（職）。息（職）。

236 〈同前〉釋寶月（逯 1480）

　　236.1 頭（侯）。州（尤）。不（尤）。

　　236.2 泊（鐸）。博（鐸）。

237 〈行路難〉釋寶月（逯 1480）

　　發（月）。越（月）。絕（薛）。月（月）。歇（月）。髮（月）。難
　　（寒）。難（寒）。安（寒）。

【雜歌謠辭】

238 〈蘇小小歌〉（逯 1480）

　　馬（馬二）。下（馬二）。

239 〈百姓為東昏侯歌〉（逯 1481）

　　柳（有）。酒（有）。

240 〈沈麟士引童謠〉（逯 1481）

　　鳴（庚三）。卿（庚三）。

241 〈張敬兒自為歌謠〉（逯 1482）

　　口（厚）。狗（厚）。

242 〈永元元年童謠〉（逯 1483）

　　流（尤）。頭（侯）。袴（暮）。訴（暮）。起（止）。子（止）。

243 〈永元中童謠〉（逯 1483）

　　渠（魚）。墟（魚）。餘（魚）。頭（侯）。休（尤）。樓（侯）。

244 〈山陰謠〉（逯 1483）

　　劉（尤）。丘（尤）。

245〈東昏侯時宮中謠〉（逯1484）

　　劙（嘯）。調（嘯）。

246〈時人為桓康語〉（逯1484）

　　張（陽）。康（唐）。

247〈荀伯玉聞青衣小兒語〉（逯1484）

　　蕭（屋三）。逐（屋三）。

248〈時人為荀伯玉語〉（逯1484）

　　令（勁）。命（映三）。

249〈時人為張周劉三姓語〉（逯1485）

　　漳（陽）。央（陽）。

250〈時人為沈麟士語〉（逯1486）

　　士（止）。市（止）。

251〈南州為江革語〉（逯1486）

　　智（寘）。騎（寘）。度（暮）。故（暮）。

252〈都下民語〉（逯1486）

　　敕（職）。力（職）。

【清商曲辭】

253〈共戲樂〉（四曲）（逯1487）

　　253.1同（東一）。風（東三）。

　　253.2盛（勁）。競（映三）。

　　253.3驚（庚三）。情（清）。

　　253.4昌（陽）。央（陽）。

254〈楊叛兒〉（八曲）（逯1487）

　　254.1天（先）。憐（先）。

　　254.2烏（模）。鑪（模）。

　　254.3慮（御）。去（御）。

254.4拍（陌二）。柏（陌二）。

254.5裏（止）。子（止）。

254.6亭（青）。名（清）。

254.7草（晧）。繞（小）。

254.8陰（侵）。心（侵）。

【雜曲歌辭】

255〈樂辭〉（逯 1488）

　　風（東三）。桐（東一）。中（東三）。宮（東三）。紅（東一）。

齊詩卷七

【郊廟歌辭】

256〈齊南郊樂章十三首〉謝超宗（逯 1489）

　　256.1〈肅咸樂〉謝超宗（逯 1489）

　　　　緒（語）。宇（麌）。主（麌）。土（姥）。舉（語）。序（語）。

　　256.2〈引牲樂〉謝超宗（逯 1489）

　　　　靈（青）。明（庚三）。俎（語）。祜（姥）。民（真）。晨
　　　　（真）。

　　256.3〈嘉薦樂〉謝超宗（逯 1490）

　　　　春（諄）。民（真）。凝（蒸）。升（蒸）。庭（青）。靈（青）。

　　256.4〈昭夏樂〉謝超宗（逯 1490）

　　　　親（真）。禋（真）。陳（真）。輪（諄）。振（真）。神（真）。

　　256.5〈永至樂〉謝超宗（逯 1490）

　　　　神（真）。賓（真）。祉（止）。祀（止）。光（唐）。昌（陽）。

　　256.6〈登歌〉謝超宗（逯 1490）

靈（青）。禎（清）。序（語）。舉（語）。

256.7〈文德宣烈樂〉謝超宗（逯1491）

衷（東三）。從（鍾）。通（東一）。融（東三）。

256.8〈武德宣烈樂〉謝超宗（逯1491）

天（先）。埏（仙）。明（庚三）。聲（清）。

256.9〈高德宣烈樂〉王儉（逯1491）

大（泰）。外（泰）。靄（泰）。泰（泰）。

256.10〈嘉胙樂〉謝超宗（逯1491）

錫（錫）。策（麥）。曆（錫）。跡（昔）。液（昔）。籍（昔）。

256.11〈昭夏樂〉謝超宗（逯1491）

該（咍）。回（灰）。堦（皆）。開（咍）。臺（咍）。懷（灰）。

256.12〈昭遠樂〉謝超宗（逯1492）

報（號）。燎（笑）。薌（陽）。塲（陽）。禋（真）。陳（真）。

256.13〈休成樂〉謝超宗（逯1492）

陳（真）。宸（真）。融（東三）。風（東三）。文（文）。輪
（諄）。

257〈齊北郊樂歌六首〉謝超宗（逯1492）

257.1〈昭夏樂〉謝超宗（逯1492）

時（止）。墀（脂）。鏘（陽）。莊（陽）。太（泰）。藹（泰）。

257.2〈登歌〉謝超宗（逯1493）

文（文）。芬（文）。慶（映三）。正（勁）。

257.3〈地德凱容樂〉謝超宗（逯1493）

陰（侵）。心（侵）。林（侵）。音（侵）。

257.4〈昭德凱容樂〉謝超宗（逯1493）

瑤（宵）。霄（宵）。調（蕭）。昭（宵）。

257.5〈昭夏樂〉謝超宗（逯1493）

棥（候）。奏（候）。旋（仙）。躔（仙）。睊（線）。縣（霰）。

257.6〈隸幽樂〉謝超宗（逯 1494）

時（止）。祉（止）。會（泰）。蓋（泰）。泰（泰）。

258〈齊明堂樂歌十五首〉謝超宗（逯 1494）

258.1〈蕭咸樂〉謝超宗（逯 1494）

258.1.1 聖（勁）。慶（映三）。章（陽）。張（陽）。庭（青）。聲（清）。承（蒸）。膺（蒸）。

258.1.2 序（語）。俎（語）。基（之）。司（之）。朝（宵）。宵（宵）。

258.2〈引牲樂〉謝超宗（逯 1495）

靈（青）。牲（庚二）。豐（東三）。衷（東三）。傳（仙）。牷（仙）。

258.3〈嘉薦樂二首〉謝超宗（逯 1495）

258.3.1 舉（語）。序（語）。陳（真）。神（真）。薦（霰）。縣（線）。

258.3.2 闈（微）。暉（微）。則（德）。國（德）。容（鍾）。雍（鍾）。

258.4〈昭夏樂〉謝超宗（逯 1495）

回（灰）。開（咍）。雲（文）。熅（文）。邑（緝）。集（緝）。牷（仙）。虔（仙）。昌（陽）。光（唐）。安（寒）。鑾（桓）。歡（桓）。

258.5〈登歌〉謝超宗（逯 1496）

辰（真）。陳（真）。庭（青）。靈（青）。德（德）。國（德）。

258.6〈凱容宣烈樂〉謝超宗（逯 1496）

薦（霰）。徧（霰）。縣（霰）。殿（霰）。虛（魚）。途（模）。宸（真）。音（侵）。感（感）。範（范）。明（庚三）。生（庚二）。

258.7〈青帝歌〉謝超宗（逯 1496）

晨（真）。春（諄）。蓁（脂）。遲（脂）。親（真）。垠（真）。

258.8〈赤帝歌〉謝超宗（逯 1496）

中（東三）。同（東一）。衡（庚二）。榮（庚三）。阜（有）。
有（有）。

258.9〈黃帝歌〉謝超宗（逯 1497）

方（陽）。涼（陽）。度（暮）。步（暮）。

258.10〈白帝歌〉謝超宗（逯 1497）

明（庚三）。精（清）。成（清）。寧（青）。靈（青）。

258.11〈黑帝歌〉謝超宗（逯 1497）

馳（支）。規（支）。涯（支）。宜（支）。

258.12〈嘉胙樂〉謝超宗（逯 1497）

昌（陽）。祥（陽）。王（陽）。鄉（陽）。光（唐）。疆（陽）。

258.13〈昭夏樂〉謝超宗（逯 1498）

度（暮）。暮（暮）。達（曷）。沫（末）。梁（陽）。香
（陽）。車（魚）。都（模）。虛（魚）。熾（志）。思（志）。
芳（陽）。光（唐）。

259〈齊雩祭歌八首〉謝朓（逯 1498）

259.1〈迎神〉（八章）謝朓（逯 1498）

259.1.1新（真）。辰（真）。

259.1.2伏（屋三）。稑（屋三）。

259.1.3乾（仙）。天（仙）。

259.1.4儛（麌）。祖（姥）。

259.1.5秩（質）。瑟（櫛）。

259.1.6來（咍）。開（咍）。徊（灰）。

259.1.7犧（紙）。此（紙）。靡（紙）。

259.1.8臨（侵）。歆（侵）。心（侵）。

259.2〈世祖武皇帝〉（三章）謝朓（逯 1499）

259.2.1祖（姥）。武（麌）。宇（麌）。敘（語）。浦（姥）。

259.2.2政（勁）。盛（勁）。慶（映三）。鏡（映三）。

259.2.3絃（先）。天（先）。牷（仙）。年（先）。

259.3〈青帝〉（三章）謝朓（逯1499）

259.3.1宵（宵）。昭（宵）。

259.3.2習（緝）。集（緝）。

259.3.3珪（齊）。黎（齊）。

259.4〈赤帝〉（三章）謝朓（逯1500）

259.4.1台（咍）。來（咍）。

259.4.2秩（質）。實（質）。

259.4.3扇（線）。徧（霰）。

259.5〈黃帝〉（三章）謝朓（逯1500）

259.5.1克（德）。德（德）。

259.5.2融（東三）。沖（東三）。

259.5.3清（清）。平（庚三）。京（庚三）。

259.6〈白帝〉（三章）謝朓（逯1500）

259.6.1藏（唐）。方（陽）。

259.6.2鳥（篠）。嫋（篠）。

259.6.3遒（尤）。收（尤）。

259.7〈黑帝〉（三章）謝朓（逯1501）

259.7.1深（侵）。陰（侵）。起（止）。紀（止）。

259.7.2息（職）。色（職）。側（職）。

259.7.3巡（諄）。賓（真）。臻（臻）。

259.8〈送神〉（五章）謝朓（逯1501）

259.8.1周（尤）。留（尤）。

259.8.2蓋（泰）。外（泰）。

259.8.3神（真）。津（真）。

259.8.4積（錫）。夕（昔）。

259.8.5糧（陽）。箱（陽）。昌（陽）。

260〈齊藉田樂歌二首〉江淹（逯1501）

　260.1〈迎送神升歌〉江淹（逯1502）

　　遊（尤）。修（尤）。疇（尤）。柔（尤）。

　260.2〈饗神歌〉江淹（逯1502）

　　陳（真）。民（真）。

261〈牲出入歌〉江淹（逯1502）

　薦（霰）。縣（霰）。電（霰）。駽（霰）。宴（霰）。

262〈薦豆呈毛血歌辭〉江淹（逯1502）

　則（德）。德（德）。塞（德）。默（德）。黑（德）。國（德）。

263〈奏宣列之樂歌舞〉江淹（逯1503）

　祀（止）。時（止）。起（止）。始（止）。履（旨）。

264〈齊太廟樂歌十六首〉謝超宗（逯1503）

　264.1〈肅咸樂〉謝超宗（逯1503）

　　霜（陽）。張（陽）。光（唐）。庠（陽）。將（陽）。昌（陽）。

　264.2〈引牲樂〉謝超宗（逯1503）

　　國（德）。則（德）。整（靜）。景（梗三）。晨（真）。神（真）。

　264.3〈嘉薦樂〉謝超宗（逯1504）

　　微（微）。希（微）。列（薛）。哲（薛）。道（晧）。表（小）。

　264.4〈昭夏樂〉謝超宗（逯1504）

　　祇（支）[12]。施（支）。枝（支）。儀（支）。羲（支）。摛（支）。

　264.5〈永至樂〉謝超宗（逯1504）

　　序（語）。宇（麌）。舉（語）。竚（語）。容（鍾）。蹤（鍾）。

---

12 原作「祇」，據《欽定四庫全書》本改。

264.6〈登歌〉謝超宗（逯 1504）

熙（之）。思（之）。牲（庚二）。聲（清）。靈（青）。誠（清）。

264.7〈凱容樂〉謝超宗（逯 1505）

崇（東三）。融（東三）。風（東三）。終（東三）。

264.8〈凱容樂〉謝超宗（逯 1505）

照（笑）。劭（笑）。教（笑）。耀（笑）。

264.9〈凱容樂〉謝超宗（逯 1505）

禋（真）。陳（真）。神（真）。鄰（真）。

264.10〈凱容樂〉謝超宗（逯 1505）

薌（陽）。簀（唐）。光（唐）。商（陽）。

264.11〈凱容樂〉謝超宗（逯 1505）

基（之）。辭（之）。維（脂）。祺（之）。

264.12〈宣德凱容樂〉謝超宗（逯 1506）

用（用）。縱（用）。芬（文）。雲（文）。

264.13〈凱容樂〉謝超宗（逯 1506）

祥（陽）。章（陽）。外（泰）。藹（泰）。

264.14〈永祚樂〉謝超宗（逯 1506）

文（文）。殷（欣）。雲（文）。薰（文）。芬（文）。氳（文）。

264.15〈肆夏樂〉謝超宗（逯 1506）

愉（虞）。餘（魚）。敷（虞）。翔（陽）。鄉（陽）。疆（陽）。

264.16〈休成樂〉謝超宗（逯 1506）

偏（仙）。縣（先）。蠻（桓）。搏（桓）。纏（仙）。宣（仙）。

265〈登歌二首〉褚淵（逯 1507）

265.1靈（青）。經（青）。情（清）。文（文）。薰（文）。雲（文）。

265.2禮（薺）。體（薺）。遠（阮）。晚（阮）。愴（漾）。亮（漾）。

266〈高德宣烈樂〉王儉（逯 1507）

綸（諄）。神（真）。民（真）。螽（真）。服（屋三）。軸（屋
三）。蕭（屋三）。福（屋三）。祥（陽）。芳（陽）。章（陽）。將
（陽）。

267〈穆德凱容樂〉王儉（逯 1508）

禹（麌）。矩（麌）。舞（麌）。古（姥）。

268〈明德凱容樂〉王儉（逯 1508）

聖（勁）。競（映三）。詠（映三）。命（映三）。肅（屋三）。穆
（屋三）。服（屋三）。福（屋三）。靈（青）。庭（青）。形
（青）。寧（青）。

【舞曲歌辭】

269〈齊前後舞歌二首〉無名氏（逯 1508）

   269.1〈前舞堦步歌〉（逯 1508）

      綱（唐）。光（唐）。康（唐）。揚（陽）。蒼（唐）。章
（陽）。翔（陽）。長（陽）。

   269.2〈後舞堦步歌〉（逯 1509）

      明（庚三）。清（清）。生（庚二）。形（青）。成（清）。馨
（青）。禎（清）。靈（青）。

270〈齊鼙舞曲三首〉無名氏（逯 1509）

   270.1〈明君辭〉（逯 1509）

      元（元）。乾（仙）。歸（微）。違（微）。堦（皆）。齊
（齊）。[13]

   270.2〈聖主曲辭〉（逯 1509）

      唐（唐）。方（陽）。明（庚三）。溟（青）。辰（真）。臻
（臻）。先（先）。

---

13 詩句原作：「仰之彌已高。猶天不可堦（皆）。將復結繩化。靜拱天下齊（齊）。」
  《宋書》卷二十二作：「仰之彌已高，猶天不可階（皆）。將復御龍氏，鳳皇在庭棲
  （齊）。」此處皆、齊合韻應無問題。

270.3〈明君辭〉（逯 1510）

靈（青）。榮（庚三）。鄉（陽）。祥（陽）。時（之）。怡
（之）。

271〈齊白紵辭五首〉王儉（逯 1510）

271.1香（陽）。裳（陽）。

271.2簧（唐）。揚（陽）。

271.3梁（陽）。翔（陽）。

271.4光（唐）。行（唐）。

271.5長（陽）。昌（陽）。

272〈齊鳳皇銜書伎辭〉江淹（逯 1510）

璣（微）。微（微）。依（微）。輝（微）。飛（微）。

273〈齊世昌辭〉無名氏（逯 1511）

昌（陽）。平（庚三）。長（陽）。久（有）。壽（有）。

參　梁詩韻譜

梁詩卷一

1〈芳樹〉梁武帝蕭衍（逯 1513）
　　葉（葉）。接（葉）。疊（怗）。愜（怗）。
2〈有所思〉梁武帝蕭衍（逯 1514）
　　別（薛）。滅（薛）。結（屑）。折（薛）。
3〈臨高臺〉梁武帝蕭衍（逯 1514）
　　極（職）。色（職）。識（職）。憶（職）。
4〈雍臺〉梁武帝蕭衍（逯 1514）
　　臺（咍）。來（咍）。開（咍）。苔（咍）。哉（咍）。
5〈長安有狹邪行〉梁武帝蕭衍（逯 1514）
　　陌（陌二）。驛（昔）。宅（陌二）。知（支）。離（支）。皮
　　（支）。垂（支）。卮（支）。儀（支）。觿（支）。池（支）。差
　　（支）。
6〈擬青青河畔草〉梁武帝蕭衍（逯 1515）
　　絲（之）。期（之）。歸（微）。輝（微）。遲（至）。至（至）。形
　　（青）。生（庚二）。老（晧）。道（晧）。
7〈擬明月照高樓〉梁武帝蕭衍（逯 1515）
　　延（先）。憐（先）。弦（先）。年（先）。煙（先）。懸（先）。前
　　（先）。
8〈閶闔篇〉梁武帝蕭衍（逯 1515）
　　妍（先）。泉（仙）。傳（仙）。仙（仙）。懸（先）。躚（仙）。年
　　（先）。
9〈邯鄲歌〉梁武帝蕭衍（逯 1516）

道（晧）。老（晧）。

10〈子夜歌二首〉梁武帝蕭衍（逯 1516）

　　10.1前（先）。絃（先）。

　　10.2羅（歌）。蛾（歌）。

11〈子夜四時歌〉梁武帝蕭衍（逯 1516）

　　11.1〈春歌四首〉梁武帝蕭衍（逯 1516）

　　　　11.1.1.眼（產）。限（產）。

　　　　11.1.2.枝（支）。知（支）。

　　　　11.1.3.雪（薛）。月（月）。

　　　　11.1.4.舌（薛）。絕（薛）。

　　11.2〈夏歌四首〉梁武帝蕭衍（逯 1517）

　　　　11.2.1.水（旨）。異（志）。

　　　　11.2.2.珠（虞）。躇[1]（魚）。

　　　　11.2.3.酒（有）。口（厚）。

　　　　11.2.4.時（之）。飢（脂）。

　　11.3〈秋歌四首〉梁武帝蕭衍（逯 1517）

　　　　11.3.1.文（文）。雲（文）。

　　　　11.3.2.梁（陽）。香（陽）。

　　　　11.3.3.續（燭）。曲（燭）。

　　　　11.3.4.音（侵）。心（侵）。

　　11.4〈冬歌四首〉梁武帝蕭衍（逯 1518）

　　　　11.4.1.席（昔）。客（陌二）。

　　　　11.4.2.墀（脂）。衰（脂）。

　　　　11.4.3.林（侵）。心（侵）。

1　本字作「躇」。《說文・足部》卷二：「躇，峙躇，不前也。」今多作「踟躕」。《集
　韻》卷一「陳如切」，音除。

11.4.4.歸（微）。依（微）。

12〈歡聞歌二首〉梁武帝蕭衍（逯 1518）

12.1 蓮（先）。天（先）。

12.2 心（侵）。陰（侵）。

13〈團扇歌〉梁武帝蕭衍（逯 1518）

月（月）。發（月）。

14〈碧玉歌〉梁武帝蕭衍（逯 1519）

極（職）。色（職）。

15〈上聲歌〉梁武帝蕭衍（逯 1519）

瓊（清）。聲（清）。

16〈襄陽蹋銅蹄歌三首〉梁武帝蕭衍（逯 1519）

16.1 機（微）。衣（微）。

16.2 色（職）。憶（職）。

16.3 羈（支）。兒（支）。

17〈楊叛兒〉梁武帝蕭衍（逯 1520）

綠（燭）。曲（燭）。

18〈白紵辭二首〉梁武帝蕭衍（逯 1520）

18.1 筵（仙）。年（先）。前（先）。憐（先）。

18.2 衣（微）。誰（脂）。歸（微）。飛（微）。

19〈河中之水歌〉梁武帝蕭衍（逯 1520）

流（尤）。愁（尤）。頭（侯）。侯（侯）。梁（陽）。香（陽）。行
（唐）。章（陽）。光（唐）。箱（陽）。望（陽）。王（陽）。

20〈東飛伯勞歌〉梁武帝蕭衍（逯 1521）

燕（霰）。見（霰）。居（魚）。閭（魚）。光（唐）。香（陽）。六
（屋三）。玉（燭）。風（東三）。同（東一）。

21〈江南弄〉（七曲）梁武帝蕭衍（逯 1521）

21.1〈江南弄〉梁武帝蕭衍（逯 1522）

林（侵）。陰（侵）。心（侵）。心（侵）。腴（虞）。躕（虞）。

21.2〈龍笛曲〉梁武帝蕭衍（逯 1522）

堂（唐）。粧（陽）。梁（陽）。梁（陽）。臺（咍）。徊（咍）。

21.3〈採蓮曲〉梁武帝蕭衍（逯 1522）

歸（微）。衣（微）。希（微）。希（微）。玉（燭）。曲（燭）。

21.4〈鳳笙曲〉梁武帝蕭衍（逯 1523）

笙（庚二）。鳴（庚三）。停（青）。停（青）。樓（侯）。謳（侯）。

21.5〈採菱曲〉梁武帝蕭衍（逯 1523）

繩（蒸）。興（蒸）。菱（蒸）。菱（蒸）。怡（之）。思（之）。

21.6〈遊女曲〉梁武帝蕭衍（逯 1523）

滑（沒）。月（月）。闕（月）。闕（月）。庭（青）。生（庚二）。

21.7〈朝雲曲〉梁武帝蕭衍（逯 1523）

謁（月）。曖（代）。沒（沒）。沒（沒）。來（咍）。徊（灰）。

22〈上雲樂〉（七曲）梁武帝蕭衍（逯 1524）

22.1〈鳳臺曲〉梁武帝蕭衍（逯 1524）

悠（尤）。州（尤）。留（尤）。

22.2〈桐柏曲〉梁武帝蕭衍（逯 1524）

真（真）。賓（真）。濱（真）。塵（真）。人（真）。

22.3〈方丈曲〉梁武帝蕭衍（逯 1524）

雲（文）。雲（文）。門（文）。遵（諄）。

22.4〈方諸曲〉梁武帝蕭衍（逯 1525）

人（真）。仁（真）。晨（真）。真（真）。

22.5〈玉龜曲〉梁武帝蕭衍（逯 1525）

山（山）。仙（仙）。生（庚二）。縈（清）。清（清）。

22.6〈金丹曲〉梁武帝蕭衍（逯 1525）

飛（微）。飛（微）。微（微）。衣（微）。

22.7〈金陵曲〉梁武帝蕭衍（逯 1526）

仙（仙）。天（先）。門（魂）。[2]雲（文）。氳（文）。

23〈贈逸民詩〉（十二章）梁武帝蕭衍（逯 1526）

23.1浩（晧）。草（晧）。道（晧）。寶（晧）。擣（晧）。

23.2子（止）。士（止）。始（止）。

23.3神（真）。人（真）。淪（諄）。君（文）。聞（文）。

23.4育（屋三）。谷（屋一）。鹿（屋一）。卜（屋一）。築（屋三）。

23.5撫（麌）。雨（麌）。取（麌）。煦（麌）。父（麌）。

23.6貴（未）。醉（至）。沸（未）。師（脂）。渭（未）。

23.7心（侵）。林（侵）。琴（侵）。禁（侵）。沈（侵）。

23.8適（昔）。益（昔）。昔（昔）。逆（陌三）。石（昔）。

23.9嬌（宵）。消（宵）。夭（宵）。搖（宵）。條（蕭）。

23.10丘（尤）。流（尤）。遊（尤）。周（尤）。留（尤）。

23.11心（侵）。音（侵）。沈（侵）。深（侵）。尋（侵）。

23.12過（戈）。波（戈）。多（歌）。和（戈）。歌（歌）。

24〈直石頭詩〉梁武帝蕭衍（逯 1528）

尚（漾）。相（漾）。將（漾）。諒（漾）。望（漾）。壯（漾）。上（漾）。嶂（漾）。讓（漾）。浪（宕）。放（漾）。

25〈答任殿中宗記室王中書別詩〉梁武帝蕭衍（逯 1528）

悠（尤）。憂（尤）。仇（尤）。洲（尤）。流（尤）。

26〈宴詩〉梁武帝蕭衍（逯 1528）

遍（霰）。面（線）。戰（線）。傳（線）。

27〈首夏泛天池詩〉梁武帝蕭衍（逯 1528）

2　原句讀作「句曲仙。長樂遊。洞天巡。會跡六門。揖玉板。登金門。」今重新斷句為「句曲仙。長樂遊洞天。巡會跡。六門揖。玉板登金門。」

池（支）。移（支）。漪（支）。枝（支）。披（支）。

28〈登北顧樓詩〉梁武帝蕭衍（逯1529）

識（職）。陟（職）。逼（職）。域（職）。側（職）。測（職）。織（職）。

29〈天安寺疏圃堂詩〉梁武帝蕭衍（逯1529）

息（職）。極（職）。色（職）。翼（職）。飾（職）。

30〈藉田詩〉梁武帝蕭衍（逯1529）

鳥（篠）。縹（小）。曉（篠）。悄（小）。窈（篠）。夭（小）。杪（小）。少（小）。穭（尤）。兆（小）。

31〈撰孔子正言竟述懷詩〉梁武帝蕭衍（逯1530）

友（有）。誘（有）。酉（有）。叩（厚）。柳（有）。阜（有）。首（有）。友（有）。

32〈遊仙詩〉梁武帝蕭衍（逯1530）

祕（至）。餌（志）。位（至）。事（志）。轡（至）。

33〈遊鍾山大愛敬寺詩〉梁武帝蕭衍（逯1531）

纏（仙）。眠（先）。權（仙）。遷（仙）。年（先）。然（仙）。然（仙）。煎（仙）。先（先）。緣（仙）。川（仙）。懸（先）。山（山）。綿（仙）。圓（仙）。娟（仙）。濺（先）。牽（先）。泉（仙）。煙（先）。禪（仙）。虔（仙）。田（先）。天（先）。邊（先）。前（先）。賢（先）。

34〈會三教詩〉梁武帝蕭衍（逯1531）

經（青）。[3]青（青）。生（庚二）。名（清）。清（清）。齡（青）。星（青）。明（庚三）。生（庚二）。驚（庚三）。英（庚三）。萌（耕）。榮（庚三）。形（青）。情（清）。

35〈和太子懺悔詩〉梁武帝蕭衍（逯1532）

---

3 原句讀作「弱冠窮。六經孝義連方冊。」今訂正為「弱冠窮六經。孝義連方冊。」

成（清）。聲（清）。靈（青）。榮（庚三）。

36〈十喻詩五首〉梁武帝蕭衍（逯 1532）

　　36.1〈幻詩〉梁武帝蕭衍（逯 1532）

　　　　塵（真）。珍（真）。真（真）。神（真）。人（真）。

　　36.2〈如炎詩〉梁武帝蕭衍（逯 1532）

　　　　扃⁴（青）。溟（青）。萍（青）。形（青）。生（庚二）。

　　36.3〈靈空詩〉梁武帝蕭衍（逯 1533）

　　　　同（東一）。風（東三）。中（東三）。沖（東三）。空（東一）。

　　36.4〈乾闥婆詩〉梁武帝蕭衍（逯 1533）

　　　　邊（先）。天（先）。煙（先）。然（仙）。玄（先）。

　　36.5〈夢詩〉梁武帝蕭衍（逯 1533）

　　　　眾（送三）。弄（送一）。棟（送一）。洞（送一）。夢（送三）。

37〈代蘇屬國婦詩〉梁武帝蕭衍（逯 1533）

　　期（之）。時（之）。基（之）。帷（脂）。湄（脂）。辭（之）。思（之）。持（之）。絲（之）。詩（之）。

38〈古意詩二首〉梁武帝蕭衍（逯 1534）

　　38.1離（支）。池（支）。枝（支）。兒（支）。知（支）。移（支）。

　　38.2枝（支）。陲（支）。池（支）。移（支）。知（支）。

39〈擣衣詩〉梁武帝蕭衍（逯 1534）

　　陽（陽）。牀（陽）。傷（陽）。霜（陽）。黃（唐）。房（陽）。裳（陽）。揚（陽）。妝（陽）。光（唐）。鴦（陽）。芳（陽）。鄉（陽）。腸（陽）。

4　原作「烔」，據《古詩紀》卷七十五改。

40〈織婦詩〉梁武帝蕭衍（逯 1535）
　　室（質）。日（質）。匹（質）。疾（質）。畢（質）。

41〈戲作詩〉梁武帝蕭衍（逯 1535）
　　陽（陽）。唐（唐）。鄉（陽）。將（陽）。梁（陽）。芳（陽）。璫
　　（唐）。

42〈七夕詩〉梁武帝蕭衍（逯 1535）
　　鮮（仙）。煙（先）。年（先）。煎（仙）。旋（仙）。懸（先）。

43〈紫蘭始萌詩〉梁武帝蕭衍（逯 1536）
　　萌（耕）。生（庚二）。情（清）。城（清）。鳴（庚三）。

44〈邊戍詩〉梁武帝蕭衍（逯 1536）
　　異（志）。思（志）。

45〈詠舞詩〉梁武帝蕭衍（逯 1536）
　　縱（鍾）。共（鍾）。

46〈詠燭詩〉梁武帝蕭衍（逯 1536）
　　兒（支）。差（支）。

47〈詠筆詩〉梁武帝蕭衍（逯 1536）
　　年（先）。筵（仙）。

48〈詠笛詩〉梁武帝蕭衍（逯 1537）
　　揚（陽）。凰（唐）。

49〈賜謝覽王暕詩〉梁武帝蕭衍（逯 1537）
　　家（麻二）。華（麻二）。

50〈賜張率詩〉梁武帝蕭衍（逯 1537）
　　政（勁）。盛（勁）。

51〈戲題劉孺手板詩〉梁武帝蕭衍（逯 1537）
　　才（咍）。回（灰）。

52〈送始安王方略入關〉梁武帝蕭衍（逯 1538）
　　離（支）。垂（支）。

53〈覺意詩賜江革〉梁武帝蕭衍（逯 1538）

脩（尤）。囚（尤）。

54〈答蕭琛詩〉梁武帝蕭衍（逯 1538）

志（志）。異（志）。

55〈聯句詩〉梁武帝蕭衍（逯 1538）

逢（鍾）。容（鍾）。

56〈清暑殿效柏梁體〉梁武帝蕭衍（逯 1539）

紱（物）。_帝術（術）。_{任昉}弼（質）。_{徐勉}物（物）。_{劉汎}密（質）。_{柳橙}汨（質）。_{謝覽}秩（質）。_{張卷}實（質）。_{王峻}質（質）。_{陸杲}匹（質）。_{陸倕}一（質）。_{劉洽}匱（至）。_{江葺}

57〈五字疊韻詩〉梁武帝蕭衍（逯 1539）

後（厚）。牖（有）。有（有）。朽[5]（有）。柳（有）。_{梁武帝}梁（陽）。王（陽）。長（陽）。康（唐）。強（陽）。_{劉孝綽}偏（仙）。眠（先）。船（仙）。舷（先）。邊（先）。_{沈約}載（代）。載[6]（代）。每（隊）。礙（代）。埭（代）。_{庾肩吾}六（屋三）。斛（屋一）。熟（屋三）。鹿（屋一）。肉（屋三）。_{徐摛}暎[7]（暮）。蘇（模）。姑（模）。枯（模）。盧（模）。_{何遜}

梁詩卷二

58〈在齊答弟寂詩〉（五章）王揖（逯 1541）

58.1圖（模）。樞（虞）。珠（虞）。跗（虞）。

58.2芳（陽）。揚（陽）。光（唐）。王（陽）。

58.3深（侵）。岑（侵）。音（侵）。金（侵）。

---

5 原作「榴」，據宋・葛立方《韻語陽秋》卷四引唐・陸龜蒙詩序改。

6 原作「七」，據宋・葛立方《韻語陽秋》卷四引唐・陸龜蒙詩序改。清・王國維《人間詞話》作「碓」。

7 疑作「膜」。

58.4鑣（宵）。僚（蕭）。飈（宵）。燋（宵）。

58.5數（虞）。愉（虞）。疏（魚）。俱（虞）。

59〈寓居公廨懷何秀才詩〉高爽（逯 1542）

聚（虞）。宇（虞）。舞（虞）。愈（虞）。

60〈詠鏡詩〉高爽（逯 1542）

墀（脂）。眉（脂）。思（之）。欺（之）。期（之）。

61〈詠畫扇詩〉高爽（逯 1542）

眄（霰）。扇（線）。宴（霰）。見（霰）。薦（霰）。

62〈詠酌酒人〉高爽（逯 1542）

逼（職）。色（職）。

63〈題延陵縣孫抱鼓詩〉高爽（逯 1543）

腸（陽）。央（陽）。

64〈巫山高〉范雲（逯 1543）

輝（微）。歸（微）。飛（微）。依（微）。

65〈當對酒〉范雲（逯 1543）

持（之）。絲（之）。欺（之）。時（之）。

66〈古意贈王中書詩〉范雲（逯 1544）

池（支）。儀（支）。奇（支）。皮（支）。枝（支）。離（支）。為（支）。貲（支）。

67〈贈張徐州謖詩〉范雲（逯 1544）

歸（微）。扉（微）。肥（微）。輝（微）。非（微）。微（微）。闈（微）。揮（微）。霏（微）。飛（微）。

68〈答句曲陶先生詩〉范雲（逯 1545）

煙（先）。泉（仙）。玄（先）。仙（仙）。天（先）。

69〈餞謝文學離夜詩〉范雲（逯 1545）

淥（燭）。續[8]（燭）。曲（燭）。粟（燭）。

8 原作「緒」，據《謝宣城詩集》卷四、《堯山堂外紀》卷八改。

70〈貽何秀才詩〉范雲（逯 1545）

荷（歌）。波（戈）。蘿（歌）。歌（歌）。多（歌）。過（戈）。

71〈答何秀才詩〉范雲（逯 1545）

中（東三）。翁（東一）。通（東一）。同（東一）。東（東一）。

72〈贈俊公道人詩〉范雲（逯 1546）

池（支）。枝（支）。虧（支）。來（咍）。哉（咍）。

73〈別詩〉范雲（逯 1546）

豐（東三）。中（東三）。風（東三）。空（東一）。東（東一）。
通（東一）。

74〈渡黃河詩〉范雲（逯 1546）

陵（蒸）。勝（蒸）。塍（蒸）。興（蒸）。澄（蒸）。

75〈治西湖詩〉范雲（逯 1546）

潮（宵）。要（宵）。朝（宵）。嬌（宵）。苗（宵）。饒（宵）。

76〈傚古詩〉范雲（逯 1547）

平（庚三）。驚（庚三）。城（清）。營（清）。兵（庚三）。輕
（清）。明（庚三）。

77〈建除詩〉范雲（逯 1547）

丘（尤）。罘（尤）。羞（尤）。尤（尤）。求（尤）。酬（尤）。儔
（尤）。謀（尤）。收（尤）。牛（尤）。疇（尤）。求（尤）。

78〈數名詩〉范雲（逯 1547）

紜（文）。群（文）。榲[9]（魂）。云（文）。紛（文）。軍（文）。
聞（文）。勳（文）。分（文）。雲（文）。

79〈州名詩〉范雲（逯 1548）

樊（元）。敦（魂）。源（元）。門（魂）。存（魂）。

80〈奉和齊竟陵王郡縣名詩〉范雲（逯 1548）

---

9 詩句：「三河尚擾攘。楯櫓起槓榲。」「槓榲」，即「轒輼」。古代攻城之車。「輼」，
《廣韻》烏渾切，魂韻。

中（東三）。風（東三）。戎（東三）。東（東一）。工（東一）。
通（東一）。功（東一）。蓬（東一）。

81〈贈沈左衛詩〉范雲（逯 1548）

　宮（東三）。中（東三）。風（東三）。通（東一）。

82〈送沈記室夜別詩〉范雲（逯 1549）

　氛（文）。雲（文）。分（文）。聞（文）。君（文）。

83〈送別詩〉范雲（逯 1549）

　長（陽）。梁（陽）。行（唐）。霜（陽）。航（唐）。

84〈望織女詩〉范雲（逯 1549）

　邊（先）。憐（先）。填（先）。懸（先）。前（先）。

85〈詠井詩〉范雲（逯 1549）

　前（先）。圓（仙）。泉（仙）。圞（仙）。

86〈悲廢井詩〉范雲（逯 1550）

　竭（薛）。渫（薛）。設（薛）。絏（薛）。

87〈登三山詩〉范雲（逯 1550）

　危（支）。垂（支）。枝（支）。斯（支）。

88〈之零陵郡次新亭詩〉范雲（逯 1550）

　起（止）。似（止）。已（止）。

89〈閨思詩〉范雲（逯 1550）

　煙（先）。眠（先）。燃（仙）。邊（先）。

90〈酬修仁水賦詩〉范雲（逯 1551）

　悠（尤）。流（尤）。

91〈登城怨詩〉范雲（逯 1551）

　蘭（寒）。寒（寒）。

92〈詠桂樹詩〉范雲（逯 1551）

　時（之）。期（之）。

93〈詠寒松詩〉范雲（逯 1551）

潯（侵）。心（侵）。

94〈園橘詩〉范雲（逯 1552）

朱（虞）。隅（虞）。

95〈詠早蟬詩〉范雲（逯 1552）

輕（清）。清（清）。

96〈擬古五雜組詩〉范雲（逯 1552）

山（山）。還（刪）。關（刪）。鰥（山）。

97〈擬古〉范雲（逯 1552）

光（唐）。傷（陽）。

98〈自君之出矣〉范雲（逯 1552）

風（東三）。窮（東三）。

99〈擬古四色詩〉范雲（逯 1553）

門（魂）。猨（元）。

100〈四色詩四首〉范雲（逯 1553）

100.1中（東三）。風（東三）。

100.2歸（微）。飛（微）。

100.3宛（元）。轅（元）。

100.4乾（寒）。寒（寒）。

101〈別詩〉范雲（逯 1553）

別（薛）。雪（薛）。

102〈述行詩〉范雲（逯 1553）

幷（清）。鳴（庚三）。

103〈荊州樂三首〉宗夬（逯 1554）

103.1雜（合）。沓（合）。

103.2歸（微）。飛（微）。

103.3道（晧）。裊（篠）。

104〈遙夜吟〉宗夬（逯 1554）

歇（月）。月（月）。

105〈別蕭諮議詩〉宗夬（逯1554）

差（支）。離（支）。池（支）。漪（支）。枝（支）。斯（支）。

梁詩卷三

106〈銅爵妓〉江淹（逯1555）

閣（鐸）。寞（鐸）。爍（藥）。落（鐸）。幕（鐸）。薄（鐸）。樂
（鐸）。郭（鐸）。

107〈採菱曲〉江淹（逯1556）

蓮（先）。年（先）。前（先）。川（仙）。絃（先）。仙（仙）。泉
（仙）。

108〈侍始安王石頭城詩〉江淹（逯1556）

王（陽）。光（唐）。陽（陽）。湘（陽）。翔（陽）。方（陽）。傷
（陽）。

109〈從征虜始安王道中詩〉江淹（逯1556）

明（庚三）。營（清）。城（清）。旌（庚二）。平（庚三）。生
（庚二）。名（清）。荊（庚三）。

110〈從冠軍建平王登廬山香爐峯詩〉江淹（逯1557）

經（青）。靈（青）。青（青）。冥（青）。星（青）。驚（庚三）。
生（庚二）。情（清）。名（清）。胯（清）。

111〈從建平王遊紀南城詩〉江淹（逯1557）

荊（庚三）。明（庚三）。生（庚二）。清（清）。城（清）。平
（庚三）。英（庚三）。成（清）。名（清）。驚（庚三）。情
（清）。

112〈望荊山詩〉江淹（逯1557）

長（陽）。陽（陽）。光（唐）。漲（陽）。裳（陽）。霜（陽）。傷

（陽）。

113 〈步桐臺詩〉江淹（逯 1558）

哉（咍）。埃（咍）。臺（咍）。來（咍）。懷（皆）。徊（灰）。階
（皆）。

114 〈秋至懷歸詩〉江淹（逯 1558）

田（先）。山（山）。煙（先）。川（仙）。娟（仙）。千（先）。懸
（先）。年（先）。

115 〈渡西塞望江上諸山詩〉江淹（逯 1558）

榮（庚三）。鳴（庚三）。橫（庚二）。英（庚三）。情（清）。生
（庚二）。莖（耕）。經（青）。

116 〈赤亭渚詩〉江淹（逯 1559）

楓（東三）。紅（東一）。窮（東三）。中（東三）。空（東一）。
風（東三）。鴻（東一）。

117 〈渡泉嶠出諸山之頂詩〉江淹（逯 1559）

哉（咍）。來（咍）。鰓（咍）。迴（灰）。開（咍）。苔（咍）。懷
（皆）。來（咍）。

118 〈遷陽亭詩〉江淹（逯 1559）

城（清）。兵（庚三）。橫（庚二）。瓊（清）。明（庚三）。驚
（庚三）。名（清）。征（清）。聲（清）。

119 〈遊黃蘗山詩〉江淹（逯 1560）

邊（先）。仙（仙）。天（先）。泉（仙）。煙（先）。間（山）。年
（先）。山（山）。前（先）。然（仙）。

120 〈還故園詩〉江淹（逯 1560）

陽（陽）。傷（陽）。堂（唐）。霜（陽）。昌（陽）。鄉（陽）。塲
（陽）。光（唐）。篁（唐）。芳（陽）。

121 〈劉僕射東山集詩〉江淹（逯 1560）

滋（之）。思（之）。湄（脂）。遲（脂）。時（之）。詩（之）。

122〈陸東海譙山集詩〉江淹（逯1561）

濃（鍾）。紅（東一）。松（鍾）。峯（鍾）。重（鍾）。從（鍾）。
容（鍾）。

123〈無錫縣歷山集詩〉江淹（逯1561）

年（先）。山（山）。田（先）。天（先）。然（仙）。連（仙）。間
（山）。

124〈外兵舅夜集詩〉江淹（逯1561）

空（東一）。風（東三）。中（東三）。終（東三）。叢（東一）。

125〈貽袁常侍詩〉江淹（逯1562）

天（先）。泉（仙）。煙（先）。山（山）。蓮（先）。前（先）。堅
（先）。年（先）。

126〈古意報袁功曹詩〉江淹（逯1562）

雲（文）。分（文）。文（文）。群（文）。氛（文）。君（文）。

127〈寄丘三公詩〉江淹（逯1562）

川（仙）。西[10]（先）。堅（先）。天（先）。山（山）。

128〈臥疾怨別劉長史詩〉江淹（逯1563）

榮（庚三）。驚（庚三）。聲（清）。生（庚二）。鳴（庚三）。情
（清）。英（庚三）。明（庚三）。平（庚三）。

129〈應劉豫章別詩〉江淹（逯1563）

□（缺）。天（先）。賢（先）。甸[11]（先）。煙（先）。蓮（先）。
泉（仙）。山（山）。前（先）。堅（先）。

130〈燈夜和殷長史詩〉江淹（逯1563）

傷（陽）。梁（陽）。長（陽）。光（唐）。觴（陽）。湘（陽）。

---

10 《江文通文集》卷二「西」字下注：「音先」。《篇海》蘇前切，音先。西漢〈郊祀
歌〉：「象載瑜，白集西。食甘露，飲榮泉。」東漢〈窮鳥賦〉：「幸賴大賢，我矜我
憐。昔濟我南，今振我西。」

11 「甸」，《集韻》、《韻會》、《正韻》並亭年切，音田。《釋文》亦音田。

131〈贈鍊丹法和殷長史詩〉江淹（逯 1564）

　　還（刪）。顏（刪）。攀（刪）。丹（寒）。歡（桓）。簞（寒）。寒
　　（寒）。鸞（桓）。

132〈從蕭驃騎新亭詩〉江淹（逯 1564）

　　猷（尤）。謀（尤）。樓（侯）。州（尤）。悠（尤）。浮（尤）。洲
　　（尤）。丘（尤）。遊（尤）。

133〈惜晚春應劉秘書詩〉江淹（逯 1564）

　　心（侵）。林（侵）。陰（侵）。尋（侵）。簪（侵）。臨（侵）。金
　　（侵）。斟（侵）。

134〈秋夕納涼奉和刑獄舅詩〉江淹（逯 1565）

　　斜（麻三）。霞（麻二）。歌（歌）。阿（歌）。波（戈）。多
　　（歌）。過（戈）。何（歌）。

135〈郊外望秋答殷博士詩〉江淹（逯 1565）

　　蕪（虞）。躕（虞）。瑜（虞）。都（模）。濡（虞）。初（魚）。居
　　（魚）。書（魚）。

136〈冬盡難離和丘長史詩〉江淹（逯 1565）

　　閨（齊）。題（齊）。懷（皆）。西（齊）。嗁（齊）。乖（皆）。暌
　　（齊）。蹊（齊）。

137〈池上酬劉記室詩〉江淹（逯 1566）

　　暮（暮）。路（暮）。樹（遇）。度（暮）。露（暮）。賦（遇）。素
　　（暮）。

138〈吳中禮石佛詩〉江淹（逯 1566）

　　疑（之）。時（之）。湄（脂）。滋（之）。坻（脂）。私（脂）。遲
　　（脂）。淄（之）。期（之）。

139〈採石上菖蒲詩〉江淹（逯 1566）

　　看（寒）。端（桓）。瀾（寒）。丹（寒）。歡（寒）。寬（桓）。顏
　　（刪）。還（刪）。

140〈就謝主簿宿詩〉江淹（逯1567）

芳（陽）。霜（陽）。堂（唐）。梁（陽）。

141〈無錫舅相送衛涕別詩〉江淹（逯1567）

陳（真）。人（真）。春（諄）。因（真）。

142〈當春四韻同□左丞詩〉江淹（逯1567）

花（麻二）。霞（麻二）。斜（麻三）。華（麻二）。

143〈感春冰遙和謝中書詩二首〉江淹（逯1567）

143.1亭（青）。莖（耕）。生（庚二）。貞（清）。

143.2人（真）。因（真）。真（真）。濱（真）。

144〈詠美人春遊詩〉江淹（逯1568）

春（諄）。蘋（真）。津（真）。唇（諄）。神（真）。

145〈征怨詩〉江淹（逯1568）

閑（山）。顏（刪）。還（刪）。

梁詩卷四

146〈雜體詩三十首〉江淹（逯1569）

146.1〈古離別〉江淹（逯1570）

關（刪）。還（刪）。團（桓）。寒（寒）。離（支）。枝（支）。移（支）。

146.2〈李都尉陵從軍〉江淹（逯1570）

宴（霰）。霰（霰）。薦（霰）。見（霰）。燕（霰）。

146.3〈班婕妤詠扇〉江淹（逯1570）

素（暮）。霧（遇）。故（暮）。樹（遇）。路（暮）。

146.4〈魏文帝曹丕遊宴〉江淹（逯1571）

池（支）。披（支）。崖（支）。隨（支）。差（支）。罷（支）。為（支）。陰（侵）。林（侵）。心（侵）。

146.5〈陳思王曹植贈友〉江淹（逯 1571）

壁（昔）。宅（陌二）。薄（鐸）。落（鐸）。閣（鐸）。若
（藥）。膝（鐸）。諾（鐸）。霍（鐸）。

146.6〈劉文學楨感懷〉江淹（逯 1571）

色（職）。直（職）。翼（職）。職（職）。飾（職）。側
（職）。測（職）。

146.7〈王侍中粲懷德〉江淹（逯 1572）

京（庚三）。情（清）。橫（庚二）。清（清）。莖（耕）。零
（青）。平（庚三）。縈（清）。城（清）。萍（青）。傾（清）。
名（清）。

146.8〈嵇中散康言志〉江淹（逯 1572）

塵（真）。倫（諄）。濱（真）。津（真）。神（真）。陳（真）。
身（真）。真（真）。賓（真）。辛（真）。人（真）。紳（真）。

146.9〈阮步兵籍詠懷〉江淹（逯 1573）

飛（微）。歸（微）。非（微）。希（微）。微（微）。

146.10〈張司空華離情〉江淹（逯 1573）

墀（脂）。帷（脂）。絲（之）。滋（之）。思（之）。期（之）。

146.11〈潘黃門岳述哀〉江淹（逯 1573）

日（質）。畢（質）。瑟（櫛）。一（質）。失（質）。質（質）。
寐（至）。冥（青）。形（青）。靈（青）。銘（清）。英（庚
三）。平（庚三）。

146.12〈陸平原機羇宦〉江淹（逯 1574）

身（真）。親（真）。津（真）。陳（真）。臣（真）。民
（真）。年（先）。川（仙）。煙（先）。憐（先）。然（仙）。

146.13〈左記室思詠史〉江淹（逯 1574）

門（魂）。魂（魂）。源（元）。恩（痕）。尊（魂）。軒
（元）。言（元）。門（魂）。園（元）。

146.14〈張黃門協苦雨〉江淹（逯 1574）

渚（語）。礎（語）。序（語）。舉（語）。侶（語）。楚（語）。
佇（語）。

146.15〈劉太尉琨傷亂〉江淹（逯 1575）

霧（遇）。據（御）。騖（遇）。遇（遇）。舉（語）。故（暮）。
度（暮）。路（暮）。樹（遇）。慮（御）。素（暮）。數（遇）。

146.16〈盧郎中諶感交〉江淹（逯 1575）

器（至）。位（至）。匹（質）。一（質）。恤（術）。失（質）。
謐（質）。出（術）。質（質）。瑟（櫛）。逸（質）。實（質）。

146.17〈郭弘農璞遊仙〉江淹（逯 1575）

石（昔）。魄（陌二）。液（昔）。隟（陌三）。碧（昔）。客
（陌二）。迫（陌二）。

146.18〈孫廷尉綽雜述〉江淹（逯 1576）

兆（小）。夭（小）。了（篠）。矯（小）。少（小）。老
（晧）。道（晧）。皓（晧）。草（晧）。巧（巧）。鳥（篠）。

146.19〈許徵君詢自敘〉江淹（逯 1576）

象（養）。賞（養）。往（養）。養（養）。敞（養）。上
（養）。響（養）。獎（養）。朗（蕩）。網（養）。

146.20〈殷東陽仲文興矚〉江淹（逯 1576）

趣（遇）。遇（遇）。樹（遇）。素（暮）。務（遇）。慕（暮）。
慮（御）。

146.21〈謝僕射混遊覽〉江淹（逯 1577）

整（靜）。省（靜）。永（梗三）。嶺（靜）。景（梗三）。靜
（靜）。秉（梗三）。郢（靜）。

146.22〈陶徵君潛田居〉江淹（逯 1577）

陌（陌二）。適（昔）。夕（昔）。隟（陌三）。役（昔）。績
（錫）。益（昔）。

146.23〈謝臨川靈運遊山〉江淹（逯 1577）

缺（薛）。設（薛）。絕（薛）。徹（薛）。晰（薛）。沈（屑）。
蔽（祭）。汭（祭）。逝（祭）。雪（薛）。穴（屑）。滅（薛）。
滋（祭）。說（薛）。

146.24〈顏特進延之侍宴〉江淹（逯 1578）

縣（霰）。見（霰）。殿（霰）。霰（霰）。蒨（霰）。變（線）。
宴（霰）。甸（霰）。見（霰）。弁（線）。眄（霰）。賤（線）。
瑱（霰）。薦（霰）。

146.25〈謝法曹惠連贈別〉江淹（逯 1578）

汭（祭）。別（薛）。袂（祭）。雪（薛）。時（之）。思（之）。
期（之）。疑（之）。滋（之）。若（藥）。鑠（藥）。薄（鐸）。
諾（鐸）。託（鐸）。勤（欣）。人（真）。濱（真）。辰（真）。
陳（真）。勞（豪）。遨（豪）。皋（豪）。陶（宵）。瑤（宵）。

146.26〈王徵君微養疾〉江淹（逯 1579）

滋（之）。悲（脂）。墀（脂）。帷（脂）。緇（之）。期（之）。
詩（之）。

146.27〈袁太尉淑從駕〉江淹（逯 1579）

玄（先）。年（先）。川（仙）。懸（先）。山（山）。淵（先）。
鄽（仙）。弦（先）。天（先）。筵（仙）。前（先）。宣（仙）。

146.28〈謝光祿莊郊遊〉江淹（逯 1580）

陰（侵）。沈（侵）。潯（侵）。深（侵）。岑（侵）。音（侵）。
金（侵）。心（侵）。侵（侵）。

146.29〈鮑參軍昭戎行〉江淹（逯 1580）

光（唐）。鄉（陽）。霜（陽）。漿（陽）。腸（陽）。蒼（唐）。
荒（唐）。梁（陽）。傷（陽）。藏（唐）。

146.30〈休上人怨別〉江淹（逯 1580）

哉（咍）。來（咍）。徊（灰）。開（咍）。臺（咍）。埃（咍）。

懷（皆）。

147〈學魏文帝詩〉江淹（逯 1581）

山（山）。寒（寒）。燕（先）。賢（先）。止（止）。子（止）。

148〈效阮公詩十五首〉江淹（逯 1581）

148.1琴（侵）。陰（侵）。林（侵）。尋（侵）。心（侵）。

148.2好（晧）。道（晧）。寶（晧）。草（晧）。抱（晧）。

148.3衣（微）。誰（脂）。晞（微）。歸（微）。疑（之）。

148.4之（之）。斯（之）。辭（之）。期（之）。滋（之）。

148.5冥（青）。靈（青）。形（青）。明（庚三）。精（清）。

148.6陰（侵）。尋（侵）。沈（侵）。深（侵）。

148.7臺（咍）。來（咍）。才（咍）。徊（灰）。哉（咍）。

148.8河（歌）。多（歌）。華（麻二）。過（戈）。何（歌）。阿
（歌）。

148.9海（海）。采（海）。待（海）。在（海）。改（海）。

148.10州（尤）。丘（尤）。悠（尤）。留（尤）。

148.11塵（真）。濱（真）。親（真）。巾（真）。身（真）。人
（真）。

148.12宣（仙）。前（先）。然（仙）。年（先）。

148.13岑（侵）。陰（侵）。心（侵）。禁（侵）。尋（侵）。

148.14梓（止）。李（止）。止（止）。涘（止）。始（止）。恃
（止）。

148.15寥（蕭）。朝（宵）。驕（宵）。凋（蕭）。苗（宵）。

149〈清思詩五首〉江淹（逯 1583）

149.1極（職）。識（職）。側（職）。色（職）。絁（職）。

149.2音（侵）。沈（侵）。臨（侵）。淫（侵）。

149.3光（唐）。堂（唐）。裳（陽）。陽（陽）。傷（陽）。

149.4琴（侵）。陰（侵）。林（侵）。深（侵）。岑（侵）。

149.5侶（語）。理（止）。已（止）。市（止）。

150〈傷內弟劉常侍詩〉江淹（逯 1584）

名（清）。聲（清）。榮（庚三）。輕（清）。情（清）。鳴（庚三）。生（庚二）。庭（青）。泂（青）。

151〈悼室人詩十首〉江淹（逯 1584）

151.1茲（之）。微（微）。滋（之）。時（之）。持（之）。

151.2鬱（物）。拂（物）。物（物）。忽（沒）。慰（未）。

151.3鮮（仙）。蓮（先）。煙（先）。然（仙）。泉（仙）。

151.4胸（鍾）。濃（鍾）。峯（鍾）。松（鍾）。容（鍾）。

151.5開（咍）。來（咍）。苔（咍）。摧（灰）。懷（皆）。

151.6深（侵）。音（侵）。琴（侵）。陰（侵）。心（侵）。

151.7單（寒）。團（桓）。寒（寒）。蘭（寒）。寬（桓）。

151.8知（支）。垂（支）。涯（支）。離（支）。虧（支）。

151.9湄（脂）。思（之）。綦（之）。滋（之）。帷（脂）。

151.10無（虞）。都（模）。輿（魚）。隅（虞）。居（魚）。

152〈詩〉江淹（逯 1585）

冰（蒸）。陵（蒸）。

153〈歌〉江淹（逯 1586）

暮（暮）。渡（暮）。顧（暮）。[12]

154〈歌〉江淹（逯 1586）

親（真）。塵（真）。辛（真）。

155〈謠〉江淹（逯 1586）

殘（寒）。寒（寒）。難（寒）。

156〈謠〉江淹（逯 1586）

盤（桓）。鑾（桓）。

---

12 原作「絕世獨立兮報君子之一顧。」中間不句讀。今重新斷句為「絕世獨立兮。報君子之一顧。」

157〈歌〉江淹（逯 1587）

　　衾（侵）。禁（侵）。

158〈詩〉江淹（逯 1587）

　　亂（換）。歎（翰）。半（換）。

159〈雜三言五首〉江淹（逯 1587）

　　159.1〈搆象臺〉江淹（逯 1587）

　　　　精（清）。名（清）。生（庚二）。青（清）。溟（青）。生（庚
　　　　二）。扃（青）。汀（青）。櫺（青）。形（青）。籬（支）。池
　　　　（支）。章（陽）。霜（陽）。香（陽）。梁（陽）。寂（錫）。
　　　　跡（昔）。石（昔）。惜（昔）。

　　159.2〈訪道經〉江淹（逯 1588）

　　　　文（文）。分（文）。群（文）。雲（文）。文（文）。傳（仙）。
　　　　然（仙）。山（山）。崿（鐸）。壑（鐸）。灼（藥）。鶴（鐸）。
　　　　落（鐸）。寞（鐸）。室（質）。袠（質）。疾（質）。一（質）。

　　159.3〈鏡論語〉江淹（逯 1588）

　　　　冊（麥）。寂（錫）。革（麥）。泗（至）。秘（至）。思（志）。
　　　　意（志）。端（桓）。觀（桓）。安（寒）。蘭（寒）。翰（寒）。
　　　　從（鍾）。重（鍾）。峯（鍾）。窗（江）。老（晧）。道（晧）。
　　　　抱（晧）。少（小）。紹（小）。夭（小）。

　　159.4〈悅曲池〉江淹（逯 1589）

　　　　柏（陌二）。石（昔）。畫[13]（麥）。尺（昔）。絲（仙）。旋
　　　　（仙）。天（先）。泉（仙）。山（山）。合（合）。沓（合）。
　　　　颯（合）。湲（仙）。蓮（先）。閑（山）。山（山）。前（先）。
　　　　邊（先）。

　　159.5〈愛遠山〉江淹（逯 1589）

---

13 原作「畫」，據欽定四庫全書《江文通集》卷四改。

遠（阮）。返（阮）。晚（阮）。衍（獼）。淺（獼）。雲（文）。
分（文）。文（文）。蒕（文）。群（文）。山（山）。天（先）。
田（先）。泉（仙）。葉（葉）。疊（怗）。接（怗）。涉（怗）。
愜（怗）。

160〈應謝主簿騷體〉江淹（逯 1590）

涼（陽）。霜（陽）。傷（陽）。光（唐）。陽（陽）。忘（陽）。芳
（陽）。

161〈劉僕射東山集學騷〉江淹（逯 1590）

中（東三）。風（東三）。蒕（文）。文（文）。雲（文）。君
（文）。

162〈山中楚辭六首〉江淹（逯 1590）

162.1藹（泰）。[14]大（泰）。蓋（泰）。帶（泰）。

162.2鈎（侯）。樓（侯）。謳（侯）。羞（尤）。州（尤）。

162.3識（職）。色（職）。極（職）。

162.4巒（桓）。團（桓）。寒（寒）。難（寒）。還（刪）。蘭
（寒）。

162.5樹（遇）。路（暮）。暮（暮）。顧（暮）。

162.6親（真）。鱗（真）。光（唐）。傷（陽）。梁（陽）。方
（陽）。

163〈晚景遊泛懷友〉蕭鈞（逯 1591）

溝（侯）。洲（尤）。秋（尤）。收（尤）。浮（尤）。流（尤）。遊
（尤）。

---

14 原作「青春素景兮白日出之藹藹。」中間不句讀。今重新斷句為「青春素景兮。白
日出之藹藹。」

梁詩卷五

164〈觀樂應詔詩〉王暕（逯 1593）

　　響（養）。上（養）。網（養）。兩（養）。賞（養）。仰（養）。蕩
　　（蕩）。放（養）。

165〈詠舞詩〉王暕（逯 1593）

　　鈿（先）。絃（先）。

166〈光華殿侍宴賦競病韻詩〉曹景宗（逯 1594）

　　競（映三）。病（映三）。

167〈為王嫡子侍皇太子釋奠宴〉任昉（逯 1595）

　　多（歌）。家（麻二）。華（麻二）。沖（東三）。風（東三）。蒙
　　（東一）。鎔（鍾）。言（元）。昆（魂）。門（魂）。尊（魂）。

168〈贈王僧孺詩〉任昉（逯 1595）

　　子（止）。始（止）。芷（止）。止（止）。著（御）。譽（御）。遽
　　（御）。御（御）。錄（燭）。晶（燭）。屬（燭）。燭（燭）。

169〈答劉居士詩〉任昉（逯 1595）

　　四（至）。類（至）。肆（至）。至（至）。微（微）。違（微）。威
　　（微）。機（微）。

170〈九日侍宴樂遊苑詩〉任昉（逯 1596）

　　平（庚三）。英（庚三）。成（清）。笙（庚二）。榮（庚三）。清
　　（清）。情（清）。

171〈奉和登景陽山詩〉任昉（逯 1596）

　　閱（薛）。埒（薛）。碣（薛）。柵（祭）。澈（薛）。哲（薛）。

172〈泛長溪詩〉任昉（逯 1596）

　　勒（德）。國（德）。域（職）。惑（德）。繯（德）。黑（德）。

173〈落日泛舟東溪詩〉任昉（逯 1597）

盛（勁）。映（映三）。命（映三）。詠（映三）。病（映三）。

174〈濟浙江詩〉任昉（逯 1597）

往（養）。上（養）。想（養）。壞（養）。

175〈贈郭桐廬山谿口見候余既未至郭仍進村維舟久之郭生方至詩〉
任昉（逯 1597）

思（之）。坻（脂）。持（之）。茲（之）。悲（脂）。期（之）。辭
（之）。

176〈答何徵君詩〉任昉（逯 1597）

裏（止）。市（止）。士（止）。軌（旨）。喜（止）。止（止）。

177〈贈徐徵君詩〉任昉（逯 1598）

別（薛）。月（月）。悅（薛）。絕（薛）。缺（薛）。閱（薛）。輟
（薛）。節（屑）。

178〈答劉孝綽詩〉任昉（逯 1598）

堅（鐸）。作（鐸）。謔（藥）。索（鐸）。託（鐸）。惡（鐸）。藥
（藥）。穫（鐸）。

179〈答到建安餉杖詩〉任昉（逯 1599）

筠（諄）。彬（真）。人（真）。辰（真）。伸（真）。嚬（真）。津
（真）。親（真）。

180〈寄到溉詩〉任昉（逯 1599）

一（質）。實（質）。日（質）。

181〈別蕭諮議詩〉任昉（逯 1599）

緒（語）。舉（語）。浦（姥）。與（語）。渚（語）。

182〈厲吏人講學詩〉任昉（逯 1599）

畝（厚）。柳（有）。友（有）。帚（有）。莠（有）。

183〈苦熱詩〉任昉（逯 1600）

軒（元）。垣（元）。根（痕）。溫（魂）。奔（魂）。

184〈同謝朏花雪詩〉任昉（逯 1600）

暮（暮）。素（暮）。鷺（暮）。樹（遇）。

185〈出郡傳舍哭范僕射詩〉（三章）任昉（逯 1600）

185.1楨（清）。情（清）。英（庚三）。情（清）。明（庚三）。平
（庚三）。生（庚二）。清（清）。情（清）。生（庚二）。

185.2事（志）。笥（志）。值（志）。意（志）。

185.3辰（真）。旬（諄）。人（真）。晨（真）。均（諄）。

186〈嚴陵瀨詩〉任昉（逯 1601）

嶂（漾）。壯（漾）。狀（漾）。

187〈詠池邊桃詩〉任昉（逯 1601）

枝（支）。池（支）。離（支）。

188〈九日侍宴樂遊苑詩〉丘遲（逯 1602）

禮（薺）。棨（薺）。濟（薺）。一（質）。日（質）。悉（質）。謐
（質）。麗（霽）。砌（霽）。慧（霽）。詣（霽）。

189〈侍宴樂遊苑送徐州應詔詩〉丘遲（逯 1602）

吹（寘）。騎（寘）。積（寘）。戲（寘）。寄（寘）。被（寘）。義
（寘）。

190〈旦發漁浦潭詩〉丘遲（逯 1602）

颺（漾）。障（漾）。望（漾）。狀（漾）。漲（漾）。傍（宕）。曠
（宕）。尚（漾）。

191〈夜發密巖口詩〉丘遲（逯 1603）

先（先）。懸（先）。泉（仙）。填（先）。

192〈敬酬柳僕射征怨詩〉丘遲（逯 1603）

妍（先）。偓（仙）。鈿（先）。前（先）。邊（先）。年（先）。

193〈答徐侍中為人贈婦詩〉丘遲（逯 1603）

家（麻二）。麻（麻二）。車（麻三）。奢（麻三）。華（麻二）。
斜（麻三）。紗（麻二）。花（麻二）。嗟（麻三）。

194〈贈何郎詩〉丘遲（逯 1604）

　　埃（咍）。來（咍）。苔（咍）。哉（咍）。

195〈題琴朴奉柳吳興詩〉丘遲（逯 1604）

　　垂（支）。枝（支）。知（支）。儀（支）。

196〈芳樹詩〉丘遲（逯 1604）

　　離（支）。池（支）。枝（支）。移（支）。

197〈望雪詩〉丘遲（逯 1604）

　　城（清）。生（庚二）。明（庚三）。

198〈玉堦春草詩〉丘遲（逯 1605）

　　若（藥）。雀（藥）。薄（鐸）。

199〈巫山高〉虞羲（逯 1605）

　　異（志）。思（志）。意（志）。遲（至）。

200〈自君之出矣〉虞羲（逯 1605）

　　依（微）。飛（微）。輝（微）。歸（微）。

201〈敬贈蕭諮議詩〉（十章）虞羲（逯 1606）

　　201.1柯（歌）。酇[15]（歌）。謌（歌）。迤[16]（歌）。

　　201.2右（有）。首（有）。朽（有）。玖（有）。

　　201.3德（德）。塞（德）。則（德）。北（德）。

　　201.4樹（遇）。霧（遇）。裕（遇）。賦（遇）。

　　201.5流（尤）。讎（尤）。秋（尤）。由（尤）。

　　201.6幕（鐸）。學（覺）。樂（鐸）。度（鐸）。

　　201.7閭（魚）。興（魚）。書（魚）。車（魚）。

　　201.8納（合）。合（合）。答（合）。嗒（合）。

　　201.9所（語）。語（語）。舉（語）。處（語）。

15　《集韻・戈》：「酇、酇，《說文》：『沛國縣。』蕭何初封邑。或从贊。」才何切。

16　「迤」，本作「迱」。《廣韻・歌》：「迱，逶迱行皃。」

201.10知（支）。漪（支）。枝（支）。池（支）。

202〈贈何錄事諲之詩〉（十章）虞羲（逯1606）

202.1止（止）。紀（止）。汜（止）。子（止）。

202.2艫（支）。兒（支）。離（支）。雌（支）。

202.3學（覺）。樂（鐸）。岳（覺）。度（鐸）。

202.4璋（陽）。望（陽）。光（唐）。方（陽）。

202.5子（止）。已（止）。祉（止）。士（止）。

202.6雲（文）。文（文）。芬（文）。君（文）。

202.7撫（麌）。廡（麌）。取（麌）。府（麌）。

202.8菽（屋三）。塾（屋三）。宿（屋三）。馥（屋三）。

202.9良（陽）。邦（江）。裳（陽）。陽（陽）。

202.10汜（止）。里（止）。已（止）。耳（止）。

203〈送友人上湘詩〉虞羲（逯1607）

路（暮）。暮（暮）。渡（暮）。故（暮）。露（暮）。固（暮）。

204〈詠霍將軍北伐詩〉虞羲（逯1607）

城（清）。平（庚三）。并（清）。生（庚二）。驚（庚三）。旂（清）。兵（庚三）。鳴（庚三）。精（清）。營（清）。成（清）。盈（清）。傾（清）。名（清）。

205〈數名詩〉虞羲（逯1608）

客（陌二）。擇（陌二）。懌（昔）。百（陌二）。陌（陌二）。夕（昔）。奕（昔）。藉（昔）。白（陌二）。柏（陌二）。

206〈見江邊竹詩〉虞羲（逯1608）

池（支）。枝（支）。雌（支）。猗（支）。斯（支）。知（支）。

207〈春郊詩〉虞羲（逯1608）

津（真）。春（諄）。晨（真）。人（真）。

208〈詠秋月詩〉虞羲（逯1609）

殿（霰）。扇（線）。見（霰）。宴（霰）。

209〈橘詩〉虞羲（逯 1609）

　　洲（尤）。楸（尤）。州（尤）。憂（尤）。

210〈望雪詩〉虞羲（逯 1609）

　　結（屑）。雪（薛）。

211〈登鍾山下峯望詩〉虞騫（逯 1610）

　　際（祭）。睇（霽）。閉（霽）。細（霽）。

212〈遊潮山悲古塚詩〉虞騫（逯 1610）

　　村（魂）。原（元）。根（痕）。尊（魂）。

213〈尋沈剡夕至嵊亭詩〉虞騫（逯 1610）

　　原（元）。奔（魂）。猿（元）。昏（魂）。

214〈視月詩〉虞騫（逯 1611）

　　發（月）。月（月）。沒（沒）。忽（沒）。

215〈擬雨詩〉虞騫（逯 1611）

　　氛（文）。雲（文）。文（文）。

梁詩卷六

216〈日出東南隅行〉沈約（逯 1613）

　　鄲（寒）。端（桓）。紈（桓）。瀾（寒）。欒（桓）。官（桓）。鞍
　　（寒）。鸞（桓）。冠（桓）。

217〈昭君辭〉沈約（逯 1614）

　　河（歌）。蛾（歌）。波（戈）。多（歌）。羅（歌）。峨（歌）。歌
　　（歌）。過（戈）。

218〈長歌行〉沈約（逯 1614）

　　變（線）。彥（線）。箭（線）。電（霰）。薦（霰）。蒨（霰）。宴
　　（霰）。殿（霰）。絢（霰）。倦（線）。

219〈同前〉沈約（逯 1614）

雪（薛）。結（屑）。節（屑）。缺（薛）。滅（薛）。鼜（屑）。絕
（薛）。別（薛）。裂（薛）。設（薛）。

220〈君子行〉沈約（逯1615）

淄（之）。基（之）。持（之）。

221〈從軍行〉沈約（逯1615）

多（歌）。河（歌）。波（戈）。莎（戈）。蘿（歌）。阿（歌）。戈
（戈）。歌（歌）。和（戈）。何（歌）。

222〈豫章行〉沈約（逯1615）

駛（志）。思（志）。異（志）。嗣（志）。亟（志）。志（志）。熾
（志）。事（志）。餌（志）。寄（寘）。

223〈相逢狹路間〉沈約（逯1616）

車（麻三）。家（麻二）。憶（職）。側（職）。食（職）。直
（職）。翼（職）。色（職）。織（職）。即（職）。翼（職）。

224〈長安有狹斜行〉沈約（逯1616）

士（止）。子（止）。擬（止）。

225〈三婦艷〉沈約（逯1616）

帷（脂）。眉（脂）。私（脂）。

226〈江蘺生幽渚〉沈約（逯1617）

通（東一）。叢（東一）。風（東三）。童（東一）。空（東一）。
東（東一）。隆（東三）。終（東三）。蓬（東一）。宮（東三）。

227〈卻東西門行〉沈約（逯1617）

闕（月）。沒（沒）。發（月）。謁（月）。月（月）。歇（月）。髮
（月）。越（月）。渤（沒）。窟（沒）。

228〈飲馬長城窟〉沈約（逯1617）

堆（灰）。迴（灰）。臺（咍）。埃（咍）。

229〈擬青青河畔草〉沈約（逯1618）

塵（真）。人（真）。憶（職）。息（職）。儀（支）。離（支）。久

（有）。酒（有）。

230〈梁甫吟〉沈約（逯1618）

陰（侵）。侵（侵）。沈（侵）。參（侵）。林（侵）。深（侵）。臨（侵）。禁（侵）。心（侵）。音（侵）。

231〈君子有所思行〉沈約（逯1618）

川（仙）。軒（元）。仙（仙）。絃（先）。年（先）。蟬（仙）。玄（先）。

232〈白馬篇〉沈約（逯1619）

鞍（寒）。蘭（寒）。難（寒）。盤（桓）。寒（寒）。滄（寒）。蘭（寒）。安（寒）。官（桓）。單（寒）。完（桓）。

233〈齊謳行〉沈約（逯1619）

昶（養）。壤（養）。敞（養）。網（養）。

234〈前緩聲歌〉沈約（逯1619）

東（東一）。風（東三）。宮（東三）。鴻（東一）。空（東一）。虹（東一）。童（東一）。空（東一）。中（東三）。嵩（東三）。

235〈芳樹〉沈約（逯1620）

側（職）。色（職）。識（職）。息（職）。

236〈臨高臺〉沈約（逯1620）

愁（尤）。悠（尤）。頭（侯）。憂（尤）。

237〈洛陽道〉沈約（逯1620）

比（旨）。靡（紙）。綺（紙）。倚（紙）。

238〈江南曲〉沈約（逯1621）

潭（覃）。南（覃）。諳（覃）。篸（覃）。嵌（銜）。

239〈東武吟行〉沈約（逯1621）

浮（尤）。輈（尤）。流（尤）。休（尤）。

240〈怨歌行〉沈約（逯1621）

群（文）。文（文）。墳（文）。云（文）。

241〈悲哉行〉沈約（逯 1621）

　　春（諄）。人（真）。津（真）。蘋（真）。辰（真）。

242〈攜手曲〉沈約（逯 1622）

　　牀（陽）。妝（陽）。長（陽）。亡（陽）。

243〈有所思〉沈約（逯 1622）

　　家（麻二）。芽（麻二）。花（麻二）。邪（麻三）。

244〈夜夜曲〉沈約（逯 1622）

　　直（職）。憶（職）。織（職）。息（職）。

245〈夜夜曲〉沈約（逯 1622）

　　傷（陽）。牀（陽）。

246〈釣竿〉沈約（逯 1623）

　　紆（虞）。鳧（虞）。娛（虞）。

247〈臨碣石〉沈約（逯 1623）

　　日（質）。崒（術）。畢（質）。

248〈湘夫人〉沈約（逯 1623）

　　流（尤）。修（尤）。洲（尤）。

249〈貞女引〉沈約（逯 1623）

　　疑（之）。悲（脂）。詞（之）。

250〈襄陽蹋銅蹄歌三首〉沈約（逯 1624）

　　250.1頭（侯）。流（尤）。

　　250.2城（清）。鳴（庚三）。

　　250.3光（唐）。鄉（陽）。

251〈永明樂〉沈約（逯 1624）

　　客（陌二）。陌（陌二）。

252〈江南弄四首〉沈約（逯 1624）

　　252.1〈趙瑟曲〉沈約（逯 1624）

　　　　梓（止）。徵（止）。起（止）。起（止）。香（陽）。央（陽）。

252.2〈秦箏曲〉沈約（逯 1625）

　　桐（東一）。宮（東三）。風（東三）。風（東三）。月
　　（月）。歇（月）。

252.3〈陽春曲〉沈約（逯 1625）

　　池（支）。儀（支）。知（支）。知（支）。見（霰）。殿（霰）。

252.4〈朝雲曲〉沈約（逯 1625）

　　色（職）。極（職）。息（職）。息（職）。遊（尤）。秋（尤）。

253〈樂未央〉沈約（逯 1625）

年（先）。蓮（先）。前（先）。

254〈四時白紵歌五首〉沈約（逯 1626）

254.1〈春白紵〉沈約（逯 1626）

　　紅（東一）。風（東三）。同（東一）。中（東一）。息
　　（職）。翼（職）。色（職）。極（職）。

254.2〈夏白紵〉沈約（逯 1626）

　　人（真）。親（真）。神（真）。因（真）。息（職）。翼
　　（職）。色（職）。極（職）。

254.3〈秋白紵〉沈約（逯 1626）

　　黃（唐）。房（陽）。翔（陽）。忘（陽）。息（職）。翼
　　（職）。色（職）。極（職）。

254.4〈冬白紵〉沈約（逯 1627）

　　垂（支）。知（支）。移（支）。施（支）。息（職）。翼
　　（職）。色（職）。極（職）。

254.5〈夜白紵〉沈約（逯 1627）

　　女（語）。許（語）。予（語）。紵（語）。息（職）。翼
　　（職）。色（職）。極（職）。

255〈團扇歌二首〉沈約（逯 1627）

255.1扇（線）。便（線）。

255.2扇（線）。面（線）。見（霰）。

256〈侍皇太子釋奠宴詩〉沈約（逯 1628）

哉（咍）。才（咍）。臺（咍）。台（咍）。臺（咍）。樹（禡三）。駕（禡二）。舍（禡三）。薦（霰）。奠（霰）。縣（霰）。睠（線）。

257〈贈沈錄事江水曹二大使詩〉（五章）沈約（逯 1628）

257.1長（陽）。芳（陽）。陽（陽）。將（陽）。

257.2牧（屋三）。服（屋三）。陸（屋三）。穀（屋一）。

257.3衡（庚二）。橫（庚二）。亨（庚二）。行（庚二）。

257.4阻（語）。處（語）。敘（語）。語（語）。

257.5舟（尤）。流（尤）。浮（尤）。猷（尤）。

258〈贈劉南郡季連詩〉（六章）沈約（逯 1629）

258.1徽（微）。微（微）。輝（微）。扉（微）。

258.2悔（隊）。載（代）。誨（隊）。珮（隊）。

258.3湖（模）。吳（模）。都（模）。吾（模）。

258.4一（質）。七（質）。室（質）。溢（質）。

258.5隆（東三）。同（東一）。叢（東一）。鴻（東一）。

258.6右（有）。首（有）。朽（有）。手（有）。

259〈為南郡王侍皇太子釋奠詩二首〉沈約（逯 1629）

259.1殆（海）。改（海）。海（海）。采（海）。麗（支）。知（支）。

259.2受（有）。帚（有）。首（有）。有（有）。徽（微）。違（微）。歸（微）。衣（微）。

260〈三日侍鳳光殿曲水宴應制詩〉沈約（逯 1630）

臺（咍）。哉（咍）。迴（灰）。啟（薺）。禮（薺）。陛（薺）。體（薺）。持（之）。絲（之）。止（止）。止（止）。梓（止）。

261〈為臨川王九日侍太子宴詩〉沈約（逯 1630）

翻（元）。園（元）。鶢（魂）。原（元）。陳（真）。醇（諄）。彥
（線）。宴（霰）。殿（霰）。眷（線）。舉（語）。楚（語）。侶
（語）。佇（語）。

262〈九日侍宴樂遊苑詩〉沈約（逯1630）

天（先）。川（仙）。泉（仙）。絃（先）。丹（寒）。寒（寒）。瀾
（寒）。埤（脂）。姿（脂）。蕤（脂）。湄（脂）。

263〈從齊武帝瑯琊城講武應詔詩〉沈約（逯1631）

懸（先）。戰（線）。選（線）。甸（霰）。箭（線）。轉（線）。衍
（線）。練（霰）。絢（霰）。變（線）。眷（線）。汧（霰）。宴
（霰）。

264〈三日侍林光殿曲水宴應制詩〉沈約（逯1631）

軷（泰）。蓋（泰）。斾（泰）。薈（泰）。瀨（泰）。泰（泰）。會
（泰）。

265〈侍宴樂遊苑餞呂僧珍應詔詩〉沈約（逯1632）

臨（侵）。心（侵）。沈（侵）。陰（侵）。金（侵）。林（侵）。禽
（侵）。襟（侵）。潯（侵）。簪（侵）。

266〈正陽堂宴勞凱旋詩〉沈約（逯1632）

祜（姥）。杜（姥）。戶（姥）。賈（姥）。傅（遇）。

267〈遊鍾山詩應西陽王教〉（五章）沈約（逯1632）

267.1靈（青）。城（清）。坰（青）。青（青）。

267.2狀（漾）。望（漾）。嶂（漾）。壯（漾）。

267.3奇（支）。池（支）。移（支）。枝（支）。

267.4足（燭）。曲（燭）。欲（燭）。足（燭）。

267.5基（之）。旗（之）。芝（之）。期（之）。

268〈登高望春詩〉沈約（逯1633）

洛（鐸）。漠[17]（鐸）。安（寒）。桓（桓）。紈（桓）。翰（寒）。
丹（寒）。鞍（寒）。蘭（寒）。難（寒）。歡（桓）。歎（寒）。

269〈遊金華山詩〉沈約（逯 1633）

要（笑）。竅（嘯）。釣（嘯）。召（笑）。笑（笑）。

270〈留真人東山還詩〉沈約（逯 1634）

微（微）。腓（微）。歸（微）。衣（微）。扉（微）。

271〈登玄暢樓詩〉沈約（逯 1634）

岑（侵）。陰（侵）。深（侵）。臨（侵）。心（侵）。潯（侵）。陰
（侵）。簪（侵）。

272〈酬謝宣城朓詩〉沈約（逯 1634）

門（魂）。誼（元）。翻（元）。園（元）。樽（魂）。蓀（魂）。存
（魂）。崑（魂）。璠（元）。源（元）。

273〈新安江至清淺深見底貽京邑遊好詩〉沈約（逯 1635）

珍（真）。春（諄）。鱗（真）。津（真）。磷（真）。巾（真）。塵
（真）。

274〈送別友人詩〉沈約（逯 1635）

霰（霰）。宴（霰）。扇（線）。燕（霰）。見（霰）。

275〈去東陽與吏民別詩〉沈約（逯 1635）

期（之）。茲（之）。淇（之）。碁（之）。旗（之）。思（之）。

276〈早發定山詩〉沈約（逯 1636）

山（山）。間（山）。圓（仙）。濺（先）。然（仙）。荃（仙）。仙
（仙）。

277〈循役朱方道路詩〉沈約（逯 1636）

穆（屋三）。服（屋三）。陸（屋三）。複（屋三）。木（屋一）。
伏（屋三）。牧（屋三）。竹（屋三）。復（屋三）。

---

17 詩句原作「街巷何紛紛」，據《玉臺新詠》卷五改為「街巷紛漠漠」。

278〈和竟陵王遊仙詩二首〉沈約（逯 1636）

　　278.1離（支）。馳（支）。漪（支）。枝（支）。

　　278.2闕（月）。月（月）。沒（沒）。歇（月）。髮（月）。

279〈遊沈道士館詩〉沈約（逯 1637）

　　功（東一）。充（東三）。中（東三）。宮（東三）。窮（東三）。

　　豐（東三）。躬（東三）。籠（東一）。風（東三）。空（東一）。

　　鴻（東一）。通（東一）。嵩（東三）。同（東一）。

280〈酬華陽陶先生詩〉沈約（逯 1637）

　　存（魂）。魂（魂）。奔（魂）。

281〈還園宅奉酬華陽先生詩〉沈約（逯 1638）

　　畢（質）。一（質）。溢（質）。室（質）。櫛（櫛）。日（質）。秩

　　（質）。恤（術）。

282〈華陽先生登樓不復下贈呈詩〉沈約（逯 1638）

　　霄（宵）。樵（宵）。朝（宵）。鑣（宵）。凋（蕭）。

283〈奉華陽王外兵詩〉沈約（逯 1638）

　　質（質）。日（質）。出（術）。

284〈赤松澗詩〉沈約（逯 1638）

　　測（職）。息（職）。陟（職）。翼（職）。食（職）。側（職）。

285〈八關齋詩〉沈約（逯 1639）

　　染（琰）。掩（琰）。險（琰）。漸（琰）。

286〈古意詩〉沈約（逯 1639）

　　光（唐）。腸（陽）。裳（陽）。香（陽）。傷（陽）。

287〈少年新婚為之詠詩〉沈約（逯 1639）

　　女（語）。竪（語）。語（語）。楚（語）。暑（語）。莒（語）。舉

　　（語）。紆（虞）。嫗（虞）。朱（虞）。軀（虞）。珠（虞）。梟

　　（虞）。膚（虞）。敷（虞）。隅（虞）。駒（虞）。趨（虞）。夫

　　（虞）。

288〈登北固樓詩〉沈約（逯 1640）

川（仙）。年（先）。闐（先）。天（先）。前（先）。

289〈夢見美人詩〉沈約（逯 1640）

息（職）。憶（職）。色（職）。食（職）。側（職）。臆（職）。

290〈直學省愁臥詩〉沈約（逯 1640）

闈（微）。扉（微）。微（微）。飛（微）。違（微）。歸（微）。

291〈休沐寄懷詩〉沈約（逯 1640）

丘（尤）。遊（尤）。秋（尤）。抽（尤）。周（尤）。疇（尤）。樓
（侯）。幬（尤）。浮（尤）。留（尤）。

292〈宿東園詩〉沈約（逯 1641）

路（暮）。步（暮）。互（暮）。故（暮）。露（暮）。顧（暮）。兔
（暮）。素（暮）。暮（暮）。度（暮）。

293〈行園詩〉沈約（逯 1641）

陂（支）。差（支）。離（支）。枝（支）。池（支）。

294〈和左丞庾杲之移病詩〉沈約（逯 1641）

疾（質）。述（術）。溢（質）。膝（質）。筆（質）。出（術）。

295〈和竟陵王抄書詩〉沈約（逯 1642）

期（之）。茲（之）。詩（之）。疑（之）。滋（之）。詞（之）。輜
（之）。芝（之）。嗤（之）。

296〈詠竹火籠詩〉沈約（逯 1642）

雲（文）。氛（文）。文（文）。熅（文）。裙（文）。

梁詩卷七

297〈奉和竟陵王郡縣名詩〉沈約（逯 1643）

彥（線）。殿（霰）。汧（霰）。晛（霰）。蒨（霰）。霰（霰）。箭
（線）。倦（線）。宴（霰）。掾（線）。

298〈奉和竟陵王藥名詩〉沈約（逯 1643）

邔（屑）。結（屑）。雪（薛）。滅（薛）。切（屑）。埒（薛）。血（屑）。屑（屑）。絕（薛）。晢（薛）。

299〈和陸慧曉百姓名詩〉沈約（逯 1644）

稽（齊）。齊（齊）。黎（齊）。圭（齊）。犀（齊）。攜（齊）。泥（齊）。畦（齊）。西（齊）。迷（齊）。

300〈三月三日率爾成章詩〉沈約（逯 1644）

斯（支）。枝（支）。兒（支）。陂（支）。垂（支）。離（支）。池（支）。卮（支）。萎（支）。炊（支）。儀（支）。為（支）。

301〈織女贈牽牛詩〉沈約（逯 1644）

親（真）。人（真）。塵（真）。津（真）。春（諄）。巾（真）。新（真）。

302〈應王中丞思遠詠月詩〉沈約（逯 1645）

埃（咍）。來（咍）。才（咍）。苔（咍）。哉（咍）。

303〈和王中書德充詠白雲詩〉沈約（逯 1645）

沒（沒）。月（月）。闕（月）。差（支）。離（支）。池（支）。垂（支）。螭（支）。

304〈詠雪應令詩〉沈約（逯 1645）

色（職）。息（職）。極（職）。翼（職）。即（職）。

305〈和劉雍州繪博山香爐詩〉沈約（逯 1646）

工（東一）。銅（東一）。瓏（東一）。窮（東三）。鴻（東一）。穹（東三）。叢（東一）。風（東三）。雄（東三）。桐（東一）。充（東三）。嵩（東三）。

306〈詠湖中鴈詩〉沈約（逯 1646）

塘（唐）。翔（陽）。霜（陽）。光（唐）。行（唐）。鄉（陽）。

307〈冬節後至丞相第詣世子車中作詩〉沈約（逯 1646）

盈（清）。平（庚三）。聲（清）。生（庚二）。城（清）。

308〈奉和竟陵王經劉瓛墓詩〉沈約（逯 1647）

　　魂（魂）。存（魂）。門（魂）。園（元）。樽（魂）。論（魂）。

309〈悼亡詩〉沈約（逯 1647）

　　梁（陽）。芳（陽）。亡（陽）。張（陽）。牀（陽）。傷（陽）。

310〈侍遊方山應詔詩〉沈約（逯 1647）

　　離（支）。池（支）。祇[18]（支）。知（支）。

311〈樂將殫恩未已應詔詩〉沈約（逯 1648）

　　亂（換）。換（換）。汗（翰）。半（換）。

312〈泛永康江詩〉沈約（逯 1648）

　　苔（咍）。來（咍）。哉（咍）。裁（咍）。

313〈餞謝文學離夜詩〉沈約（逯 1648）

　　帶（泰）。蓋（泰）。瀨（泰）。會（泰）。外（泰）。

314〈別范安成詩〉沈約（逯 1648）

　　期（之）。時（之）。持（之）。思（之）。

315〈效古詩〉沈約（逯 1649）

　　枝（支）。雌（支）。離（支）。儀（支）。移（支）。

316〈庭雨應詔詩〉沈約（逯 1649）

　　賦（遇）。霧（遇）。注（遇）。趣（遇）。

317〈初春詩〉沈約（逯 1649）

　　手（有）。有（有）。柳（有）。酒（有）。

318〈春詠詩〉沈約（逯 1650）

　　絲（之）。持（之）。時（之）。淇（之）。姬（之）。思（之）。

319〈傷春詩〉沈約（逯 1650）

　　綠（燭）。曲（燭）。續（燭）。玉（燭）。

---

18 詩句：「擬金浮水若。聳蹕詔山祇。」「山祇」，當作「山祇」。南北朝詩歌「祇」、「祇」常混，顏延之〈車駕幸京口三月三日侍遊曲阿後湖作詩〉：「山祇蹕嶠路，水若驚滄流。」李善注：「山祇，山神也。」（見欽定四庫全書本《文選》卷二十二）

320〈秋夜詩〉沈約（逯 1650）

　　分（文）。氲（文）。雲（文）。裙（文）。聞（文）。

321〈詠篪詩〉沈約（逯 1650）

　　枝（支）。垂（支）。移（支）。知（支）。

322〈詠竹檳榔盤詩〉沈約（逯 1651）

　　質（質）。一（質）。密（質）。實（質）。畢（質）。

323〈詠簷前竹詩〉沈約（逯 1651）

　　垂（支）。枝（支）。離（支）。差（支）。池（支）。

324〈甗庭柳詩〉沈約（逯 1651）

　　章（陽）。央（陽）。長（陽）。行（唐）。鄉（陽）。

325〈麥李詩〉沈約（逯 1651）

　　區（虞）。衢（虞）。逾（虞）。朱（虞）。踰（虞）。

326〈詠桃詩〉沈約（逯 1652）

　　傷（陽）。光（唐）。裳（陽）。腸（陽）。

327〈詠青苔詩〉沈約（逯 1652）

　　綿（仙）。聯（仙）。錢（仙）。憐（先）。

328〈十詠二首〉沈約（逯 1652）

　　328.1〈領邊繡〉沈約（逯 1652）

　　　　奇（支）。儀（支）。兒（支）。吹（支）。枝（支）。垂（支）。

　　328.2〈脚下履〉沈約（逯 1653）

　　　　鑭（陽）。香（陽）。堂（唐）。牀（陽）。

329〈懷舊詩九首〉沈約（逯 1653）

　　329.1〈傷王融〉沈約（逯 1653）

　　　　蹤（鍾）。峯（鍾）。逢（鍾）。松（鍾）。

　　329.2〈傷謝朓〉沈約（逯 1653）

　　　　響（養）。上（養）。往（養）。壤（養）。

　　329.3〈傷庾杲之〉沈約（逯 1653）

僚（蕭）。條（蕭）。飈（宵）。昭（宵）。

329.4〈傷王諶〉沈約（逯 1654）

求（尤）。舟（尤）。留（尤）。丘（尤）。

329.5〈傷虞炎〉沈約（逯 1654）

才（咍）。陪（灰）。臺（咍）。

329.6〈傷李珪之〉沈約（逯 1654）

奉（腫）。擁（腫）。寵（腫）。

329.7〈傷韋景猷〉沈約（逯 1654）

華（麻二）。沙（麻二）。賒（麻三）。

329.8〈傷劉渢〉沈約（逯 1654）

質（質）。實（質）。恤（質）。日（質）。

329.9〈傷胡諧之〉沈約（逯 1655）

度（暮）。忤（暮）。素（暮）。露（暮）。

330〈詠新荷應詔詩〉沈約（逯 1655）

中（東三）。風（東三）。紅（東一）。

331〈聽蟬鳴應詔詩〉沈約（逯 1655）

樹（遇）。遇（遇）。住（遇）。

332〈詠笙詩〉沈約（逯 1655）

枝（支）。差（支）。離（支）。吹（支）。

333〈詠箏詩〉沈約（逯 1656）

曲（燭）。續（燭）。玉（燭）。

334〈詠山榴詩〉沈約（逯 1656）

質（質）。實（質）。出（術）。

335〈大言應令詩〉沈約（逯 1656）

局（燭）。足（燭）。

336〈細言應令詩〉沈約（逯 1656）

裏（止）。市（止）。

337〈詠餘雪詩〉沈約（逯 1656）
　　葹（支）。虧（支）。
338〈詠帳詩〉沈約（逯 1657）
　　宮（東三）。風（東三）。
339〈侍宴詠反舌詩〉沈約（逯 1657）
　　薦（霰）。殿（霰）。
340〈寒松詩〉沈約（逯 1657）
　　色（職）。直（職）。
341〈詠孤桐詩〉沈約（逯 1657）
　　立（緝）。集（緝）。
342〈詠梧桐詩〉沈約（逯 1657）
　　荑（齊）。珪（齊）。
343〈園橘詩〉沈約（逯 1657）
　　潤（稕）。悋（震）。
344〈詠梨應詔詩〉沈約（逯 1658）
　　難（寒）。盤（桓）。
345〈西地梨詩〉沈約（逯 1658）
　　隈（灰）。徊（灰）。
346〈詠芙蓉詩〉沈約（逯 1658）
　　房（陽）。光（唐）。
347〈詠杜若詩〉沈約（逯 1658）
　　親（真）。人（真）。
348〈詠鹿葱詩〉沈約（逯 1658）
　　織（職）。食（職）。
349〈詠甘蕉詩〉沈約（逯 1659）
　　圍（微）。衣（微）。
350〈詠菰詩〉沈約（逯 1659）

澤（陌二）。客（陌二）。

351〈早行逢故人車中為贈詩〉沈約（逯 1659）

霏（微）。歸（微）。

352〈為鄰人有懷不至詩〉沈約（逯 1659）

入（緝）。泣（緝）。

353〈四城門詩〉沈約（逯 1659）

光（唐）。傷（陽）。

354〈和劉中書仙詩二首〉沈約（逯 1660）

354.1洲（尤）。丘（尤）。流（尤）。電（霰）。霰（霰）。見
（霰）。

354.2色（職）。織（職）。

355〈華山館為國家營功德詩〉沈約（逯 1660）

玄（先）。年（先）。傳（仙）。編（先）。

356〈和王衛軍解講詩〉沈約（逯 1660）

音（侵）。心（侵）。林（侵）。襟（侵）。

357〈侍宴謝朏宅餞東歸應詔詩〉沈約（逯 1660）

塵（仙）。蟬（仙）。筵（仙）。

358〈酬孔通直逷懷蓬居詩〉沈約（逯 1661）

闢（昔）。籍（昔）。役（昔）。

359〈石塘瀨聽猿詩〉沈約（逯 1661）

合（合）。沓（合）。答（合）。

360〈出重闈和傅昭詩〉沈約（逯 1661）

奇（支）。維（脂）。厄（支）。

361〈秋晨羈怨望海思歸詩〉沈約（逯 1661）

流（尤）。浮（尤）。丘（尤）。

362〈侍宴樂遊苑餞徐州刺史應詔詩〉沈約（逯 1662）

管（緩）。滿（緩）。

363〈憩郊園和約法師採藥詩〉沈約（逯 1662）

　　饘（仙）。懸（先）。

364〈上巳華光殿詩〉沈約（逯 1662）

　　媯（支）。斯（支）。池（支）。枝（支）。離（支）。卮（支）。螭（支）。漪（支）。移（支）。曦（支）。

365〈六憶詩四首〉沈約（逯 1663）

　　365.1時（之）。墀（脂）。思（之）。飢（脂）。

　　365.2前（先）。弦（先）。憐（先）。

　　365.3色（職）。食（職）。力（職）。

　　365.4眠（先）。牽（先）。前（先）。

366〈八詠詩〉沈約（逯 1663）

　　366.1〈登臺望秋月〉沈約（逯 1663）

　　　　練（霰）。殿（霰）。梁（陽）。瑠（唐）。光（唐）。房（陽）。牀（陽）。露（暮）。度（暮）。素（暮）。步（暮）。慕（暮）。叢（東一）。風（東三）。紅（東一）。濛（東一）。空（東一）。通（東一）。瓏（東一）。鴻（東一）。宮（東三）。東（東一）。

　　366.2〈會圃臨春風〉沈約（逯 1664）

　　　　樹（遇）。霧（遇）。池（支）。枝（支）。池（支）。斾（泰）。蓋（泰）。帶（泰）。差（支）。離（支）。儀（支）。灼（藥）。薄（鐸）。蕚（鐸）。落（鐸）。莖（耕）。鷖（耕）。驚（庚三）。碧（昔）。石（昔）。帟（昔）。摘（錫）。襞（昔）。射（昔）。隙（陌三）。席（昔）。役（昔）。惜（昔）。

　　366.3〈歲暮愍衰草〉沈約（逯 1665）

　　　　色（職）。識（職）。風（東三）。紅（東一）。東（東一）。宮（東三）。積（昔）。隙（昔）。石（昔）。役（昔）。夕（昔）。脊（昔）。難（寒）。單（寒）。蘭（寒）。寒（寒）。

燭（燭）。續（燭）。曲（燭）。綠（燭）。薇（微）。葦[19]（微）。飛（微）。圍（微）。衣（微）。歸（微）。

366.4〈霜來悲落桐〉沈約（逯 1666）

露（暮）。素（暮）。山（山）。天（先）。懸（先）。結（屑）。絕（薛）。雪（薛）。儀（支）。池（支）。施（支）。之（之）。陲（支）。枝（支）。離（支）。斯（支）。薄（鐸）。灼（藥）。閣（鐸）。鶴（鐸）。裳（陽）。梁（陽）。光（唐）。照（笑）。姚（嘯）。調（嘯）。任（侵）。心（侵）。潯（侵）。

366.5〈夕行聞夜鶴〉沈約（逯 1666）

池（支）。儀（支）。薄（鐸）。爵（藥）。樂（鐸）。鶴（鐸）。離（支）。垂（支）。池（支）。宜（支）。疲（支）。舉（語）。楚（語）。侶（語）。嶼（語）。渚（語）。散（翰）。畔（換）。亂（換）。沈（侵）。潯（侵）。心（侵）。任（侵）。音（侵）。尋（侵）。

366.6〈晨征聽曉鴻〉沈約（逯 1667）

旦（翰）。岸（翰）。半（換）。漫（換）。算[20]（換）。漢（翰）。翰（翰）。竄（換）。玩（換）。極（職）。色（職）。測（職）。翼（職）。極（職）。臆（職）。識（職）。飛（微）。衣（微）。歸（微）。衰（脂）。違（微）。依（微）。

366.7〈解佩去朝市〉沈約（逯 1668）

暮（暮）。顧（暮）。祥（陽）。光（唐）。芳（陽）。梁（陽）。香（陽）。陽（陽）。昌（陽）。光（唐）。漳（陽）。涼（陽）。香（陽）。亡（陽）。茫（唐）。昌（陽）。尉（未）。貴（未）。渭（未）。卉（未）。慰（未）。哉（咍）。來（咍）。

366.8〈被褐守山東〉沈約（逯 1668）

---

19 《類篇》卷二：「葦，于非切。艸名。」

20 《集韻》作蘇貫切，音蒜。

東（東一）。葱（東一）。空（東一）。叢（東一）。濛（東一）。蟲（東三）。東（東一）。[21]深（東三）。虹（東一）。風（東三）。籠（東一）。通（東一）。逢（東三）。褫（紙）。詭（紙）。毀（紙）。徙（紙）。靡（紙）。弭（紙）。侈（紙）。髓（紙）。

梁詩卷八

367〈詠荔枝詩〉劉霽（逯 1671）

美（旨）。齒（止）。

368〈九日侍宴樂遊苑正陽堂詩〉劉苞（逯 1671）

兒（支）。馳（支）。羈（支）。宜（支）。吹（支）。移（支）。貲（支）。知（支）。

369〈望夕雨詩〉劉苞（逯 1672）

雲（文）。文（文）。芬（文）。君（文）。

370〈題所居齋柱詩〉柳鎮（逯 1672）

心（侵）。林（侵）。

371〈江南曲〉柳惲（逯 1673）

蘋（真）。春（諄）。人（真）。返（阮）。晚（阮）。遠（阮）。

372〈長門怨〉柳惲（逯 1673）

愔（侵）。深（侵）。陰（侵）。吟（侵）。琴（侵）。衾（侵）。心（侵）。

373〈度關山〉柳惲（逯 1673）

垂（支）。知（支）。羈（支）。枝（支）。

374〈起夜來〉柳惲（逯 1674）

---

21 詩句原作「路出若溪右澗。吐金華東。」今訂正為「路出若溪右。澗吐金華東。」

埃（咍）。臺（咍）。開（咍）。來（咍）。

375〈獨不見〉柳惲（逯 1674）

殿（霰）。霰（霰）。燕（霰）。見（霰）。

376〈芳林篇〉柳惲（逯 1674）

榮（庚三）。零（青）。期（之）。思（之）。

377〈贈吳均詩三首〉柳惲（逯 1674）

377.1浦（姥）。渚（語）。楚（語）。旅（語）。舉（語）。

377.2漳（陽）。芳（陽）。翔（陽）。陽（陽）。腸（陽）。

377.3坂（阮）。遠（阮）。晚（阮）。卷（阮）。飯（阮）。

378〈雜詩〉柳惲（逯 1675）

歸（微）。暉（微）。悲（脂）。機（微）。非（微）。

379〈七夕穿針詩〉柳惲（逯 1675）

緒（語）。縷（麌）。聚（麌）。柱（麌）。與（語）。

380〈詠薔薇詩〉柳惲（逯 1676）

薇（微）。蕤（脂）。飛（微）。妃（微）。依（微）。歸（微）。非（微）。

381〈奉和竟陵王經劉瓛墓下詩〉柳惲（逯 1676）

塵（真）。人（真）。綸（諄）。春（諄）。辰（真）。榛（臻）。遵（諄）。

382〈擣衣詩〉（五章）柳惲（逯 1676）

382.1端（桓）。寒（寒）。蘭（寒）。殘（寒）。

382.2歸（微）。飛（微）。悲（脂）。衣（微）。

382.3暮（暮）。素（暮）。樹（遇）。務（遇）。

382.4局（青）。鳴（庚三）。生（庚二）。清（清）。

382.5文（文）。芬（文）。分（文）。雲（文）。

383〈詠席詩〉柳惲（逯 1677）

側（職）。色（職）。飾（職）。息（職）。

384〈從武帝登景陽樓詩〉柳惲（逯 1677）

　　秋（尤）。遊（尤）。

385〈贈吳均詩二首〉柳惲（逯 1677）

　　385.1紫（紙）。靡（紙）。此（紙）。

　　385.2音（侵）。禽（侵）。

386〈擬招隱士〉范縝（逯 1678）

　　岑[22]（侵）。陰（侵）。峨（歌）。多（歌）。侶（語）。佇（語）。
　　還（刪）。殘（寒）。開[23]（咍）。淒（齊）。深（侵）。吟（侵）。
　　林（侵）。欹（支）。漓（支）。枝（支）。披（支）。狐（模）。余
　　（魚）。嶷（之）。貍（之）。追（脂）。遲（脂）。吟（侵）。群
　　（文）。親（真）。人（真）。

387〈銅雀妓〉何遜（逯 1679）

　　清（清）。城（清）。輕（清）。聲（清）。

388〈擬輕薄篇〉何遜（逯 1679）

　　億（職）。飾（職）。植（職）。息（職）。直（職）。側（職）。食
　　（職）。織（職）。色（職）。識（職）。匿（職）。極（職）。

389〈門有車馬客〉何遜（逯 1680）

　　來（咍）。開（咍）。極（職）。識（職）。息（職）。歸（微）。飛
　　（微）。

390〈昭君怨〉何遜（逯 1680）

　　情（清）。生（庚二）。

391〈九日侍宴樂遊苑詩為西封侯作〉何遜（逯 1680）

　　勳（文）。君（文）。分（文）。氛（文）。氳（文）。群（文）。雲
　　（文）。曛（文）。文（文）。芬（文）。雲（文）。聞（文）。汾

---

22 原作「嶺」，據《文苑英華》卷三百五十八改。

23 《文苑英華》卷七十五「疑作闌」，若此，則下句韻腳「萋」則不入韻。

（文）。

392〈登石頭城詩〉何遜（逯 1681）

一（質）。窣（沒）。出（術）。恤（術）。悉（質）。日（質）。術（術）。出（術）。疾（質）。室（質）。

393〈望廨前水竹答崔錄事詩〉何遜（逯 1682）

映（映三）。淨（勁）。影（梗三）。頸（靜）。景（梗三）。屏（靜）。頃（靜）。

394〈暮秋答朱記室詩〉何遜（逯 1682）

勁（勁）。淨（勁）。迥（迥）。性（勁）。詠（映三）。

395〈酬范記室雲詩〉何遜（逯 1682）

暗（勘）。亂（換）。嘆（翰）。玩（換）。憚（翰）。

396〈落日前墟望贈范廣州雲詩〉何遜（逯 1682）

舒（魚）。餘（魚）。疏（魚）。車（魚）。漁（魚）。

397〈日夕望江山贈魚司馬詩〉何遜（逯 1683）

帶（泰）。外（泰）。會（泰）。切（屑）。絕（薛）。屑（屑）。別（薛）。汭（祭）。悠（尤）。樓（侯）。洲（尤）。浮（尤）。

398〈答丘長史詩〉何遜（逯 1683）

路（暮）。霧（遇）。趣（遇）。句（遇）。喻（遇）。鶩（遇）。樹（遇）。赴（遇）。賦（遇）。務（遇）。驅（遇）。務（遇）。屢（遇）。

399〈道中贈桓司馬季珪詩〉何遜（逯 1683）

入（緝）。及（緝）。集（緝）。泣（緝）。

400〈夕望江橋示蕭諮議楊建康江主簿詩〉何遜（逯 1684）

消（宵）。橋（宵）。寥（蕭）。樵（宵）。鑣（宵）。

401〈寄江州褚諮議詩〉何遜（逯 1684）

薄（鐸）。昨（鐸）。樂（鐸）。閣（鐸）。作（鐸）。薄（鐸）。索（鐸）。若（藥）。塱（鐸）。鑠（藥）。落（鐸）。爵（藥）。鶴

（鐸）。

402〈入西塞示南府同僚詩〉何遜（逯 1684）

爽（養）。上（養）。響（養）。廣（蕩）。賞（養）。想（養）。往
（養）。養（養）。蕩（蕩）。網（養）。

403〈下直出谿邊望答虞丹徒敬詩〉何遜（逯 1685）

楚（語）。阻（語）。語（語）。許（語）。緒（語）。炬（語）。舉
（語）。

404〈贈諸遊舊詩〉何遜（逯 1685）

依（微）。希（微）。微（微）。輝（微）。非（微）。違（微）。衣
（微）。非（微）。飛（微）。歸（微）。

405〈贈族人秣陵兄弟詩〉何遜（逯 1685）

紳（真）。薪（真）。姻（真）。陳（真）。綸（諄）。巾（真）。淳
（諄）。身（真）。民（真）。人（真）。仁（真）。貧（真）。珍
（真）。倫（諄）。神（真）。淪（諄）。濱（真）。真（真）。陳
（真）。親（真）。鄰（真）。塵（真）。秦（真）。辰（真）。

406〈秋夕仰贈從兄寘南詩〉何遜（逯 1686）

花（麻二）。華（麻二）。賒（麻三）。嗟（麻三）。斜（麻三）。
家（麻二）。

407〈仰贈從兄興寧寘南詩〉何遜（逯 1686）

徽（微）。微（微）。扉（微）。帷（脂）。輝（微）。飛（微）。違
（微）。微（微）。巍（微）。歸（微）。衣（微）。

408〈贈江長史別詩〉何遜（逯 1686）

處（語）。汝（語）。敘（語）。楚（語）。所（語）。旅（語）。阻
（語）。與（語）。渚（語）。激（語）。舉（語）。語（語）。許
（語）。

409〈送韋司馬別詩〉何遜（逯 1687）

渚（語）。侶（語）。緒（語）。舉（語）。流（尤）。樓（侯）。愁

（尤）。舟（尤）。遠（阮）。晚（阮）。卷（阮）。返（阮）。依（微）。稀（微）。扉（微）。飛（微）。息（職）。側（職）。織（職）。息（職）。

410〈南還道中送贈劉諮議別詩〉何遜（逯 1687）

華（麻二）。家（麻二）。霞（麻二）。花（麻二）。楂（麻二）。瓜（麻二）。斜（麻三）。麻（麻二）。譁（麻二）。奢（麻三）。車（麻三）。沙（麻二）。嗟（麻三）。

411〈與崔錄事別兼敘攜手詩〉何遜（逯 1688）

行（庚二）。城（清）。盈（清）。平（庚三）。并（清）。明（庚三）。清（清）。驚（庚三）。迎（庚三）。征（清）。旌（庚二）。清（清）。兄（庚三）。京（庚三）。生（庚二）。

412〈別沈助教詩〉何遜（逯 1688）

舄（昔）。隻（昔）。昔（昔）。石（昔）。益（昔）。

413〈與沈助教同宿湓口夜別詩〉何遜（逯 1688）

遊（尤）。舟（尤）。樓（侯）。籌（尤）。留（尤）。

414〈與蘇九德別詩〉何遜（逯 1689）

宴[24]（霰）。面（線）。見（霰）。扇（線）。雲（文）。君（文）。聞（文）。

415〈贈韋記室黯別詩〉何遜（逯 1689）

東（東一）。中（東三）。同（東一）。風（東三）。空（東一）。

416〈初發新林詩〉何遜（逯 1689）

楚（語）。與（語）。暑（語）。許（語）。舉（語）。侶（語）。渚（語）。嶼（語）。拒（語）。許（語）。所（語）。語（語）。

417〈渡連圻詩二首〉何遜（逯 1689）

24 原作「偃」，惟「《古詩紀》卷二十注：「疑作宴。」《古詩源》卷十三作「宴」。或出自《詩．衛風．氓》：「總角之宴，言笑晏晏。」今據《古詩紀》、《古詩源》改。

417.1恆（登）。騰（登）。矰（蒸）。崩（登）。藤（登）。登（登）。朋（登）。

417.2霞（麻二）。楂（麻二）。岈（麻二）。瓜（麻二）。沙（麻二）。華（麻二）。花（麻二）。家（麻二）。斜（麻三）。

418〈下方山詩〉何遜（逯1690）

浮（尤）。流（尤）。舟（尤）。修（尤）。愁（尤）。

419〈入東經諸暨縣下浙江作詩〉何遜（逯1690）

擬（止）。恥（止）。爾（紙）。理（止）。以（止）。里（止）。美（旨）。起（止）。子（止）。市（止）。已（止）。

420〈還度五洲詩〉何遜（逯1691）

流（尤）。求（尤）。洲（尤）。秋（尤）。修（尤）。愁（尤）。尤（尤）。

421〈春夕早泊和劉諮議落日望水詩〉何遜（逯1691）

遊（尤）。洲（尤）。謳（侯）。浮（尤）。流（尤）。舟（尤）。愁（尤）。

422〈和劉諮議守風詩〉何遜（逯1691）

陌（陌二）。驛（昔）。石（昔）。白（陌二）。積（昔）。夕（昔）。璧（昔）。澤（陌二）。

423〈宿南洲浦詩〉何遜（逯1691）

苦（姥）。浦（姥）。五（姥）。鼓（姥）。莽（姥）。土（姥）。

424〈學古贈丘永嘉征還詩〉何遜（逯1692）

塵（真）。鄰（真）。新（真）。人（真）。陳（真）。

425〈和蕭諮議岑離閨怨詩〉何遜（逯1692）

庭（青）。螢（青）。屏（青）。青（青）。星（青）。

426〈嘲劉郎詩〉何遜（逯1692）

光（唐）。牀（陽）。妝（陽）。香（陽）。行（唐）。

427〈詠照鏡詩〉何遜（逯1693）

織（職）。飾（職）。側（職）。色（職）。逼（職）。臆（職）。

428〈擬青青河邊草轉韻體為人作其人識節工歌詩〉何遜（逯 1693）

好（晧）。道（晧）。長（陽）。牀（陽）。節（屑）。別（薛）。扇（線）。見（霰）。枝（支）。離（支）。

429〈學古詩三首〉何遜（逯 1693）

429.1年（先）。翩（仙）。鞭（仙）。圓（仙）。連（仙）。前（先）。天（先）。

429.2側（職）。識（職）。色（職）。即（職）。力（職）。

429.3宮（東三）。雄（東三）。中（東三）。蓬（東一）。風（東三）。空（東一）。桐（東一）。

430〈聊作百一體詩〉何遜（逯 1694）

蟦（豪）。豪（豪）。勞（豪）。袍（豪）。熬（豪）。曹（豪）。褒（豪）。蒿（豪）。糟（豪）。滔（豪）。毛（豪）。

431〈早朝車中聽望詩〉何遜（逯 1694）

通（東一）。宮（東三）。風（東三）。東（東一）。中（東三）。空（東一）。

432〈臨行公車詩〉何遜（逯 1695）

駕（禡二）。夜（禡三）。化（禡二）。舍（禡三）。灞（禡二）。謝（禡三）。咤（禡二）。

433〈傷徐主簿詩〉何遜（逯 1695）

賢（先）。旋（仙）。邙（陽）。傷（陽）。雄（東三）。風（東三）。

梁詩卷九

434〈秋夕嘆白髮詩〉何遜（逯 1697）

扶（虞）。殊（虞）。隅（虞）。珠（虞）。軀（虞）。須（虞）。廡

（霽）。隅（虞）。愉（虞）。樞（虞）。株（虞）。梟（虞）。幅
（虞）。

435 〈夜夢故人詩〉何遜（逯 1697）

同（東一）。空（東一）。風（東三）。窮（東三）。蓬（東一）。
中（東三）。

436 〈從主移西州寓直齋內霖雨不晴懷郡中遊聚詩〉何遜（逯 1698）

事（志）。駛（志）。寺（志）。植（志）。志（志）。思（志）。異
（志）。秘（至）。意（志）。

437 〈劉博士江丞朱從事同顧不值作詩雲爾〉何遜（逯 1698）

室（質）。出（術）。疾（質）。帙（質）。膝（質）。日（質）。匹
（質）。筆（質）。實（質）。蓽（質）。逸（質）。術（術）。

438 〈春暮喜晴酬袁戶曹苦雨詩〉何遜（逯 1698）

晴（清）。聲（清）。情（清）。清（清）。城（清）。

439 〈苦熱詩〉何遜（逯 1699）

爛（翰）。旰（翰）。案（翰）。燦（翰）。亂（換）。汗[25]（翰）。
幹（翰）。換（換）。

440 〈七夕詩〉何遜（逯 1699）

襄（陽）。潢（唐）。香（陽）。裳（陽）。唐（唐）。湯（陽）。

441 〈詠早梅詩〉何遜（逯 1699）

梅（灰）。開（咍）。臺（咍）。杯（灰）。來（咍）。

442 〈行經孫氏陵詩〉何遜（逯 1700）

依（微）。機（微）。畿（微）。威（微）。淝（微）。扉（微）。違
（微）。歸（微）。微（微）。非（微）。暉（微）。飛（微）。衣
（微）。

443 〈塘邊見古冢詩〉何遜（逯 1700）

---

25 原作「汙」，據《樂府詩集》卷六十五改。

毀（紙）。徙（紙）。灑（紙）。蕊（紙）。靡（紙）。此（紙）。

444〈哭吳興柳惲詩〉何遜（逯 1701）

儀（支）。期（支）。規（支）。奇（支）。為（支）。池（支）。知
（支）。麾（支）。移（支）。卮（支）。危（支）。垂（支）。坻
（支）。披（支）。歧（支）。擒（支）。

445〈登禪岡寺望和虞記室詩〉何遜（逯 1701）

密（質）。出（術）。日（質）。悉（質）。

446〈答高博士詩〉何遜（逯 1701）

木（屋一）。竹（屋三）。腹（屋三）。目（屋三）。

447〈贈王左丞（僧孺）詩〉何遜（逯 1702）

斜（麻三）。花（麻二）。霞（麻二）。加（麻二）。

448〈敬酬王明府（僧孺）詩〉何遜（逯 1702）

光（唐）。檣（陽）。堂（唐）。鄉（陽）。

449〈西州直示同員詩〉何遜（逯 1702）

晨（真）。人（真）。珍（真）。神（真）。

450〈野夕答孫郎擢詩〉何遜（逯 1702）

露（暮）。樹（遇）。趣（遇）。注（遇）。

451〈石頭答庾郎丹詩〉何遜（逯 1703）

被（寘）。戲（寘）。寄（寘）。易（寘）。

452〈日夕出富陽浦口和朗公詩〉何遜（逯 1703）

歸（微）。暉（微）。飛（微）。衣（微）。

453〈從鎮江州與遊故別詩〉何遜（逯 1703）

匹（質）。日（質）。室（質）。膝（質）。

454〈與胡興安夜別詩〉何遜（逯 1703）

舟（尤）。愁（尤）。流（尤）。秋（尤）。

455〈車中見新林分別甚盛詩〉何遜（逯 1704）

多（歌）。珂（歌）。和（戈）。羅（歌）。

456〈曉發詩〉何遜（逯 1704）

　　霧（遇）。樹（遇）。趣（遇）。賦（遇）。

457〈慈姥磯詩〉何遜（逯 1704）

　　流（尤）。憂（尤）。浮（尤）。舟（尤）。

458〈見征人分別詩〉何遜（逯 1704）

　　立（緝）。泣（緝）。邑（緝）。入（緝）

459〈同虞記室登樓望遠歸詩〉何遜（逯 1705）

　　衣（微）。非（微）。機（微）。扉（微）。

460〈與虞記室諸人詠扇詩〉何遜（逯 1705）

　　輪（諄）。人（真）。唇（諄）。因（真）。

461〈看伏郎新婚詩〉何遜（逯 1705）

　　梁（陽）。妝（陽）。光（唐）。廊（陽）。

462〈詠娼婦詩〉何遜（逯 1705）

　　明（庚三）。聲（清）。生（庚二）。盈（清）。

463〈詠舞妓詩〉何遜（逯 1706）

　　遲（脂）。眉（脂）。辭（之）。時（之）。

464〈望新月示同羈詩〉何遜（逯 1706）

　　明（庚三）。生（庚二）。輕（清）。情（清）。

465〈詠春雪寄族人治書思澄詩〉何遜（逯 1706）

　　雪（薛）。滅（薛）。屑（屑）。結（屑）。節（屑）。

466〈和司馬博士詠雪詩〉何遜（逯 1706）

　　春（諄）。新（真）。人（真）。塵（真）。

467〈詠白鷗兼嘲別者詩〉何遜（逯 1707）

　　鷗（侯）。遊（尤）。留（尤）。洲（尤）。由（尤）。

468〈行經范仆射故宅詩〉何遜（逯 1707）

　　扉（微）。歸（微）。暉（微）。衣（微）。

469〈王尚書瞻祖日詩〉何遜（逯 1707）

立（緝）。入（緝）。濕（緝）。泣（緝）。

470〈送褚都曹聯句詩〉何遜（逯 1708）

歸（微）。飛（微）。

471〈送司馬□入五城聯句詩〉何遜（逯 1708）

流（尤）。舟（尤）。

472〈邊城思詩〉何遜（逯 1708）

苔（咍）。來（咍）。

473〈為人妾思詩二首〉何遜（逯 1708）

473.1枕（沁）。甚（沁）。

473.2處（御）。去（御）。

474〈為人妾怨詩〉何遜（逯 1708）

前（先）。弦（先）。

475〈閨怨詩二首〉何遜（逯 1709）

475.1壁（錫）。滴（錫）。

475.2斜（麻三）。花（麻二）。

476〈苑中詩〉何遜（逯 1709）

扉（微）。衣（微）。

477〈苑中見美人詩〉何遜（逯 1709）

耀（笑）。笑（笑）。

478〈詠春風詩〉何遜（逯 1709）

輕（清）。聲（清）。

479〈離夜聽琴詩〉何遜（逯 1710）

悲（脂）。眉（脂）。

480〈相送詩〉何遜（逯 1710）

里（止）。起（止）。

481〈擬古三首聯句〉何遜（逯 1710）

上（漾）。上（漾）。悵（漾）。_遜光（唐）。傷（陽）。_{范雲}聲

（清）。聽（青）。纓（清）。_{劉孝綽}

482〈往晉陵聯句〉何遜（逯1710）

適（昔）。惜（昔）。_遜璧（昔）。益（昔）。_{高爽}陌（陌二）。客
（陌二）。_遜擇（陌二）。索（陌二）。_爽

483〈范廣州宅聯句〉何遜（逯1711）

別（薛）。雪（薛）。_雲滅（薛）。轍（薛）。_遜

484〈相送聯句〉何遜（逯1711）

神（真）。塵（真）。_{韋黯}親（真）。春（諄）。_遜

485〈二〉何遜（逯1711）

悲（脂）。眉（脂）。_{王江乘}湄（脂）。維（脂）。_遜

486〈三〉何遜（逯1711）

輝（微）。衣（微）。_遜

487〈至大雷聯句〉何遜（逯1712）

情（清）。聲（清）。_遜明（庚三）。輕（清）。_{劉孺}星（青）。傾
（清）。_{桓季珪}

488〈賦詠聯句〉何遜（逯1712）

額（陌二）。索（陌二）。_遜易（昔）。拍（陌二）。_{江革}戟（陌
三）。劇（陌三）。_孺勒（德）。惑（德）。_革刻（德）。塞（德）。_遜
黑（德）。北（德）。_孺

489〈臨別聯句〉何遜（逯1712）

霰（霰）。見（霰）。_遜縣（霰）。濺（霰）。_孺

490〈增新曲相對聯句〉何遜（逯1712）

弦（先）。前（先）。_{劉孝勝}憐（先）。前（先）。_{何澄}吹（支）。知
（支）。_{劉綺}離（支）。枝（支）。_遜

491〈照水聯句〉何遜（逯1713）

歸（微）。衣（微）。_遜暉（微）。飛（微）。_綺

492〈折花聯句〉何遜（逯1713）

纈（屑）。折（薛）。遞雪（薛）。別（薛）。綺

493〈搖扇聯句〉何遜（逯1713）

妝（陽）。香（陽）。遞揚（陽）。障（陽）。綺

494〈正釵聯句〉何遜（逯1714）

通（東一）。風（東三）。遞叢（東一）。空（東一）。綺

495〈答江革聯句不成〉何遜（逯1714）

劄（洽）。拔（黠）。

496〈又答江革詩〉何遜（逯1714）

量（陽）。芒（陽）。

497〈詠雜花詩〉何遜（逯1714）

染（琰）。點（忝）。斂（琰）。

498〈答何秀才詩〉何實南（逯1714）

闌（寒）。酸（桓）。寒（寒）。殫（寒）。歡（桓）。難（寒）。

499〈答何郎詩〉沈繇（逯1715）

理（止）。矢（旨）。裏（止）。起（止）。水（旨）。

500〈答何郎詩〉孫擢（逯1715）

林（侵）。陰（侵）。尋（侵）。心（侵）。

501〈贈何記室聯句不成詩〉江革（逯1716）

鏃（黠）。乙（質）。

502〈又贈何記室詩〉江革（逯1716）

章（陽）。裳（陽）。

503〈送別不及贈何殷二記室詩〉朱記室（逯1716）

賒（麻三）。斜（麻三）。花（麻二）。家（麻二）。沙（麻二）。

504〈度關山〉王訓（逯1717）

閒（山）。山（山）。靄（泰）。外（泰）。帶（泰）。中（東三）。
雄（東三）。戎（東三）。中（東三）。通（東一）。域（職）。息
（職）。識（職）。聲（清）。程（清）。城（清）。兵（庚三）。營

（清）。盟（庚三）。名（清）。

505〈獨不見〉王訓（逯1717）

朝（宵）。嬌（宵）。霄（宵）。腰（宵）。

506〈奉和同泰寺浮圖詩〉王訓（逯1717）

林（侵）。尋（侵）。心（侵）。金（侵）。禽（侵）。侵（侵）。襟（侵）。深（侵）。

507〈奉和率爾有詠詩〉王訓（逯1718）

方（陽）。妝（陽）。陽（陽）。香（陽）。牆（陽）。房（陽）。鴦（陽）。

508〈應令詠舞詩〉王訓（逯1718）

仙（仙）。弦（先）。前（先）。傳（仙）。憐（先）。

梁詩卷十

509〈戰城南〉吳均（逯1719）

畿（微）。圍（微）。衣（微）。歸（微）。

510〈戰城南〉吳均（逯1719）

紛（文）。文（文）。分（文）。雲（文）。軍（文）。

511〈戰城南〉吳均（逯1720）

喧（元）。垣（元）。垠（痕）。門（魂）。

512〈雉子班〉吳均（逯1720）

旬（霰）。狷（霰）。箭（線）。晛（霰）。

513〈入關〉吳均（逯1720）

庭（青）。螢（青）。城（清）。星（青）。傾（清）。

514〈梅花落〉吳均（逯1720）

吹（支）。枝（支）。漸（支）。池（支）。

515〈城上烏〉吳均（逯1721）

烏（模）。逋（模）。呼（模）。粗（模）。吾（模）。

516〈從軍行〉吳均（逯 1721）

憐（先）。邊（先）。錢（仙）。川（仙）。弦（先）。

517〈胡無人行〉吳均（逯 1721）

芒（唐）。光（唐）。羌（陽）。霜（陽）。嘗（陽）。

518〈雉朝飛操〉吳均（逯 1721）

歸（微）。翬（微）。威（微）。衣（微）。

519〈渡易水〉吳均（逯 1722）

齊（齊）。抵（薺）[26]。西（齊）。嘶（齊）。齊（齊）。

520〈結客少年場〉吳均（逯 1722）

歸（微）。肥（微）。衣（微）。暉（微）。微（微）。

521〈妾安所居〉吳均（逯 1722）

遲（脂）。期（之）。姿（脂）。時（之）。悲（脂）。私。（脂）

522〈送歸曲〉吳均（逯 1722）

默（德）。塞（德）。國（德）。北（德）。

523〈夾樹〉吳均（逯 1723）

陂（支）。吹（支）。枝（支）。移（支）。知（支）。

524〈城上麻〉吳均（逯 1723）

頭（侯）。溝（侯）。流（尤）。周（尤）。侯（侯）。

525〈擬古四首〉吳均（逯 1723）

525.1〈陌上桑〉吳均（逯 1723）

桑（唐）。塘（唐）。黃（唐）。筐（陽）。腸（陽）。

525.2〈秦王卷衣〉吳均（逯 1724）

芳（陽）。裳（陽）。香（陽）。牀（陽）。陽（陽）。

525.3〈採蓮曲〉吳均（逯 1724）

---

26 詩句：「雜虜客來齊。時作在角抵。」「角抵」，古代雜戲名，無法改字，只能異調合韻。

鈿（先）。川（仙）。蓮（先）。緣（仙）。鮮（仙）。

525.4〈攜手曲〉吳均（逯 1724）

春（諄）。濱（真）。津（真）。塵（真）。人（真）。

526〈採蓮曲〉吳均（逯 1724）

清（清）。縈（清）。名（清）。生（庚二）。傾（清）。城（清）。

527〈三婦艷詩〉吳均（逯 1725）

吹（支）。卮（支）。知（支）。

528〈大垂手〉吳均（逯 1725）

迢（蕭）。嬌（宵）。搖（宵）。腰（宵）。

529〈小垂手〉吳均（逯 1725）

秦（真）。春（諄）。塵（真）。巾（真）。人（真）。

530〈有所思〉吳均（逯 1726）

骨（沒）。髮（月）。

531〈雍臺〉吳均（逯 1726）

望（陽）。光（唐）。

532〈楚妃曲〉吳均（逯 1726）

蛾（歌）。羅（歌）。

533〈白浮鳩〉吳均（逯 1726）

鳩（尤）。頭（侯）。樓（侯）。

534〈陽春歌〉吳均（逯 1726）

沒（沒）。月（月）。

535〈別鶴〉吳均（逯 1727）

間（山）。山（山）。

536〈渌水曲〉吳均（逯 1727）

溢（質）。日（質）。

537〈綠竹〉吳均（逯 1727）

漪（支。篠（支）。

538〈行路難五首〉吳均（逯 1727）

538.1桐（東一）。風（東三）。中（東三）。嗟（麻三）。琶（麻二）。花（麻二）。忘（陽）。章（陽）。光（唐）。央（陽）。籭（支）。儀（支）。枝（支）。知（支）。

538.2榴（尤）。溝（侯）。樓（侯）。路（暮）。慕（暮）。顧（暮）。鄲（寒）。端（桓）。鑿（桓）。安（寒）。臣（真）。珍（真）。塵（真）。申（真）。人（真）。

538.3田（先）。阡（先）。煙（先）。處（御）。曙（御）。去（御）。豫（御）。枝（支）。知（支）。馳（支）。離（支）。危（支）。

538.4門（魂）。根（痕）。尊（魂）。處（御）。曙（御）。烏（模）。轤（模）。蘇（模）。胡（模）。粗（模）。

538.5客（陌二）。席（昔）。惜（昔）。碧（昔）。隙（陌三）。香（陽）。梁（陽）。房（陽）。牀（陽）。開（咍）。臺（咍）。來（咍）。灰（灰）。裁（咍）。

539〈重贈臨蒸郭某詩〉吳均（逯 1729）

華（麻二）。霞（麻二）。華（麻二）。嗟（麻三）。音（侵）。琴（侵）。金（侵）。心（侵）。節（屑）。結（屑）。滅（薛）。咽（屑）。

540〈王侍中夜集詩〉吳均（逯 1729）

扉（微）。微（微）。歸（微）。衣（微）。飛（微）。

541〈登鍾山燕集望西靜壇詩〉吳均（逯 1730）

律（術）。出（術）。實（質）。七（質）。帙（質）。室（質）。日（質）。

542〈與柳惲相贈答詩六首〉吳均（逯 1730）

542.1洲（尤）。樓（侯）。流（尤）。頭（侯）。憂（尤）。

542.2阿（歌）。河（歌）。過（戈）。蛾（歌）。沱（歌）。何

（歌）。

542.3淒（齊）。珪（齊）。齊（齊）。泥（齊）。西（齊）。

542.4木（屋一）。澳（屋三）。蕭（屋三）。軸（屋三）。宿（屋三）。

542.5輝（微）。飛（微）。歸（微）。沂（微）。衣（微）。

542.6天（先）。綿（仙）。蓮（先）。弦（先）。蟬（仙）。邊（先）。

543〈答柳惲詩〉吳均（逯1731）

谷（屋一）。木（屋一）。軸（屋三）。陸（屋三）。目（屋三）。

544〈贈柳真陽詩〉吳均（逯1731）

池（支）。枝（支）。璃（支）。螭（支）。卮（支）。驪（支）。知（支）。

545〈贈任黃門詩二首〉吳均（逯1731）

545.1暉（微）。衣（微）。扉（微）。微（微）。依（微）。

545.2德（德）。勒（德）。北（德）。黑（德）。默（德）。

546〈酬蕭新浦王洗馬詩二首〉吳均（逯1732）

546.1壺（模）。蒲（模）。塗（模）。吾（模）。烏（模）。

546.2薄（鐸）。酌（藥）。絡（鐸）。各（鐸）。洛（鐸）。

547〈答蕭新浦詩〉吳均（逯1732）

要（笑）。少（笑）。詔（笑）。干（寒）。邊（先）。煙（先）。船（仙）。蓮（先）。壕（豪）。袍（豪）。把（馬二）。野（馬三）。者（馬三）。瓦（馬二）。馬（馬二）。蹄（齊）。雞（齊）。西（齊）。

548〈酬周參軍詩〉吳均（逯1733）

歡（桓）。寒（寒）。單（寒）。巒（桓）。彈（寒）。

549〈贈杜容成詩〉吳均（逯1733）

息（職）。識（職）。直（職）。力（職）。衣（微）。帷（脂）。飛

（微）。

550〈贈朱從事詩〉吳均（逯 1733）

漆（質）。出（術）。日（質）。一（質）。泣（緝）。

551〈贈搖郎詩〉吳均（逯 1734）

差（支）。斯（支）。離（支）。枝（支）。迤（支）。知（支）。

552〈贈王桂陽別詩三首〉吳均（逯 1734）

552.1風（東三）。東（東一）。公（東一）。虹（東一）。桐（東一）。

552.2歡（桓）。干（寒）。關（刪）。瀾（寒）。湍（桓）。還（刪）。

552.3急（緝）。濕（緝）。邑（緝）。泣（緝）。

553〈酬別江主簿屯騎詩〉吳均（逯 1734）

蕙（霽）。桂（霽）。源（元）。根（痕）。門（魂）。樽（魂）。恩（痕）。騫（元）。原（元）。翻（元）。萱（元）。

554〈酬別詩〉吳均（逯 1735）

亮（漾）。上（漾）。浪（漾）。裝（漾）。餉（漾）。

555〈贈別新林詩〉吳均（逯 1735）

兒（支）。陲（支）。羈（支）。知（支）。來（咍）。杯（灰）。開（咍）。臺（咍）。

556〈發湘州贈親故別詩三首〉吳均（逯 1735）

556.1潯（侵）。襟（侵）。音（侵）。深（侵）。沈（侵）。心（侵）。

556.2霏（微）。歸（微）。衣（微）。非（微）。薇（微）。

556.3漬（文）。聞（文）。紛（文）。雲（文）。

557〈同柳吳興烏亭集送柳舍人詩〉吳均（逯 1736）

歸（微）。霏（微）。飛（微）。徽（微）。薇（微）。

558〈同柳吳興何山集送劉餘杭詩〉吳均（逯 1736）

畿（微）。薇（微）。衣（微）。飛（微）。歸（微）。

559〈送柳吳興竹亭集詩〉吳均（逯 1736）

　　直（職）。息（職）。側（職）。色（職）。匿（職）。

560〈初至壽春作詩〉吳均（逯 1737）

　　直（職）。力（職）。識（職）。翼（職）。極（職）。

561〈登壽陽八公山詩〉吳均（逯 1737）

　　戔[27]（先）。圓（仙）。天（先）。篇（仙）。仙（仙）。

562〈壽陽還與親故別詩〉吳均（逯 1737）

　　阡（先）。煎（先）。天（先）。漣（仙）。松（鍾）。峯（鍾）。重（鍾）。龍（鍾）。

563〈邊城將詩四首〉吳均（逯 1738）

　　563.1紛（文）。群（文）。軍（文）。文（文）。雲（文）。君（文）。

　　563.2下（馬二）。瓦（馬二）。野（馬三）。社（馬三）。寡（馬二）。

　　563.3野（馬三）。馬（馬二）。寫（馬三）。下（馬二）。者（馬三）。

　　563.4刺（寘）。智（寘）。義（寘）。騎（寘）。易（寘）。

564〈秋念詩〉吳均（逯 1738）

　　移（支）。池（支）。危（支）。厄（支）。為（支）。

梁詩卷十一

565〈采藥大布山詩〉吳均（逯 1739）

　　麻（麻二）。花（麻二）。斜（麻三）。駐（遇）。驅（遇）。樹

27　《康熙字典・戈部・四》：「《集韻》、《韻會》汏將先切，音箋。戔戔，淺小之意。」

（遇）。荄（咍）。臺（咍）。胎（咍）。才（咍）。萊（咍）。

566〈贈周散騎興嗣詩二首〉吳均（逯1739）

566.1縣（霰）。轉（線）。賤（線）。見（霰）。

566.2者（馬三）。夏（馬二）。馬（馬二）。下（馬二）。舍（馬三）。

567〈贈周興嗣詩四首〉吳均（逯1740）

567.1貧（真）。珍（真）。巾（真）。勤（欣）。人（真）。

567.2霧（遇）。數（遇）。孺（遇）。屨（遇）。

567.3宿（屋三）。目（屋三）。軸（屋三）。竹（屋三）。

567.4言（元）。園（元）。軒（元）。恩（痕）。

568〈入蘭臺贈王治書僧孺詩〉吳均（逯1740）

下（馬二）。雅（馬二）。社（馬三）。馬（馬二）。

569〈江上酬鮑幾詩〉吳均（逯1741）

湄（脂）。疑（之）。姬（之）。絲（之）。之（之）。

570〈贈柳祕書詩〉吳均（逯1741）

骨（沒）。闕（月）。發（月）。月（月）。

571〈詣周承不值因贈此詩〉吳均（逯1741）

轉（獮）。卷（獮）。泫（銑）。疏（魚）。書（魚）。徐（魚）。

572〈遙贈周承詩〉吳均（逯1741）

崖（支）。差（支）。陂（支）。枝（支）。知（支）。

573〈周承未還重贈詩〉吳均（逯1742）

在（海）。待（海）。采（海）。海（海）。

574〈贈王桂陽詩〉吳均（逯1742）

沒（沒）。骨（沒）。忽（沒）。月（月）。

575〈酬郭臨丞詩〉吳均（逯1742）

征（清）。鳴（庚三）。驚（庚三）。誠（清）。

576〈憶費昶詩〉吳均（逯1742）

風（東三）。中（東三）。東（東一）。蓬（東一）。

577〈酬聞人侍郎別詩三首〉吳均（逯 1743）

　　577.1悠（尤）。洲（尤）。頭（侯）。樓（侯）。

　　577.2邑（緝）。急（緝）。泣（緝）。立（緝）。

　　577.3飛（微）。薇（微）。肥（微）。衣（微）。

578〈贈鮑春陵別詩〉吳均（逯 1743）

　　紛（文）。聞（文）。雲（文）。分（文）。裙（文）。

579〈別王謙詩〉吳均（逯 1744）

　　蓬（東一）。宮（東三）。空（東一）。東（東一）。

580〈奉使廬陵詩〉吳均（逯 1744）

　　漠（鐸）。落（鐸）。薄（鐸）。郭（鐸）。

581〈迎柳吳興道中詩〉吳均（逯 1744）

　　跎（歌）。波（戈）。多（歌）。蘿（歌）。

582〈至湘洲望南岳詩〉吳均（逯 1744）

　　紛（文）。聞（文）。雲（文）。君（文）。

583〈登二妃廟詩〉吳均（逯 1745）

　　目（屋三）。宿（屋三）。腹（屋三）。舳（屋三）。竹（屋三）。

584〈詠懷詩二首〉吳均（逯 1745）

　　584.1人（真）。秦（真）。辛（真）。貧（真）。人（真）。

　　584.2寡（馬二）。馬（馬二）。下（馬二）。者（馬三）。

585〈和蕭洗馬子顯古意詩六首〉吳均（逯 1745）

　　585.1堪（覃）。南（覃）。篸（覃）。潭（覃）。蠶（覃）。

　　585.2宮（東三）。中（東三）。蟲（東三）。東（東一）。

　　585.3結（屑）。絕（薛）。滅（薛）。血（屑）。別（薛）。

　　585.4路（暮）。素（暮）。路（暮）。度（暮）。

　　585.5干（寒）。丸（桓）。團（桓）。看（寒）。

　　585.6關（刪）。環（刪）。蠻（刪）。還（刪）。

586〈閨怨詩〉吳均（逯 1746）

　　還（刪）。安（寒）。難（寒）。紈（桓）。

587〈古意詩二首〉吳均（逯 1747）

　　587.1鍉（齊）。齊（齊）。黎（齊）。泥（齊）。西（齊）。

　　587.2塞（德）。得（德）。勒（德）。北（德）。

588〈覽古詩〉吳均（逯 1747）[28]

　　煩（元）。藩（元）。坤（魂）。存（魂）。根（痕）。侖（諄）。

589〈萍詩〉吳均（逯 1747）

　　萍（青）。青（青）。平（庚三）。莖（耕）。情（清）。

590〈去妾贈前夫詩〉吳均（逯 1748）

　　橋（宵）。遼（蕭）。腰（宵）。消（宵）。饒（宵）。

591〈詠少年詩〉吳均（逯 1748）

　　目（屋三）。逐（屋三）。淑（屋三）。宿（屋三）。

592〈詠雪詩〉吳均（逯 1748）

　　隙（陌三）。積（昔）。白（陌二）。益（昔）。

593〈詠雪詩〉吳均（逯 1748）

　　野（馬三）。把（馬二）。者（馬三）。下（馬二）。

594〈春詠詩〉吳均（逯 1749）

　　來（咍）。梅（灰）。臺（咍）。開（咍）。杯（灰）。

595〈共賦韻詠庭中桐詩〉吳均（逯 1749）

　　枝（支）。離（支）。移（支）。知（支）。

596〈詠柳詩〉吳均（逯 1749）

　　門（魂）。根（痕）。園（元）。言（元）。

597〈主人池前鶴詩〉吳均（逯 1749）

---

28 此詩與唐・吳筠〈覽古詩〉十四首之六相同，應為逯氏誤收。查《吳朝請集》並無
　　此詩，丁福保《全漢三國晉南北朝詩》所收錄吳均詩中亦無此首。

禽（侵）。音（侵）。深（侵）。心（侵）。

598〈詠寶劍詩〉吳均（逯 1750）

溪（齊）。泥（齊）。淒（齊）。攜（齊）。

599〈詠燈詩〉吳均（逯 1750）

莖（耕）。屏（清）。輕（清）。生（庚二）。

600〈別夏侯故章詩〉吳均（逯 1750）

鞾（送一）。送（送一）。夢（送三）。

601〈以服散槍贈殷鈞詩〉吳均（逯 1750）

說（薛）。切（屑）。別（薛）。

602〈梅花詩〉吳均（逯 1751）

賤（線）。見（霰）。戀（線）。

603〈征客詩〉吳均（逯 1751）

斜（麻三）。車（麻三）。花（麻二）。

604〈雜絕句詩四首〉吳均（逯 1751）

604.1衣（微）。飛（微）。

604.2斜（麻三）。花（麻二）。

604.3啼（齊）。西（齊）。

604.4酒（有）。否（有）。

605〈山中雜詩三首〉吳均（逯 1752）

605.1日（質）。出（術）。

605.2裙（文）。雲（文）。

605.3餘（魚）。書（魚）。

606〈詠雲詩二首〉吳均（逯 1752）

606.1林（侵）。心（侵）。

606.2來（咍）。臺（咍）。開（咍）。

607〈詠慈姥磯石上松詩〉吳均（逯 1752）

碎（隊）。輩（隊）。

608〈送呂外兵詩〉吳均（逯 1752）

　　濱（眞）。巾（眞）。

609〈傷友詩〉吳均（逯 1753）

　　枝（支）。知（支）。窺（支）。

610〈詩〉吳均（逯 1753）

　　臺（咍）。來（咍）。開（咍）。

611〈歌〉吳均（逯 1753）

　　濡（虞）。舒（魚）。珠（虞）。

612〈答吳均詩三首〉周興嗣（逯 1754）

　　612.1室（質）。壹（質）。橘（術）。畢（質）。日（質）。

　　612.2林（侵）。音（侵）。沈（侵）。心（侵）。

　　612.3市（止）。履（旨）。鯉（止）。史（止）。

梁詩卷十二

613〈登郁洲山望海詩〉劉峻（逯 1757）

　　㟬（職）。翼（職）。測（職）。息（職）。色（職）。

614〈自江州還入石頭詩〉劉峻（逯 1757）

　　觀（換）。半（換）。館（換）。岸（翰）。散（翰）。亂（換）。玩
　　（換）。歎（翰）。漢（翰）。彈（翰）。

615〈始居山營室詩〉劉峻（逯 1758）

　　息（職）。織（職）。㟬（職）。植（職）。翼（職）。極（職）。側
　　（職）。色（職）。食（職）。臆（職）。

616〈出塞〉劉峻（逯 1758）

　　清（清）。城（清）。明（庚三）。旌（庚二）。聲（清）。

617〈侍釋奠會詩〉（五章）蕭洽（逯 1759）

　　617.1靈（青）。經（青）。馨（青）。寧（青）。

617.2禪（線）。見（霰）。變（線）。縣（霰）。

617.3幾（微）。闈（微）。暉（微）。衣（微）。

617.4則（德）。德（德）。忒（德）。塞（德）。

617.5絜（屑）。綴（薛）。悅（薛）。劣（薛）。

618〈朱鷺〉王僧孺（逯1760）

　　堤（齊）。鷺（齊）。雞（齊）。珪（齊）。棲（齊）。

619〈鼓瑟曲有所思〉王僧孺（逯1760）

　　邪（麻三）。花（麻二）。紗（麻二）。賒（麻三）。家（麻二）。

620〈白馬篇〉王僧孺（逯1760）

　　勒（德）。得（德）。國（德）。樊（德）。惑（德）。黑（德）。墨
　　（德）。特（德）。塞（德）。德（德）。

621〈古意詩〉王僧孺（逯1761）

　　刀（豪）。袍（豪）。豪（豪）。遭（豪）。毛（豪）。蒿（豪）。

622〈登高臺〉王僧孺（逯1761）

　　臺（咍）。開（咍）。來（咍）。才（咍）。

623〈湘夫人〉王僧孺（逯1761）

　　帷（脂）。湄（脂）。滋（之）。辭（之）。

624〈侍宴詩〉王僧孺（逯1761）

　　首（有）。阜（有）。柳（有）。誘（有）。守（有）。朽（有）。

625〈又〉王僧孺（逯1762）

　　館（換）。散（翰）。半（換）。岸（翰）。漢（翰）。粲（翰）。

626〈落日登高詩〉王僧孺（逯1762）

　　捨（馬三）。社（馬三）。下（馬二）。馬（馬二）。者（馬三）。

627〈中川長望詩〉王僧孺（逯1762）

　　即（職）。極（職）。息（職）。昃（職）。識（職）。直（職）。色
　　（職）。憶（職）。

628〈贈顧倉曹詩〉王僧孺（逯1763）

門（魂）。昆（魂）。垣（元）。鴛（元）。煩（元）。溫（魂）。宛
29（元）。孫（魂）。論（魂）。存（魂）。魂（魂）。

629〈秋日愁居答孔主簿詩〉王僧孺（逯 1763）

清（清）。輕（清）。生（庚二）。驚（庚三）。卿（庚三）。

630〈至牛渚憶魏少英詩〉王僧孺（逯 1763）

掃（晧）。島（晧）。鴇（晧）。潦（晧）。好（晧）。

631〈寄何記室詩〉王僧孺（逯 1764）

嗟（麻三）。花（麻二）。車（麻三）。

632〈忽不任愁聊示固遠詩〉王僧孺（逯 1764）

越（月）。月（月）。髮（月）。

633〈為何庫部舊姬擬蘼蕪之句詩〉王僧孺（逯 1764）

薰（文）。君（文）。聞30（文）。近（隱）。隱（隱）。槿（隱）。

634〈何生姬人有怨詩〉王僧孺（逯 1764）

雌（支）。吹（支）。知（支）。枝（支）。垂（支）。離（支）。

635〈為人傷近而不見詩〉王僧孺（逯 1764）

殿（霰）。見（霰）。縣（霰）。隔（麥）。脈（麥）。女（語）。語
（語）。

636〈月夜詠陳南康新有所納詩〉王僧孺（逯 1765）

鏡（映三）。映（映三）。鄭（勁）。聘（勁）。競（映三）。

637〈詠搗衣詩〉王僧孺（逯 1765）

促（燭）。綠（燭）。旭（燭）。燭（燭）。曲（燭）。續（燭）。足
（燭）。

638〈與司馬治書同聞鄰婦夜織詩〉王僧孺（逯 1765）

清（清）。輕（清）。聲（清）。息（職）。極（職）。織（職）。

---

29 原作「苑」，據《古詩紀》卷八十八改。
30 原作「間」，據《古詩紀》卷八十八改。

639〈為人述夢詩〉王僧孺（逯 1766）

此（紙）。是（紙）。被（紙）。靡（紙）。爾（紙）。詭（紙）。

640〈侍宴景陽樓詩〉王僧孺（逯 1766）

雲（文）。聞（文）。君（文）。群（文）。

641〈春日寄鄉友詩〉王僧孺（逯 1766）

群（文）。文（文）。雲（文）。君（文）。

642〈夜愁示諸賓詩〉王僧孺（逯 1766）

璧（昔）。積（昔）。益（昔）。碧（昔）。

643〈送殷何兩記室詩〉王僧孺（逯 1767）

征（清）。平（庚三）。輕（清）。生（庚二）。

644〈春閨有怨詩〉王僧孺（逯 1767）

眉（脂）。絲（之）。帷（脂）。辭（之）。

645〈秋閨怨詩〉王僧孺（逯 1767）

枝（支）。吹（支）。垂（支）。知（支）。

646〈詠寵姬詩〉王僧孺（逯 1767）

罷（蟹）。屣[31]（蟹）。解（蟹）。買（蟹）。

647〈在王晉安酒席數韻詩〉王僧孺（逯 1768）

曲（燭）。矚（燭）。玉（燭）。酸（燭）。

648〈為人寵姬有怨詩〉王僧孺（逯 1768）

搖（宵）。飄（宵）。朝（宵）。腰（宵）。

649〈為姬人自傷詩〉王僧孺（逯 1768）

羞（尤）。悠（尤）。裘（尤）。留（尤）。

650〈為人有贈詩〉王僧孺（逯 1768）

女（語）。侶（語）。渚（語）。語（語）。

651〈見貴者初迎盛姬聊為之詠詩〉王僧孺（逯 1769）

---

31 「屣」，同「躧」，《廣韻》入紙、蟹二韻。

者（馬三）。冶（馬三）。下（馬二）。寡（馬二）。

652 〈傷乞人詩〉王僧孺（逯 1769）

溝（侯）。周（尤）。羞（尤）。酬（尤）。

653 〈春思詩〉王僧孺（逯 1769）

綠（燭）。曲（燭）。

654 〈為徐仆射妓作詩〉王僧孺（逯 1769）

桓（桓）。寒（寒）。

655 〈春怨詩〉王僧孺（逯 1770）

復（屋三）。煜（屋三）。竹（屋三）。宿（屋三）。目（屋三）。
谷（屋一）。屋（屋一）。逐（屋三）。複（屋三）。獨（屋一）。

656 〈詠春詩〉王僧孺（逯 1770）

暉（微）。飛（微）。衣（微）。歸（微）。

657 〈白馬篇〉徐悱（逯 1770）

鞍（寒）。干（寒）。寒（寒）。丸（桓）。安（寒）。難（寒）。蘭
（寒）。韓（寒）。冠（桓）。端（桓）。寒（寒）。丸（桓）。刊
（寒）。

658 〈古意酬到長史溉登瑯邪城詩〉徐悱（逯 1771）

蘭（寒）。盤（桓）。巒（桓）。干（寒）。安（寒）。鸞（桓）。鞍
（寒）。冠（桓）。丸（桓）。觀（桓）。嘆（寒）。

659 〈對房前桃樹詠佳期贈內詩〉徐悱（逯 1771）

家（麻二）。花（麻二）。華（麻二）。邪（麻三）。霞（麻二）。
麻（麻二）。

660 〈贈內詩〉徐悱（逯 1772）

陽（陽）。房（陽）。牀（陽）。香（陽）。堂（唐）。傷（陽）。腸
（陽）。

梁詩卷十三

661〈上雲樂〉周捨（逯 1773）

康（唐）。皇（唐）。桑（唐）。鄉（陽）。淋（陽）。觴（陽）。漿
（陽）。剛（唐）。長（陽）。口（厚）。酒（有）。後（厚）。部
（厚）。狗（厚）。光（唐）。翔（陽）。梁（陽）。鄉（陽）。堂
（唐）。行（唐）。方（陽）。鏘（陽）。皇（唐）。商（陽）。長
（陽）。章（陽）。皇（唐）。忘（陽）。央（陽）。

662〈還田舍詩〉周捨（逯 1774）

日（質）。室（質）。密（質）。膝（質）。瑟（櫛）。

663〈釋奠應令詩〉（九章剩六）陸倕（逯 1774）

663.1矩（麌）。斧（麌）。雨（麌）。武（麌）。

663.2靈（青）。成（清）。潯（諄）。聲（清）。

663.3典（銑）。善（獮）。闡（獮）。辯（獮）。

663.4出（術）。褰（質）。室（質）。逸（質）。

663.5章（陽）。光（唐）。張（陽）。方（陽）。

663.6烈（薛）。折（薛）。列（薛）。竊（屑）。

664〈和昭明太子鍾山解講詩〉陸倕（逯 1775）

京（庚三）。城（清）。楹（清）。溟（青）。征（清）。靈（青）。
英（庚三）。坰（青）。旌（庚二）。瓊（清）。榮（庚三）。

665〈以詩代書別後寄贈詩〉陸倕（逯 1775）

隅（虞）。衢（虞）。疏（魚）。車（魚）。書（魚）。旟（魚）。車
（魚）。虛（魚）。祛（魚）。魚（魚）。止（止）。已（止）。事
（志）。泗（至）。尋（侵）。陰（侵）。林（侵）。音（侵）。心
（侵）。岑（侵）。尋（侵）。早（晧）。草（晧）。道（晧）。蒼
（唐）。涼（陽）。良（陽）。霜（陽）。方（陽）。將（陽）。強
（陽）。相（陽）。章（陽）。鄉（陽）。商（陽）。芳（陽）。翔
（陽）。腸（陽）。暇（禡二）。迓（禡二）。駕（禡二）。夜（禡
三）。婭（禡二）。離（支）。差（支）。涯（支）。虧（支）。儀

（支）。

666〈贈任昉詩〉陸倕（逯 1776）

　　遊（尤）。丘（尤）。儔（尤）。修（尤）。劉（尤）。

667〈采菱曲〉陸罩（逯 1777）

　　密（質）。日（質）。出（術）。實（質）。

668〈奉和往虎窟山寺詩〉陸罩（逯 1777）

　　遊（尤）。樓（侯）。洲（尤）。斿（尤）。流（尤）。逎（尤）。桴
　　（尤）。悠（尤）。謳（尤）。

669〈閨怨詩〉陸罩（逯 1777）

　　時（之）。眉（脂）。思（之）。悲（脂）。

670〈詠笙詩〉陸罩（逯 1778）

　　吹（支）。移（支）。差（支）。

671〈遊建興苑詩〉紀少瑜（逯 1778）

　　林（侵）。尋（侵）。音（侵）。簪（侵）。陰（侵）。金（侵）。

672〈擬吳均體應教詩〉紀少瑜（逯 1778）

　　輝（微）。機（微）。衣（微）。惜（昔）。夕（昔）。客（陌二）。

673〈月中飛螢詩〉紀少瑜（逯 1779）

　　窗（江）。雙（江）。

674〈春日詩〉紀少瑜（逯 1779）

　　窮（東三）。風（東三）。空（東一）。中（東三）。

675〈詠殘燈詩〉紀少瑜（逯 1779）

　　輝（微）。衣（微）。

676〈短歌行〉張率（逯 1780）

　　酒（有）。缶（有）。友（有）。朽（有）。牖（有）。久（有）。柳
　　（有）。厚（厚）。壽（有）。阜（有）。後（厚）。

677〈遠期〉張率（逯 1780）

　　變（線）。扇（線）。縣（霰）。見（霰）。霰（霰）。

678〈對酒〉張率（逯 1780）

醇（諄）。珍（真）。人（真）。親（真）。辰（真）。塵（真）。

679〈日出東南隅行〉張率（逯 1781）

梁（陽）。房（陽）。光（唐）。妝（陽）。黃（唐）。陽（陽）。堂
（唐）。鴦（陽）。黃（唐）。

680〈相逢行〉張率（逯 1781）

里（止）。似（止）。子（止）。知（支）。池（支）。施（支）。枝
（支）。離（支）。馳（支）。兒（支）。雌（支）。儀（支）。離
（支）。兒（支）。差（支）。儀（支）。

681〈走馬引〉張率（逯 1782）

羈（支）。馳（支）。移（支）。知（支）。兒（支）。

682〈滄海雀〉張率（逯 1782）

區（虞）。株（虞）。虞（虞）。拘（虞）。珠（虞）。

683〈楚王吟〉張率（逯 1782）

條（蕭）。饒（宵）。腰（宵）。韶（宵）。

684〈清涼〉張率（逯 1782）

晨（真）。人（真）。親（真）。陳（真）。

685〈玄雲〉張率（逯 1783）

扉（微）。飛（微）。歸（微）。

686〈白紵歌九首〉張率（逯 1783）

686.1清（清）。輕（清）。情（清）。盈（清）。成（清）。

686.2飛（微）。菲（微）。違（微）。歸（微）。稀（微）。

686.3思（之）。帷（脂）。悲（脂）。時（之）。絲（之）。知
（支）。

686.4葉（葉）。妾（葉）。睫（葉）。涉（葉）。接（葉）。

686.5寒（寒）。團（桓）。闌（寒）。歡（桓）。歎（寒）。

686.6央（陽）。光（唐）。香（陽）。忘（陽）。

686.7爵（藥）。落（鐸）。酌（藥）。鑠（藥）。

686.8息（職）。仄（職）。飾（職）。織（職）。極（職）。翼
（職）。

686.9歡（翰）。翰（翰）。幔（換）。旦（翰）。亂（換）。晏
（翰）。

687〈長相思二首〉張率（逯 1784）

　　687.1別（薛）。絕（薛）。結（屑）。滅（薛）。雪（薛）。

　　687.2離（支）。垂（支）。知（支）。吹（支）。移（支）。

688〈詠霜詩〉張率（逯 1785）

　　機（微）。綏（脂）。霏（微）。輝（微）。威（微）。飛（微）。稀
（微）。腓（微）。

689〈太廟齊夜詩〉張率（逯 1785）

　　靜（靜）。省（靜）。

690〈詠躍魚應詔詩〉張率（逯 1785）

　　漪（支）。池（支）。

691〈贈任昉詩〉（八章）到洽（逯 1786）

　　691.1色（職）。飾（職）。直（職）。測（職）。

　　691.2備（至）。匱（至）。記（志）。至（至）。

　　691.3善（獮）。篆（獮）。典（銑）。辯（獮）。

　　691.4人（真）。塵（真）。仁（真）。親（真）。

　　691.5母（厚）。厚（厚）。友（有）。誘（有）。

　　691.6日（質）。聿（術）。畢（質）。疾（質）。

　　691.7取（麌）。矩（麌）。處（語）。語（語）。

　　691.8術（術）。漆（質）。密（質）。述（術）。

692〈答秘書丞張率詩〉（八章）到洽（逯 1786）

　　692.1生（庚二）。莖（耕）。征（清）。京（庚三）。

　　692.2漸（琰）。劍（琰）。染（琰）。掩（琰）。

692.3識（職）。植（職）。直（職）。翼（職）。

692.4蓋（泰）。會（泰）。艾（泰）。害（泰）。

692.5老（晧）。寶（晧）。抱（晧）。道（晧）。

692.6右（有）。部（厚）。首（有）。莠（有）。

692.7聿（術）。疾（質）。日（質）。韠（質）。

692.8斯（支）。窺（支）。羈（支）。疲（支）。

梁詩卷十四

693〈恭職北郊詩〉傅昭（逯1789）

淵（先）。宣（仙）。蠲（先）。年（先）。

694〈答張貞成皋詩〉裴子野（逯1790）

兵（庚三）。聲（清）。征（清）。平（庚三）。行（庚二）。清
（清）。情（清）。榮（庚三）。銘（青）。

695〈詠雪詩〉裴子野（逯1790）

沙（麻二）。斜（麻三）。花（麻二）。華（麻二）。

696〈上朝值雪詩〉裴子野（逯1790）

戶（姥）。柱（麌）。乳（麌）。

697〈有所思〉梁昭明太子蕭統（逯1791）

方（陽）。長（陽）。芳（陽）。行（唐）。傷（陽）。

698〈相逢狹路間〉梁昭明太子蕭統（逯1791）

輿（魚）。居（魚）。知（支）。離（支）。移（支）。枝（支）。訾
（支）。兒（支）。儀（支）。羈（支）。卑（支）。差（支）。池
（支）。疲（支）。奇（支）。絁（支）。垂（支）。吹（支）。

699〈三婦艷〉梁昭明太子蕭統（逯1792）

巾（真）。茵（真）。津（真）。塵（真）。

700〈飲馬長城窟行〉梁昭明太子蕭統（逯1792）

柏（陌二）。客（陌二）。遙（宵）。迢（蕭）。見（霰）。霰
（霰）。連（仙）。綿（仙）。喜（止）。止（止）。李（止）。起
（止）。有（有）。久（有）。

701〈長相思〉梁昭明太子蕭統（逯1792）
　　極（職）。息（職）。憶（職）。翼（職）。

702〈將進酒〉梁昭明太子蕭統（逯1792）
　　兒（支）。卮（支）。

703〈上林〉梁昭明太子蕭統（逯1793）
　　車（麻三）。華（麻二）。

704〈示徐州弟詩〉梁昭明太子蕭統（逯1793）
　　704.1墳（文）。文（文）。分（文）。倫（文）。
　　704.2性（勁）。正（勁）。盛（勁）。政（勁）。
　　704.3軀（虞）。襦（虞）。俱（虞）。廬（魚）。
　　704.4親（真）。人（真）。濱（真）。頻（真）。
　　704.5暑（語）。楚（語）。緒（語）。渚（語）。
　　704.6菀（阮）。飯（阮）。反（阮）。遠（阮）。
　　704.7茲（之）。夷（脂）。堺（脂）。怡（之）。
　　704.8池（支）。摛（支）。卮（支）。移（支）。
　　704.9景（梗三）。影（梗三）。靜（靜）。逞（靜）。
　　704.10行（庚二）。城（清）。旌（清）。情（清）。
　　704.11菀（阮）。晚（阮）。遠（阮）。反（阮）。
　　704.12收（尤）。流（尤）。浮（尤）。丘（尤）。

705〈詒明山賓詩〉梁昭明太子蕭統（逯1794）
　　美（旨）。士（止）。里（止）。擬（止）。士（止）。

706〈春日宴晉熙王詩〉梁昭明太子蕭統（逯1794）
　　中（東三）。窮（東三）。戎（東三）。空（東一）。

707〈宴闌思舊詩〉梁昭明太子蕭統（逯1795）

淳（諄）。陳（真）。鄰（真）。新（真）。仁（真）。濱（真）。塵
（真）。巾（真）。

708〈詠山濤王戎詩二首〉梁昭明太子蕭統（逯 1795）

708.1歡（桓）。端（桓）。官（桓）。難（寒）。

708.2臺（咍）。財（咍）。灰（灰）。徊（灰）。

709〈和武帝遊鍾山大愛敬寺詩〉梁昭明太子蕭統（逯 1795）

池（支）。岐（支）。為（支）。垂（支）。羇（支）。知（支）。羲
（支）。儀（支）。奇（支）。虧（支）。池（支）。枝（支）。吹
（支）。麾（支）。垂（支）。斯（支）。隨（支）。施（支）。窺
（支）。移（支）。

710〈開善寺法會詩〉梁昭明太子蕭統（逯 1796）

翔（陽）。莊（陽）。腸（陽）。蒼（唐）。陽（陽）。霜（陽）。場
（陽）。牀（陽）。璫（唐）。梁（陽）。藏（唐）。皇（唐）。方
（陽）。航（唐）。光（唐）。

711〈同泰僧正講詩〉梁昭明太子蕭統（逯 1796）

城（清）。名（清）。冥（青）。驚（庚三）。形（青）。英（庚
三）。情（清）。成（清）。盈（清）。明（庚三）。更（庚二）。生
（庚二）。清（清）。輕（清）。

712〈鍾山解講詩〉梁昭明太子蕭統（逯 1797）

嶺（靜）。靜（靜）。影（梗三）。永（梗三）。景（梗三）。頃
（靜）。境（梗三）。逞（靜）。屏（靜）。騁（靜）。穎（靜）。

713〈玄圃講詩〉梁昭明太子蕭統（逯 1797）

及（緝）。急（緝）。岌（緝）。入（緝）。濕（緝）。吸（緝）。立
（緝）。給（緝）。邑（緝）。十（緝）。

714〈東齋聽講詩〉梁昭明太子蕭統（逯 1798）

珍（真）。仁（真）。均（諄）。真（真）。塵（真）。津（真）。陳
（真）。新（真）。蘋（真）。紳（真）。

715〈講席將畢賦三十韻詩依次用〉梁昭明太子蕭統（逯 1798）

竹（屋三）。宿（屋三）。菊（屋三）。築（屋三）。軸（屋三）。
蓄（屋三）。伏（屋三）。目（屋三）。郁（屋三）。慼（屋三）。
馥（屋三）。熟（屋三）。穀（屋一）。腹（屋三）。郁（屋三）。
谷（屋一）。覆（屋三）。惡（屋三）。屋（屋一）。族（屋一）。
獨（屋一）。縮（屋三）。木（屋一）。宿（屋三）。撲（屋一）。
菽（屋三）。澳（屋三）。摵（屋三）。逐（屋三）。轂（屋一）。

716〈晚春詩〉梁昭明太子蕭統（逯 1799）

稀（微）。衣（微）。飛（微）。圍（微）。扉（微）。

717〈林下作妓詩〉梁昭明太子蕭統（逯 1800）

池（支）。宜（支）。枝（支）。斯（支）。

718〈擬古詩〉梁昭明太子蕭統（逯 1800）

草（晧）。皓（晧）。掃（晧）。老（晧）。

719〈賦書帙詩〉梁昭明太子蕭統（逯 1800）

側（職）。翼（職）。織（職）。即（職）。

720〈詠同心蓮詩〉梁昭明太子蕭統（逯 1800）

觀（桓）。端（桓）。鸞（桓）。歡（桓）。

721〈詠彈箏人詩〉梁昭明太子蕭統（逯 1801）

邊（先）。弦（先）。泉（仙）。

722〈餞庾仲容詩〉梁昭明太子蕭統（逯 1801）

縣（霰）。殿（霰）。

723〈貌雪詩〉梁昭明太子蕭統（逯 1801）

飛（微）。揮（微）。歸（微）。

724〈示雲麾弟〉梁昭明太子蕭統（逯 1801）

阻（語）。舉（語）。渚（語）。雨（麌）。所（語）。予（語）。佇
（語）。

725〈擬古詩〉梁昭明太子蕭統（逯 1802）

眉（脂）。思（之）。時（之）。情（清）。明（庚三）。聲（清）。

726 〈大言〉梁昭明太子蕭統（逯 1802）

觴（陽）。翔（陽）。

727 〈細言〉梁昭明太子蕭統（逯 1802）

翼（職）。息（職）。

728 〈歌〉梁昭明太子蕭統（逯 1802）

流（尤）。仇（尤）。舟（尤）。

梁詩卷十五

729 〈詠舞詩〉殷芸（逯 1803）

情（清）。城（清）。

730 〈和元帝詩〉蕭琛（逯 1803）

廈（馬二）。雅（馬二）。瀉（馬三）。墳（文）。分（文）。雲（文）。群（文）。聞（文）。

731 〈別蕭諮議前夜以醉乖例今晝由醒敬應教詩〉蕭琛（逯 1804）

干（寒）。瀾（寒）。難（寒）。桓（桓）。蘭（寒）。

732 〈餞謝文學詩〉蕭琛（逯 1804）

東（東一）。通（東一）。風（東三）。鴻（東一）。

733 〈詠鞞應詔〉蕭琛（逯 1804）

音（侵）。心（侵）。

734 〈離合詩贈尚書令何敬容詩〉蕭巡（逯 1805）

貧（真）。晨（真）。馴（諄）。真（真）。倫（諄）。分（文）。

735 〈賦得翠石應令詩〉蕭雉（逯 1805）

連（仙）。川（仙）。傳（仙）。仙（仙）。

736 〈皇太子釋奠詩〉（九章）何胤（逯 1806）

736.1樞（虞）。圖（模）。謨（模）。敷（虞）。

736.2師（脂）。諮（脂）。遲（脂）。夷（脂）。

736.3聖（勁）。政（勁）。鏡（映三）。競（映三）。

736.4明（庚三）。情（清）。清（清）。庭（青）。

736.5史（止）。理（止）。起（止）。祀[32]（止）。

736.6陳（真）。禋（真）。神（真）。臻（臻）。

736.7燕（霰）。縣（霰）。練（霰）。殿（霰）。

736.8筵（仙）。蟬（仙）。篇（仙）。焉（仙）。

736.9流（尤）。秋（尤）。周（尤）。丘（尤）。

737〈奉和湘東王教班婕妤詩〉何思澄（逯1807）

房（陽）。廊（唐）。香（陽）。牀（陽）。

738〈擬古詩〉何思澄（逯1807）

芳（陽）。香（陽）。桑（唐）。涼（陽）。

739〈南苑逢美人詩〉何思澄（逯1807）

雲（文）。聞（文）。分（文）。裙（文）。君（文）。

740〈大言應令詩〉王錫（逯1808）

申（真）。鱗（真）。

741〈細言應令詩〉王錫（逯1808）

實（質）。日（質）。

742〈度關山〉劉遵（逯1808）

開（咍）。回（灰）。來（咍）。徊（灰）。哀（咍）。

743〈相逢狹路間〉劉遵（逯1809）

車（麻三）。斜（麻三）。花（麻二）。家（麻二）。賒（麻三）。

744〈蒲坂行〉劉遵（逯1809）

河（歌）。珂（歌）。歌（歌）。

745〈和簡文帝賽漢高帝廟詩〉劉遵（逯1809）

---

32 原作「禮」，據《文館詞林》卷一百六十改。

威（微）。飛（微）。微（微）。妃（微）。歸（微）。

746〈繁華應令詩〉劉遵（逯 1809）

　　童（東一）。叢（東一）。紅（東一）。東（東一）。風（東三）。
　　中（東三）。籠（東一）。通（東一）。終（東三）。宮（東三）。

747〈從頓還城應令詩〉劉遵（逯 1810）

　　清（清）。斿（清）。聲（清）。營（清）。生（庚二）。

748〈應令詠舞詩〉劉遵（逯 1810）

　　年（先）。妍（先）。弦（先）。鈿（先）。前（先）。

749〈七夕穿針詩〉劉遵（逯 1810）

　　禁（侵）。針（侵）。

750〈四時行生回詩〉劉遵（逯 1810）

　　塘（唐）。妝（陽）。

751〈采菱曲〉徐勉（逯 1811）

　　渚（語）。與（語）。佇（語）。許（語）。

752〈迎客曲〉徐勉（逯 1811）

　　陳（真）。賓（真）。席（昔）。客（陌二）。

753〈送客曲〉徐勉（逯 1811）

　　咽（屑）。別（薛）。流（尤）。留（尤）。

754〈和元帝詩〉徐勉（逯 1812）

　　務（遇）。傅（遇）。裕（遇）。璋（陽）。翔（陽）。方（陽）。綱
　　（唐）。

755〈昧旦出新亭渚詩〉徐勉（逯 1812）

　　術（術）。日（質）。謐（質）。匹（質）。逸（質）。悉（質）。

756〈詠司農府春幡詩〉徐勉（逯 1812）

　　錄（燭）。粟（燭）。旭（燭）。燭（燭）。辱（燭）。足（燭）。

757〈詠琵琶詩〉徐勉（逯 1812）

　　歡（桓）。團（桓）。

758〈夏詩〉徐勉（逯 1813）
櫳（東一）。叢（東一）。紅（東一）。空（東一）。
759〈告遊篇〉陶弘景（逯 1813）
因（真）。欣（欣）。身（真）。賓（真）。津（真）。
760〈胡笳曲〉陶弘景（逯 1813）
紜（文）。君（文）。
761〈寒夜怨〉陶弘景（逯 1814）
生（庚二）。驚（庚三）。情（清）。平（庚三）。明（庚三）。緊（軫）。盡（軫）。忍（軫）。
762〈詔問山中何所有賦詩以答〉陶弘景（逯 1814）
雲（文）。君（文）。
763〈題所居壁〉陶弘景（逯 1814）
空（東一）。宮（東三）。
764〈和約法師臨友人詩〉陶弘景（逯 1815）
年（先）。前（先）。
765〈大言應令詩〉王規（逯 1815）
羅（歌）。波（戈）。
766〈細言應令詩〉王規（逯 1815）
翔（陽）。航（唐）。
767〈日出東南隅行〉蕭子顯（逯 1816）
迢（蕭）。霄（宵）。嬌（宵）。雕（蕭）。腰（宵）。綃（宵）。朝（宵）。條（蕭）。橋（宵）。軺（宵）。銷（宵）。鑣（宵）。翹（宵）。要（宵）。姚（宵）。貂（蕭）。簫（蕭）。朝（宵）。超（宵）。
768〈代美女篇〉蕭子顯（逯 1816）
弦（先）。燕（先）。蓮（先）。錢（仙）。煎（仙）。
769〈南征曲〉蕭子顯（逯 1817）

人（真）。神（真）。

770〈桃花曲〉蕭子顯（逯 1817）
　　簪（侵）。心（侵）。

771〈樹中草〉蕭子顯（逯 1817）
　　雕（蕭）。條（蕭）。

772〈燕歌行〉蕭子顯（逯 1817）
　　蘋（真）。春（諄）。茵（真）。枝（支）。離（支）。池（支）。兒
　　（支）。知（支）。依（微）。歸（微）。機（微）。衣（微）。飛
　　（微）。緋（微）。絡（鐸）。薄（鐸）。雀（藥）。

773〈從軍行〉蕭子顯（逯 1818）
　　邊（先）。年（先）。田（先）。天（先）。連（仙）。前（先）。

774〈烏棲曲應令三首〉蕭子顯（逯 1818）
　　774.1鍾（鍾）。龍（鍾）。惜（昔）。夕（昔）。
　　774.2色（職）。識（職）。多（歌）。河（歌）。
　　774.3匹（質）。日（質）。求（尤）。流（尤）。

775〈奉和昭明太子鍾山講解詩〉蕭子顯（逯 1819）
　　京（庚三）。城（清）。鳴（庚三）。清（清）。旌（清）。并
　　（清）。平（庚三）。瀛（清）。生（庚二）。情（清）。聲（清）。

776〈侍宴餞陸倕應令〉蕭子顯（逯 1819）
　　鵷（陽）。漳（陽）。芳（陽）。長（陽）。

777〈春閨思詩〉蕭子顯（逯 1819）
　　姜（葉）。葉（葉）。

778〈詠苑中遊人詩〉蕭子顯（逯 1819）
　　初（魚）。裾（魚）。

779〈春別詩四首〉蕭子顯（逯 1820）
　　779.1翼（職）。色（職）。憶（職）。
　　779.2菲（微）。依（微）。飛（微）。衣（微）。

779.3春（諄）。塵（真）。巾（真）。新（真）。

779.4知（支）。吹（支）。離（支）。

780〈濟黃河應教詩〉謝微（逯 1820）

序（語）。渚（語）。與（語）。舉（語）。許（語）。

781〈春日貽劉孝綽詩〉蕭瑱（逯 1821）

紅（東一）。風（東三）。叢（東一）。桐（東一）。

梁詩卷十六

782〈釣竿篇〉劉孝綽（逯 1823）

紈（桓）。竿（寒）。湍（桓）。期（之）。遲（脂）。絲（之）。眉（脂）。師（脂）。

783〈夜聽妓賦得烏夜啼〉劉孝綽（逯 1824）

徽（微）。飛（微）。歸（微）。衣（微）。

784〈銅雀妓〉劉孝綽（逯 1824）

期（之）。帷（脂）。時（之）。悲（脂）。

785〈班婕妤怨〉劉孝綽（逯 1824）

時（之）。滋（之）。綦（之）。辭（之）。

786〈三婦艷〉劉孝綽（逯 1825）

裙（文）。文（文）。君（文）。雲（文）。

787〈櫂歌行〉劉孝綽（逯 1825）

生（庚二）。盈（清）。聲（清）。

788〈詠風詩〉劉孝綽（逯 1825）

吹（支）。池（支）。披（支）。雌（支）。

789〈侍宴詩〉劉孝綽（逯 1825）

薄（鐸）。閣（鐸）。洛（鐸）。漠（鐸）。落（鐸）。作（鐸）。爵（藥）。膜（鐸）。

790〈又〉劉孝綽（逯 1826）

池（支）。枝（支）。垂（支）。規（支）。知（支）。

791〈三日侍華光殿曲水宴詩〉劉孝綽（逯 1826）

初（魚）。渠（魚）。居（魚）。舒（魚）。疏（魚）。餘（魚）。魚
（魚）。

792〈三日侍安成王曲水宴詩〉劉孝綽（逯 1826）

縣（霰）。甸（霰）。傳（線）。變（線）。彥（線）。賤（線）。諺
（線）。宴（霰）。扇（線）。倦（線）。

793〈春日從駕新亭應制詩〉劉孝綽（逯 1827）

遊（尤）。樓（侯）。洲（尤）。留（尤）。斿（尤）。輈（尤）。劉
（尤）。遒（尤）。

794〈侍宴集賢堂應令詩〉劉孝綽（逯 1827）

辟（昔）。碧（昔）。昔（昔）。席（昔）。醳（昔）。夕（昔）。石
（昔）。

795〈東林寺詩〉劉孝綽（逯 1828）

鐸（鐸）。箔（鐸）。

796〈詩〉劉孝綽（逯 1828）

湍（桓）。還（刪）。

797〈侍宴餞庾於陵應詔詩〉劉孝綽（逯 1828）

側（職）。色（職）。飾（職）。翼（職）。昃（職）。力（職）。息
（職）。

798〈侍宴餞張惠紹應詔詩〉劉孝綽（逯 1828）

峻（稕）。潤（稕）。振（震）。吝（震）。仞（震）。

799〈餞張惠紹應令詩〉劉孝綽（逯 1829）

陽（陽）。光（唐）。芳（陽）。蔣（陽）。堂（唐）。

800〈侍宴離亭應令詩〉劉孝綽（逯 1829）

永（梗三）。警（梗三）。頃（靜）。景（梗三）。騁（靜）。

801〈奉和昭明太子鍾山解講詩〉劉孝綽（逯 1829）

　　田（先）。前（先）。煙（先）。阡（先）。年（先）。泉（仙）。天
　　（先）。然（仙）。旋（仙）。賢（先）。篇（仙）。

802〈和湘東王理訟詩〉劉孝綽（逯 1830）

　　治（之）。帷（脂）。茲（之）。貍（之）。

803〈陪徐仆射晚宴詩〉劉孝綽（逯 1830）

　　過（戈）。荷（歌）。柯（歌）。波（戈）。歌（歌）。

804〈上虞鄉亭觀濤津渚學潘安仁河陽縣詩〉劉孝綽（逯 1830）

　　陽（陽）。郎（唐）。旁（唐）。良（陽）。章（陽）。庠（陽）。涼
　　（陽）。光（唐）。長（陽）。康（唐）。篁（唐）。翔（陽）。梁
　　（陽）。塘（唐）。湯（唐）。張（陽）。揚（陽）。航（唐）。鄉
　　（陽）。腸（陽）。漳（陽）。

805〈太子狀落日望水詩〉劉孝綽（逯 1831）

　　漲（唐）。漳（唐）。光（唐）。翔（唐）。鄉（唐）。妝（唐）。陽
　　（唐）。

806〈登陽雲樓詩〉劉孝綽（逯 1831）

　　客（陌二）。益（昔）。白（陌二）。積（昔）。柏（陌二）。

807〈夕逗繁昌浦詩〉劉孝綽（逯 1832）

　　流（尤）。浮（尤）。洲（尤）。謳（侯）。舟（尤）。

808〈櫟口守風詩〉劉孝綽（逯 1832）

　　歡（桓）。瀾（寒）。難（寒）。彎（桓）。寒（寒）。安（寒）。蘭
　　（寒）。鸞（桓）。

809〈還渡浙江詩〉劉孝綽（逯 1832）

　　殊（虞）。襦（虞）。隅（虞）。烏（模）。蕪（虞）。徂（模）。梟
　　（虞）。衢（虞）。

810〈江津寄劉之遴詩〉劉孝綽（逯 1833）

　　徊（灰）。臺（咍）。杯（灰）。開（咍）。來（咍）。

811〈發建興渚示到陸二黃門詩〉劉孝綽（逯 1833）

梁（陽）。堂（唐）。塘（唐）。傷（陽）。央（陽）。

812〈酬陸長史倕詩〉劉孝綽（逯 1833）

雲（文）。群（文）。分（文）。昨（鐸）。霍（鐸）。度（鐸）。遠
（阮）。返（阮）。晚（阮）。進（震）。信（震）。韻（問）。鎮
（震）。引（震）。即（職）。極（職）。息（職）。金（侵）。任
（侵）。林（侵）。陰（侵）。臨（侵）。陰（侵）。沈（侵）。禽
（侵）。簪（侵）。琴（侵）。音（侵）。深（侵）。侵（侵）。守
（有）。久（有）。右（有）。友（有）。阜（有）。名（清）。清
（清）。城（清）。驚（庚三）。迎（庚三）。傾（清）。平（庚
三）。征（清）。城（清）。楹（清）。笙（庚二）。成（清）。瀛
（清）。託（鐸）。郭（鐸）。閣（鐸）。樂（鐸）。藥（藥）。鐸
（鐸）。墼（鐸）。薄（鐸）。謔（藥）。僧（登）。燈（登）。弘
（登）。能（登）。曾（登）。往（養）。想（養）。賞（養）。上
（養）。蕩（蕩）。阿（歌）。多（歌）。歌（歌）。過（戈）。

813〈答何記室詩〉劉孝綽（逯 1835）

蓬（東一）。窮（東三）。風（東三）。鴻（東一）。叢（東一）。
楓（東三）。雄（東三）。僮（東一）。宮（東三）。工（東一）。
空（東一）。馮（東三）。同（東一）。東（東一）。

814〈答張左西詩〉劉孝綽（逯 1835）

宮（東三）。鴻（東一）。蟲（東三）。風（東三）。叢（東一）。

815〈歸沐呈任中丞昉詩〉劉孝綽（逯 1835）

廬（魚）。居（魚）。渠（魚）。裾（魚）。疏（魚）。虛（魚）。書
（魚）。如（魚）。噓（魚）。廬（魚）。璵（魚）。魚（魚）。

816〈憶虞弟詩〉劉孝綽（逯 1836）

馮（東三）。風（東三）。終（東三）。同（東一）。

817〈淇上人戲蕩子婦示行事詩〉劉孝綽（逯 1836）

湯（唐）。瑭（唐）。房（陽）。張（陽）。香（陽）。牀（陽）。妝（陽）。

818〈愛姬贈主人詩〉劉孝綽（逯 1836）

看（寒）。殘（寒）。紈（桓）。難（寒）。歡（桓）。冠（桓）。

819〈為人贈美人詩〉劉孝綽（逯 1837）

時（之）。期（之）。辭（之）。眉（脂）。思（之）。

820〈遙見鄰舟主人投一物眾姬爭之有客請余為詠〉劉孝綽（逯 1837）

關（刪）。還（刪）。顏（刪）。菅（刪）。班（刪）。環（刪）。攀（刪）。

821〈古意送沈宏詩〉劉孝綽（逯 1837）

妝（陽）。長（陽）。傷（陽）。房（陽）。梁（陽）。忘（陽）。光（唐）。鄉（陽）。裳（陽）。霜（陽）。

822〈報王永興觀田詩〉劉孝綽（逯 1838）

塵（真）。輪（諄）。珍（真）。神（真）。濱（真）。辛（真）。鄰（真）。

823〈詠有人乞牛舌乳不付因餉檳榔詩〉劉孝綽（逯 1838）

珍（真）。脣[33]（諄）。人（真）。津（真）。新（真）。親（真）。

824〈夜不得眠詩〉劉孝綽（逯 1838）

裁（咍）。徊（灰）。來（咍）。開（咍）。催（灰）。

825〈望月有所思詩〉劉孝綽（逯 1838）

纖（鹽）。檐（鹽）。簾（鹽）。息（職）。織（職）。昃（職）。色（職）。臆（職）。

826〈校書秘書省對雪詠懷詩〉劉孝綽（逯 1839）

霏（微）。飛（微）。衣（微）。闈（微）。歸（微）。違（微）。扉

---

33 原作「唇」，據《古詩紀》卷九十七改。

（微）。圍（微）。暉（微）。非（微）。機（微）。

827〈詠百舌詩〉劉孝綽（逯 1839）

林（侵）。音（侵）。深（侵）。尋（侵）。吟（侵）。今（侵）。心
（侵）。

828〈侍宴同劉公幹應令詩〉劉孝綽（逯 1839）

歸（微）。飛（微）。追（脂）。霏（微）。

829〈賦詠百論舍罪福詩〉劉孝綽（逯 1840）

并（清）。生（庚二）。情（清）。清（清）。

830〈賦得照棋燭詩刻五分成〉劉孝綽（逯 1840）

賓（真）。人（真）。身（真）。晨（真）。

831〈同武陵王看妓詩〉劉孝綽（逯 1840）

歌（歌）。蛾（歌）。波（戈）。戈（戈）。

832〈賦得遺所思詩〉劉孝綽（逯 1841）

鴦（陽）。房（陽）。芳（陽）。香（陽）。

833〈林下映月詩〉劉孝綽（逯 1841）

樹（遇）。兔（暮）。晤（暮）。賦（遇）。

834〈詠素蝶詩〉劉孝綽（逯 1841）

微（微）。歸（微）。飛（微）。依（微）。

835〈於座應令詠梨花詩〉劉孝綽（逯 1841）

菲（微）。扉（微）。飛（微）。闈（微）。

836〈秋雨臥疾詩〉劉孝綽（逯 1842）

稀（微）。闈（微）。晞（微）。扉（微）。

837〈奉和湘東王應令詩二首〉劉孝綽（逯 1842）

837.1〈春宵〉劉孝綽（逯 1842）

長（陽）。傷（陽）。香（陽）。牀（陽）。

837.2〈冬曉〉劉孝綽（逯 1842）

寒（寒）。單（寒）。紈（桓）。難（寒）。

838〈月半夜泊鵠尾詩〉劉孝綽（逯 1843）
　　洲（尤）。流（尤）。

839〈和詠歌人偏得日照詩〉劉孝綽（逯 1843）
　　津（真）。塵（真）。

840〈詠姬人未肯出詩〉劉孝綽（逯 1843）
　　聲（清）。明（庚三）。

841〈遙見美人採荷詩〉劉孝綽（逯 1843）
　　妝（陽）。香（陽）。

842〈詠小兒採菱詩〉劉孝綽（逯 1843）
　　舠（豪）。桃（豪）。

843〈詠眼詩〉劉孝綽（逯 1843）
　　開（咍）。回（灰）。

844〈擬古詩〉劉孝綽（逯 1844）
　　聲（清）。聽（青）。纓（清）。

845〈詠日應令詩〉劉孝綽（逯 1844）
　　桑（唐）。光（唐）。

846〈望月詩〉劉孝綽（逯 1844）
　　圓（仙）。漣（仙）。

847〈秋夜詠琴詩〉劉孝綽（逯 1844）
　　鳴（庚三）。聲（清）。

848〈賦得始歸雁詩〉劉孝綽（逯 1844）
　　歸（微）。飛（微）。

849〈元廣州景仲座見故姬詩〉劉孝綽（逯 1845）
　　夫（虞）。嶇（虞）。蕪（虞）。

梁詩卷十七

850〈敬酬劉長史詠名士悅傾城詩〉劉緩（逯 1847）

　　神（真）。人（真）。鄰（真）。秦（真）。脣[34]（諄）。春（諄）。

　　身（真）。新（真）。倫（諄）。陳（真）。

851〈江南可採蓮〉劉緩（逯 1847）

　　通（東一）。紅（東一）。叢（東一）。風（東三）。窮（東三）。

852〈看美人摘薔薇詩〉劉緩（逯 1848）

　　池（支）。隨（支）。吹（支）。枝（支）。萎（支）。宜（支）。

853〈奉和玄圃納涼詩〉劉緩（逯 1848）

　　中（東三）。風（東三）。叢（東一）。同（東一）。

854〈和晚日登樓詩〉劉緩（逯 1848）

　　霞（麻二）。斜（麻三）。花（麻二）。賒（麻三）。

855〈雜詠和湘東王詩三首〉劉緩（逯 1848）

　　855.1〈秋夜〉劉緩（逯 1849）

　　　　風（東三）。中（東三）。空（東一）。紅（東一）。

　　855.2〈寒閨〉劉緩（逯 1849）

　　　　冰（蒸）。凝（蒸）。勝（蒸）。

　　855.3〈冬宵〉劉緩（逯 1849）

　　　　牀（陽）。長（陽）。香（陽）。

856〈左右新婚詩〉劉緩（逯 1849）

　　雲（文）。分（文）。薰（文）。聞（文）。

857〈在縣中庭看月詩〉劉緩（逯 1850）

　　陰（侵）。臨（侵）。琴（侵）。心（侵）。深（侵）。

858〈新月詩〉劉緩（逯 1850）

　　鈎（侯）。樓（侯）。

859〈遊仙詩〉劉緩（逯 1850）

---

34 原作「脣」，據《玉臺新詠》卷八改。

州（尤）。尤（尤）。丘（尤）。休（尤）。樓（侯）。柔（尤）。頭（侯）。悠（尤）。周（尤）。流（尤）。

860〈侍宴餞新安太守蕭幾應令詩〉劉孺（逯1851）

雲（文）。聞（文）。墳（文）。文（文）。

861〈相逢狹路間〉劉孺（逯1851）

雰（文）。雲（文）。聞（文）。分（文）。群（文）。

862〈發新林浦贈同省詩〉劉顯（逯1851）

異（志）。次（至）。懿（至）。

863〈釋奠應令詩〉（十章）陸雲公（逯1852）

863.1因（真）。均（諄）。仁（真）。陳（真）。

863.2起（止）。始（止）。理（止）。祀（止）。

863.3君（文）。氛（文）。文（文）。雲（文）。

863.4行（映二）。競（映三）。鏡（映三）。聖（勁）。

863.5天（先）。宣（仙）。玄（先）。年（先）。

863.6志（志）。嗣（志）。位（至）。肆（至）。

863.7飛（微）。暉（微）。啟（薺）。歸（微）。

863.8設（薛）。潔（屑）。迾（薛）。悅（薛）。

863.9沼（小）。曉（篠）。表（小）。兆（小）。

863.10溢（質）。實（質）。筆（質）。述（術）。

864〈櫂歌行〉王籍（逯1853）

蕩（蕩）。上（養）。響（養）。

865〈入若邪溪詩〉王籍（逯1853）

悠（尤）。流（尤）。幽（幽）。遊（尤）。

866〈酬江總詩〉劉之遴（逯1854）

息（職）。絶（職）。極（職）。食（職）。色（職）。臆（職）。

867〈餉任新安班竹杖因贈詩〉到溉（逯1855）

職（職）。側（職）。直（職）。力（職）。植（職）。

868〈答任昉詩〉到溉（逯 1855）

蠶（覃）。貪（覃）。

869〈秋夜詠琴詩〉到溉（逯 1856）

驚（庚三）。聲（清）。

870〈儀賢堂監策秀才聯句詩〉到溉（逯 1856）

對（隊）。續（隊）。溉琲[35]（隊）。輩（隊）。盧藹載（代）。槩

（代）。伏挺昧（隊）。代（代）。王瑩昧（隊）。佩（隊）。王顴綷

（隊）。配（隊）。闕名塞（代）。誨（隊）。闕名內（隊）。耒

（隊）。闕名

871〈淩雲臺〉謝舉（逯 1856）

柯（歌）。波（戈）。過（戈）。歌（歌）。多（歌）。

872〈賦得翠石應令詩〉南鄉侯蕭推（逯 1857）

蓮（先）。川（仙）。傳（仙）。仙（仙）。

873〈詠柿詩〉庾仲容（逯 1858）

藥（藥）。弱（藥）。爍（藥）。

874〈鴈門太守行〉褚翔（逯 1858）

初（魚）。疏（魚）。車（魚）。餘（魚）。魚（魚）。居（魚）。書

（魚）。虛（魚）。

875〈詠舞詩〉楊皦（逯 1859）

阿（歌）。和（戈）。歌（歌）。波（戈）。多（歌）。

876〈春閨怨〉吳孜（逯 1859）

諳（覃）。參（覃）。南（覃）。蠶（覃）。堪（覃）。

877〈還東田宅贈朋離詩〉朱异（逯 1860）

文（文）。群（文）。紛（文）。雲（文）。芬（文）。氳（文）。分

35　《康熙字典・玉部・八》：「《廣韻》、《集韻》蒲昧切，《韻會》蒲妹切，《正韻》步
　　昧切，<u>沛</u>音佩。」

（文）。嚑（文）。耘（文）。勤（欣）。君（文）。

878〈田飲引〉朱异（逯1860）

陽（陽）。邙（陽）。茫（唐）。翔（陽）。揚（陽）。湘（陽）。方（陽）。鶬（陽）。忘（陽）。章（陽）。

879〈短簫詩〉張嵊（逯1861）

亮（漾）。颺（漾）。上（漾）。望（漾）。

880〈大言應令詩〉張纘（逯1861）

騰（登）。鵬（登）。

881〈細言應令詩〉張纘（逯1861）

塵（真）。輪（諄）。

882〈侍宴餞東陽太守蕭子雲應令詩〉張纘（逯1861）

序（語）。雨（麌）。渚（語）。醑（語）。

883〈大言應令詩〉殷鈞（逯1862）

雨（麌）。古（姥）。

884〈細言應令詩〉殷鈞（逯1862）

國（德）。北（德）。

885〈獄中贈人詩〉王偉（逯1863）

書（魚）。魚（魚）。

886〈在渭陽賦詩〉王偉（逯1864）

亡（陽）。央（陽）。

梁詩卷十八

887〈釣竿篇〉劉孝威（逯1865）

紈（桓）。竿（寒）。湍（桓）。辭（之）。期（之）。遲（脂）。絲（之）。眉（脂）。師（脂）。

888〈隴頭水〉劉孝威（逯1866）

頭（侯）。流（尤）。羞（尤）。鈎（侯）。裘（尤）。酬（尤）。

889〈驄馬驅〉劉孝威（逯 1866）

微（嘯）。鞘（笑）。弔（嘯）。照（笑）。噍（笑）。

890〈公無渡河〉劉孝威（逯 1866）

厲（祭）。枻（祭）。祭（祭）。袂（祭）。逝（祭）。娣（霽）。

891〈塘上行苦辛篇〉劉孝威（逯 1867）

陳（真）。辛（真）。磷（真）。新（真）。申（真）。輪（諄）。親
（真）。

892〈東西門行〉劉孝威（逯 1867）

收（尤）。舟（尤）。儔（尤）。囚（尤）。抽（尤）。

893〈怨詩〉劉孝威（逯 1867）

泉（仙）。懸（先）。煙（先）。錢（仙）。絃（先）。傳（仙）。連
（仙）。年（先）。捐（仙）。憐（先）。

894〈採蓮曲〉劉孝威（逯 1868）

船（仙）。蓮（先）。鮮（仙）。盤（桓）。鈿（先）。

895〈小臨海〉劉孝威（逯 1868）

極（職）。飾[36]（職）。測（職）。織（職）。色（職）。

896〈思歸引〉劉孝威（逯 1868）

恩（痕）。燔（元）。奔（魂）。魂（魂）。屯（魂）。鞬（元）。論
（魂）。

897〈妾薄命篇〉劉孝威（逯 1868）

庭（青）。陘（青）。屏（青）。坰（青）。亭（青）。冥（青）。形
（青）。

898〈鬥雞篇〉劉孝威（逯 1869）

張（陽）。場（陽）。芒（陽）。良（陽）。王（陽）。翔（陽）。

---

36 原作「秩」，據《樂府詩集》卷五十五改。

899〈結客少年場行〉劉孝威（逯 1869）

都（模）。蘇（模）。弧（模）。烏（模）。衢（虞）。枯（模）。途
（模）。都（模）。壺（模）。孤（模）。驅（虞）。

900〈行行且遊獵篇〉劉孝威（逯 1870）

場（陽）。王（陽）。行（唐）。張（陽）。狼（唐）。翔（陽）。颺
（陽）。荒（唐）。

901〈雀乳空井中〉劉孝威（逯 1870）

休（尤）。羞（尤）。求（尤）。周（尤）。遊（尤）。

902〈半渡溪〉劉孝威（逯 1870）

渠（魚）。書（魚）。車（魚）。紓（魚）。餘（魚）。

903〈獨不見〉劉孝威（逯 1871）

簪（侵）。深（侵）。林（侵）。金（侵）。陰（侵）。琴（侵）。襟
（侵）。

904〈行幸甘泉宮歌〉劉孝威（逯 1871）

宮（東三）。風（東三）。弓（東三）。嶐（東一）。中（東三）。
風（東三）。宮（東三）。熊（東三）。

905〈箜篌謠〉劉孝威（逯 1871）

親（真）。秦（真）。天（先）。薪（真）。塵（真）。

906〈驄馬驅〉劉孝威（逯 1872）

驅（虞）。趨（虞）。霧（遇）。樹（遇）。住（遇）。

907〈和王竟陵愛妾換馬〉劉孝威（逯 1872）

蘭（寒）。桓（桓）。鞍（寒）。難（寒）。彈（寒）。

908〈擬古應教〉劉孝威（逯 1872）

鴦（陽）。望（陽）。枝（支）。移（支）。扉（微）。衣（微）。餘
（魚）。裾（魚）。追（脂）。誰（脂）。

909〈雞鳴篇〉劉孝威（逯 1873）

巔（先）。前（先）。舉（語）。侶（語）。距（語）。凰（唐）。鴦

（陽）。翔（陽）。

910〈烏生八九子〉劉孝威（逯 1873）

烏（模）。雛（虞）。枯（模）。呼（模）。蕭（屋三）。馥（屋三）。逐（屋三）。屋（屋一）。宿（屋三）。東（東一）。通（東一）。中（東三）。弓（東三）。公（東一）。空（東一）。風（東三）。

911〈蜀道難〉劉孝威（逯 1874）

攀（刪）。關（刪）。還（刪）。尤（尤）。猷（尤）。侯（侯）。流（尤）。丘（尤）。輝（微）。肥（脂）。歸（微）。衰（微）。

912〈重光詩〉劉孝威（逯 1874）

聖（勁）。正（勁）。鏡（映三）。盛（勁）。詠（映三）。光（唐）。洋（陽）。揚（陽）。璋（陽）。堂（唐）。王（陽）。康（唐）。膏（豪）。道（晧）。[37]仁（真）。神（真）。民（真）。

913〈侍宴樂遊林光殿曲水詩〉劉孝威（逯 1875）

心（侵）。金（侵）。琴（侵）。臨（侵）。成（清）。聲（清）。榮（庚三）。迎（庚三）。

914〈奉和簡文帝太子應令詩〉劉孝威（逯 1875）

貞（清）。明（庚三）。聲（清）。成（清）。精（清）。卿（清）。情（清）。榮（庚三）。城（清）。笙（庚二）。纓（清）。傾（清）。瀛（清）。

915〈三日侍皇太子曲水宴詩〉劉孝威（逯 1876）

朝（宵）。謠（宵）。橋（宵）。鑣（宵）。簫（蕭）。椒（宵）。潮（宵）。

916〈奉和六月壬年應令詩〉劉孝威（逯 1876）

---

37 詩句：「芃芃黍苗。陰雨膏之。詵詵纓晃。儲王道之。」此四句仿倣《詩經·黍苗》：「芃芃黍苗，陰雨膏之。悠悠南行，召伯勞之。」惟《詩經》平聲入韻，此詩則異調相押。

瑤（宵）。潮（宵）。遙（宵）。橋（宵）。霄（宵）。跳（蕭）。橈
（宵）。苗（宵）。樵（宵）。瓢（宵）。朝（宵）。遙（宵）。綃
（宵）。

917〈登覆舟山望湖北詩〉劉孝威（逯 1876）

華（麻二）。加（麻二）。花（麻二）。沙（麻二）。斜（麻三）。

918〈帆渡吉陽洲詩〉劉孝威（逯 1877）

催（灰）。開（咍）。回（灰）。來（咍）。洄（灰）。

919〈出新林詩〉劉孝威（逯 1877）

京（庚三）。城（清）。情（清）。平（庚三）。生（庚二）。輕
（清）。

920〈都縣遇見人織率爾寄婦詩〉劉孝威（逯 1877）

情（清）。聲（清）。鳴（庚三）。輕（清）。成（清）。徊（灰）。
開（咍）。來（咍）。紗（麻二）。華（麻二）。花（麻二）。斜
（麻三）。蘇（模）。珠（虞）。盧（模）。渝（虞）。躕（虞）。人
（真）。新（真）。巾（真）。難（寒）。寒（寒）。歡（桓）。端
（桓）。期（之）。思（之）。治（之）。眉（脂）。

921〈侍宴賦得龍沙宵月明詩〉劉孝威（逯 1878）

圓（仙）。殘（寒）。瀾（寒）。寒（寒）。單（寒）。難（寒）。歡
（桓）。丸（桓）。

922〈奉和晚日詩〉劉孝威（逯 1878）

綃（宵）。搖（宵）。潮（宵）。飈（宵）。僑（宵）。簫（蕭）。

923〈和皇太子春林晚雨詩〉劉孝威（逯 1879）

虹（東一）。風（東三）。空（東一）。紅（東一）。宮（東三）。
公（東一）。

924〈行還值雨又為清道所駐詩〉劉孝威（逯 1879）

王（陽）。章（陽）。莊（陽）。揚（陽）。長（陽）。望（陽）。裳
（陽）。行（唐）。光（唐）。郎（唐）。傍（唐）。敭（陽）。章

（陽）。翔（陽）。方（陽）。

925〈望雨詩〉劉孝威（逯 1879）

廊（唐）。行（唐）。光（唐）。張（陽）。香（陽）。牀（陽）。漿（陽）。涼（陽）。

926〈苦暑詩〉劉孝威（逯 1880）

廊（唐）。光（唐）。牆（陽）。漿（陽）。堂（唐）。涼（陽）。王（陽）。長（陽）。涼（陽）。

927〈奉和逐涼詩〉劉孝威（逯 1880）

央（陽）。徨（唐）。瑠（唐）。涼（陽）。香（陽）。房（陽）。

928〈望棲烏詩〉劉孝威（逯 1880）

差（支）。雌（支）。垂（支）。枝（支）。疲（支）。兒（支）。麋（支）。危（支）。知（支）。

929〈和簡文帝臥疾詩〉劉孝威（逯 1881）

璧（昔）。席（昔）。益（昔）。客（陌二）。

930〈賦得曲澗詩〉劉孝威（逯 1881）

開（咍）。迴（灰）。苔（咍）。來（咍）。

931〈奉和湘東王應令詩二首〉劉孝威（逯 1881）

931.1〈春宵〉劉孝威（逯 1881）

變（線）。線（線）。戰（線）。

931.2〈冬曉〉劉孝威（逯 1881）

城（清）。聲（清）。行（庚二）。成（清）。

932〈詠織女詩〉劉孝威（逯 1882）

迤（歌）。河（歌）。

933〈七夕穿針詩〉劉孝威（逯 1882）

現（霰）。扇（線）。

934〈九日酌菊酒詩〉劉孝威（逯 1882）

薰（文）。君（文）。

935〈賦得鳴楝應令詩〉劉孝威（逯 1882）

分（文）。裙（文）。

936〈和定襄侯初笄詩〉劉孝威（逯 1883）

絲（之）。時（之）。

937〈古體雜意詩〉劉孝威（逯 1883）

霜（陽）。傷（陽）。張（陽）。

938〈詠佳麗詩〉劉孝威（逯 1883）

金（侵）。心（侵）。

939〈望隔牆花詩〉劉孝威（逯 1883）

枝（支）。吹（支）。

940〈枯葉竹詩〉劉孝威（逯 1883）

生（庚二）。明（庚三）。

941〈和簾裏燭詩〉劉孝威（逯 1884）

斜（麻三）。花（麻二）。

942〈詠剪綵花詩二首〉劉孝威（逯 1884）

942.1開（咍）。來（咍）。

942.2裁（咍）。開（咍）。

943〈禊飲嘉樂殿詠曲水中燭影詩〉劉孝威（逯 1884）

長（陽）。芳（陽）。光（唐）。

944〈賦得香出衣詩〉劉孝威（逯 1884）

衣（微）。飛（微）。妃（微）。徽（微）。新（真）。旬（諄）。

梁詩卷十九

945〈東郊望春詶王建安雋晚遊詩〉蕭子雲（逯 1885）

落（鐸）。萼（鐸）。薄（鐸）。郭（鐸）。洛（鐸）。索（鐸）。

946〈贈海法師遊甌山詩〉蕭子雲（逯 1885）

人（真）。親（真）。新（真）。塵（真）。巾（真）。

947 〈落日郡西齋望海山詩〉蕭子雲（逯 1886）

歸（微）。飛（微）。菲（微）。依（微）。

948 〈寒夜直坊憶袁三公詩〉蕭子雲（逯 1886）

靜（靜）。屏（靜）。冷（梗二）。永（梗三）。

949 〈贈吳均詩〉蕭子雲（逯 1886）

點（點）。拔（點）。殺（點）。察（點）。

950 〈春思詩〉蕭子雲（逯 1886）

奩（鹽）。簷（鹽）。嫌（添）。縑（添）。

951 〈春宵詩〉蕭子暉（逯 1887）

棲（齊）。低（齊）。閨（齊）。西（齊）。

952 〈冬曉詩〉蕭子暉（逯 1887）

通（東一）。東（東一）。風（東三）。中（東三）。

953 〈應教使君春遊詩〉蕭子暉（逯 1887）

暉（微）。歸（微）。

954 〈隴頭水〉蕭子暉（逯 1887）

瀉（馬三）。馬（馬二）。

955 〈詠舞詩〉何敬容（逯 1888）

蛾（歌）。波（戈）。

956 〈行舟值早霧詩〉伏挺（逯 1888）

煙（先）。天（先）。川（仙）。沿（仙）。鮮（仙）。

957 〈採蓮諷〉江從簡（逯 1889）

梁（陽）。光（唐）。

958 〈折楊柳〉劉邈（逯 1889）

枝（支）。離（支）。儀（支）。知（支）。

959 〈萬山見採桑人詩〉劉邈（逯 1890）

愁（尤）。樓（侯）。頭（侯）。鉤（侯）。收（尤）。留（尤）。

960〈見人織聊為之詠〉劉邈（逯1890）
眉（脂）。絲（之）。帷（脂）。遲（脂）。

961〈秋閨詩〉劉邈（逯1890）
軍（文）。紋（文）。雲（文）。薰（文）。

962〈胡無人行〉徐摛（逯1891）
妝（陽）。房（陽）。腸（陽）。

963〈詠筆詩〉徐摛（逯1891）
傳（仙）。煙（先）。篇（仙）。捐（仙）。

964〈詠橘詩〉徐摛（逯1891）
蘭（寒）。丹（寒）。盤（桓）。

965〈壞橋詩〉徐摛（逯1892）
衣（微）。歸（微）。

966〈賦得簾塵詩〉徐摛（逯1892）
垂（支）。吹（支）。

967〈從軍行〉劉孝儀（逯1892）
圍（微）。肥（微）。威（微）。飛（微）。

968〈和昭明太子鍾山解講詩〉劉孝儀（逯1893）
園（元）。喧（元）。門（魂）。原（元）。轅（元）。屯（魂）。奔
（魂）。源（元）。繁（元）。鵷（元）。樽（魂）。

969〈和簡文帝賽漢高廟詩〉劉孝儀（逯1893）
神（真）。陳（真）。新（真）。民（真）。鄰（真）。

970〈行過康王故第苑詩〉劉孝儀（逯1893）
宮（東三）。風（東三）。籠（東一）。叢（東一）。窮（東三）。
空（東一）。通（東一）。風（東三）。衷（東三）。童（東一）。

971〈閨怨詩〉劉孝儀（逯1894）
悲（脂）。期（之）。時（之）。詞（之）。私（脂）。

972〈帆渡吉陽洲詩〉劉孝儀（逯1894）

力（職）。逼（職）。翼（職）。極（職）。

973 〈詠簫詩〉劉孝儀（逯 1894）

　　吹（支）。篪（支）。移（支）。隨（支）。

974 〈詠織女詩〉劉孝儀（逯 1895）

　　跎（歌）。河（歌）。

975 〈詠石蓮詩〉劉孝儀（逯 1895）

　　金（侵）。心（侵）。

976 〈和詠舞詩〉劉孝儀（逯 1895）

　　傳（仙）。弦（先）。

977 〈又和〉劉孝儀（逯 1895）

　　餘（魚）。裾（魚）。

978 〈舞就行詩〉劉孝儀（逯 1896）

　　粧（陽）。行（唐）。

979 〈羅敷行〉蕭子範（逯 1896）

　　姿（脂）。眉（脂）。飢[38]（脂）。遲（脂）。

980 〈夏夜獨坐詩〉蕭子範（逯 1896）

　　伏（屋三）。燠（屋三）。竹（屋三）。木（屋一）。馥（屋三）。
　　速（屋一）。

981 〈東亭極望詩〉蕭子範（逯 1897）

　　暉（微）。歸（微）。菲（微）。肥（微）。

982 〈春望古意詩〉蕭子範（逯 1897）

　　宮（東三）。虹（東一）。中（東三）。風（東三）。空（東一）。

983 〈望秋月詩〉蕭子範（逯 1897）

　　出（術）。瑟（櫛）。橘（術）。室（質）。

984 〈落花詩〉蕭子範（逯 1897）

---

38 原作「饑」，據《樂府詩集》卷二十八改。

　　長（陽）。香（陽）。黃（唐）。淋（陽）。霜（陽）。

985〈夜聽鴈詩〉蕭子範（逯 1898）

　　輝（微）。飛（微）。歸（微）。微（微）。機（微）。

986〈後堂聽蟬詩〉蕭子範（逯 1898）

　　繁（元）。園（元）。軒（元）。言（元）。

987〈入元襄王第詩〉蕭子範（逯 1898）

　　橋（宵）。寥（蕭）。迢（蕭）。蕭（蕭）。

988〈歌〉蕭子範（逯 1898）

　　標（小）。曉（篠）。悄（小）。鳥（篠）。

989〈同蕭長史看妓〉武陵王蕭紀（逯 1899）

　　歌（歌）。蛾（歌）。波（戈）。戈（戈）。

990〈和湘東王夜夢應令詩〉武陵王蕭紀（逯 1899）

　　歸（微）。機（微）。衣（微）。飛（微）。

991〈曉思詩〉武陵王蕭紀（逯 1899）

　　開（哈）。臺（哈）。迴（灰）。

992〈明君詞〉武陵王蕭紀（逯 1900）

　　霜（陽）。妝（陽）。

993〈閨姜寄征人〉武陵王蕭紀（逯 1900）

　　流（尤）。樓（侯）。

994〈詠鵲〉武陵王蕭紀（逯 1900）

　　飛（微）。歸（微）。

梁詩卷二十

995〈上之回〉梁簡文帝蕭綱（逯 1901）

　　中（東三）。宮（東三）。風（東三）。曈（東一）。戎（東三）。
　　窮（東三）。

996〈採桑〉梁簡文帝蕭綱（逯 1901）

　　來（咍）。梅（灰）。開（咍）。臺（咍）。姜（葉）。蝶（怗）。褋
　　（葉）。鑷（葉）。葉（葉）。伴（緩）。短（緩）。滿（緩）。君
　　（文）。聞（文）。文（文）。雲（文）。閉（霽）。袂（祭）。繫
　　（霽）。堦（霽）。

997〈樂府三首〉梁簡文帝蕭綱（逯 1902）

　　997.1〈蜀國絃歌篇十韻〉梁簡文帝蕭綱（逯 1902）

　　　　區（虞）。都（模）。渝（虞）。趨（虞）。娛（虞）。姝（虞）。
　　　　雛（虞）。朱（虞）。烏（模）。隅（虞）。

　　997.2〈豔歌篇十八韻〉梁簡文帝蕭綱（逯 1902）

　　　　中（東三）。空（東一）。紅（東一）。終（東三）。宮（東
　　　　三）。通（東一）。驄（東一）。驟（東一）。銅（東一）。弓
　　　　（東三）。蝀（東一）。豐（東三）。櫳（東一）。風（東三）。
　　　　筒（東一）。桐（東一）。東（東一）。窮（東三）。

　　997.3〈妾薄命篇十韻〉梁簡文帝蕭綱（逯 1903）

　　　　姿（脂）。期（之）。眉（脂）。絲（之）。疑（之）。遲
　　　　（脂）。帷（脂）。時（之）。期（之）。嗤（之）。

998〈君子行〉梁簡文帝蕭綱（逯 1903）

　　淄（之）。帷（脂）。悲（脂）。

999〈從軍行〉梁簡文帝蕭綱（逯 1904）

　　999.1財（咍）。臺（咍）。開（咍）。枚（灰）。催（灰）。來
　　　　（咍）。

　　999.2驚（庚三）。明（庚三）。營（清）。征（清）。名（清）。兵
　　　　（庚三）。聲（清）。行（庚二）。城（清）。衡（庚二）。聲
　　　　（清）。迎（庚三）。

1000〈長安有狹斜行〉梁簡文帝蕭綱（逯 1904）

興（魚）。居（魚）。津[39]（真）。銀（真）。臣（真）。塵（真）。
陳（真）。新（真）。絪（真）。巾（真）。顰（真）。脣（諄）[40]。

1001〈泛舟橫大江〉梁簡文帝蕭綱（逯 1905）

暉（微）。畿（微）。稀（微）。衣（微）。飛（微）。歸（微）。

1002〈隴西行三首〉梁簡文帝蕭綱（逯 1905）

1002.1入（緝）。急（緝）。及（緝）。汲（緝）。澀（緝）。邑
（緝）。立（緝）。

1002.2聞（文）。勳（文）。軍（文）。雲（文）。分（文）。裙
（文）。

1002.3旌（清）。行（庚二）。兵（庚三）。城（清）。程（清）。平
（庚三）。京（庚三）。

1003〈雁門太守行三首〉梁簡文帝蕭綱（逯 1906）

1003.1枝（支）。知（支）。疲（支）。兒（支）。規（支）。

1003.2濃（鍾）。重（鍾）。鋒（鍾）。墉（鍾）。逢（鍾）。封
（鍾）。蹤（鍾）。

1003.3初（魚）。疏（魚）。車（魚）。虛（魚）。居（魚）。書
（魚）。

1004〈京洛篇〉梁簡文帝蕭綱（逯 1906）

東（東一）。宮（東三）。窿（東三）。風（東三）。熊（東三）。
空（東一）。虹（東一）。中（東三）。戎（東三）。通（東一）。
窮（東三）。

1005〈櫂歌行〉梁簡文帝蕭綱（逯 1907）

川（仙）。便（仙）。船（仙）。蓮（先）。湔（先）。鮮（仙）。年
（先）。前（先）。

---

39 原作「尋」，據《樂府詩集》卷三十五改。

40 原作「唇」，據《樂府詩集》卷三十五改。

1006〈怨歌行〉梁簡文帝蕭綱（逯 1907）

餘（魚）。初（魚）。虛（魚）。軀（虞）。除（魚）。舒（魚）。魚（魚）。疏（魚）。祛（魚）。輿（魚）。

1007〈美女篇〉梁簡文帝蕭綱（逯 1908）

情（清）。名（清）。星（清）。輕（清）。聲（清）。屏（清）。

1008〈鬪雞篇〉梁簡文帝蕭綱（逯 1908）

遊（尤）。流（尤）。樓（侯）。儔（尤）。逎（尤）。侯（侯）。

1009〈苦熱行〉梁簡文帝蕭綱（逯 1908）

陽（陽）。霖（陽）。湯（唐）。霜（陽）。張（陽）。香（陽）。觴（陽）。

1010〈茱萸女〉梁簡文帝蕭綱（逯 1909）

斜（麻三）。花（麻二）。華（麻二）。斜（麻三）。家（麻二）。車（麻三）。

1011〈棗下何纂纂〉梁簡文帝蕭綱（逯 1909）

爐（阮）。苑（阮）。晚（阮）。幰（阮）。遠（阮）。

1012〈金樂歌〉梁簡文帝蕭綱（逯 1909）

鴉（麻二）。賒（麻三）。斜（麻三）。花（麻二）。家（麻二）。

1013〈行幸甘泉宮〉梁簡文帝蕭綱（逯 1910）

通（東一）。宮（東三）。空（東一）。風（東三）。虹（東一）。終（東三）。中（東三）。鴻（東一）。

1014〈有所思〉梁簡文帝蕭綱（逯 1910）

輿（魚）。疏（魚）。虛（魚）。蕪（虞）。

1015〈臨高臺〉梁簡文帝蕭綱（逯 1910）

極（職）。色（職）。識（職）。憶（職）。

1016〈和湘東王橫吹曲三首〉梁簡文帝蕭綱（逯 1911）

1016.1〈折楊柳〉梁簡文帝蕭綱（逯 1911）

絲（之）。時（之）。遲（脂）。悲（脂）。思（之）。

1016.2〈洛陽道〉梁簡文帝蕭綱（逯1911）

　　　光（唐）。筐（唐）。桑（唐）。箱（陽）。

　　1016.3〈紫騮馬〉梁簡文帝蕭綱（逯1911）

　　　機（微）。歸（微）。衣（微）。飛（微）。違（微）。

1017〈長安道〉梁簡文帝蕭綱（逯1912）

　　秦（真）。春（諄）。輪（諄）。賓（真）。

1018〈江南思二首〉梁簡文帝蕭綱（逯1912）

　　1018.1樞（虞）。枯（模）。株（虞）。都（模）。

　　1018.2旋（仙）。舷（先）。蓮（先）。船（仙）。

1019〈雞鳴高樹顛〉梁簡文帝蕭綱（逯1912）

　　倡（陽）。郎（唐）。堂（唐）。鴦（陽）。光（唐）。

1020〈明君詞〉梁簡文帝蕭綱（逯1913）

　　紅（東一）。宮（東三）。風（東三）。通（東一）。

1021〈當置酒〉梁簡文帝蕭綱（逯1913）

　　觀（換）。半（換）。亂（換）。粲（翰）。

1022〈詠中婦織流黃〉梁簡文帝蕭綱（逯1913）

　　機（微）。飛（微）。衣（微）。暉（微）。

1023〈豔歌曲〉梁簡文帝蕭綱（逯1913）

　　梁（陽）。光（唐）。牀（陽）。香（陽）。

1024〈怨詩〉梁簡文帝蕭綱（逯1914）

　　團（桓）。安（寒）。寬（桓）。盤（桓）。寒（寒）。

1025〈採蓮曲二首〉梁簡文帝蕭綱（逯1914）

　　磯（微）。暉（微）。稀（微）。飛（微）。衣（微）。

　　裙（文）。薰（文）。君（文）。

1026〈霹靂引〉梁簡文帝蕭綱（逯1914）

　　陽（陽）。光（唐）。祥（陽）。芳（陽）。

1027〈雉朝飛操〉梁簡文帝蕭綱（逯1914）

　　幾（微）。翬（微）。飛（微）。違（微）。衣（微）。

1028〈雙燕離〉梁簡文帝蕭綱（逯 1915）

　　雌（支）。池（支）。枝（支）。窺（支）。離（支）。

1029〈貞女引〉梁簡文帝蕭綱（逯 1915）

　　霧（暮）。樹（遇）。度（暮）。暮（暮）。

1030〈龍丘引〉梁簡文帝蕭綱（逯 1915）

　　極（職）。色（職）。息（職）。翼（職）。

1031〈賦得當壚〉梁簡文帝蕭綱（逯 1915）

　　團（桓）。蘭（寒）。鞍（寒）。難（寒）。寬（桓）。

1032〈昇仙篇〉梁簡文帝蕭綱（逯 1916）

　　仙（仙）。篇（仙）。鞭（仙）。年（先）。

1033〈和人愛妾換馬〉梁簡文帝蕭綱（逯 1916）

　　離（支）。驪（支）。羈（支）。兒（支）。

1034〈半路溪〉梁簡文帝蕭綱（逯 1916）

　　渡（暮）。步（暮）。句（遇）。妬（暮）。

1035〈擬沈隱侯夜夜曲〉梁簡文帝蕭綱（逯 1916）

　　霜（陽）。光（唐）。牀（陽）。香（陽）。長（陽）。

1036〈獨處怨〉梁簡文帝蕭綱（逯 1917）

　　風（東三）。中（東三）。通（東一）。空（東一）。

1037〈代樂府三首〉梁簡文帝蕭綱（逯 1917）

　　1037.1〈楚妃歎〉梁簡文帝蕭綱（逯 1917）

　　　　寂（錫）。壁（錫）。戚（錫）。滴（錫）。

　　1037.2〈新成安樂宮〉梁簡文帝蕭綱（逯 1917）

　　　　中（東三）。紅（東一）。風（東三）。宮（東三）。

　　1037.3〈雙桐生空井〉梁簡文帝蕭綱（逯 1918）

　　　　株（虞）。烏（模）。轤（模）。

1038〈雍州曲三首〉梁簡文帝蕭綱（逯 1918）

1038.1〈南湖〉梁簡文帝蕭綱（逯 1918）

　　　　浮（尤）。遊（尤）。鉤（侯）。舟（尤）。流（尤）。

1038.2〈北渚〉梁簡文帝蕭綱（逯 1918）

　　　　葉（葉）。堞（怗）。妾（葉）。檝（葉）。

1038.3〈大堤〉梁簡文帝蕭綱（逯 1918）

　　　　連（仙）。錢（仙）。仙（仙）。

1039〈賦樂府得大垂手〉梁簡文帝蕭綱（逯 1919）

　　　迢（蕭）。嬌（宵）。搖（宵）。腰（宵）。

1040〈小垂手〉梁簡文帝蕭綱（逯 1919）

　　　秦（真）。春（諄）。塵（真）。巾（真）。人（真）。

1041〈有所傷三首〉梁簡文帝蕭綱（逯 1919）

　　　1041.1見（霰）。扇（線）。

　　　1041.2色（職）。織（職）。

　　　1041.3賒（麻三）。花（麻二）。

1042〈蜀道難二首〉梁簡文帝蕭綱（逯 1919）

　　　1042.1宮（東三）。中（東三）。

　　　1042.2曲（燭）。續（燭）。

1043〈採菱曲〉梁簡文帝蕭綱（逯 1920）

　　　含（覃）。蠶（覃）。南（覃）。

1044〈別鶴〉梁簡文帝蕭綱（逯 1920）

　　　楚（語）。侶（語）。

1045〈生別離〉梁簡文帝蕭綱（逯 1920）

　　　引（震）。信（震）。

1046〈夜夜曲〉梁簡文帝蕭綱（逯 1920）

　　　傷（陽）。牀（陽）。

1047〈春江曲〉梁簡文帝蕭綱（逯 1921）

　　　口（厚）。手（有）。

1048〈桃花曲〉梁簡文帝蕭綱（逯 1921）

　　簪（侵）。心（侵）。

1049〈樹中草〉梁簡文帝蕭綱（逯 1921）

　　雕（蕭）。條（蕭）。

1050〈上留田行〉梁簡文帝蕭綱（逯 1921）

　　祥（陽）。凰（唐）。

1051〈烏夜啼〉梁簡文帝蕭綱（逯 1922）

　　鋪（虞）。殊（虞）。呼（模）。烏（模）。

1052〈烏棲曲四首〉梁簡文帝蕭綱（逯 1922）

　　1052.1絆（鐸）。落（鐸）。河（歌）。波（戈）。

　　1052.2鈎（侯）。頭（侯）。熟（屋三）。宿（屋三）。

　　1052.3車（麻三）。家（麻二）。棲（齊）。低（齊）。

　　1052.4膝（質）。出（術）。憐（先）。前（先）。

1053〈採菊篇〉梁簡文帝蕭綱（逯 1923）

　　株（虞）。姝（虞）。珠（虞）。襦（虞）。駒（虞）。夫（虞）。

1054〈東飛伯勞歌二首〉梁簡文帝蕭綱（逯 1923）

　　1054.1情（清）。迎（庚三）。陰（侵）。心（侵）。徊（灰）。臺
　　　　（咍）。四（至）。意（志）。垂（支）。知（支）。

　　1054.2雉[41]（至）。值（志）。止（止）。里（止）。鈎（侯）。流
　　　　（尤）。六（屋三）。目（屋三）。催（灰）。媒（灰）。

1055〈雞鳴篇〉梁簡文帝蕭綱（逯 1923）

　　顛（先）。前（先）。舉（語）。侶（語）。距（語）。凰（唐）。鴦
　　（陽）。翔（陽）。

1056〈度關山〉梁簡文帝蕭綱（逯 1924）

　　思（之）。期（之）。時（之）。旗（之）。息（職）。極（職）。色

---

41 《集韻・去聲・七》又直利切，音稚。

（職）。行（庚二）。精（清）。城（清）。名（清）。

1057〈江南弄三首〉梁簡文帝蕭綱（逯 1924）

　　1057.1〈江南曲〉梁簡文帝蕭綱（逯 1924）

　　　　歸（微）。飛（微）。衣（微）。衣（微）。夕（昔）。客（陌二）。

　　1057.2〈龍笛曲〉梁簡文帝蕭綱（逯 1925）

　　　　居（魚）。餘（魚）。疏（魚）。疏（魚）。極（職）。憶（職）。

　　1057.3〈採蓮曲〉梁簡文帝蕭綱（逯 1925）

　　　　水（旨）。似（止）。起（止）。起（止）。低（齊）。迷（齊）。

1058〈淫豫歌〉梁簡文帝蕭綱（逯 1925）

　　服（屋三）。觸（燭）。多（歌）。過（戈）。

梁詩卷二十一

1059〈和贈逸民應詔詩〉（十二章）梁簡文帝蕭綱（逯 1927）

　　1059.1政（勁）。命（映三）。聖（勁）。鏡（映三）。盛（勁）。

　　1059.2漢（翰）。亂（換）。貫（翰）。渙（換）。觀（換）。

　　1059.3膳（線）。盻（襉）。勸（線）。遍（霰）。見（霰）。

　　1059.4藝（祭）。制（祭）。滯（祭）。誓（祭）。細（霽）。

　　1059.5輕（清）。盈（清）。征（清）。行（庚二）。名（清）。

　　1059.6開（咍）。雷（灰）。摧（灰）。埃（咍）。回（灰）。

　　1059.7流（尤）。舟（尤）。牛（尤）。憂（尤）。休（尤）。

　　1059.8質（質）。日（質）。密（質）。一（質）。弼（質）。

　　1059.9中（東三）。衷（東三）。風（東三）。忠（東三）。宮（東三）。

　　1059.10璣（微）。腓（微）。歸（微）。飛（微）。暉（微）。

　　1059.11子（止）。史（止）。跱（止）。齒（止）。已（止）。

1059.12逢（鍾）。恭（鍾）。從（鍾）。憃（鍾）[42]。容（鍾）。

1060〈三日侍皇太子曲水宴詩〉梁簡文帝蕭綱（逯 1929）

淑（屋三）。目（屋三）。陸（屋三）。縠（屋一）。巇（蕭）。寮
（蕭）。搖（宵）。條（蕭）。裕（遇）。樹（遇）。賦（遇）。馭
（御）。

1061〈九日侍皇太子樂遊苑詩〉梁簡文帝蕭綱（逯 1929）

裕（遇）。度（暮）。布（暮）。露（暮）。闈（微）。璣（微）。暉
（微）。衣（微）。芬（文）。雲（文）。空（東一）。弓（東三）。

1062〈應令詩〉梁簡文帝蕭綱（逯 1930）

運（問）。訓（問）。薰（問）。摛（支）。疲（支）。池（支）。枝
（支）。

1063〈愍亂詩〉梁簡文帝蕭綱（逯 1930）

霧（遇）。度（暮）。

1064〈上巳侍宴林光殿曲水詩〉梁簡文帝蕭綱（逯 1930）

襟（侵）。林（侵）。岑（侵）。陰（侵）。心（侵）。

1065〈和武帝宴詩二首〉梁簡文帝蕭綱（逯 1930）

1065.1支（支）。碑（支）。池（支）。漪（支）。兒（支）。驪
（支）。儀（支）。

1065.2帷（脂）。時（之）。師（脂）。旗（之）。

1066〈侍遊新亭應令詩〉梁簡文帝蕭綱（逯 1931）

徊（灰）。臺（咍）。荄（咍）。迴（灰）。來（咍）。開（咍）。才
（咍）。環（灰）。

1067〈奉和登北顧樓詩〉梁簡文帝蕭綱（逯 1931）

宮（東三）。灃（東三）。峒（東一）。童（東一）。虹（東一）。

---

[42] 原作「憃」，疑為「憃」字之誤。《說文・心部》：「憃，愚也。」《廣韻・上平聲・鍾
韻》：「憃，愚也。」《論衡・自然》：「時人愚憃，不知相繩責也。」今據以改正。

中（東三）。

1068〈登烽火樓詩〉梁簡文帝蕭綱（逯 1932）

清（清）。京（庚三）。平（庚三）。生（庚二）。驚（庚三）。征
（清）。

1069〈玩漢水詩〉梁簡文帝蕭綱（逯 1932）

渠（魚）。徐（魚）。疏（魚）。舒（魚）。壚（魚）。魚（魚）。

1070〈登城詩〉梁簡文帝蕭綱（逯 1932）

柚（屋三）。竹（屋三）。陸（屋三）。谷（屋一）。木（屋一）。
復（屋三）。目（屋三）。穀（屋一）。

1071〈山池詩〉梁簡文帝蕭綱（逯 1932）

舟（尤）。紬（尤）。留（尤）。樓（侯）。流（尤）。

1072〈贈張纘詩〉梁簡文帝蕭綱（逯 1933）

踐（獮）。辯（獮）。轉（獮）。煜（屋三）。舳（屋三）。差
（支）。虧（支）。枝（支）。差（支）。離（支）。

1073〈餞盧陵內史王脩應令詩〉梁簡文帝蕭綱（逯 1933）

觴（陽）。堂（唐）。光（唐）。芳（陽）。

1074〈餞臨海太守劉孝儀蜀郡太守劉孝勝詩〉梁簡文帝蕭綱（逯
1933）

候（候）。守（宥）。鬪（候）。溜（宥）。舊（宥）。

1075〈經琵琶峽詩〉梁簡文帝蕭綱（逯 1934）

川（仙）。遭（仙）。天（先）。川（仙）。前（先）。煙（先）。遷
（仙）。

1076〈仙客詩〉梁簡文帝蕭綱（逯 1934）

揮（微）。衣（微）。微（微）。歸（微）。稀（微）。

1077〈往虎窟山寺詩〉梁簡文帝蕭綱（逯 1934）

捐（仙）。綿（仙）。懸（先）。天（先）。煙（先）。泉（仙）。禪
（仙）。邊（先）。年（先）。

1078〈望同泰寺浮圖詩〉梁簡文帝蕭綱（逯 1935）

圖（模）。珠（虞）。吾（模）。殊（虞）。雛（虞）。鳧（虞）。趨
（虞）。銖（虞）。軀（虞）。踰（虞）。居（魚）。

1079〈蒙預懺直疏詩〉梁簡文帝蕭綱（逯 1935）

昏（魂）。門（魂）。園（元）。怨（元）。猿（元）。喧（元）。軒
（元）。翻（元）。門（魂）。樊（元）。

1080〈蒙華林園戒詩〉梁簡文帝蕭綱（逯 1936）

名（清）。傾（清）。榮（庚三）。成（清）。迎（庚三）。貞
（清）。英（庚三）。聲（清）。盈（清）。明（庚三）。情（清）。
瀛（清）。清（清）。生（庚二）。楹（清）。鳴（庚三）。征
（清）。輕（清）。城（清）。

1081〈旦出興業寺講詩〉梁簡文帝蕭綱（逯 1936）

宮（東三）。風（東三）。弓（東三）。紅（東一）。朦（東一）。
同（東一）。空（東一）。

1082〈遊光宅寺詩應令詩〉梁簡文帝蕭綱（逯 1936）

豐（東三）。蔥（東一）。風（東三）。空（東一）。紅（東一）。
宮（東三）。

1083〈十空詩六首〉梁簡文帝蕭綱（逯 1937）

1083.1〈如幻〉梁簡文帝蕭綱（逯 1937）

臺（咍）。雷（灰）。災（咍）。迴（灰）。哉（咍）。

1083.2〈水月〉梁簡文帝蕭綱（逯 1937）

流（尤）。鉤（侯）。浮（尤）。猴（侯）。求（尤）。

1083.3〈如響〉梁簡文帝蕭綱（逯 1937）

拒（語）。語（語）。所（語）。侶（語）。去（語）。

1083.4〈如夢〉梁簡文帝蕭綱（逯 1938）

虛（魚）。魚（魚）。書（魚）。除（魚）。如（魚）。

1083.5〈如影〉梁簡文帝蕭綱（逯 1938）

駸（侵）。陰（侵）。心（侵）。侵（侵）。深（侵）。

1083.6〈鏡象〉梁簡文帝蕭綱（逯1938）

堂（唐）。光（唐）。瑝（唐）。鄉（陽）。場（陽）。

1084〈和湘東王名士悅傾城詩〉梁簡文帝蕭綱（逯1938）

叢（東一）。東（東一）。宮（東三）。中（東三）。風（東三）。
蟲（東三）。櫳（東一）。紅（東一）。空（東一）。

1085〈和徐錄事見內人作臥具詩〉梁簡文帝蕭綱（逯1939）

邊（先）。懸（先）。妍（先）。前（先）。纏（仙）。連（仙）。綿
（仙）。煙（先）。甂（仙）。捐（仙）。憐（先）。

1086〈戲贈麗人詩〉梁簡文帝蕭綱（逯1939）

粧（陽）。黃（唐）。牆（陽）。廊（唐）。香（陽）。張（陽）。郎
（唐）。

1087〈率爾為詠詩〉梁簡文帝蕭綱（逯1939）

人（真）。神（真）。申（真）。秦（真）。春（諄）。新（真）。巾
（真）。身（真）。陳（真）。

1088〈執筆戲書詩〉梁簡文帝蕭綱（逯1940）

婦（有）。手（有）。柳（有）。酒（有）。暉（微）。衣（微）。

1089〈從頓暨還城詩〉梁簡文帝蕭綱（逯1940）

黃（唐）。香（陽）。隍（唐）。張（陽）。牀（陽）。

1090〈秋閨夜思詩〉梁簡文帝蕭綱（逯1940）

征（清）。生（庚二）。屏（青）。鳴（庚三）。螢（青）。成
（清）。聲（清）。

1091〈詠內人晝眠詩〉梁簡文帝蕭綱（逯1940）

斜（麻三）。琶（麻二）。花（麻二）。紗（麻二）。家（麻二）。

1092〈傷美人詩〉梁簡文帝蕭綱（逯1941）

期（之）。思（之）。基（之）。疑（之）。滋（之）。時（之）。

1093〈孌童詩〉梁簡文帝蕭綱（逯1941）

瑕（麻二）。賒（麻三）。牙（麻二）。霞（麻二）。花（麻二）。
斜（麻三）。花（麻二）。車（麻三）。嗟（麻三）。

1094〈倡婦怨情詩十二韻〉梁簡文帝蕭綱（逯1941）

廊（唐）。光（唐）。常（陽）。粧（陽）。黃（唐）。牀（陽）。鴦
（陽）。傷（陽）。涼（陽）。霜（陽）。長（陽）。香（陽）。

1095〈詠舞詩二首〉梁簡文帝蕭綱（逯1942）

1095.1餘（魚）。虛（魚）。舒（魚）。疏（魚）。居（魚）。

1095.2鴻（東一）。同（東一）。空（東一）。風（東三）。終（東
三）。

1096〈戲作謝惠連體十三韻詩〉梁簡文帝蕭綱（逯1942）

媚（至）。意（志）。情（清）。楹（清）。煙（先）。蓮（先）。前
（先）。況（漾）。望（漾）。帳（漾）。上（漾）。遲（脂）。茲
（之）。絲（之）。光（唐）。長（陽）。揚（陽）。忘（陽）。

1097〈和藉田詩〉梁簡文帝蕭綱（逯1943）

篇（仙）。天（先）。旟（仙）。煙（先）。懸（先）。阡（先）。虔
（仙）。詮（仙）。蟬（仙）。年（先）。田（先）。宣（仙）。

1098〈漢高廟賽神詩〉梁簡文帝蕭綱（逯1943）

開（咍）。來（咍）。迴（灰）。台（咍）。杯（灰）。

1099〈祠伍員廟詩〉梁簡文帝蕭綱（逯1943）

名（清）。誠（清）。營（清）。聲（清）。清（清）。笙（庚二）。
縷（清）。城（清）。生（庚二）。迎（庚三）。

1100〈守東平中華門開詩〉梁簡文帝蕭綱（逯1944）

華（麻二）。車（麻三）。霞（麻二）。花（麻二）。嗟（麻三）。

1101〈春日想上林詩〉梁簡文帝蕭綱（逯1944）

奇（支）。宜（支）。衣（支）。移（支）。池（支）。窺（支）。羈
（支）。

1102〈喜疾瘳詩〉梁簡文帝蕭綱（逯1944）

鈎（侯）。愁（尤）。瘳（尤）。樓（侯）。牛（尤）。榴（尤）。洲
（尤）。丘（尤）。留（尤）。抽（尤）。

1103〈臥疾詩〉梁簡文帝蕭綱（逯 1945）

魚（魚）。菹（魚）。

1104〈詠風詩〉梁簡文帝蕭綱（逯 1945）

萊（咍）。臺（咍）。迴（灰）。開（咍）。來（咍）。灰（灰）。

1105〈三月三日率爾成詩〉梁簡文帝蕭綱（逯 1945）

遙（宵）。朝（宵）。夭（宵）。條（蕭）。橋（宵）。妖（宵）。翹
（宵）。腰（宵）。嬌（宵）。潮（宵）。椒（宵）。

1106〈晚春詩〉梁簡文帝蕭綱（逯 1946）

稀（微）。衣（微）。飛（微）。圍（微）。扉（微）。

1107〈和湘東王首夏詩〉梁簡文帝蕭綱（逯 1946）

涼（陽）。翔（陽）。揚（陽）。梁（陽）。光（唐）。

1108〈納涼詩〉梁簡文帝蕭綱（逯 1946）

駸（侵）。陰（侵）。襟（侵）。林（侵）。心（侵）。砧（侵）。吟
（侵）。

1109〈晚景納涼詩〉梁簡文帝蕭綱（逯 1946）

哉（咍）。開（咍）。來（咍）。苔（咍）。雷（灰）。埃（咍）。

1110〈初秋詩〉梁簡文帝蕭綱（逯 1947）

揮（微）。歸（微）。衣（微）。輝（微）。飛（微）。歸（微）。

1111〈秋夜詩〉梁簡文帝蕭綱（逯 1947）

嗌（宵）。寮（蕭）。饒（宵）。條（蕭）。宵（宵）。

1112〈秋晚詩〉梁簡文帝蕭綱（逯 1947）

江（江）。窗（江）。缸（江）。

1113〈大同八年秋九月詩〉梁簡文帝蕭綱（逯 1948）

中（東三）。東（東一）。宮（東三）。風（東三）。通（東一）。
紅（東一）。

1114〈大同十年十月戊寅詩〉梁簡文帝蕭綱（逯 1948）

　　彎（桓）。殘（寒）。單（寒）。紈（桓）。竿（寒）。寒（寒）。

1115〈大同十一月庚戌詩〉梁簡文帝蕭綱（逯 1948）

　　威（微）。依（微）。暉（微）。霏（微）。稀（微）。飛（微）。

1116〈玄圃寒夕詩〉梁簡文帝蕭綱（逯 1948）

　　催（灰）。隈（灰）。臺（咍）。栽（咍）。梅（灰）。來（咍）。

1117〈奉答南平王康賚朱櫻詩〉梁簡文帝蕭綱（逯 1949）

　　實（質）。失（質）。橘（術）。日（質）。密（質）。筆（質）。

1118〈賦詠棗詩〉梁簡文帝蕭綱（逯 1949）

　　奇（支）。離（支）。枝（支）。儀（支）。垂（支）。

1119〈西齋行馬詩〉梁簡文帝蕭綱（逯 1949）

　　珂（歌）。跎（歌）。河（歌）。靴（戈三）。多（歌）。波（戈）。
　　莎（戈）。過（戈）。

1120〈賦得隴坻鴈初飛詩〉梁簡文帝蕭綱（逯 1950）

　　機（微）。飛（微）。稀（微）。圍（微）。歸（微）。

1121〈藥名詩〉梁簡文帝蕭綱（逯 1950）

　　塘（唐）。傷（陽）。香（陽）。粧（陽）。房（陽）。

1122〈卦名詩〉梁簡文帝蕭綱（逯 1950）

　　新（真）。蘋（真）。賓（真）。塵（真）。人（真）。

梁詩卷二十二

1123〈登城北望詩〉梁簡文帝蕭綱（逯 1951）

　　聞（文）。軍（文）。分（文）。雲（文）。

1124〈登琴臺詩〉梁簡文帝蕭綱（逯 1951）

　　遊（尤）。留（尤）。流（尤）。收（尤）。

1125〈餞別詩〉梁簡文帝蕭綱（逯 1952）

皮（支）。池（支）。枝（支）。移（支）。離（支）。

1126〈送別詩〉梁簡文帝蕭綱（逯1952）

歧（支）。垂（支）。枝（支）。離（支）。

1127〈晚景出行詩〉梁簡文帝蕭綱（逯1952）

香（陽）。光（唐）。行（唐）。望（陽）。

1128〈春閨情詩〉梁簡文帝蕭綱（逯1952）

纖（鹽）。縑（添）。簾（鹽）。簷（鹽）。嫌（添）。

1129〈又三韵〉梁簡文帝蕭綱（逯1953）

追（脂）。飛（微）。衣（微）。

1130〈詠美人看畫詩〉梁簡文帝蕭綱（逯1953）

人（真）。真（真）。身（真）。神（真）。

1131〈詠人棄妾詩〉梁簡文帝蕭綱（逯1953）

邊（先）。憐（先）。妍（先）。前（先）。

1132〈美人晨粧詩〉梁簡文帝蕭綱（逯1953）

縈（清）。成（清）。生（庚二）。名（清）。

1133〈和林下妓應令詩〉梁簡文帝蕭綱（逯1954）

池（支）。宜（支）。枝（支）。斯（支）。

1134〈夜聽妓詩〉梁簡文帝蕭綱（逯1954）

條（蕭）。腰（宵）。搖（宵）。嬌（宵）。

1135〈擬落日窗中坐詩〉梁簡文帝蕭綱（逯1954）

人（真）。巾（真）。塵（真）。春（諄）。

1136〈雪裏覓梅花詩〉梁簡文帝蕭綱（逯1954）

窺（支）。知（支）。羸（支）。枝（支）。

1137〈山齋詩〉梁簡文帝蕭綱（逯1955）

藩（元）。門（魂）。猿（元）。鸞（桓）。

1138〈晚日後堂詩〉梁簡文帝蕭綱（逯1955）

隅（虞）。跗（虞）。珠（虞）。躕（虞）。

1139〈望月詩〉梁簡文帝蕭綱（逯 1955）

　　堂（唐）。梁（陽）。霜（陽）。粧（陽）。觴（陽）。

1140〈開霽詩〉梁簡文帝蕭綱（逯 1956）

　　謐（質）。日（質）。出（術）。秩（質）。

1141〈同劉諮議詠春雪詩〉梁簡文帝蕭綱（逯 1956）

　　開（咍）。來（咍）。臺（咍）。梅（灰）。

1142〈雪朝詩〉梁簡文帝蕭綱（逯 1956）

　　隰（緝）。襲（緝）。及（緝）。濕（緝）。

1143〈詠煙詩〉梁簡文帝蕭綱（逯 1956）

　　藤（登）。登（登）。層（登）。燈（登）。

1144〈春日詩〉梁簡文帝蕭綱（逯 1957）

　　生（庚二）。青（清）。驚（庚三）。情（清）。

1145〈玄圃納涼詩〉梁簡文帝蕭綱（逯 1957）

　　陽（陽）。霜（陽）。涼（陽）。香（陽）。

1146〈薄晚逐涼北樓迴望詩〉梁簡文帝蕭綱（逯 1957）

　　連（仙）。天（先）。前（先）。

1147〈秋夜詩〉梁簡文帝蕭綱（逯 1957）

　　枝（支）。規（支）。移（支）。知（支）。

1148〈七夕詩〉梁簡文帝蕭綱（逯 1958）

　　靈（青）。軿（青）。星（青）。停（青）。

1149〈九日賦韻詩〉梁簡文帝蕭綱（逯 1958）

　　精（清）。清（清）。聲（清）。并（清）。

1150〈賦得橋詩〉梁簡文帝蕭綱（逯 1958）

　　陵（蒸）。冰（蒸）。澠（蒸）。鷹（蒸）。

1151〈春日看梅花詩〉梁簡文帝蕭綱（逯 1959）

　　生（庚二）。聲（清）。晴（清）。迎（庚三）。

1152〈和湘東王陽雲樓簷柳詩〉梁簡文帝蕭綱（逯 1959）

臺（咍）。梅（灰）。來（咍）。開（咍）。雷（灰）。

1153〈詠初桃詩〉梁簡文帝蕭綱（逯 1959）

芳（陽）。香（陽）。堂（唐）。粧（陽）。

1154〈詠橘詩〉梁簡文帝蕭綱（逯 1959）

芳（陽）。霜（陽）。漿（陽）。嘗（陽）。

1155〈香茅詩〉梁簡文帝蕭綱（逯 1960）

子（止）。美（旨）。起（止）。芷（止）。

1156〈繫馬詩〉梁簡文帝蕭綱（逯 1960）

蹄（齊）。泥（齊）。嘶（齊）。溪（齊）。

1157〈賦得舞鶴詩〉梁簡文帝蕭綱（逯 1960）

深（侵）。琴（侵）。林（侵）。潯（侵）。

1158〈登板橋詠洲中獨鶴詩〉梁簡文帝蕭綱（逯 1960）

氳（文）。分（文）。濆（文）。雲（文）。群（文）。

1159〈聽早蟬詩〉梁簡文帝蕭綱（逯 1961）

後（厚）。柳（有）。首（有）。久（有）。

1160〈詠蛺蝶詩〉梁簡文帝蕭綱（逯 1961）

歸（微）。衣（微）。飛（微）。違（微）。

1161〈詠螢詩〉梁簡文帝蕭綱（逯 1961）

并（清）。輕（清）。生（庚二）。明（庚三）。傾（清）。

1162〈詠筆格詩〉梁簡文帝蕭綱（逯 1961）

網（養）。象（養）。掌（養）。賞（養）。

1163〈詠鏡詩〉梁簡文帝蕭綱（逯 1962）

稀（微）。暉（微）。衣（微）。歸（微）。

1164〈正月八日燃燈應令詩〉梁簡文帝蕭綱（逯 1962）

重（鍾）。龍（鍾）。峯（鍾）。逢（鍾）。

1165〈和蕭東陽祀七里廟詩〉梁簡文帝蕭綱（逯 1962）

搆（候）。守（宥）。候（候）。富（宥）。

1166〈賦詠五陰識枝詩〉梁簡文帝蕭綱（逯 1962）

　　色（職）。纖（職）。極（職）。息（職）。

1167〈和湘東王三韻詩二首〉梁簡文帝蕭綱（逯 1963）

　　　1167.1〈春宵〉梁簡文帝蕭綱（逯 1963）

　　　　　叢（東一）。空（東一）。同（東一）。中（東三）。

　　　1167.2〈冬曉〉梁簡文帝蕭綱（逯 1963）

　　　　　梁（陽）。淋（陽）。光（唐）。粧（陽）。

1168〈曉思詩〉梁簡文帝蕭綱（逯 1963）

　　開（咍）。臺（咍）。來（咍）。

1169〈同庾肩吾四詠詩二首〉梁簡文帝蕭綱（逯 1964）

　　　1169.1〈蓮舟買荷度〉梁簡文帝蕭綱（逯 1964）

　　　　　隈（灰）。徊（灰）。來（咍）。開（咍）。

　　　1169.2〈照流看落釵〉梁簡文帝蕭綱（逯 1964）

　　　　　風（東三）。空（東一）。同（東一）。

1170〈賦樂器名得箜篌詩〉梁簡文帝蕭綱（逯 1964）

　　舞（麌）。柱（麌）。聚（麌）。

1171〈春日詩〉梁簡文帝蕭綱（逯 1964）

　　衣（微）。飛（微）。歸（微）。

1172〈賦得入堦雨詩〉梁簡文帝蕭綱（逯 1965）

　　帷（脂）。遲（脂）。絲（之）。

1173〈詠柳詩〉梁簡文帝蕭綱（逯 1965）

　　春（諄）。塵（真）。人（真）。

1174〈詠芙蓉詩〉梁簡文帝蕭綱（逯 1965）

　　開（咍）。徊（灰）。催（灰）。

1175〈詠梔子花詩〉梁簡文帝蕭綱（逯 1965）

　　池（支）。枝（支）。離（支）。

1176〈賦得薔薇詩〉梁簡文帝蕭綱（逯 1966）

葩（麻二）。花（麻二）。芽（麻二）。

1177〈仰和衛尉新渝侯巡城口號詩〉梁簡文帝蕭綱（逯 1966）

浮（尤）。秋（尤）。樓（侯）。

1178〈臨後園詩〉梁簡文帝蕭綱（逯 1966）

華（麻二）。嘉（麻二）。霞（麻二）。

1179〈雨後詩〉梁簡文帝蕭綱（逯 1967）

晴（清）。城（清）。生（庚二）。

1180〈和會三教詩〉梁簡文帝蕭綱（逯 1967）

香（陽）。祥（陽）。皇（唐）。

1181〈侍講詩〉梁簡文帝蕭綱（逯 1967）

事（志）。意（志）。

1182〈登錦壁詩〉梁簡文帝蕭綱（逯 1967）

樓（侯）。遊（尤）。

1183〈夜遊北園詩〉梁簡文帝蕭綱（逯 1967）

樓（侯）。流（尤）。

1184〈遊韋黃門園詩〉梁簡文帝蕭綱（逯 1968）

園（元）。繁（元）。

1185〈入漵浦詩〉梁簡文帝蕭綱（逯 1968）

塘（唐）。光（唐）。檣（陽）。

1186〈罷丹陽郡往與吏民別詩〉梁簡文帝蕭綱（逯 1968）

錢（仙）。憐（先）。

1187〈示晉陵弟詩〉梁簡文帝蕭綱（逯 1968）

節（屑）。別（薛）。

1188〈夜望浮圖上相輪絕句詩〉梁簡文帝蕭綱（逯 1968）

鸞（桓）。盤（桓）。

1189〈愁閨照鏡詩〉梁簡文帝蕭綱（逯 1969）

色（職）。識（職）。

1190〈金閨思二首〉梁簡文帝蕭綱（逯 1969）

　　1190.1依（微）。飛（微）。

　　1190.2脂（脂）。思（之）。

1191〈寒閨詩〉梁簡文帝蕭綱（逯 1969）

　　異（志）。思（志）。

1192〈從頓還城南詩〉梁簡文帝蕭綱（逯 1969）

　　憶（職）。識（職）。

1193〈夜遣內人還後舟詩〉梁簡文帝蕭綱（逯 1969）

　　浮（尤）。舟（尤）。

1194〈贈麗人詩〉梁簡文帝蕭綱（逯 1970）

　　人（真）。神（真）。

1195〈遙望詩〉梁簡文帝蕭綱（逯 1970）

　　簪（侵）。金（侵）。

1196〈行雨詩〉梁簡文帝蕭綱（逯 1970）

　　色（職）。識（職）。

1197〈和人渡水詩〉梁簡文帝蕭綱（逯 1970）

　　頭（侯）。遊（尤）。榴（尤）。

1198〈雜詠詩〉梁簡文帝蕭綱（逯 1970）

　　吹（支）。知（支）。

1199〈詠武陵王左右詩〉梁簡文帝蕭綱（逯 1971）

　　頭（侯）。留（尤）。

1200〈彈箏詩〉梁簡文帝蕭綱（逯 1971）

　　愁（尤）。逎（尤）。

1201〈梁塵詩〉梁簡文帝蕭綱（逯 1971）

　　紅（東一）。風（東三）。

1202〈遊人詩〉梁簡文帝蕭綱（逯 1971）

　　間（山）。山（山）。

1203〈詠朝日詩〉梁簡文帝蕭綱（逯 1971）
　　峯（鍾）。濃（鍾）。

1204〈望月望〉梁簡文帝蕭綱（逯 1972）
　　來（哈）。臺（哈）。徊（灰）。

1205〈華月詩〉梁簡文帝蕭綱（逯 1972）
　　時（之）。悲（脂）。

1206〈詠雲詩〉梁簡文帝蕭綱（逯 1972）
　　天（先）。煙（先）。

1207〈浮雲詩〉梁簡文帝蕭綱（逯 1972）
　　生（庚二）。輕（清）。城（清）。

1208〈大同九年秋七月詩〉梁簡文帝蕭綱（逯 1972）
　　橈（效）。好（號）。

1209〈詠薔薇詩〉梁簡文帝蕭綱（逯 1972）
　　光（唐）。香（陽）。

1210〈檉詩〉梁簡文帝蕭綱（逯 1973）
　　虧（支）。枝（支）。

1211〈詠疏楓詩〉梁簡文帝蕭綱（逯 1973）
　　白（陌二）。客（陌二）。

1212〈詠藤詩〉梁簡文帝蕭綱（逯 1973）
　　斜（麻三）。花（麻二）。

1213〈詠飛來雙白鵠詩〉梁簡文帝蕭綱（逯 1973）
　　來（哈）。隈（灰）。苔（哈）。

1214〈詠單鳧詩〉梁簡文帝蕭綱（逯 1973）
　　洲（尤）。留（尤）。

1215〈詠寒鳧詩〉梁簡文帝蕭綱（逯 1974）
　　衣（微）。飛（微）。

1216〈詠新燕詩〉梁簡文帝蕭綱（逯 1974）

　　歸（微）。飛（微）。衣（微）。

1217〈詠蜂詩〉梁簡文帝蕭綱（逯 1974）

　　微（微）。飛（微）。

1218〈詠籠燈絕句詩〉梁簡文帝蕭綱（逯 1974）

　　前（先）。憐（先）。

1219〈賦得白羽扇詩〉梁簡文帝蕭綱（逯 1974）

　　氛（文）。軍（文）。

1220〈詠獨舞詩〉梁簡文帝蕭綱（逯 1975）

　　袂（祭）。墻（霽）。

1221〈詠舞詩〉梁簡文帝蕭綱（逯 1975）

　　吹（支）。垂（支）。

1222〈七夕穿針詩〉梁簡文帝蕭綱（逯 1975）

　　開（咍）。來（咍）。

1223〈石橋詩〉梁簡文帝蕭綱（逯 1975）

　　神（真）。真（真）。

1224〈詠壞橋詩〉梁簡文帝蕭綱（逯 1975）

　　隅（虞）。朱（虞）。

1225〈水中樓影詩〉梁簡文帝蕭綱（逯 1976）

　　浮（尤）。留（尤）。

1226〈和湘東王後園迴文詩〉梁簡文帝蕭綱（逯 1976）

　　岸（翰）。散（翰）。

1227〈詠雪詩〉梁簡文帝蕭綱（逯 1976）

　　匲（鹽）。鹽（鹽）。

1228〈詩〉梁簡文帝蕭綱（逯 1976）

　　邊（先）。前（先）。

1229〈登山馬詩〉梁簡文帝蕭綱（逯 1976）

　　裝（陽）。長（陽）。王（陽）。

1230〈和湘東王古意詠燭詩〉梁簡文帝蕭綱（逯 1977）

同（東一）。中（東三）。

1231〈倡樓怨節詩〉梁簡文帝蕭綱（逯 1977）

林（侵）。心（侵）。浮（尤）。羞（尤）。

1232〈和蕭侍中子顯春別詩四首〉梁簡文帝蕭綱（逯 1977）

1232.1垂（支）。枝（支）。離（支）。

1232.2路（暮）。度（暮）。故（暮）。

1232.3潮（宵）。橋（宵）。朝（宵）。要（宵）。

1232.4粧（陽）。芳（陽）。香（陽）。

1233〈夜望單飛雁詩〉梁簡文帝蕭綱（逯 1978）

稀（微）。歸（微）。飛（微）。

1234〈應令詩〉梁簡文帝蕭綱（逯 1978）

長（陽）。鄉（陽）。傷（陽）。泱（陽）。香（陽）。莊（陽）。腸（陽）。裳（陽）。

1235〈擬古詩〉梁簡文帝蕭綱（逯 1978）

眉（脂）。思（之）。時（之）。情（清）。明（庚三）。聲（清）。

1236〈雜句春情詩〉梁簡文帝蕭綱（逯 1978）

追（脂）。飛（微）。衣（微）。歸（微）。扉（微）。

1237〈傷離新體詩〉梁簡文帝蕭綱（逯 1979）

紆（虞）。途（模）。申（真）。襟（侵）。涽（諄）。塵（真）。輪（諄）。人（真）。扉（微）。幃（微）。飛（微）。衣（微）。歸（微）。酌（藥）。鶴（鐸）。聲（清）。驚（庚三）。樓（侯）。遊（尤）。抽（尤）。愁（尤）。曖（代）。態（代）。背（隊）。閡（代）。賴（泰）。

1238〈被幽述志詩〉梁簡文帝蕭綱（逯 1979）

陰（侵）。深（侵）。金（侵）。心（侵）。

1239〈曲水聯句詩〉梁簡文帝蕭綱（逯 1980）

溝（侯）。留（尤）。_{臣導}周（尤）。鈎（侯）。_{王臺卿}洲（尤）。遊
（尤）。_{庾肩吾}舟（尤）。樓（侯）。_{殿下}

1240〈歌〉梁簡文帝蕭綱（逯 1980）

傍（唐）。香（陽）。行（唐）。

1241〈歌〉梁簡文帝蕭綱（逯 1980）

陳（真）。人（真）。親（真）。

梁詩卷二十三

1242〈長安有狹斜行〉庾肩吾（逯 1981）

幰（阮）。遠（阮）。溝（侯）。求（尤）。樓（侯）。遊（尤）。流
（尤）。旒（尤）。甌（侯）。幬（尤）。榴（尤）。周（尤）。

1243〈賦得有所思〉庾肩吾（逯 1982）

歸（微）。菲（微）。衣（微）。稀（微）。飛（微）。

1244〈洛陽道〉庾肩吾（逯 1982）

川（仙）。泉（仙）。前（先）。然（仙）。

1245〈賦得橫吹曲長安道〉庾肩吾（逯 1982）

路（暮）。樹（遇）。霧（遇）。度（暮）。

1246〈愛妾換馬〉庾肩吾（逯 1982）

駒（虞）。圖（模）。隅（虞）。蕪（虞）。俱（虞）。

1247〈隴西行〉庾肩吾（逯 1983）

行（庚二）。征（清）。城（清）。縈（清）。

1248〈未央才人歌〉庾肩吾（逯 1983）

央（陽）。芳（陽）。光（唐）。裳（陽）。

1249〈侍宴應令詩〉庾肩吾（逯 1983）

遊（尤）。樓（侯）。周（尤）。抽（尤）。劉（尤）。

1250〈侍宴宣猷堂應令詩〉庾肩吾（逯 1983）

天（先）。泉（仙）。漣（仙）。絃（先）。眠（先）。

1251〈侍宣猷堂宴湘東王應令詩〉庾肩吾（逯1984）

遊（尤）。洲（尤）。秋（尤）。愁（尤）。抽（尤）。

1252〈侍宴餞湘州刺史張續詩〉庾肩吾（逯1984）

離（支）。枝（支）。池（支）。虧（支）。垂（支）。

1253〈侍宴餞張孝總應令詩〉庾肩吾（逯1984）

漲（漾）。上（漾）。望（漾）。嶂（漾）。覘（漾）。唱（漾）。

1254〈三日侍蘭亭曲水宴詩〉庾肩吾（逯1984）

遊（尤）。樓（侯）。油（尤）。溝（侯）。洲（尤）。浮（尤）。流
（尤）。

1255〈九日侍宴樂遊苑應令詩〉庾肩吾（逯1985）

功（東一）。通（東一）。風（東三）。中（東三）。宮（東三）。
桐（東一）。紅（東一）。驄（東一）。空（東一）。弓（東三）。
鴻（東一）。雄（東三）。

1256〈從皇太子出玄圃應令詩〉庾肩吾（逯1985）

譙（宵）。椒（宵）。簫（蕭）。橋（宵）。苗（宵）。瑤（宵）。

1257〈奉和泛舟漢水往萬山應教詩〉庾肩吾（逯1986）

船（仙）。川（仙）。邊（先）。懸（先）。筵（仙）。仙（仙）。

1258〈山池應令詩〉庾肩吾（逯1986）

清（清）。輕（清）。聲（清）。城（清）。生（庚二）。

1259〈奉使北徐州參丞御詩〉庾肩吾（逯1986）

恭（鍾）。從（鍾）。蹤（鍾）。封（鍾）。墉（鍾）。雍（鍾）。重
（鍾）。龍（鍾）。容（鍾）。鍾（鍾）。松（鍾）。鋒（鍾）。濃
（鍾）。茸（鍾）。蘴（東一）。蜂（鍾）。鏞（鍾）。喁（鍾）。峯
（鍾）。庸（鍾）。逢（鍾）。

1260〈和衛尉新渝侯巡城口號詩〉庾肩吾（逯1987）

王（陽）。芒（陽）。章（陽）。長（陽）。涼（陽）。

1261〈遊甌山詩〉庾肩吾（逯 1987）

　　追（脂）。歸（微）。稀（微）。飛（微）。衣（微）。

1262〈詠疏圃堂詩〉庾肩吾（逯 1987）

　　鑣（宵）。飄（宵）。橋（宵）。遙（宵）。潮（宵）。僚（蕭）。

1263〈尋周處士弘讓詩〉庾肩吾（逯 1988）

　　遊（尤）。丘（尤）。秋（尤）。愁（尤）。樓（侯）。留（尤）。

1264〈賦得嵇叔夜詩〉庾肩吾（逯 1988）

　　塵（真）。神（真）。身（真）。鄰（真）。身（真）。人（真）。

1265〈和太子重雲殿受戒詩〉庾肩吾（逯 1988）

　　辰（真）。民（真）。津（真）。臣（真）。真（真）。塵（真）。春
　　（諄）。身（真）。薪（真）。因（真）。

1266〈詠同泰寺浮圖詩〉庾肩吾（逯 1989）

　　宮（東三）。中（東三）。空（東一）。桐（東一）。風（東三）。
　　虹（東一）。通（東一）。同（東一）。蒙（東一）。

1267〈賽漢高廟詩〉庾肩吾（逯 1989）

　　壇（寒）。安（寒）。殘（寒）。寒（寒）。難（寒）。

1268〈亂後經夏禹廟詩〉庾肩吾（逯 1989）

　　通（東一）。功（東一）。隆（東三）。宮（東三）。鴻（東一）。
　　叢（東一）。空（東一）。蓬（東一）。中（東三）。忠（東三）。
　　桐（東一）。

1269〈亂後行經吳郵亭詩〉庾肩吾（逯 1990）

　　昏（魂）。門（魂）。轅（元）。原（元）。存（魂）。尊（魂）。奔
　　（魂）。冤（元）。論（諄）。

1270〈經陳思王墓詩〉庾肩吾（逯 1990）

　　生（庚二）。名（清）。平（庚三）。明（庚三）。成（清）。鳴
　　（庚三）。驚（庚三）。城（清）。聲（清）。情（清）。

1271〈過建章故臺詩〉庾肩吾（逯 1991）

臺（咍）。來（咍）。開（咍）。苔（咍）。哀（咍）。

1272〈和劉明府觀湘東王書詩〉庾肩吾（逯 1991）

墳（文）。雲（文）。文（文）。分（文）。聞（文）。曛（文）。群
（文）。

1273〈和竹齋詩〉庾肩吾（逯 1991）

竿（寒）。巒（桓）。欄（寒）。乾（寒）。艱（山）。

1274〈從駕喜雨詩〉庾肩吾（逯 1991）

蘭（寒）。壇（寒）。寒（寒）。官（桓）。安（寒）。

1275〈奉和春夜應令詩〉庾肩吾（逯 1992）

洲（尤）。鈎（侯）。籌（尤）。樓（侯）。秋（尤）。流（尤）。遊
（尤）。

1276〈奉和武帝苦旱詩〉庾肩吾（逯 1992）

攢[43]（桓）。寒（寒）。餐（寒）。蘭（寒）。彎（桓）。蟠（桓）。
瀾（寒）。

1277〈奉和太子納涼梧下應令詩〉庾肩吾（逯 1992）

遙（宵）。簫（蕭）。條（蕭）。橋（宵）。苗（宵）。飆（宵）。

1278〈芝草詩〉庾肩吾（逯 1993）

叢（東一）。瓏（東一）。宮（東三）。通（東一）。東（東一）。
風（東三）。

1279〈詠美人看畫詩〉庾肩吾（逯 1993）

施（支）。儀（支）。肢（支）。池（支）。吹（支）。垂（支）。移
（支）。知（支）。

1280〈送別於建興苑相逢詩〉庾肩吾（逯 1993）

中（東三）。紅（東一）。風（東三）。通（東一）。終（東三）。

---

43 「攢」，《康熙字典・手部・十九》：「《韻會》徂丸切，《正韻》徂官切，𣤼音欑。族
聚也。」

東（東一）。

1281〈侍宴詩〉庾肩吾（逯 1993）

賢（先）。煙（先）。蓮（先）。前（先）。

1282〈侍宴餞湘東王應令詩〉庾肩吾（逯 1994）

華（麻二）。沙（麻二）。花（麻二）。賒（麻三）。

1283〈和晉安王薄晚逐涼北樓回望應教詩〉庾肩吾（逯 1994）

中（東三）。風（東三）。空（東一）。宮（東三）。

1284〈贈周處士詩〉庾肩吾（逯 1994）

林（侵）。尋（侵）。琴（侵）。吟（侵）。

1285〈新林送劉之遴詩〉庾肩吾（逯 1994）

津（真）。塵（真）。秦（真）。人（真）。

1286〈奉使江州舟中七夕詩〉庾肩吾（逯 1995）

秋（尤）。舟（尤）。流（尤）。樓（侯）。

1287〈南苑看人還詩〉庾肩吾（逯 1995）

顏（刪）。攀（刪）。鬟（刪）。關（刪）。還（刪）。

1288〈詠美人看畫應令詩〉庾肩吾（逯 1995）

映（映三）。鏡（映三）。正（勁）。競（映三）。

1289〈奉和藥名詩〉庾肩吾（逯 1995）

臺（咍）。來（咍）。開（咍）。杯（灰）。

1290〈看放市詩〉庾肩吾（逯 1996）

車（魚）。魚（魚）。如（魚）。疏（魚）。

1291〈應令詩〉庾肩吾（逯 1996）

生（庚二）。清（清）。城（清）。驚（庚三）。輕（清）。

1292〈侍宴餞東陽太守范子雲詩〉庾肩吾（逯 1996）

酬（尤）。流（尤）。秋（尤）。遊（尤）。

1293〈和望月詩〉庾肩吾（逯 1996）

來（咍）。才（咍）。灰（灰）。開（咍）。杯（灰）。

1294〈和徐主簿望月詩〉庾肩吾（逯1997）

　　人（真）。春（諄）。輪（諄）。塵（真）。

1295〈詠風詩〉庾肩吾（逯1997）

　　初（魚）。餘（魚）。書（魚）。疏（魚）。虛（魚）。

1296〈詠花雪詩〉庾肩吾（逯1997）

　　年（先）。錢（仙）。泉（仙）。天（先）。田（先）。

1297〈春日詩〉庾肩吾（逯1997）

　　風（東三）。中（東三）。桐（東一）。空（東一）。

1298〈七夕詩〉庾肩吾（逯1998）

　　衣（微）。扉（微）。移（微）。機（微）。飛（微）。

1299〈歲盡應令詩〉庾肩吾（逯1998）

　　殫（寒）。安（寒）。盤（桓）。丸（桓）。看（寒）。

1300〈賦得山詩〉庾肩吾（逯1998）

　　峯（鍾）。重（鍾）。溶（鍾）。龍（鍾）。

1301〈同蕭左丞詠摘梅花詩〉庾肩吾（逯1999）

　　消（宵）。條（蕭）。腰（宵）。饒（宵）。

1302〈和晉安王詠燕詩〉庾肩吾（逯1999）

　　衣（微）。飛（微）。徽（微）。歸（微）。

1303〈詠胡牀應教詩〉庾肩吾（逯1999）

　　京（庚三）。平（庚三）。征（清）。明（庚三）。

1304〈暮遊山水應令賦得磧字詩〉庾肩吾（逯2000）

　　歷（錫）。鷁（錫）。磧（昔）。壁（錫）。

1305〈奉和湘東王應令詩二首〉庾肩吾（逯2000）

　　1305.1〈春宵〉庾肩吾（逯2000）

　　　　久（有）。牖（有）。手（有）。柳（有）。

　　1305.2〈冬曉詩〉庾肩吾（逯2000）

　　　　傳（仙）。眠（先）。前（先）。鈿（先）。

1306〈詠簷燕詩〉庾肩吾（逯 2000）

閨（齊）。低（齊）。泥（齊）。棲（齊）。

1307〈奉賀便省餘秋詩〉庾肩吾（逯 2001）

池（支）。枝（支）。移（支）。

1308〈被使從渡江詩〉庾肩吾（逯 2001）

舳（屋三）。轂（屋三）。服（屋三）。

1309〈登城北望詩〉庾肩吾（逯 2001）

巘（東一）。中（東三）。風（東三）。

1310〈道館詩〉庾肩吾（逯 2001）

邊（先）。田（先）。

1311〈賦得轉歌扇詩〉庾肩吾（逯 2001）

空（東一）。風（東三）。

1312〈詠舞詩〉庾肩吾（逯 2002）

終（東三）。風（東三）。

1313〈詠舞曲應令詩〉庾肩吾（逯 2002）

林（侵）。深（侵）。

1314〈詠主人少姬應教詩〉庾肩吾（逯 2002）

頭（侯）。留（尤）。

1315〈詠長信宮中草詩〉庾肩吾（逯 2002）

情（清）。生（庚二）。

1316〈石崇金谷妓詩〉庾肩吾（逯 2002）

撫（麌）。舞（麌）。

1317〈遠看放火詩〉庾肩吾（逯 2003）

生（庚二）。城（清）。

1318〈舟中寒望詩〉庾肩吾（逯 2003）

流（尤）。裘（尤）。

1319〈石橋詩〉庾肩吾（逯 2003）

　　欄（寒）。難（寒）。

1320〈詠桂樹詩〉庾肩吾（逯2003）

　　城（清）。生（庚二）。

1321〈賦得池萍詩〉庾肩吾（逯2003）

　　密（質）。實（質）。

1322〈新苔詩〉庾肩吾（逯2004）

　　楂（麻二）。沙（麻二）。

1323〈被執作詩一首〉庾肩吾（逯2004）

　　深（侵）。琴（侵）。

1324〈三日侍宴詠曲水中燭影詩〉庾肩吾（逯2004）

　　樹（遇）。住（遇）。度（暮）。

1325〈八關齋夜賦四城門更作四首〉庾肩吾（逯2005）

　　　1325.1〈第一賦韻東城門病〉庾肩吾（逯2005）

　　　　　折（薛）。穴（屑）。節（屑）。缺（屑）。

　　　1325.2〈南城門老〉庾肩吾（逯2005）

　　　　　囓（屑）。訣（屑）。熱（薛）。設（薛）。

　　　1325.3〈西城門死〉庾肩吾（逯2005）

　　　　　劣（薛）。設（薛）。截（屑）。結（屑）。

　　　1325.4〈北城門沙門〉庾肩吾（逯2005）

　　　　　噎[44]（屑）。涅（屑）。別（薛）。滅（薛）。

1326〈第二賦韻東城門病〉庾肩吾（逯2006）

　　痊（仙）。泉（仙）。憐（先）。天（先）。

1327〈南城門老〉庾肩吾（逯2006）

　　邊（先）。前（先）。遷（仙）。妍（先）。

1328〈西城門死〉庾肩吾（逯2006）

44　原作「暗」，據《廣弘明集》卷三十改。

　　牽（先）。延（仙）。懸（先）。緣（仙）。

1329〈北城門沙門〉庾肩吾（逯 2006）

　　堅（先）。煙（先）。先（先）。年（先）。

1330〈第三賦韻東城門病〉庾肩吾（逯 2007）

　　福（屋三）。鹿（屋一）。宿（屋三）。木（屋一）。

1331〈南城門老〉庾肩吾（逯 2007）

　　穀（屋一）。郁（屋三）。菽（屋三）。睦（屋三）。

1332〈西城門死〉庾肩吾（逯 2007）

　　囿（屋三）。昱（屋三）。肉（屋三）。逐（屋三）。

1333〈北城門沙門〉庾肩吾（逯 2007）

　　穀（屋一）。服（屋三）。伏（屋三）。目（屋三）。

1334〈第四賦韻東城門病〉庾肩吾（逯 2008）

　　離（支）。馳（支）。奇（支）。池（支）。

1335〈南城門老〉庾肩吾（逯 2008）

　　儀（支）。垂（支）。枝（支）。斯（支）。

1336〈西城門死〉庾肩吾（逯 2008）

　　規（支）。知（支）。窺（支）。羈（支）。

1337〈北城門沙門〉庾肩吾（逯 2008）

　　敧（支）。厄（支）。弛（支）。訾（支）。

梁詩卷二十四

1338〈有所思〉王筠（逯 2009）

　　陰（侵）。深（侵）。簪（侵）。吟（侵）。

1339〈陌上桑〉王筠（逯 2010）

　　桑（唐）。光（唐）。芳（陽）。筐（陽）。徨（唐）。

1340〈俠客篇〉王筠（逯 2010）

矜（蒸）。膺（蒸）。陵（蒸）。興（蒸）。

1341〈三婦豔〉王筠（逯2010）

褥（燭）。燭（燭）。曲（燭）。續（燭）。

1342〈雜曲二首〉王筠（逯2010）

　　1342.1賒（麻三）。花（麻二）。

　　1342.2東（東一）。風（東三）。虹（東一）。

1343〈行路難〉王筠（逯2011）

央（陽）。腸（陽）。黃（唐）。裳（陽）。香（陽）。長（陽）。袜
（末）。襪（末）。達（曷）。連（仙）。天（先）。先（先）。年
（先）。

1344〈楚妃吟〉王筠（逯2011）

飛（微）。歸（微）。霏（微）。漂（宵）。調（蕭）。嬌（宵）。熏
（文）。裙（文）。遊（尤）。浮（尤）。樂（鐸）。幕（鐸）。[45]

1345〈侍宴餞臨川王北伐應詔詩〉王筠（逯2012）

英（庚三）。精（清）。征（清）。戚（錫）。檄（錫）。武（麌）。
柱（麌）。道（晧）。保（晧）。鎬（晧）。草（晧）。律（術）。日
（質）。溢（質）。秩（質）。

1346〈早出巡行矚望山海詩〉王筠（逯2012）

河（歌）。歌（歌）。沱（歌）。阿（歌）。苛（歌）。和（戈）。羅
（歌）。過（戈）。蘿（歌）。波（戈）。峨（歌）。跎（歌）。何
（歌）。

1347〈北寺寅上人房望遠岫酘前池詩〉王筠（逯2013）

---

45 原文句讀疑有誤：「窗中曙。花早飛。林中明。鳥早歸。庭前日。暖春閨。香氣亦
霏霏。香氣漂。當軒清。唱調獨顧慕。含怨復含嬌。蝶飛蘭復熏。裊裊輕風入。翠
裙春可遊。歌聲梁上浮。春遊方有樂。沈沈下羅幕。」今重新句讀為：「窗中曙。
花早飛。林中明。鳥早歸。庭前日暖。春閨香氣亦霏霏。香氣漂。當軒清唱調。獨
顧慕。含怨復含嬌。蝶飛蘭復熏。裊裊輕風入翠裙。春可遊。歌聲梁上浮。春遊方
有樂。沈沈下羅幕。」

讓（漾）。閬（宕）。放（漾）。曠（宕）。向（漾）。嶂（漾）。漲
（漾）。浪（宕）。吭（宕）。漾（漾）。帳（漾）。上（漾）。

1348〈和衛尉新渝侯巡城口號詩〉王筠（逯 2013）

暮（暮）。度（暮）。步（暮）。庫（暮）。露（暮）。霧（遇）。賦
（遇）。素（暮）。

1349〈寓直中庶坊贈蕭洗馬詩〉王筠（逯 2013）

早（晧）。潦（晧）。草（晧）。藻（晧）。寶（晧）。抱（晧）。

1350〈奉和皇太子懺悔應詔詩〉王筠（逯 2014）

海（海）。在（海）。殆（海）。凱（海）。宰（海）。彩（海）。愙
（海）。倍（海）。琲（賄）。彩（海）。

1351〈和皇太子懺悔詩〉王筠（逯 2014）

改（海）。採（海）。罪（賄）。海（海）。待（海）。

1352〈和吳主簿詩六首〉王筠（逯 2015）

　1352.1〈春月二首〉王筠（逯 2015）

　　1352.1.1池（支）。垂（支）。雌（支）。離（支）。枝（支）。

　　1352.1.2齊（齊）。泥（齊）。棲（齊）。閨（齊）。萋（齊）。

　1352.2〈秋夜二首〉王筠（逯 2015）

　　1352.2.1輝（微）。飛（微）。機（微）。衣（微）。歸（微）。

　　1352.2.2棟（屋一）。屋（屋一）。宿（屋三）。目（屋三）。
　　　軸（屋三）。

　1352.3〈遊望二首〉王筠（逯 2015）

　　1352.3.1牖（有）。柳（有）。口（厚）。酒（有）。久（有）。

　　1352.3.2東（東一）。中（東三）。風（東三）。宮（東三）。
　　　中（東三）。

1353〈代牽牛答織女詩〉王筠（逯 2016）

值（志）。事（志）。異（志）。思（志）。淚（至）。至（至）。轡
（至）。

1354〈苦暑詩〉王筠（逯 2016）

    靄（泰）。瀨（泰）。蓋（泰）。帶（泰）。

1355〈五日望採拾詩〉王筠（逯 2016）

    晨（真）。新（真）。辰（真）。人（真）。津（真）。嚬（真）。濱（真）。巾（真）。

1356〈奉酬從兄臨川桐樹詩〉王筠（逯 2017）

    儀（支）。垂（支）。吹（支）。枝（支）。池（支）。施（支）。知（支）。

1357〈摘安石榴贈劉孝威詩〉王筠（逯 2017）

    滋（之）。蕤（脂）。詩（之）。湄（脂）。龜（脂）。辭（之）。識（職）。臆（職）。翼（職）。

1358〈東南射山詩〉王筠（逯 2017）

    年（先）。煙（先）。田（先）。前（先）。

1359〈春遊詩〉王筠（逯 2018）

    鴉（麻二）。家（麻二）。花（麻二）。車（麻三）。

1360〈觀海詩〉王筠（逯 2018）

    1360.1心（侵）。詠（映三）。

    1360.2瑩（青）。上（漾）。

    1360.3爭（耕）。鏡（映三）。

1361〈春日詩〉王筠（逯 2018）

    新（真）。鱗（真）。春（諄）。人（真）。

1362〈向曉閨情詩〉王筠（逯 2018）

    晞（微）。衣（微）。違（微）。扉（微）。

1363〈望夕霽詩〉王筠（逯 2019）

    籟（泰）。靄（泰）。汰（泰）。會（泰）。

1364〈和孔中丞雪裏梅花詩〉王筠（逯 2019）

    知（支）。池（支）。枝（支）。窺（支）。

1365〈摘園菊贈謝僕射舉詩〉王筠（逯 2019）

　　明（庚三）。英（庚三）。貞（清）。誠（清）。

1366〈答元金紫餉朱李詩〉王筠（逯 2020）

　　蹊（齊）。溪（齊）。閨（齊）。棲（齊）。

1367〈詠輕利舟應臨汝侯教詩〉王筠（逯 2020）

　　雲（文）。文（文）。群（文）。分（文）。

1368〈詠燈檠詩〉王筠（逯 2020）

　　枝（支）。池（支）。垂（支）。離（支）。知（支）。

1369〈詠蠟燭詩〉王筠（逯 2020）

　　期（之）。帷（脂）。眉（脂）。疑（之）。綦（之）。

1370〈和蕭子範入元襄王第詩〉王筠（逯 2021）

　　雲（文）。人（真）。芬（文）。君（文）。

1371〈閨情詩〉王筠（逯 2021）

　　央（陽）。光（唐）。傍（唐）。

1372〈東陽還經嚴陵瀨贈蕭大夫詩〉王筠（逯 2021）

　　往（養）。想（養）。

1373〈遊望詩〉王筠（逯 2021）

　　堆（灰）。摧（灰）。

1374〈以服散鎗贈殷鈞別詩〉王筠（逯 2022）

　　骨（沒）。切（屑）。別（薛）。

1375〈詩〉王筠（逯 2022）

　　前（先）。吞（先）。

1376〈詩〉王筠（逯 2022）

　　1376.1題（霽）。契（霽）。

　　1376.2蕙（霽）。迭（屑）。

　　1376.3竊（屑）。噬（祭）。

1377〈詩〉王筠（逯 2022）

　　1377.1邁（霽）。節（屑）。際（祭）。

1377.2切（霽）。稅（祭）。

1378〈詠柰詩〉褚澐（逯2023）

麗（霽）。蕙（霽）。蒂（霽）。桂（霽）。際（祭）。

1379〈賦得蟬詩〉褚澐（逯2023）

曲（燭）。促（燭）。續（燭）。足（燭）。

1380〈山池應令詩〉鮑至（逯2024）

埃（咍）。苔（咍）。開（咍）。來（咍）。

1381〈奉和往虎窟山寺詩〉鮑至（逯2024）

囂（宵）。遙（宵）。椒（宵）。韶（宵）。條（蕭）。飄（宵）。僚
（蕭）。昭（宵）。遼（蕭）。

1382〈伍子胥〉鮑幾（逯2024）

身（真）。人（真）。申（真）。

1383〈釋奠應詔為王皷作詩〉（七章）鮑幾（逯2025）

1383.1均（諄）。臣（真）。因（真）。塵（真）。

1383.2時（之）。基（之）。咨（脂）。思（之）。

1383.3蟗[46]（至）。器（至）。泗（至）。贄（至）。

1383.4則（德）。塞（德）。德（德）。國（德）。

1383.5虔（仙）。筵（仙）。絃（先）。篇（仙）。

1383.6梂（候）。富（宥）。袖（宥）。胄（宥）。

1383.7已（止）。仕（止）。始（止）。里（止）。

1384〈詠剪綵花詩〉鮑泉（逯2026）

真（真）。人（真）。春（諄）。

1385〈奉和湘東王春日詩〉鮑泉（逯2026）

歸（微）。飛（微）。輝（微）。早（晧）。抱（晧）。好（晧）。還

---

46 字書未見，疑作「壔」。《集韻·至韻》：「壔，累土也。」詩句：「山資累壔」，即
「山資累土」。土旁與虫旁因形近而訛，例如「蟻」亦作「蟻」（《碑別字新編》
「蟻」字下引〈魏鍾蓋世造像〉）。今暫以聲旁入韻。

（刪）。攀（刪）。顏（刪）。氳（文）。聞（文）。雲（文）。裙
（文）。

1386〈落日看還詩〉鮑泉（逯2026）

春（諄）。辰（真）。輪（諄）。塵（真）。新（真）。人（真）。

1387〈南苑看遊者詩〉鮑泉（逯2027）

過（戈）。珂（歌）。羅（歌）。波（戈）。

1388〈江上望月詩〉鮑泉（逯2027）

懸（先）。弦（先）。圓（仙）。漣（仙）。賢（先）。

1389〈秋日詩〉鮑泉（逯2027）

霜（陽）。黃（唐）。香（陽）。光（唐）。長（陽）。

1390〈詠梅花詩〉鮑泉（逯2027）

梅（灰）。迴（灰）。臺（咍）。來（咍）。開（咍）。

1391〈詠薔薇詩〉鮑泉（逯2028）

宮（東三）。紅（東一）。風（東三）。叢（東一）。

1392〈寒閨詩〉鮑泉（逯2028）

寒（寒）。難（寒）。寬（桓）。

1393〈代秋胡婦閨怨詩〉邵陵王蕭綸（逯2028）

櫳（東一）。空（東一）。東（東一）。中（東三）。

1394〈車中見美人詩〉邵陵王蕭綸（逯2029）

肢（支）。迆（支）。知（支）。為（支）。

1395〈見姬人詩〉邵陵王蕭綸（逯2029）

賒（麻三）。車（麻三）。斜（麻三）。花（麻二）。家（麻二）。

1396〈入茅山尋桓清遠乃題壁詩〉邵陵王蕭綸（逯2029）

入（緝）。濕（緝）。

1397〈詠新月詩〉邵陵王蕭綸（逯2029）

樓（侯）。流（尤）。

1398〈和湘東王後園迴文詩〉邵陵王蕭綸（逯2029）

幃（微）。遲（脂）。

1399〈戲湘東王詩〉邵陵王蕭綸（逯2030）

聾（東一）。功（東一）。

1400〈夏日詩〉徐怦（逯2030）

櫳（東一）。紅（東一）。

梁詩卷二十五

1401〈長歌行〉梁元帝蕭繹（逯2031）

千（先）。錢（仙）。連（仙）。眠（先）。然（仙）。

1402〈芳樹〉梁元帝蕭繹（逯2031）

園（元）。源（元）。翻（元）。軒（元）。言（元）。

1403〈巫山高〉梁元帝蕭繹（逯2032）

窮（東三）。中（東三）。風（東三）。空（東一）。櫳（東一）。

1404〈隴頭水〉梁元帝蕭繹（逯2032）

頭（侯）。悠（尤）。留（尤）。樓（侯）。流（尤）。

1405〈折楊柳〉梁元帝蕭繹（逯2032）

長（陽）。楊（陽）。鄉（陽）。光（唐）。裳（陽）。

1406〈關山月〉梁元帝蕭繹（逯2032）

臺（咍）。徊（灰）。開（咍）。裁（咍）。

1407〈洛陽道〉梁元帝蕭繹（逯2033）

西（齊）。低（齊）。雞（齊）。妻（齊）。

1408〈長安道〉梁元帝蕭繹（逯2033）

津（真）。輪（諄）。塵（真）。春（諄）。

1409〈紫騮馬〉梁元帝蕭繹（逯2033）

　　年（先）。錢（仙）。鞭（仙）。前（先）。翩（仙）。

1410〈驄馬驅〉梁元帝蕭繹（逯2033）

　　霧（遇）。樹（遇）。驅（遇）。路（暮）。

1411〈劉生〉梁元帝蕭繹（逯2034）

　　生（庚二）。京（庚三）。名（清）。醒（清）。城（清）。

1412〈飛來雙白鶴〉梁元帝蕭繹（逯2034）

　　成（清）。傾（清）。聲（清）。鳴（庚三）。城（清）。

1413〈班婕妤〉梁元帝蕭繹（逯2034）

　　幃（微）。墀（脂）。詩（之）。悲（脂）。

1414〈半路溪〉梁元帝蕭繹（逯2034）

　　度（暮）。步（暮）。句（遇）。妬（暮）。

1415〈採蓮曲〉梁元帝蕭繹（逯2035）

　　王（陽）。香（陽）。裳（陽）。

1416〈吳趨行〉梁元帝蕭繹（逯2035）

　　飛（微）。歸（微）。

1417〈燕歌行〉梁元帝蕭繹（逯2035）

　　多（歌）。歌（歌）。蛾（歌）。河（歌）。營（清）。生（庚二）。
　　更（庚二）。別（薛）。節（屑）。結（屑）。開（咍）。臺（咍）。
　　杯（灰）。雌（支）。離（支）。垂（支）。

1418〈烏棲曲四首〉梁元帝蕭繹（逯2036）

　　1418.1檝（葉）。葉（葉）。沙（麻二）。華（麻二）。
　　1418.2珮（隊）。內（隊）。成（清）。傾（清）。
　　1418.3紋（文）。裙（文）。望（漾）。帳（漾）。
　　1418.4玉（燭）。曲（燭）。逐（屋三）。

1419〈登隄望水詩〉梁元帝蕭繹（逯2036）

　　遊（尤）。愁（尤）。樓（侯）。舟（尤）。儔（尤）。流（尤）。

1420〈赴荊州泊三江口詩〉梁元帝蕭繹（逯 2036）

游（尤）。浮（尤）。舟（尤）。樓（侯）。騮（尤）。油（尤）。流（尤）。

1421〈藩難未靜述懷詩〉梁元帝蕭繹（逯 2037）

夢（東三）。宮（東三）。紅（東一）。雄（東三）。銅（東一）。聰（東一）。馮（東三）。空（東一）。桐（東一）。虹（東一）。

1422〈和王僧辯從軍詩〉梁元帝蕭繹（逯 2037）

淵（先）。斿（仙）。船（仙）。然（仙）。圓（仙）。篇（仙）。

1423〈和劉尚書兼明堂齋宮詩〉梁元帝蕭繹（逯 2037）

軒（元）。門（魂）。樽（魂）。喧（元）。根（痕）。園（元）。論（魂）。

1424〈和劉尚書侍五明集詩〉梁元帝蕭繹（逯 2038）

平（庚三）。聲（清）。英（庚三）。情（清）。生（庚二）。明（庚三）。名（清）。卿（庚三）。清（清）。榮（庚三）。更（庚二）。鳴（庚三）。輕（清）。城（清）。

1425〈和鮑常侍龍川館詩〉梁元帝蕭繹（逯 2038）

旁（唐）。方（陽）。光（唐）。長（陽）。香（陽）。

1426〈登顏園故閣詩〉梁元帝蕭繹（逯 2038）

墀（脂）。姿（脂）。眉（脂）。遲（脂）。悲（脂）。帷（脂）。時（之）。

1427〈代舊姬有怨詩〉梁元帝蕭繹（逯 2039）

離（支）。移（支）。吹（支）。垂（支）。觜（支）。

1428〈夕出通波閣下觀妓詩〉梁元帝蕭繹（逯 2039）

光（唐）。堂（唐）。廊（唐）。簧（唐）。航（唐）。香（陽）。央（陽）。

1429〈去丹陽尹荊州詩二首〉梁元帝蕭繹（逯 2039）

1429.1明（庚三）。精（清）。

1429.2敦（魂）。園（元）。恩（痕）。轅（元）。

1430〈示吏民詩〉梁元帝蕭繹（逯2040）

足（燭）。欲（燭）。綠（燭）。俗（燭）。

1431〈後臨荊州詩〉梁元帝蕭繹（逯2040）

央（陽）。張（陽）。霖（陽）。羊（陽）。香（陽）。光（唐）。廊（唐）。

1432〈別荊州吏民〉梁元帝蕭繹（逯2040）

流（尤）。樓（侯）。洲（尤）。斿（尤）。舟（尤）。

1433〈宮殿名詩〉梁元帝蕭繹（逯2041）

燃（仙）。圓（仙）。邊（先）。鮮（仙）。賢（先）。眠（先）。

1434〈縣名詩〉梁元帝蕭繹（逯2041）

儀（支）。枝（支）。池（支）。吹（支）。卮（支）。

1435〈姓名詩〉梁元帝蕭繹（逯2041）

船（仙）。年（先）。圓（仙）。然（仙）。鮮（仙）。

1436〈將軍名詩〉梁元帝蕭繹（逯2041）

踊（模）。榆（虞）。烏（模）。梟（虞）。俱（虞）。

1437〈屋名詩〉梁元帝蕭繹（逯2042）

和（戈）。過（戈）。歌（歌）。蘿（歌）。多（歌）。波（戈）。

1438〈車名詩〉梁元帝蕭繹（逯2042）

分（文）。薰（文）。雲（文）。群（文）。君（文）。

1439〈船名詩〉梁元帝蕭繹（逯2042）

飛（微）。追（脂）。歸（微）。磯（微）。暉（微）。衣（微）。

1440〈歌曲名詩〉梁元帝蕭繹（逯2042）

家（麻二）。花（麻二）。斜（麻三）。紗（麻二）。車（麻三）。

1441〈藥名詩〉梁元帝蕭繹（逯2043）

歸（微）。飛（微）。扉（微）。機（微）。衣（微）。

1442〈針穴名詩〉梁元帝蕭繹（逯2043）

來（哈）。臺（哈）。梅（灰）。迴（灰）。開（哈）。

1443〈龜兆名詩〉梁元帝蕭繹（逯 2043）

　　生（庚二）。情（清）。鳴（庚三）。聲（清）。笙（庚二）。城（清）。

1444〈獸名詩〉梁元帝蕭繹（逯 2043）

　　臣（真）。津（真）。麟（真）。春（諄）。陳（真）。

1445〈鳥名詩〉梁元帝蕭繹（逯 2044）

　　要（宵）。橈（宵）。簫（蕭）。腰（宵）。潮（宵）。

1446〈樹名詩〉梁元帝蕭繹（逯 2044）

　　隨（支）。枝（支）。馳（支）。移（支）。垂（支）。知（支）。

1447〈草名詩〉梁元帝蕭繹（逯 2044）

　　遊（尤）。頭（侯）。舟（尤）。秋（尤）。鉤（侯）。

1448〈相名詩〉梁元帝蕭繹（逯 2044）

　　林（侵）。陰（侵）。金（侵）。琴（侵）。尋（侵）。

1449〈望江中月影詩〉梁元帝蕭繹（逯 2045）

　　天（先）。圓（仙）。聯（仙）。船（仙）。然（仙）。

1450〈詠霧詩〉梁元帝蕭繹（逯 2045）

　　前（先）。邊（先）。天（先）。煙（先）。連（仙）。褰（仙）。

1451〈春日詩〉梁元帝蕭繹（逯 2045）

　　過（戈）。多（歌）。變（線）。見（霰）。人（真）。新（真）。申（真）。人（真）。期（之）。時（之）。

1452〈納涼詩〉梁元帝蕭繹（逯 2046）

　　楹（清）。生（庚二）。橫（庚二）。明（庚三）。榮（庚三）。聲（清）。

1453〈賦得涉江采芙蓉詩〉梁元帝蕭繹（逯 2046）

　　清（清）。縈（清）。名（清）。生（庚二）。傾（清）。城（清）。

1454〈賦得蘭澤多芳草詩〉梁元帝蕭繹（逯 2046）

蕤（脂）。歸（微）。衣（微）。菲（微）。稀（微）。

1455〈詠石榴詩〉梁元帝蕭繹（逯2046）

催（灰）。梅（灰）。來（咍）。裁（咍）。開（咍）。

1456〈看摘薔薇詩〉梁元帝蕭繹（逯2047）

除（魚）。疏（魚）。裾（魚）。舒（魚）。餘（魚）。

1457〈賦得竹詩〉梁元帝蕭繹（逯2047）

抽（尤）。脩（尤）。州（尤）。流（尤）。遊（尤）。侯（侯）。

1458〈詠池中燭影詩〉梁元帝蕭繹（逯2047）

輝（微）。扉（微）。微（微）。飛（微）。稀（微）。追（脂）。

1459〈詠晚棲烏詩〉梁元帝蕭繹（逯2048）

棲（齊）。迷（齊）。齊（齊）。閨（齊）。妻（齊）。

1460〈長安路詩〉梁元帝蕭繹（逯2048）

流（尤）。牛（尤）。裘（尤）。留（尤）。

1461〈懷舊詩〉梁元帝蕭繹（逯2048）

實（質）。秩（質）。

1462〈登江州百花亭懷荊楚詩〉梁元帝蕭繹（逯2048）

津（真）。塵（真）。銀（真）。人（真）。

1463〈自江州還入石頭詩〉梁元帝蕭繹（逯2049）

觀（換）。半（換）。館（換）。岸（翰）。散（翰）。亂（換）。玩（換）。嘆（翰）。漢（翰）。彈（翰）。

1464〈泛蕪湖詩〉梁元帝蕭繹（逯2049）

蹊（齊）。珪（齊）。低（齊）。雞（齊）。

1465〈早發龍巢詩〉梁元帝蕭繹（逯2049）

隈（灰）。開（咍）。來（咍）。臺（咍）。

1466〈夜宿柏齋詩〉梁元帝蕭繹（逯2050）

入（緝）。急（緝）。泣（緝）。立（緝）。

1467〈落日射羆詩〉梁元帝蕭繹（逯2050）

鄒（尤）。侯（侯）。浮（尤）。籌（尤）。遊（尤）。

1468〈後園看騎馬詩〉梁元帝蕭繹（逯 2050）

池（支）。枝（支）。移（支）。吹（支）。兒（支）。

1469〈和劉上黃春日詩〉梁元帝蕭繹（逯 2050）

飛（微）。衣（微）。暉（微）。歸（微）。

1470〈戲作豔詩〉梁元帝蕭繹（逯 2051）

夫（虞）。躕（虞）。珠（虞）。餘（魚）。

1471〈和林下作妓應令詩〉梁元帝蕭繹（逯 2051）

榮（庚三）。生（庚二）。聲（清）。笙（庚二）。

1472〈閨怨詩〉梁元帝蕭繹（逯 2051）

櫳（東一）。空（東一）。東（東一）。中（東三）。

1473〈祀伍相廟詩〉梁元帝蕭繹（逯 2051）

追（脂）。圍（微）。非（微）。衣（微）。

1474〈詠風詩〉梁元帝蕭繹（逯 2052）

粧（陽）。傍（唐）。香（陽）。梁（陽）。王（陽）。

1475〈詠霧詩〉梁元帝蕭繹（逯 2052）

闉（真）。塵（真）。新（真）。人（真）。

1476〈賦得蒲生我池中詩〉梁元帝蕭繹（逯 2052）

濱（真）。輪（諄）。春（諄）。人（真）。

1477〈詠陽雲樓簷柳詩〉梁元帝蕭繹（逯 2052）

春（諄）。巾（真）。塵（真）。人（真）。

1478〈五言詩〉梁元帝蕭繹（逯 2053）

平（庚三）。城（清）。生（庚二）。

1479〈晚景遊後園詩〉梁元帝蕭繹（逯 2053）

望（陽）。梁（陽）。光（唐）。長（陽）。

1480〈遊後園詩〉梁元帝蕭繹（逯 2053）

春（鍾）。濃（鍾）。峰（鍾）。

1481〈古意詩〉梁元帝蕭繹（逯 2053）

　　雲（文）。紋（文）。君（文）。

1482〈詠秋夜詩〉梁元帝蕭繹（逯 2054）

　　空（東一）。櫳（東一）。風（東三）。鴻（東一）。

1483〈寒閨詩〉梁元帝蕭繹（逯 2054）

　　飛（微）。歸（微）。衣（微）。威（微）。

1484〈和彈箏人詩二首〉梁元帝蕭繹（逯 2054）

　　1484.1帷（脂）。時（之）。持（之）。悲（脂）。

　　1484.2曲（燭）。玉（燭）。

1485〈出江陵縣還詩二首〉梁元帝蕭繹（逯 2055）

　　1485.1飛（微）。歸（微）。

　　1485.2樓（侯）。流（尤）。

1486〈詠歌詩〉梁元帝蕭繹（逯 2055）

　　愁（尤）。篌（侯）。

1487〈贈到溉到洽詩〉梁元帝蕭繹（逯 2055）

　　陸（屋三）。竹（屋三）。

1488〈遺武陵王詩〉梁元帝蕭繹（逯 2055）

　　門（魂）。奔（魂）。猿（元）。

1489〈獄中連句〉梁元帝蕭繹（逯 2056）

　　昏（魂）。恩（痕）。

1490〈別荊州吏民詩二首〉梁元帝蕭繹（逯 2056）

　　1490.1雲（文）。軍（文）。

　　1490.2千（先）。川（仙）。

1491〈詠細雨詩〉梁元帝蕭繹（逯 2056）

　　衣（微）。飛（微）。

1492〈望春詩〉梁元帝蕭繹（逯 2056）

　　疏（魚）。書（魚）。

1493〈綠柳詩〉梁元帝蕭繹（逯 2056）
　　風（東三）。空（東一）。

1494〈詠梅詩〉梁元帝蕭繹（逯 2057）
　　池（支）。枝（支）。

1495〈宜男草詩〉梁元帝蕭繹（逯 2057）
　　家（麻二）。花（麻二）。

1496〈細草詩〉梁元帝蕭繹（逯 2057）
　　苔（咍）。開（咍）。

1497〈賦得春荻詩〉梁元帝蕭繹（逯 2057）
　　蓮（先）。煙（先）。

1498〈詠螢火詩〉梁元帝蕭繹（逯 2057）
　　煙（先）。然（仙）。

1499〈離合詩〉梁元帝蕭繹（逯 2058）
　　光（唐）。航（唐）。

1500〈後園作迴文詩〉梁元帝蕭繹（逯 2058）
　　連（仙）。蟬（仙）。

1501〈賦得登山馬詩〉梁元帝蕭繹（逯 2058）
　　通（東一）。風（東三）。東（東一）。

1502〈古意詠燭詩〉梁元帝蕭繹（逯 2058）
　　風（東三）。空（東一）。

1503〈春別應令詩四首〉梁元帝蕭繹（逯 2058）
　　1503.1練（霰）。霰（霰）。見（霰）。
　　1503.2枝（支）。池（支）。離（支）。
　　1503.3絲（之）。持（之）。詩（之）。辭（之）。
　　1503.4西（齊）。齊（齊）。啼（齊）。

1504〈別詩二首〉梁元帝蕭繹（逯 2059）
　　1504.1攀（刪）。關（刪）。還（刪）。

1504.2澤（陌二）。客（陌二）。

1505〈送西歸內人詩〉梁元帝蕭繹（逯2059）

　　津（真）。神（真）。人（真）。

1506〈宴清言殿作柏梁體詩〉梁元帝蕭繹（逯2060）

　　璣（微）。非（微）。追（脂）。

1507〈秋辭〉梁元帝蕭繹（逯2060）

　　歸（微）。腓（微）。稀（微）。扉（微）。堂（唐）。房（陽）。黃
　　（唐）。鴦（陽）。光（唐）。央（陽）。

1508〈風人辭〉梁元帝蕭繹（逯2060）

　　雀（藥）。著（藥）。

1509〈奉敕為詩〉梁元帝蕭繹（逯2060）

　　稠（尤）。浮（尤）。

1510〈幽逼詩四首〉梁元帝蕭繹（逯2061）

　　1510.1悲（脂）。時（之）。

　　1510.2恆（登）。鵬（登）。

　　1510.3哀（咍）。來（咍）。臺（咍）。

　　1510.4春（諄）。人（真）。

1511〈詠竹火籠詩〉臨賀王蕭正德（逯2061）

　　消（宵）。朝（宵）。

梁詩卷二十六

1512〈妾薄命〉劉孝勝（逯2063）

　　窮（東三）。通（東一）。終（東三）。宮（東三）。同（東一）。
　　櫳（東一）。紅（東一）。弓（東三）。空（東一）。

1513〈升天行〉劉孝勝（逯2063）

　　陳（真）。人（真）。秦（真）。人（真）。辰（真）。神（真）。親

（真）。賓（真）。仁（真）。鄰（真）。

1514〈武溪深行〉劉孝勝（逯2064）

　　輕（清）。行（庚二）。征（清）。并（清）。明（庚三）。縈（清）。成（清）。情（清）。聲（清）。縷（清）。

1515〈冬日家園別陽羨始興詩〉劉孝勝（逯2064）

　　處（御）。舉（語）。遽（御）。御（御）。譽（御）。

1516〈詠益智詩〉劉孝勝（逯2064）

　　端（桓）。盤（桓）。丸（桓）。歡（桓）。

1517〈和兄孝綽夜不得眠詩〉劉孝先（逯2065）

　　安（寒）。端（桓）。寒（寒）。難（寒）。攢[47]（桓）。看（寒）。

1518〈草堂寺尋無名法師詩〉劉孝先（逯2065）

　　天（先）。前（先）。煙（先）。泉（仙）。蟬（仙）。傳（仙）。然（仙）。

1519〈和亡名法師秋夜草堂寺禪房月下詩〉劉孝先（逯2065）

　　東（東一）。叢（東一）。風（東三）。空（東一）。桐（東一）。中（東三）。籠（東一）。

1520〈詠竹詩〉劉孝先（逯2066）

　　尋（侵）。心（侵）。琴（侵）。吟（侵）。

1521〈春宵詩〉劉孝先（逯2066）

　　弦（先）。鮮（仙）。眠（先）。年（先）。

1522〈冬曉詩〉劉孝先（逯2066）

　　帷（脂）。絲（之）。遲（脂）。期（之）。

1523〈初春攜內人行戲詩〉徐君蒨（逯2067）

　　新（真）。人（真）。綸（諄）。神（真）。

1524〈共內人夜坐守歲詩〉徐君蒨（逯2067）

47　《康熙字典・手部・十九》：「《韻會》徂丸切，《正韻》徂官切，<u>达</u>音欑。」

杯（灰）。梅（灰）。灰（灰）。催（灰）。

1525〈別義陽郡二首〉徐君蒨（逯2067）

1525.1樓（侯）。浮（尤）。流（尤）。秋（尤）。

1525.2亭（青）。星（青）。青（青）。釘（青）。

1526〈長安有狹邪行〉徐防（逯2068）

驛（昔）。室（質）。城（清）。名（清）。明（庚三）。纓（清）。輕（清）。盈（清）。榮（庚三）。營（清）。成（清）。擎（庚三）。

1527〈賦得觀濤詩〉徐防（逯2068）

流（尤）。浮（尤）。洲（尤）。遊（尤）。

1528〈賦得蝶依草應令詩〉徐防（逯2068）

歸（微）。飛（微）。

1529〈夏詩〉徐朏（逯2069）

櫳（東一）。叢（東一）。紅（東一）。空（東一）。

1530〈賦得巫山高詩〉王泰（逯2069）

時（之）。遲（脂）。悲（脂）。期（之）。

1531〈奉和太子秋晚詩〉上黃侯蕭曄（逯2070）

宮（東三）。風（東三）。櫳（東一）。空（東一）。叢（東一）。

1532〈贈陰梁州詩〉荀濟（逯2070）

還（仙）。遷（仙）。全（仙）。偏（仙）。荃（仙）。泉（仙）。然（仙）。妍（先）。遭（仙）。天（先）。已（止）。祀（止）。市（止）。李（止）。涘（止）。子（止）。士（止）。已（止）。契（屑）。別（薛）。歲（祭）。際（祭）。[48]節（屑）。雪（薛）。結（屑）。切（屑）。關（刪）。還（刪）。灣（刪）。攀（刪）。後（厚）。口（厚）。久（有）。有（有）。酒（有）。缶（有）。調

---

48 「歲」、「際」二字，逯欽立注云：「叶蘇絕反」、「叶子結反」。

（嘯）。妙（笑）。笑（笑）。少（笑）。照（笑）。要（宵）。僚（蕭）。條（蕭）。潮（宵）。昭（宵）。識（職）。憶（職）。息（職）。力（職）。色（職）。軾（職）。人（真）。嚬（真）。春（諄）。津（真）。秦（真）。塵（真）。新（真）。氣（未）。貴（未）。毅（未）。慰（未）。氣（未）。欷（未）。未（未）。費（未）。渭（未）。

1533〈和巴陵王四詠〉江洪（逯2072）

　　1533.1〈採菱曲二首〉江洪（逯2072）

　　　　1533.1.1開（咍）。來（咍）。

　　　　1533.1.2樹（遇）。遇（遇）。

　　1533.2〈涤水曲二首〉江洪（逯2072）

　　　　1533.2.1潔（屑）。悅（薛）。絕（薛）。

　　　　1533.2.2歸（微）。衣（微）。

　　1533.3〈秋風曲三首〉江洪（逯2073）

　　　　1533.3.1殿（霰）。燕（霰）。

　　　　1533.3.2內（隊）。菜（代）。

　　　　1533.3.3吟（侵）。砧（侵）。

　　1533.4〈胡笳曲二首〉江洪（逯2073）

　　　　1533.4.1讓（漾）。將（漾）。

　　　　1533.4.2馬（馬二）。下（馬二）。

1534〈詠歌姬詩〉江洪（逯2073）

　　點（忝）。臉（琰）。染（琰）。險（琰）。斂（琰）。掩（琰）。

1535〈詠舞女詩〉江洪（逯2074）

　　姬（之）。絲（之）。姿（脂）。疑（之）。時（之）。

1536〈和新浦侯齋前竹詩〉江洪（逯2074）

　　蹊（齊）。閨（齊）。悽（齊）。啼（齊）。棲（齊）。來（咍）。

1537〈和新浦侯詠鶴詩〉江洪（逯2074）

憐（先）。鈿（先）。川（仙）。眠（先）。邊（先）。翩（仙）。

1538〈為傅建康詠紅箋詩〉江洪（逯 2074）

作[49]（箇）。破（過）。和（過）。裏（過）。座（過）。

1539〈詠薔薇詩〉江洪（逯 2075）

薇（微）。蕤（脂）。飛（微）。妃（微）。依（微）。歸（微）。非（微）。

1540〈江行詩〉江洪（逯 2075）

雲（文）。文（文）。君（文）。群（文）。

1541〈詠荷詩〉江洪（逯 2075）

實（質）。日（質）。失（質）。匹（質）。

1542〈詠美人治粧〉江洪（逯 2075）

轉（獮）。淺（獮）。

1543〈津渚敗船詩〉江祿（逯 2076）

質（質）。失（質）。出（術）。日（質）。

1544〈往虎窟山寺詩〉孔燾（逯 2076）

南（覃）。驂（覃）。龕（覃）。潭（覃）。蠶（覃）。楠（覃）。含（覃）。覃（覃）。貪（覃）。

1545〈老詩〉孔燾（逯 2077）

儀（支）。垂（支）。

1546〈奉和湘東王教班婕妤詩〉孔翁歸（逯 2077）

空（東一）。瓏（東一）。風（東三）。終（東三）。

1547〈學謝體詩〉何子朗（逯 2077）

霑（鹽）。簾（鹽）。纖（鹽）。嫌（添）。

1548〈和虞記室騫古意詩〉何子朗（逯 2078）

牖（有）。手（有）。柳（有）。酒（有）。

---

49 詩句原作「惟紅偏作可」，據唐·徐堅《初學記》卷二十一改為「惟紅偏可作」。

1549〈和繆郎視月詩〉何子朗（逯 2078）

　　發（月）。月（月）。沒（沒）。忽（沒）。

1550〈詠螢火詩〉沈旋（逯 2078）

　　調（嘯）。照（笑）。燎（笑）。燿（笑）。

1551〈賦得霧詩〉沈趍（逯 2079）

　　膈（有）。有（有）。阜（有）。首（有）。

1552〈詠雀詩〉沈趍（逯 2079）

　　翠（至）。珥（志）。穗（至）。志（志）。

梁詩卷二十七

1553〈巫山高〉費昶（逯 2081）

　　依（微）。非（微）。衣（微）。歸（微）。

1554〈芳樹〉費昶（逯 2081）

　　照（笑）。笑（笑）。召（笑）。少（笑）。

1555〈有所思〉費昶（逯 2081）

　　暮（暮）。步（暮）。度（暮）。顧（暮）。妬（暮）。

1556〈長門怨〉費昶（逯 2082）

　　及（緝）。泣（緝）。急（緝）。入（緝）。

1557〈採菱曲〉費昶（逯 2082）

　　側（職）。色（職）。息（職）。憶（職）。

1558〈思公子〉費昶（逯 2082）

　　饒（宵）。飄（宵）。橋（宵）。焦（宵）。聊（蕭）。

1559〈發白馬〉費昶（逯 2083）

　　兒（支）。池（支）。鈹（支）。垂（支）。漸（支）。移（支）。

1560〈行路難二首〉費昶（逯 2083）

　　1560.1門（魂）。根（痕）。尊（魂）。處（御）。曙（御）。烏

（模）。轤（模）。蘇（模）。胡（模）。臚（模）。

1560.2電（霰）。見（霰）。燕（霰）。殿（霰）。香（陽）。颺（陽）。桑（唐）。賜（寘）。被（寘）。避（寘）。議（寘）。為（寘）。翅（寘）。

1561〈贈徐郎詩〉（六章）費昶（逯2084）

1561.1鵲（藥）。璞（覺）。鸖（鐸）。落（鐸）。爵（藥）。膡（鐸）。閣（鐸）。

1561.2雄（東三）。中（東三）。風（東三）。窮（東三）。公（東一）。

1561.3度（暮）。步（暮）。路（暮）。顧（暮）。庫（暮）。

1561.4歌（歌）。過（戈）。波（戈）。沱（歌）。何（歌）。

1561.5變（線）。見（霰）。彥（線）。絢（霰）。

1561.6酒（有）。醜（有）。口（厚）。柳（有）。綬（有）。

1562〈華光省中夜聞城外擣衣詩〉費昶（逯2084）

月（月）。發（月）。闋（月）。摧（灰）。來（咍）。已（止）。里（止）。家（麻二）。霞（麻二）。斜（麻三）。花（麻二）。落（鐸）。薄（鐸）。鶴（鐸）。與（語）。杵（語）。舉（語）。佇（語）。極（職）。惻（職）。翼（職）。色（職）。食（職）。直（職）。

1563〈和蕭記室春旦有所思詩〉費昶（逯2085）

輝（微）。衣（微）。歸（微）。依（微）。扉（微）。違（微）。妃（微）。

1564〈春郊見美人詩〉費昶（逯2085）

人（真）。春（諄）。綸（諄）。塵（真）。秦（真）。

1565〈詠照鏡詩〉費昶（逯2086）

梁（陽）。粧（陽）。黃（唐）。香（陽）。光（唐）。長（陽）。

1566〈和蕭洗馬畫屏風詩二首〉費昶（逯2086）

1566.1〈陽春發和氣〉費昶（逯 2086）

　　　館（換）。喚（換）。彈（寒）。難（寒）。

1566.2〈秋夜涼風起〉費昶（逯 2086）

　　　邑（緝）。泣（緝）。澁（緝）。及（緝）。

1567〈詠入幌風詩〉費昶（逯 2086）

　　埃（咍）。來（咍）。開（咍）。迴（灰）。

1568〈陌上桑四首〉王臺卿（逯 2087）

　　1568.1女（語）。語（語）。

　　1568.2蹊（齊）。閨（齊）。

　　1568.3月（月）。發（月）。

　　1568.4絲（之）。時（之）。

1569〈陌上桑〉王臺卿（逯 2087）

　　心（侵）。陰（侵）。

1570〈雲歌〉王臺卿（逯 2087）

　　來（咍）。開（咍）。臺（咍）。

1571〈一旦歌〉王臺卿（逯 2088）

　　牀（陽）。漿（陽）。狼（唐）。行（唐）。

1572〈和簡文帝賽漢高祖廟詩〉王臺卿（逯 2088）

　　宮（東三）。空（東一）。風（東三）。通（東一）。終（東三）。

1573〈奉和望同泰寺浮圖詩〉王臺卿（逯 2088）

　　朗（蕩）。丈（養）。掌（養）。網（養）。響（養）。象（養）。往
　　（養）。上（養）。仰（養）。兩（養）。廣（蕩）。

1574〈奉和往虎窟山寺詩〉王臺卿（逯 2089）

　　之（之）。絲（之）。旗（之）。遲（脂）。基（之）。墀（脂）。茲
　　（之）。緇（之）。持（之）。

1575〈奉和泛江詩〉王臺卿（逯 2089）

　　牛（尤）。洲（尤）。流（尤）。浮（尤）。樓（侯）。遊（尤）。

1576〈山池應令詩〉王臺卿（逯2089）

　　　多（歌）。駝（歌）。波（戈）。荷（歌）。柯（歌）。

1577〈詠風詩〉王臺卿（逯2090）

　　　情（清）。清（清）。生（庚二）。輕（清）。

1578〈詠箏詩〉王臺卿（逯2090）

　　　鈿（先）。絃（先）。憐（先）。

1579〈同蕭治中十詠二首〉王臺卿（逯2090）

　　　　1579.1〈蕩婦高樓月〉王臺卿（逯2090）

　　　　　　　圓（仙）。眠（先）。

　　　　1579.2〈南浦別佳人〉王臺卿（逯2090）

　　　　　　　時（之）。眉（脂）。

1580〈詠水中樓影詩〉王臺卿（逯2091）

　　　浮（尤）。樓（侯）。

1581〈臨滄波詩〉王臺卿（逯2091）

　　　深（侵）。陰（侵）。沈（侵）。

1582〈長安有狹邪行〉王囧（逯2091）

　　　傍（唐）。鑣（陽）。鄉（陽）。上（漾）。望（漾）。帳（漾）。將
　　　（漾）。相（漾）。壯（漾）。讓（漾）。亮（漾）。唱（漾）。狀
　　　（漾）。唱（漾）。

1583〈奉和往虎窟山寺詩〉王囧（逯2092）

　　　地（至）。置（志）。異（志）。思（志）。至（至）。喜（志）。媚
　　　（至）。利（至）。意（志）。

1584〈採蓮曲〉朱超（逯2092）

　　　遲（脂）。滋（之）。絲（之）。時（之）。

1585〈贈王僧辯詩〉朱超（逯2092）

　　　池（支）。吹（支）。危（支）。枝（支）。疲（支）。離（支）。

1586〈別劉孝先詩〉朱超（逯2093）

瘳（尤）。愁（尤）。秋（尤）。流（尤）。舟（尤）。樓（侯）。遊
（尤）。

1587〈別席中兵詩〉朱超（逯 2093）

翩（仙）。川（仙）。連（仙）。蟬（仙）。天（先）。然（仙）。

1588〈夜泊巴陵詩〉朱超（逯 2093）

收（尤）。舟（尤）。流（尤）。樓（侯）。

1589〈歲晚沈痾詩〉朱超（逯 2094）

明（庚三）。驚（庚三）。聲（清）。行（庚二）。鳴（庚三）。

1590〈對雨詩〉朱超（逯 2094）

埃（咍）。臺（咍）。來（咍）。雷（灰）。開（咍）。苔（咍）。才
（咍）。

1591〈詠同心芙蓉詩〉朱超（逯 2094）

光（唐）。房（陽）。香（陽）。長（陽）。祥（陽）。裳（陽）。

1592〈奉和登百花亭懷荊楚詩〉朱超（逯 2094）

同（東一）。空（東一）。紅（東一）。中（東三）。

1593〈賦得蕩子行未歸詩〉朱超（逯 2095）

春（諄）。人（真）。鬢（真）。脣（諄）。塵（真）。

1594〈舟中望月詩〉朱超（逯 2095）

鄰（真）。人（真）。輪（諄）。塵（真）。

1595〈詠孤石詩〉朱超（逯 2095）

分（文）。雲（文）。曛（文）。群（文）。

1596〈詠鏡詩〉朱超（逯 2095）

池（支）。宜（支）。移（支）。知（支）。

1597〈詠貧詩〉朱超（逯 2096）

安（寒）。寒（寒）。難（寒）。彈（寒）。

1598〈詠剪綵花詩〉朱超（逯 2096）

裁（咍）。開（咍）。

1599〈城上烏詩〉朱超（逯 2096）

城（清）。聲（清）。驚（庚三）。

1600〈詠獨栖鳥詩〉朱超（逯 2096）

衰（脂）。歸（微）。依（微）。機（微）。飛（微）。衣（微）。

1601〈驅馬篇〉戴暠（逯 2097）

名（清）。清（清）。亭（青）。英（庚三）。精（清）。成（清）。

1602〈釣竿〉戴暠（逯 2097）

獵（葉）。鰈（葉）。葉（葉）。妾（葉）。

1603〈君子行〉戴暠（逯 2097）

水（旨）。子（止）。止（止）。李（止）。恥（止）。

1604〈從軍行〉戴暠（逯 2098）

閨（齊）。鞮（齊）。西（齊）。犀（齊）。鞞（齊）。溪（齊）。雞
（齊）。梯（齊）。淒（齊）。蹄（齊）。嘶（齊）。齊（齊）。泥
（齊）。

1605〈煌煌京洛行〉戴暠（逯 2098）

京（庚三）。名（清）。鯨（庚三）。城（清）。瓊（清）。營
（清）。纓（清）。生（庚二）。聲（清）。鳴（庚三）。輕（清）。

1606〈月重輪行〉戴暠（逯 2099）

輪（諄）。春（諄）。新（真）。神（真）。銀（真）。麟（真）。人
（真）。

1607〈神仙篇〉戴暠（逯 2099）

丸（桓）。瀾（寒）。韓（寒）。壇（寒）。丹（寒）。鸞（桓）。肝
（寒）。官（桓）。看（寒）。難（寒）。

1608〈車馬行〉戴暠（逯 2099）

咽（屑）。熱（薛）。穴（屑）。鐵（屑）。結（屑）。雪（薛）。轍
（薛）。

1609〈度關山〉戴暠（逯 2100）

涕（薺）。薺（薺）。弟（薺）。褒（豪）。曹（豪）。豪（豪）。膏（豪）。習（緝）。入（緝）。急（緝）。澀（緝）。平（庚三）。征（清）。城（清）。平（庚三）。鳴（庚三）。兵（庚三）。利（至）。事（志）。然（仙）。天（先）。泉（仙）。

1610〈詠欲眠詩〉戴暠（逯 2100）

衣（微）。歸（微）。

1611〈櫂歌行〉阮研（逯 2101）

鮮（仙）。絃（先）。年（先）。

1612〈秋閨有望詩〉庾丹（逯 2101）

雲（文）。文（文）。君（文）。薰（文）。裙（文）。分（文）。

1613〈夜夢還家詩〉庾丹（逯 2101）

漿（陽）。牀（陽）。梁（陽）。光（唐）。

1614〈和蕭國子詠柰花詩〉謝璡（逯 2102）

晚（阮）。苑（阮）。暖[50]（緩）。遠（阮）。

1615〈齊皇太子釋奠詩〉（九章）陸璉（逯 2102）

1615.1年（先）。天（先）。宣（仙）。聯（仙）。

1615.2塞（德）。則（德）。德（德）。國（德）。

1615.3偽（寘）。被（寘）。義（寘）。瑞（寘）。

1615.4慶（映三）。正（勁）。鏡（映三）。詠（映三）。

1615.5尊（魂）。門（魂）。言（元）。源（元）。

1615.6靈（青）。誠（清）。貞（清）。馨（青）。

1615.7宮（東三）。風（東三）。雍（鍾）。融（東三）。

1615.8哲（薛）。翼（職）。列（薛）。裔（祭）。

1615.9和（戈）。波（戈）。河（歌）。歌（歌）。

1616〈和陰梁州雜怨詩〉鄧鏗（逯 2103）

---

50 原作「暄」，據《初學記》卷二十八改。

離（支）。枝（支）。移（支）。知（支）。

1617〈奉和夜聽妓聲詩〉鄧鏗（逯 2104）

　　橋（宵）。腰（宵）。調（蕭）。撩（蕭）。

1618〈月夜閨中詩〉鄧鏗（逯 2104）

　　華（麻二）。斜（麻三）。花（麻二）。家（麻二）。

1619〈建除詩〉梁宣帝蕭詧（逯 2104）

　　長（陽）。湯（唐）。康（唐）。祥（陽）。良（陽）。揚（陽）。黃
　　（唐）。亡（陽）。荒（唐）。場（陽）。梁（陽）。皇（唐）。

1620〈迎舍利詩〉梁宣帝蕭詧（逯 2105）

　　驅（虞）。踰（虞）。符（虞）。枯（模）。珠（虞）。

1621〈麈尾詩〉梁宣帝蕭詧（逯 2105）

　　流（尤）。牛（尤）。

1622〈詠紙詩〉梁宣帝蕭詧（逯 2105）

　　棋（之）。時（之）。

1623〈牀詩〉梁宣帝蕭詧（逯 2106）

　　支（支）。移（支）。

1624〈詠弓詩〉梁宣帝蕭詧（逯 2106）

　　工（東一）。風（東三）。

1625〈詠履詩〉梁宣帝蕭詧（逯 2106）

　　異（志）。墜（至）。

1626〈大梨詩〉梁宣帝蕭詧（逯 2106）

　　珍（真）。津（真）。

1627〈詠百合詩〉梁宣帝蕭詧（逯 2106）

　　色（職）。抑（職）。馥（職）。

1628〈詠蘭詩〉梁宣帝蕭詧（逯 2107）

　　芳（陽）。霜（陽）。

梁詩卷二十八

1629〈春日詩〉聞人倩（逯2109）

華（麻二）。斜（麻三）。花（麻二）。家（麻二）。麻（麻二）。

1630〈採桑〉沈君攸（逯2109）

移（支）。萎（支）。枝（支）。疲（支）。知（支）。

1631〈採蓮曲〉沈君攸（逯2109）

霞（麻二）。華（麻二）。斜（麻三）。花（麻二）。賒（麻三）。

1632〈薄暮動弦歌〉沈君攸（逯2110）

光（唐）。香（陽）。堂（唐）。梁（陽）。長（陽）。康（唐）。

1633〈羽觴飛上苑〉沈君攸（逯2110）

華（麻二）。花（麻二）。霞（麻二）。車（麻三）。陰（侵）。林
（侵）。深（侵）。斟（侵）。金（侵）。

1634〈桂檝泛河中〉沈君攸（逯2110）

川（仙）。遷（仙）。天（先）。圓（仙）。煙（先）。前（先）。懸
（先）。船（仙）。傳（仙）。

1635〈雙燕離〉沈君攸（逯2111）

飛（微）。思（之）。衰（脂）。帷（脂）。歸（微）。危（支）。離
（支）。垂（支）。知（支）。慕（暮）。渡（暮）。路（暮）。泄
（薛）。絕（薛）。

1636〈賦得臨水詩〉沈君攸（逯2111）

源（元）。翻（元）。痕（痕）。論（魂）。

1637〈同陸廷尉驚早蟬詩〉沈君攸（逯2111）

生（庚二）。鳴（庚三）。聲（清）。驚（庚三）。輕（清）。

1638〈待夜出妓詩〉沈君攸（逯2112）

行（庚二）。鳴（庚三）。聲（清）。輕（清）。

1639〈詠冰應教詩〉沈君攸（逯2112）

明（庚三）。輕（清）。生（庚二）。驚（庚三）。城（清）。

1640〈王昭君〉施榮泰（逯 2112）

　　塵（真）。人（真）。

1641〈雜詩〉施榮泰（逯 2112）

　　飾（職）。色（職）。翼（職）。力（職）。側（職）。識（職）。極
　　（職）。

1642〈王子喬行〉高允生（逯 2113）

　　然（仙）。天（先）。煙（先）。間（山）。巔（先）。旋（仙）。

1643〈百里奚歌〉高允生（逯 2113）

　　曜（笑）。道⁵¹（號）。調（嘯）。要（笑）。告（號）。操（號）。

1644〈晨風行〉王循（逯 2113）

　　堤（齊）。蹊（齊）。低（齊）。悽（齊）。齊（齊）。

1645〈金樂歌〉房篆（逯 2114）

　　天（先）。錢（仙）。鈿（先）。蓮（先）。年（先）。

1646〈朱鷺〉裴憲伯（逯 2114）

　　堅（先）。遷（仙）。前（先）。翩（仙）。

1647〈隴頭水〉車轂（逯 2114）

　　咽（屑）。節（屑）。折（薛）。滅（薛）。

1648〈洛陽道〉車轂（逯 2115）

　　重（鍾）。蓉（鍾）。從（鍾）。逢（鍾）。

1649〈驄馬〉車轂（逯 2115）

　　鞍（寒）。丸（桓）。盤（桓）。蘭（寒）。看（寒）。

1650〈車遙遙〉車轂（逯 2115）

　　洋（陽）。忘（陽）。秦（真）。身（真）。見（霰）。願（願）。

1651〈同郭侍郎採桑詩〉姚翻（逯 2116）

---

51 同「導」（徒到切），治也。《論語·學而》:「道千乘之國。」

南（覃）。篸（覃）。蠶（覃）。堪（覃）。

1652〈代陳慶之美人為詠詩〉姚翻（逯 2116）

知（支）。垂（支）。

1653〈夢見故人詩〉姚翻（逯 2116）

同（東一）。空（東一）。

1654〈有期不至詩〉姚翻（逯 2116）

悽（齊）。啼（齊）。

1655〈詠日詩〉李鏡遠（逯 2117）

枝（支）。規（支）。曦（支）。垂（支）。池（支）。離（支）。斯（支）。羈（支）。馳（支）。知（支）。

1656〈蜻蝶行〉李鏡遠（逯 2117）

歡（桓）。端（桓）。難（寒）。蘭（寒）。

1657〈詠畫扇詩〉鮑子卿（逯 2117）

昈（霰）。扇（線）。宴（霰）。見（霰）。燕（霰）。

1658〈詠玉堦詩〉鮑子卿（逯 2118）

微（微）。扉（微）。輝（微）。衣（微）。飛（微）。

1659〈古意應蕭信武教詩〉王樞（逯 2118）

衣（微）。歸（微）。薇（微）。違（微）。飛（微）。

1660〈至烏林村見採桑者因有贈詩〉王樞（逯 2118）

妙（笑）。笑（笑）。離（支）。知（支）。枝（支）。

1661〈徐尚書座賦得阿憐詩〉王樞（逯 2119）

霞（麻二）。花（麻二）。斜（麻三）。華（麻二）。

1662〈詠渫井得金釵詩〉湯僧濟（逯 2119）

邊（先）。憐（先）。妍（先）。年（先）。先（先）。傳（仙）。

1663〈賦得露詩〉顧煊（逯 2120）

華（麻二）。芽（麻二）。葭（麻二）。花（麻二）。

1664〈九日詩〉王脩己（逯 2120）

堂（唐）。光（唐）。揚（陽）。長（陽）。

1665〈詠鏡詩〉王孝禮（逯 2120）

中（東三）。紅（東一）。同（東一）。通（東一）。

1666〈詠慎火詩〉范筠（逯 2121）

奇（支）。池（支）。施（支）。垂（支）。

1667〈詠薔詩〉范筠（逯 2121）

紆（虞）。腴（虞）。

1668〈奉和世子春情詩〉甄固（逯 2121）

歸（微）。飛（微）。菲（微）。

1669〈代西封侯美人詩〉王環（逯 2122）

違（微）。飛（微）。

1670〈和定襄侯楚越衫詩〉江伯瑤（逯 2122）

香（陽）。行（唐）。

1671〈詠繁華詩〉劉泓（逯 2122）

明（庚三）。聲（清）。

1672〈贈情人詩〉王湜（逯 2123）

深（侵）。心（侵）。

1673〈詠安仁得果詩〉李孝勝（逯 2123）

多（歌）。何（歌）。

1674〈詠安仁得果詩〉談士雲（逯 2123）

花（麻二）。車（麻三）。

1675〈詠躍魚應詔詩〉張騫（逯 2123）

漪（支）。池（支）。

1676〈驚早露詩〉劉憺（逯 2124）

珠（虞）。枯（模）。

1677〈詠春風詩〉賀文標（逯 2124）

楊（陽）。香（陽）。

1678〈石橋詩〉蕭若靜（逯 2124）

　　津（真）。人（真）。

1679〈還宅作詩〉蕭欣（逯 2125）

　　離（支）。規（支）。

1680〈子夜四時歌〉王金珠（逯 2125）

　　1680.1〈春歌三首〉王金珠（逯 2125）

　　　　1680.1.1雪（薛）。月（月）。

　　　　1680.1.2眼（產）。限（產）。

　　　　1680.1.3續（燭）。曲（燭）。

　　1680.2〈夏歌二首〉王金珠（逯 2126）

　　　　1680.2.1酒（有）。口（厚）。

　　　　1680.2.2陰（侵）。琴（侵）。

　　1680.3〈秋歌二首〉王金珠（逯 2126）

　　　　1680.3.1側（職）。色（職）。

　　　　1680.3.2櫻（耕）。輕（清）。

　　1680.4〈冬歌〉王金珠（逯 2126）

　　　　文（文）。雲（文）。

1681〈子夜變歌〉王金珠（逯 2127）

　　梁（陽）。香（陽）。

1682〈上聲歌〉王金珠（逯 2127）

　　瓊（清）。聲（清）。

1683〈歡聞歌〉王金珠（逯 2127）

　　蓮（先）。天（先）。

1684〈歡聞變歌〉王金珠（逯 2127）

　　心（侵）。音（侵）。

1685〈阿子歌〉王金珠（逯 2127）

　　頭（侯）。流（尤）。

1686〈丁督護歌〉王金珠（逯 2128）

里（止）。子（止）。

1687〈團扇郎〉王金珠（逯 2128）

月（月）。發（月）。

1688〈前溪歌〉包明月（逯 2128）

窻（江）⁵²。雙（江）。

1689〈連理詩〉王氏（逯 2129）

枝（支）。奇（支）。

1690〈孤燕詩〉王氏（逯 2129）

歸（微）。飛（微）。

1691〈昭君怨〉劉氏（逯 2129）

保（晧）。草（晧）。燥（晧）。道（晧）。

1692〈暮寒詩〉劉氏（逯 2130）

春（諄）。身（真）。

1693〈贈夫詩〉劉氏（逯 2130）

紅（東一）。櫳（東一）。中（東三）。

1694〈和婕妤怨詩〉劉令嫺（逯 2130）

生（庚二）。聲（清）。情（清）。輕（清）。

1695〈答唐娘七夕所穿鍼詩〉劉令嫺（逯 2131）

華（麻二）。花（麻二）。嵯（麻三）。家（麻二）。車（麻三）。

霞（麻二）。

1696〈答外詩二首〉劉令嫺（逯 2131）

1696.1度（暮）。樹（遇）。騖（遇）。趣（遇）。遇（遇）。暮

（暮）。

---

52 詩句原作「百鳥啼窻前」，據《古詩紀》卷四十五改為「百鳥啼前窻」。明・楊慎
《升庵詩話》卷八：「今《樂府》刻倒其字作『窗前』，失其音矣。」

1696.2 輝（微）。妃（微）。非（微）。違（微）。希（微）。

1697〈聽百舌詩〉劉令嫻（逯 2131）

　　晴（清）。楹（清）。聲（清）。笙（庚二）。聽（青）。成（清）。

1698〈題甘蕉葉示人詩〉劉令嫻（逯 2132）

　　數（覺）。覺（覺）。

1699〈摘同心梔子贈謝娘因附此詩〉劉令嫻（逯 2132）

　　因（真）。人（真）。

1700〈光宅寺詩〉劉令嫻（逯 2132）

　　迎（庚二）。聲（清）。

1701〈王昭君歎二首〉沈滿願（逯 2132）

　　1701.1 師（脂）。眉（脂）。

　　1701.2 關（刪）。還（刪）。

1702〈挾琴歌〉沈滿願（逯 2133）

　　聲（清）。成（清）。

1703〈映水曲〉沈滿願（逯 2133）

　　月（月）。髮（月）。

1704〈登樓曲〉沈滿願（逯 2133）

　　多（歌）。河（歌）。

1705〈越城曲〉沈滿願（逯 2134）

　　衣（微）。飛（微）。

1706〈晨風行〉沈滿願（逯 2134）

　　人（真）。津（真）。塵（真）。巾（真）。飛（微）。徽（微）。歸
　　（微）。誰（脂）。索（鐸）。漠（鐸）。卻（藥）。鑠（藥）。

1707〈彩毫怨〉沈滿願（逯 2134）

　　初（魚）。餘（魚）。盧（魚）。書（魚）。居（魚）。

1708〈戲蕭娘詩〉沈滿願（逯 2134）

　　帷（脂）。姿（脂）。衣（微）。私（脂）。

1709〈詠燈詩〉沈滿願（逯 2135）

　　歸（微）。微（微）。輝（微）。飛（微）。

1710〈詠五彩竹火籠詩〉沈滿願（逯 2135）

　　分（文）。文（文）。裙（文）。雲（文）。

1711〈詠步搖花詩〉沈滿願（逯 2135）

　　瓊（清）。生（庚二）。瑛（庚三）。成（清）。

1712〈遠期篇〉庾成師（逯 2136）

　　飛（微）。稀（微）。衣（微）。歸（微）。扉（微）。

梁詩卷二十九

【雜歌謠辭】

1713〈荊州民為始興王憺歌〉（逯 2137）

　　爹（哿）。火（果）。我（哿）。

1714〈鄱陽民為陸襄歌二首〉（逯 2138）

　　1714.1分（文）。君（文）。

　　1714.2家（麻二）。車（麻三）。

1715〈南豫州民為夏侯兄弟歌〉（逯 2138）

　　州（尤）。侯（侯）。優（尤）。

1716〈梁武帝接民間為蕭恪歌〉（逯 2139）

　　百（陌二）。宅（陌二）。客（陌二）。

1717〈北方童謠〉（逯 2139）

　　格（陌二）。格（陌二）。澤（陌二）。

1718〈洛陽童謠〉（逯 2140）

　　牢（豪）。袍（豪）。

1719〈梁武帝時謠〉（逯 2140）

　　忽（東一）。公（東一）。子（止）。已（止）。

1720〈昭明為太子時謠〉（逯2140）

　　開（咍）。開（咍）。徊（灰）。來（咍）。

1721〈山陰民為丘仲孚謠〉（逯2141）

　　劉（尤）。丘（尤）。

1722〈侯景時的膃烏童謠〉（逯2141）

　　烏（模）。吳（模）。

1723〈侯景即位時童謠〉（逯2142）

　　屬（藥）。著（藥）。

1724〈江陵童謠〉（逯2142）

　　町（迥）。井（靜）。景（梗三）。

1725〈湘東王府中為魚宏徐緄謠〉（逯2142）

　　魚（魚）。徐（魚）。

1726〈柳達摩引北方童謠〉（逯2143）

　　襠（唐）。黃（唐）。

1727〈梁時童謠〉（逯2143）

　　夫（虞）。湖（模）。奴（模）。

1728〈梁末童謠〉（逯2143）

　　子（止）。里（止）。起（止）。理（止）。

1729〈百姓為蕭正德父子謠〉（逯2144）

　　市（止）。子（止）。

【諺語】

1730〈劉晝引諺〉（逯2145）

　　突（沒）。卒（沒）。

1731〈劉晝引古諺〉（逯2145）

　　泉（仙）。淵（先）。巔（先）。

1732〈任昉引南海俗諺〉（逯2146）

　　　枚（灰）。瑰（灰）。

1733〈任昉引越人諺〉（逯2146）

　　　奴（模）。珠（虞）。

1734〈時人為王謝子弟語〉（逯2147）

　　　舉（語）。炬（語）。

1735〈時人為何子朗語〉（逯2147）

　　　1735.1何（歌）。多（歌）。

　　　1735.2爽（養）。朗（蕩）。

1736〈時人為王志王彬語〉（逯2148）

　　　草（晧）。寶（晧）。

1737〈巴東行人為庾子輿語〉（逯2148）

　　　通（東一）。公（東一）。

1738〈時人為玉瑩語〉（逯2148）

　　　南（覃）。貪（覃）。東（東一）。銅（東一）。

1739〈時人為丁覘語〉（逯2149）

　　　紙（紙）。字（志）。

【相和歌辭】

1740〈陌上桑〉（逯2150）

　　　明（庚三）。盈（清）。成（清）。

【清商曲辭】

1741〈攀楊枝〉（逯2151）

　　　羅（歌）。何（歌）。

1742〈樂府詩〉（逯2151）

　　　秋（尤）。愁（尤）。

【橫吹曲辭】

1743〈企喻歌〉（四曲）（逯 2152）

　　1743.1多（歌）。波（戈）。

　　1743.2臚（宵）。條（蕭）。

　　1743.3行（唐）。裲（唐）。頭（侯）。鉾（尤）。

　　1743.4憂（尤）。收（尤）。

1744〈瑯琊王歌辭〉（八曲）（逯 2153）

　　1744.1柱（麌）。女（語）。

　　1744.2王（陽）。裲（唐）。

　　1744.3間（山）。憐（先）。

　　1744.4王（陽）。章（陽）。鄉（陽）。

　　1744.5雅（馬二）。下（馬二）。

　　1744.6王（陽）。涼（陽）。

　　1744.7彊（陽）。長（陽）。

　　1744.8鬃[53]（東一）。龍（鍾）。公（東一）。

1745〈鉅鹿公主歌辭〉（三曲）（逯 2153）

　　1745.1鼓（姥）。戶（姥）。

　　1745.2五（姥）。舞（麌）。

　　1745.3女（語）。主（麌）。

1746〈紫騮馬歌辭〉（六曲）（逯 2154）

　　1746.1田（先）。天（先）。人（真）。

　　1746.2樹（遇）。去（御）。處（御）。

　　1746.3歸（微）。誰（脂）。

　　1746.4稟（微）。飛（微）。

　　1746.5葵（脂）。羹（庚二）。

---

53 通作「騣」，《廣韻·東韻》：「騣，馬鬣。」

1746.6誰（脂）。衣（微）。

1747〈紫騮馬歌〉（逯 2154）

林（侵）。心（侵）。

1748〈黃淡思歌〉（四曲）[54]（逯 2155）

1748.1思（之）。來（咍）。百（陌二）。索（陌二）。

1748.2言（元）。旋（仙）。聞（文）。[55]

1748.3拂（物）。出（術）。綷（術）。

1749〈地驅樂歌〉（四曲）（逯 2155）

1749.1黃（唐）。唐（唐）。羊（陽）。

1749.2前（先）。天（先）。

1749.3力（職）。極（職）。側（職）。

1749.4色（職）。力（職）。

1750〈地驅樂歌〉（逯 2155）

墮（果）。我（哿）。

1751〈慕容垂歌辭〉（三曲）（逯 2156）

1751.1岸（翰）。漢（翰）。

1751.2會（泰）。外（泰）。

1751.3岸（翰）。歎（翰）。

1752〈隴頭流水歌〉（三曲）[56]（逯 2156）

1752.1下（馬二）。野（馬三）。

1752.2回（灰）。酸（桓）。

1753〈隴頭歌辭〉（三曲）（逯 2157）

1753.1下（馬二）。野（馬三）。

---

54 第四曲為「綠絲何葳蕤。逐郎歸去來。」此下疑脫兩句。

55 末句「但恐傍人聞」，《古今圖書集成．閨媛典》作「但恐傍人言」；若此，則為元、仙合韻。

56 第三曲為「手攀弱枝。足踰弱泥。」此下疑說兩句。

1753.2頭（侯）。喉（侯）。

1753.3咽（屑）。絕（薛）。

1754〈隔谷歌〉（二曲）（逯2157）

    1754.1栝（末）。活（末）。來（咍）。來（咍）。

    1754.2辱（燭）。足（燭）。粟（燭）。贖（燭）。

1755〈淳于王歌〉（二曲）（逯2157）

    1755.1黃（唐）。郎（唐）。

    1755.2央（陽）。妨（陽）。

1756〈東平劉生歌〉（逯2158）

    稀（微）。誰（脂）。

1757〈捉搦歌〉（四曲）（逯2158）

    1757.1臼（有）。婦（有）。手（有）。口（厚）。

    1757.2步（暮）。露（暮）。處（御）。嫗（遇）。

    1757.3井（靜）。冷（梗二）。影（梗三）。領（靜）。

    1757.4繫（霽）。壻（霽）。計（霽）。

1758〈折楊柳歌辭〉（五曲）（逯2158）

    1758.1枝（支）。兒（支）。

    1758.2鞭（仙）。邊（先）。

    1758.3羈（支）。騎（支）。

    1758.4河（歌）。娑（歌）。歌（歌）。

    1758.5兒（支）。雌（支）。

1759〈折楊柳枝歌〉（四曲）（逯2159）

    1759.1枝（支）。兒（支）。

    1759.2棗（晧）。老（晧）。抱（晧）。

    1759.3力（職）。織（職）。息（職）。

    1759.4憶（職）。息（職）。

1760〈幽州馬客吟歌辭〉（五曲）（逯2159）

1760.1貧（真）。人（真）。

1760.2停（青）。生（庚二）。

1760.3齊（齊）。懷（皆）。

1760.4裙（文）。園（元）。

1760.5丹（寒）。環（刪）。

1761〈慕容家自魯企由谷歌〉（逯2160）

閣（鐸）。雀（藥）。

1762〈高陽樂人歌〉（二曲）（逯2160）

1762.1騧（麻二）。家（麻二）。賒（麻三）。

1762.2火（果）。我（哿）。

1763〈木蘭詩二首〉（逯2160）

1763.1力（職）。織（職）。息（職）。憶（職）。憶（職）。兵（庚三）。名（清）。兄（庚三）。征（清）。韉（先）。鞭（仙）。邊（先）。濺（先）。頭（侯）。啾（尤）。機（微）。飛（微）。衣（微）。歸（微）。堂（唐）。彊（陽）。郎（唐）。鄉（陽）。將（陽）。妝（陽）。羊（陽）。牀（陽）。裳（陽）。黃（唐）。惶（唐）。郎（唐）。離（支）。雌（支）。

1763.2耗（號）。少（笑）。膚（虞）。扶（虞）。行（唐）。妝（陽）。將（陽）。傍（唐）。羌（陽）。鄉（陽）。傷（陽）。簧（唐）。雄（東三）。容（鍾）。同（東一）。都（模）。嫗（虞）。渝（虞）。殊（虞）。吁（虞）。節（屑）。滅（薛）。

梁詩卷三十

【郊廟歌辭】

1764〈梁雅樂歌六首〉沈約（逯 2163）

1764.1〈皇雅〉（三曲）沈約（逯 2163）

1764.1.1賓（真）。神（真）。親（真）。

1764.1.2一（質）。畢（質）。謐（質）。

1764.1.3陽（陽）。裳（陽）。光（唐）。

1764.2〈滌雅〉（一曲）沈約（逯 2163）

熾（志）。置（志）。忌（志）。事（志）。志（志）。洎（至）。
嗣（志）。

1764.3〈牷雅〉（一曲）沈約（逯 2164）

誠（清）。明（庚三）。牲（庚二）。纓（清）。盈（清）。聲
（清）。並（清）。

1764.4〈誠雅〉（三曲）沈約（逯 2164）

1764.4.1蕩（蕩）。想（養）。象（養）。仰（養）。敞（養）。
享（養）。象（養）。

1764.4.2峻（稕）。楝（震）。信（震）。鎮（震）。晉（震）。

1764.4.3黍（語）。旅（語）。舉（語）。俎（語）。與（語）。

1764.5〈獻雅〉（一曲）沈約（逯 2165）

肅（屋三）。穆（屋三）。福（屋三）。祝（屋三）。

1764.6〈禋雅〉（二曲）沈約（逯 2165）

1764.6.1玄（先）。天（先）。牷（仙）。懸（先）。煙（先）。
虔（先）。

1764.6.2宮（東三）。融（東三）。終（東三）。功（東一）。
風（東三）。通（東一）。嵩（東三）。

1765〈梁南郊登歌詩二首〉沈約（逯 2166）

1765.1明（庚三）。成（清）。靈（青）。盈（清）。聲（清）。情
（清）。

1765.2列（薛）。設（薛）。潔（屑）。闋（屑）。烈（薛）。

1766〈梁北郊登歌二首〉沈約（逯 2166）

　　1766.1出（術）。秩（質）。卒（術）。謐（質）。日（質）。

　　1766.2載（代）。晦（隊）。珮（隊）。代（代）。賚（代）。

1767〈梁明堂登歌五首〉沈約（逯 2166）

　　1767.1〈歌青帝辭〉沈約（逯 2166）

　　　　春（諄）。仁（真）。止（止）。始（止）。墀（脂）。綏
　　　　（脂）。

　　1767.2〈歌赤帝辭〉沈約（逯 2167）

　　　　德（德）。則（德）。至（至）。備（至）。下（馬二）。古
　　　　（姥）。[57]

　　1767.3〈歌黃帝辭〉沈約（逯 2167）

　　　　化（禡二）。駕（禡二）。收（尤）。駠（尤）。宇（麌）。主
　　　　（麌）。

　　1767.4〈歌白帝辭〉沈約（逯 2167）

　　　　皓（晧）。寶（晧）。斜（麻三）。華（麻二）。俎（語）。與
　　　　（語）。

　　1767.5〈歌黑帝辭〉沈約（逯 2167）

　　　　節（屑）。閉[58]（屑）。玄（先）。天（先）。職（職）。極
　　　　（職）。

1768〈梁宗廟歌七首〉沈約（逯 2168）

　　1768.1備（至）。位（至）。致（至）。遂（至）。地（至）。

　　1768.2筐（陽）。王（陽）。梁（陽）。方（陽）。忘（陽）。疆
　　　　（陽）。

---

57 原作「始」，顧炎武〈答李子德書之一〉：「隋書載梁沈約歌赤帝辭：『齊醍在堂，笙
　鏞在下，匪惟七百，無絕終古。』今本改古為始，不知『長無絕兮終古』，乃九歌
　之辭，而古人讀下為戶，正與古為韻也。」（《亭林文集卷之四》）今據以改正。

58 原作「閤」，據《隋書》、《樂府詩集》改。

1768.3炭（翰）。亂（換）。難（翰）。漢（翰）。讚（翰）。

1768.4具（遇）。注（遇）。務（遇）。樹（遇）。煦（遇）。

1768.5首（有）。有（有）。壽（有）。咎（有）。久（有）。

1768.6帝（霽）。祭（祭）。衛（祭）。際（祭）。裔（祭）。

1768.7違（微）。騑（微）。微（微）。歸（微）。輝（微）。

1769〈梁小廟樂歌二首〉沈約（逯2169）

　　1769.1〈舞歌〉沈約（逯2169）

　　　　濟（薺）。啟（薺）。禮（薺）。陛（薺）。盛（勁）。敬（映三）。慶（映三）。詠（映三）。

　　1769.2〈登歌〉沈約（逯2169）

　　　　申（真）。陳（真）。親（真）。尊（魂）。辰（真）。春（諄）。民（真）。

【燕射歌辭】

1770〈梁三朝雅樂歌六首〉沈約（逯2170）

　　1770.1〈俊雅〉（三曲）沈約（逯2170）

　　　　1770.1.1俟（止）。齒（止）。士（止）。子（止）。理（止）。

　　　　1770.1.2重（鍾）。容（鍾）。從（鍾）。雍（鍾）。恭（鍾）。

　　　　1770.1.3陛（薺）。禮（薺）。弟（薺）。濟（薺）。悌（薺）。

　　1770.2〈胤雅〉（一曲）沈約（逯2171）

　　　　有（有）。守（有）。受（有）。首（有）。九（有）。後（厚）。壽（有）。

　　1770.3〈寅雅〉（一曲）沈約（逯2171）

　　　　舉（語）。所（語）。莒（語）。與（語）。序（語）。語（語）。醑（語）。

　　1770.4〈介雅〉（三曲）沈約（逯2171）

　　　　1770.4.1始（止）。士（止）。擬（止）。

1770.4.2升（蒸）。仍（蒸）。應（蒸）。

1770.4.3尚（漾）。漾（漾）。貺（漾）。

1770.5〈需雅〉（八曲）沈約（逯2172）

　　1770.5.1味（未）。貴（未）。沸（未）。卉（未）。蔚（未）。

　　1770.5.2和（戈）。多（歌）。禾（戈）。羅（歌）。河（歌）。

　　1770.5.3族（屋一）。木（屋一）。掬（屋三）。穀（屋一）。
　　　　福（屋三）。

　　1770.5.4先（先）。旃（仙）。鮮（仙）。翩（仙）。年（先）。

　　1770.5.5國（德）。德（德）。則（德）。忒（德）。塞（德）。

　　1770.5.6滋（之）。時（之）。淄（之）。釐（之）。期（之）。

　　1770.5.7聖（勁）。盛（勁）。詠（映三）。命（映三）。慶
　　　　（映三）。

　　1770.5.8珍（真）。薪（真）。陳（真）。神（真）。垠（真）。

1770.6〈雍雅〉（三曲）沈約（逯2172）

　　1770.6.1序（語）。俎（語）。舉（語）。與（語）。語（語）。

　　1770.6.2庶（御）。飫（御）。御（御）。豫（御）。恕（御）。

　　1770.6.3陛（薺）。禮（薺）。濟（薺）。悌（薺）。啟（薺）。

1771〈梁三朝雅樂歌六首〉蕭子雲（逯2173）

　1771.1〈俊雅〉（三曲）蕭子雲（逯2173）

　　1771.1.1位（至）。治（志）。思（志）。事（志）。備（至）。

　　1771.1.2序（語）。宁（語）。舉（語）。旅（語）。楚（語）。

　　1771.1.3興（蒸）。升（蒸）。承（蒸）。矜（蒸）。凝（蒸）。

　1771.2〈胤雅〉（一曲）蕭子雲（逯2174）

　　　命（映三）。競（映三）。慶（映三）。聖（勁）。性（勁）。
　　　政（勁）。盛（勁）。

　1771.3〈寅雅〉（一曲）蕭子雲（逯2174）

　　　倫（諄）。賓（真）。臣（真）。新（真）。寅（真）。陳

（真）。恂（諄）。

1771.4〈介雅〉（三曲）蕭子雲（逯 2174）

    1771.4.1聲（清）。成（清）。明（庚三）。

    1771.4.2酒（有）。后（厚）。手（有）。

    1771.4.3朝（宵）。韶（宵）。遙（宵）。

1771.5〈需雅〉（八曲）蕭子雲（逯 2175）

    1771.5.1元（元）。天（先）。虔（仙）。宣（仙）。絃（先）。

    1771.5.2遂（至）。味（未）。氣（未）。貴（未）。餼（未）。

    1771.5.3初（魚）。需（虞）。努（虞）。書（魚）。袪（魚）。

    1771.5.4志（志）。備（至）。治（至）。至（至）。位（至）。

    1771.5.5蘋（真）。珍（真）。民（真）。神（真）。鄰（真）。

    1771.5.6踐（獮）。剪（獮）。顯（銑）。善（獮）。典（銑）。

    1771.5.7宜（支）。酏（支）。儀（支）。差（支）。斯（支）。

    1771.5.8塞（德）。忒（德）。德（德）。北（德）。國（德）。

1771.6〈雍雅〉（三曲）蕭子雲（逯 2175）

    1771.6.1敬（映三）。柄（映三）。命（映三）。聘（勁）。慶（映三）。

    1771.6.2羹（庚二）。平（庚三）。明（庚三）。成（清）。行（庚二）。聲（清）。

    1771.6.3序（語）。莒（語）。羽（麌）。舉（語）。簴（語）。

【相和歌辭】

1772〈五音曲五首〉沈約（逯 2176）

    1772.1〈角引〉沈約（逯 2176）

        春（諄）。仁（真）。均（諄）。

    1772.2〈徵引〉沈約（逯 2176）

        方（陽）。昌（陽）。疆（陽）。

1772.3〈宮引〉沈約（逯2177）

　　　　聲（清）。精（清）。英（庚三）。

1772.4〈商引〉沈約（逯2177）

　　　　音（侵）。琴（侵）。愔（侵）。

1772.5〈羽引〉沈約（逯2177）

　　　　折（薛）。悅（薛）。絕（薛）。

1773〈相和六引〉（五曲）蕭子雲（逯2177）

　　1773.1〈宮引〉蕭子雲（逯2177）

　　　　始（止）。子（止）。理（止）。

　　1773.2〈商引〉蕭子雲（逯2178）

　　　　風（東三）。通（東一）。同（東一）。

　　1773.3〈角引〉蕭子雲（逯2178）

　　　　斯（支）。為（支）。池（支）。

　　1773.4〈徵引〉蕭子雲（逯2178）

　　　　至（至）。事（志）。備（至）。

　　1773.5〈羽引〉蕭子雲（逯2178）

　　　　英（庚三）。清（清）。平（庚三）。

【鼓吹曲辭】

1774〈梁鼓吹曲十二首〉沈約（逯2178）

　　1774.1〈木紀謝〉沈約（逯2179）

　　　　昌（陽）。光（唐）。梁（陽）。翔（陽）。王（陽）。將
　　　　（陽）。湯（唐）。蒼（唐）。荒（唐）。裳（陽）。廊
　　　　（唐）。疆（陽）。盛（勁）。詠（映三）。慶（映三）。

　　1774.2〈賢首山〉沈約（逯2179）

　　　　峻（稕）。陣（震）。徒（模）。狐（模）。都（模）。胡
　　　　（模）。塗（模）。烏（模）。逋（模）。酺（模）。吳

（模）。

1774.3〈桐柏山〉沈約（逯2180）

首（有）。有（有）。醜（有）。阜（有）。畝（厚）。糗
（有）。酒（有）。壽（有）。久（有）。朽（有）。

1774.4〈道亡〉沈約（逯2180）

元（元）。冤（元）。安（寒）。翰（寒）。漢（翰）。瀾
（翰）。炭（翰）。斷（換）。亂（換）。難（翰）。旦
（翰）。

1774.5〈忱威〉沈約（逯2180）

兕（旨）。水（旨）。雉（旨）。指（旨）。矢（旨）。軌
（旨）。

1774.6〈漢東流〉沈約（逯2181）

汭（祭）。蔽（祭）。銳（祭）。懷（皆）。喈（皆）。

1774.7〈鶴樓峻〉沈約（逯2181）

微（微）。歸（微）。威（微）。[59]違（微）。巍（微）。

1774.8〈昏主恣淫慝〉沈約（逯2181）

盛（勁）。命（映三）。辰（真）。民（真）。春（諄）。

1774.9〈石首局〉沈約（逯2182）

墐（震）。峻（稕）。鎮（震）。振（震）。櫬（震）。震
（震）。陳（震）。燼（震）。胤（震）。

1774.10〈期運集〉沈約（逯2182）

符（虞）。隅（虞）。朱（虞）。暮（暮）。度（暮）。

1774.11〈於穆〉沈約（逯2182）

穆（屋三）。肅（屋三）。道（晧）。保（晧）。鎬（晧）。

59　原作「脣亡齒懼。薄言震。耀靈威。」今調整為「脣亡齒懼薄言震。耀靈威。」

鐘（鍾）。鏞（鍾）。容（鍾）。龍（鍾）。蹤（鍾）。[60]

1774.12〈惟大梁〉沈約（逯2183）

圖（模）。[61]都（模）。塗（模）。

【清商曲辭】

1775〈梁雅樂歌五首〉張率（逯2183）

　1775.1〈應王受圖曲〉張率（逯2183）

　　　命（映三）。定（徑）。性（勁）。政（勁）。鏡（映三）。
　　　慶（映三）。

　1775.2〈臣道曲〉張率（逯2184）

　　　風（東三）。公（東一）。躬（東三）。同（東一）。沖（東
　　　三）。忠（東三）。

　1775.3〈積惡篇〉張率（逯2184）

　　　腹（屋三）。覆（屋三）。族（屋三）。屋（屋一）。復（屋
　　　三）。福（屋三）。

　1775.4〈積善篇〉張率（逯2184）

　　　親（真）。邠（真）。仁（真）。因（真）。民（真）。珍
　　　（真）。

　1775.5〈宴酒篇〉張率（逯2184）

　　　德（德）。忒（德）。則（德）。國（德）。惑（德）。克
　　　（德）。

【舞曲歌辭】

60　此詩首句，似乎為句中韻：「於穆（屋三）君臣。君臣和以肅（屋三）。闡王道
　　（晧）。定天保（晧）。樂均靈囿。宴同在鎬（晧）。前庭懸鼓鐘（鍾）。左右列笙
　　鏞（鍾）。纓珮俯仰。有則脩禮容（鍾）。翔振鷺。騁群龍（鍾）。隆周何足擬。遠
　　與唐比蹤（鍾）。」

61　原作「惟大梁。開運。受籙膺圖。」今調整為「惟大梁開運。受籙膺圖。」

1776〈梁大壯大觀舞歌二首〉沈約（逯 2185）

　　1776.1〈大壯舞歌〉沈約（逯 2185）

　　　　人（真）。倫（諄）。薪（真）。晨（真）。旻（真）。津（真）。震（真）[62]。人（真）。輪（諄）。新（真）。陳（真）。寅（真）。

　　1776.2〈大觀舞歌〉沈約（逯 2186）

　　　　聖（勁）。命（映三）。敬（映三）。正（勁）。性（勁）。柄（映三）。政（勁）。映（映三）。敻（勁）。竟（映三）。詠（映三）。盛（勁）。

1777〈梁鞞舞歌〉沈約（逯 2186）

　　1777.1〈明之君六首〉沈約（逯 2186）

　　　　1777.1.1初（魚）。書（魚）。愉（虞）。

　　　　1777.1.2茲（之）。岐（支）。斯（支）。為（支）。

　　　　1777.1.3移（支）。垂（支）。為（支）。

　　　　1777.1.4官（桓）。丹（寒）。護（暮）。顧（暮）。布（暮）。

　　　　1777.1.5道（晧）。昊（晧）。保（晧）。

　　　　1777.1.6造（晧）。寶（晧）。草（晧）。

1778〈梁鞞舞歌三首〉周捨（逯 2187）

　　1778.1〈明之君〉周捨（逯 2187）

　　　　古（姥）。宇（麌）。土（姥）。舞（麌）。

　　1778.2〈明主曲〉周捨（逯 2187）

　　　　歸（微）。微（微）。扉（微）。巍（微）。

　　1778.3〈明君曲〉周捨（逯 2187）

　　　　王（陽）。商（陽）。方（陽）。央（陽）。

62　《康熙字典・雨部・七》：「《韻會》、《正韻》坻之人切，音真。怒也。班固〈東都賦〉：『赫然發憤，應者雲興。霆擊昆陽，憑怒雷震。』《前漢・敍傳》：『票騎冠軍，焱勇紛紜。長驅六舉，電擊雷震。』《註》師古曰：『震音之人反。』」

【釋氏】

1779〈讖詩〉釋寶志（逯2188）

　　　裏（止）。起（止）。子（止）。起（止）。喜（止）。

1780〈又〉釋寶志（逯2188）

　　　三（談）。酖（談）。

1781〈又二首〉釋寶志（逯2189）

　　1781.1狂（陽）。傷（陽）。亡（陽）。湘（陽）。

　　1781.2臂（寘）。視（至）。

1782〈奉和武帝三教詩〉釋智藏（逯2189）

　　　真（真）。辛（真）。循（諄）。津（真）。陳（真）。親（真）。

　　　身（真）。珍（真）。臻（臻）。塵（真）。倫（諄）。神（真）。

　　　民（真）。辰（真）。因（真）。

1783〈和受戒詩〉釋惠令（逯2190）

　　　疎（魚）。魚（魚）。儲（魚）。舒（魚）。

1784〈犯虜將逃作詩〉惠慕道士（逯2190）

　　　辛（真）。津（真）。人（真）。新（真）。賓（真）。

1785〈詠獨杵擣衣詩〉僧正惠侃（逯2191）

　　　砧（侵）。音（侵）。琴（侵）。心（侵）。

1786〈聞侯方兒來寇詩〉僧正惠侃（逯2191）

　　　尸（脂）。時（之）。

1787〈三洲歌〉釋法雲（逯2191）

　　1787.1口（厚）。流（尤）。來（咍）。思（之）。

　　1787.2口（厚）。流（尤）。來（咍）。思（之）。

【仙道】

1788〈初入山作詩〉桓法闓（逯2192）

晨（真）。真（真）。鱗（真）。人（真）。銀（真）。塵（真）。
1789〈五仙詩五首〉周子良（逯 2192）

　　1789.1〈保命府丞授詩〉周子良（逯 2193）

　　　　霄（宵）。軺（宵）。僚（蕭）。翹（宵）。

　　1789.2〈馮真人授詩〉周子良（逯 2193）

　　　　輪（諄）。身（真）。人（真）。真（真）。勤（欣）。

　　1789.3〈張仙卿授詩〉周子良（逯 2193）

　　　　際（祭）。契（屑）。轍（薛）。折（薛）。

　　1789.4〈洪先生授詩〉周子良（逯 2193）

　　　　暉（微）。巍（微）。微（微）。歸（微）。

　　1789.5〈華陽童授詩〉周子良（逯 2194）

　　　　雲（文）。分（文）。君（文）。聞（文）。紛（文）。

1790〈彭先生歌〉周子良（逯 2194）

　　遊（尤）。儔（尤）。搜（尤）。酬（尤）。

1791〈贈謝府君覽詩〉吳興妖神（逯 2194）

　　歇（月）。月（月）。

肆　陳詩韻譜

陳詩卷一

1〈長安少年行〉沈烱（逯 2443）

年（先）。錢（仙）。鞭（仙）。蓮（先）。邊（先）。翁（東一）。
蓬（東一）。雄（東三）。功（東一）。宮（東三）。中（東三）。
通（東一）。空（東一）。東（東一）。終（東三）。同（東一）。
聾（東一）。翁（東一）。蒙（東一）。

2〈獨酌謠〉沈烱（逯 2444）

謠（宵）。謠（宵）。要（宵）。招（宵）。瓢（宵）。超（宵）。喬
（宵）。霄（宵）。韶（宵）。朝（宵）。遙（宵）。囂（宵）。

3〈從駕送軍詩〉沈烱（逯 2444）

兵（庚三）。貞（清）。英（庚三）。平（庚三）。精（清）。明
（庚三）。驚（庚三）。

4〈望郢州城詩〉沈烱（逯 2445）

仙（仙）。年（先）。田（先）。傳（仙）。遷（仙）。天（先）。

5〈長安還至方山愴然自傷詩〉沈烱（逯 2445）

生（庚二）。平（庚三）。成（清）。兵（庚三）。城（清）。名
（清）。情（清）。

6〈離合詩贈江藻〉沈烱（逯 2445）

桃（豪）。高（豪）。蒿（豪）。陶（豪）。騷（豪）。毫（豪）。曹
（豪）。勞（豪）。

7〈建除詩〉沈烱（逯 2446）

煙（先）。仙（仙）。鞭（仙）。鵷（仙）。邊（先）。遷（仙）。顛
（先）。鶱（仙）。旋（仙）。玄（先）。前（先）。田（先）。

8〈六府詩〉沈炯（逯 2446）

門（魂）。昏（魂）。蓀（魂）。翻（元）。園（元）。言（元）。

9〈八音詩〉沈炯（逯 2446）

嬌（宵）。超（蕭）。橋（宵）。飄（宵）。朝（宵）。韶（宵）。囂（宵）。飂（宵）。瑤（宵）。

10〈六甲詩〉沈炯（逯 2447）

榮（庚三）。城（清）。名（清）。成（清）。生（庚二）。情（清）。征（清）。迎（庚三）。名（清）。貞（清）。

11〈十二屬詩〉沈炯（逯 2447）

來（咍）。開（咍）。徊（灰）。栽（咍）。杯（灰）。哉（咍）。

12〈從遊天中寺應令詩〉沈炯（逯 2447）

筵（仙）。泉（仙）。禪（仙）。錢（仙）。

13〈同庾中庶肩吾周處士弘讓遊明慶寺詩〉沈炯（逯 2448）

堂（唐）。牀（陽）。香（陽）。王（陽）。

14〈名都一何綺詩〉沈炯（逯 2448）

輝（微）。扉（微）。歸（微）。微（微）。

15〈為我彈鳴琴詩〉沈炯（逯 2448）

琴（侵）。襟（侵）。音（侵）。心（侵）。淫（侵）。

16〈賦得邊馬有歸心詩〉沈炯（逯 2448）

肥（脂）。歸（微）。微（微）。圍（微）。暉（微）。

17〈詠老馬詩〉沈炯（逯 2449）

西（齊）。泥（齊）。蹄（齊）。迷（齊）。

18〈和蔡黃門口字詠絕句詩〉沈炯（逯 2449）

闆（魚）。嫗（虞）。

19〈謠〉沈炯（逯 2449）

新（真）。人（真）。春（諄）。

20〈新成安樂宮〉陰鏗（逯 2450）

　　　哉（哈）。臺（哈）。來（哈）。開（哈）。梅（灰）。埃（哈）。

21〈班婕妤怨〉陰鏗（逯 2450）

　　　傾（清）。輕（清）。生（庚二）。驚（庚三）。名（清）。

22〈蜀道難〉陰鏗（逯 2451）

　　　朝（宵）。遙（宵）。燒（宵）。橋（宵）。要（宵）。

23〈和登百花亭懷荊楚詩〉陰鏗（逯 2451）

　　　潮（宵）。遙（宵）。飄（宵）。橋（宵）。朝（宵）。

24〈奉送始興王詩〉陰鏗（逯 2451）

　　　明（庚三）。迎（庚三）。城（清）。清（清）。輕（清）。情
　　　（清）。征（清）。

25〈廣陵岸送北使詩〉陰鏗（逯 2451）

　　　艫（模）。衢（虞）。紆（虞）。烏（模）。孤（虞）。鳧（虞）。朱
　　　（虞）。

26〈江津送劉光祿不及詩〉陰鏗（逯 2452）

　　　津（真）。鄰（真）。人（真）。綸（諄）。闉（真）。

27〈和傅郎歲暮還湘洲詩〉陰鏗（逯 2452）

　　　行（庚二）。征（清）。輕（清）。驚（庚三）。情（清）。

28〈渡青草湖詩〉陰鏗（逯 2452）

　　　張（陽）。香（陽）。長（陽）。光（唐）。檣（陽）。航（唐）。

29〈渡岸橋詩〉陰鏗（逯 2453）

　　　流（尤）。收（尤）。樓（侯）。浮（尤）。牛（尤）。

30〈遊始興道館詩〉陰鏗（逯 2453）

　　　餘（魚）。書（魚）。魚（魚）。疎（魚）。虛（魚）。

31〈開善寺詩〉陰鏗（逯 2453）

　　　通（東一）。窮（東三）。風（東三）。紅（東一）。空（東一）。
　　　叢（東一）。

32〈罷故章縣詩〉陰鏗（逯 2454）

濱（真）。津（真）。塵（真）。貧（真）。民（真）。人（真）。

33〈閒居對雨詩〉陰鏗（逯2454）

遊（尤）。浮（尤）。舟（尤）。流（尤）。收（尤）。

34〈又〉陰鏗（逯2454）

祇[1]（支）。斯（支）。離（支）。陂（支）。枝（支）。歧（支）。
知（支）。

35〈行經古墓詩〉陰鏗（逯2454）

深（侵）。金（侵）。侵（侵）。沈（侵）。吟（侵）。

36〈和樊晉陵傷妾詩〉陰鏗（逯2455）

辭（之）。悲（脂）。絲（之）。帷（脂）。時（之）。

37〈和侯司空登樓望鄉詩〉陰鏗（逯2455）

門（魂）。園（元）。昏（魂）。源（元）。

38〈登武昌岸望詩〉陰鏗（逯2455）

墟（魚）。書（魚）。疎（魚）。居（魚）。

39〈晚出新亭詩〉陰鏗（逯2456）

重（鍾）。峯（鍾）。松（鍾）。蹤（鍾）。

40〈晚泊五洲詩〉陰鏗（逯2456）

中（東三）。窮（東三）。紅（東一）。風（東三）。

41〈賦詠得神仙詩〉陰鏗（逯2456）

堂（唐）。香（陽）。羊（陽）。王（陽）。

42〈遊巴陵空寺詩〉陰鏗（逯2456）

扉（微）。輝（微）。微（微）。衣（微）。

43〈秋閨怨詩〉陰鏗（逯2457）

愁（尤）。頭（侯）。流（尤）。樓（侯）。

44〈南征閨怨詩〉陰鏗（逯2457）

1　原作「祇」，據《古詩紀》卷一百九作改。

深（侵）。尋（侵）。禁（侵）。音（侵）。心（侵）。

45〈侯司空宅詠妓詩〉陰鏗（逯 2457）

絃（先）。邊（先）。前（先）。鮮（仙）。

46〈經豐城劍池詩〉陰鏗（逯 2457）

移（支）。池（支）。漪（支）。雌（支）。

47〈西遊咸陽中詩〉陰鏗（逯 2458）

多（歌）。河（歌）。珂（歌）。過（戈）。

48〈觀釣詩〉陰鏗（逯 2458）

舟（尤）。流（尤）。浮（尤）。游（尤）。

49〈詠石詩〉陰鏗（逯 2458）

餘（魚）。魚（魚）。疎（魚）。書（魚）。

50〈侍宴賦得夾池竹詩〉陰鏗（逯 2458）

寒（寒）。冠（桓）。壇（寒）。看（寒）。

51〈雪裏梅花詩〉陰鏗（逯 2459）

飄（蕭）。銷（宵）。條（宵）。朝（宵）。

52〈五洲夜發詩〉陰鏗（逯 2459）

明（庚三）。聲（清）。更（庚二）。

53〈詠鶴〉陰鏗（逯 2459）

鳴（庚三）。聲（清）。

54〈刻吳閶門詩〉陸山才（逯 2460）

臣（真）。人（真）。

陳詩卷二

55〈答林法師詩〉周弘正（逯 2461）

征（清）。聲（清）。城（清）。

56〈學中早起聽講詩〉周弘正（逯 2461）

闈（微）。飛（微）。霏（微）。扉（微）。違（微）。微（微）。歸（微）。

57〈還草堂尋處士弟詩〉周弘正（逯2462）
半（換）。散（翰）。岸（翰）。館（換）。亂（換）。

58〈入武關詩〉周弘正（逯2462）
迴（灰）。來（咍）埃（咍）。開（咍）。

59〈和庾肩吾入道館詩〉周弘正（逯2462）
仙（仙）。煙（先）。田（先）。年（先）。

60〈看新婚詩〉周弘正（逯2462）
家（麻二）。花（麻二）。霞（麻二）。賒（麻三）。

61〈名都一何綺詩〉周弘正（逯2463）
瑞（唐）。香（陽）。陽（陽）。傷（陽）。

62〈詠石鯨應詔詩〉周弘正（逯2463）
陰（侵）。深（侵）。尋（侵）。心（侵）。

63〈詠老敗鬪雞詩〉周弘正（逯2463）
忌（志）。駛（志）。異（志）。意（志）。

64〈隴頭送征客詩〉周弘正（逯2463）
飛（微）。衣（微）。

65〈詠歌人偏得日照詩〉周弘正（逯2464）
明（庚三）。聲（清）。

66〈詠班竹掩團扇詩〉周弘正（逯2464）
遠（願）。怨（願）。

67〈於長安詠鴈詩〉周弘正（逯2464）
關（刪）。還（刪）。

68〈留贈山中隱士詩〉周弘讓（逯2465）
連（仙）。天（先）。煙（先）。前（先）。仙（仙）。

69〈春夜醮五岳圖文詩〉周弘讓（逯2465）

明（庚三）。清（清）。笙（庚二）。輕（清）。誠（清）。生（庚二）。

70 〈賦得長笛吐清氣詩〉周弘讓（逯 2465）

　　吐（姥）。塢（姥）。苦（姥）。雨（麌）。

71 〈立秋詩〉周弘讓（逯 2465）

　　驚（庚三）。聲（清）。

72 〈賦得荊軻詩〉周弘直（逯 2466）

　　燕（先）。年（先）。絃（先）。天（先）。憐（先）。

73 〈賦得雜言詠栗詩〉陸玠（逯 2466）

　　周（尤）。秋（尤）。糈^2（魚）。羞（尤）。

74 〈羅敷行〉顧野王（逯 2467）

　　時（之）。期（之）。遲（脂）。絲（之）。飢^3（脂）。

75 〈芳樹〉顧野王（逯 2467）

　　章（陽）。芳（陽）。香（陽）。長（陽）。忘（陽）。

76 〈有所思〉顧野王（逯 2467）

　　戍（遇）。樹（遇）。霧（遇）。賦（遇）。

77 〈隴頭水〉顧野王（逯 2468）

　　川（仙）。煙（仙）。泉（仙）。堅（先）。絃（先）。

78 〈長安道〉顧野王（逯 2468）

　　霞（麻二）。車（麻三）。家（麻二）。斜（麻三）。

79 〈陽春歌〉顧野王（逯 2468）

　　菲（微）。扉（微）。歸（微）。飛（微）。機（微）。

80 〈豔歌行三首〉顧野王（逯 2468）

　　80.1 輝（微）。歸（微）。妃（微）。飛（微）。

2　《廣韻》「私呂切」。此據《集韻》卷一「新於切」，音胥。糧也。

3　原作「饑」，據《樂府詩集》卷二十八改。

80.2妍（先）。仙（仙）。前（先）。步（暮）。渡（暮）。妒
（暮）。荷（歌）。阿（歌）。

80.3麗（霽）。第（霽）。央（陽）。章（陽）。長（陽）。瑟
（櫛）。室（質）。日（質）。出（術）。術（術）。

81〈餞友之綏安詩〉顧野王（逯 2469）

靄（泰）。瀨（泰）。會（泰）。蓋（泰）。繪（泰）。海（海）。愛
（代）。鄶（泰）。

82〈日出東南隅行〉徐伯陽（逯 2470）

扉（微）。暉（微）。衣（微）。麗（霽）。髻（霽）。桂（霽）。愁
（尤）。頭（侯）。羞（尤）。裏（止）。起（止）。

83〈遊鍾山開善寺詩〉徐伯陽（逯 2470）

宮（東三）。中（東三）。風（東三）。蒙（東一）。

84〈釣竿篇〉張正見（逯 2471）

潯（侵）。金（侵）。沈（侵）。深（侵）。吟（侵）。心（侵）。

85〈度關山〉張正見（逯 2471）

征（清）。兵（庚三）。旌（清）。明（庚三）。城（清）。鳴（庚
三）。聲（清）。

86〈晨雞高樹鳴〉張正見（逯 2471）

鳴（庚三）。聲（清）。衡（庚二）。營（清）。暮（暮）。度
（暮）。樹（遇）。露（暮）。霜（陽）。陽（陽）。場（陽）。瑭
（唐）。王（陽）。倉（唐）。嘗（陽）。

87〈採桑〉張正見（逯 2472）

驚（庚三）。晴（清）。明（庚三）。聲（清）。輕（清）。迎（庚
三）。城（清）。

88〈豔歌行〉張正見（逯 2472）

梁（陽）。牀（陽）。妝（陽）。黃（唐）。郎（唐）。章（陽）。場
（陽）。芒（唐）。傍（唐）。陽（陽）。房（陽）。鴦（陽）。光

（唐）。香（陽）。桑（唐）。

89〈從軍行〉張正見（逯 2473）

西（齊）。齊（齊）。梯（齊）。迷（齊）。泥（齊）。

90〈三婦豔詩〉張正見（逯 2473）

絲（之）。眉（脂）。詩（之）。時（之）。

91〈置酒高殿上〉張正見（逯 2473）

塗（模）。鋪（模）。鑪（模）。梧（模）。趨（虞）。珠（虞）。姝
（虞）。竿（虞）。雛（虞）。壺（模）。枯（模）。都（模）。

92〈門有車馬客行〉張正見（逯 2473）

開（咍）。來（咍）。媒（灰）。回（灰）。雷（灰）。才（咍）。杯
（灰）。臺（咍）。催（灰）。摧（灰）。

93〈白頭吟〉張正見（逯 2474）

風（東三）。中（東三）。終（東三）。東（東一）。雄（東三）。
通（東一）。宮（東三）。紅（東一）。逢（東三）。同（東一）。

94〈怨詩〉張正見（逯 2474）

奢（麻三）。霞（麻二）。車（麻三）。花（麻二）。紗（麻二）。
斜（麻三）。家（麻二）。

95〈應龍篇〉張正見（逯 2475）

藏（唐）。翔（陽）。香（陽）。芳（陽）。彰（陽）。

96〈輕薄篇〉張正見（逯 2475）

霞（麻二）。花（麻二）。家（麻二）。斜（麻三）。華（麻二）。
車（麻三）。牙（麻二）。奢（麻三）。鴉（麻二）。

97〈帝王所居篇〉張正見（逯 2475）

居（魚）。渠（魚）。廬[4]（魚）。虛（魚）。疏（魚）。書（魚）。
胥（魚）。輿（魚）。車（魚）。除（魚）。

4　原作「盧」，據《古詩紀》卷一百十二改。

98〈朱鷺〉張正見（逯 2476）

　　瀛（清）。聲（清）。行（庚二）。驚（清）。

99〈上之回〉張正見（逯 2476）

　　行（庚二）。輕（清）。明（庚三）。聲（清）。

100〈戰城南〉張正見（逯 2476）

　　兵（庚三）。明（庚三）。聲（清）。卿（庚三）。

101〈君馬黃二首〉張正見（逯 2476）

　　101.1桓（桓）。寒（寒）。鞍（寒）。蘭（寒）。

　　101.2沒（沒）。月（月）。窟（沒）。骨（沒）。

102〈芳樹〉張正見（逯 2477）

　　錢（仙）。年（先）。前（先）。泉（仙）。

103〈有所思〉張正見（逯 2477）

　　愁（尤）。樓（侯）。秋（尤）。流（尤）。

104〈雉子斑〉張正見（逯 2477）

　　甸（霰）。變（線）。戰（線）。箭（線）。

105〈臨高臺〉張正見（逯 2477）

　　棼（文）。雲（文）。分（文）。聞（文）。

106〈隴頭水二首〉張正見（逯 2478）

　　106.1師（脂）。悲（脂）。遲（脂）。期（之）。

　　106.2渡（暮）。路（暮）。袴（暮）。故（暮）。

107〈折楊柳〉張正見（逯 2478）

　　空（東一）。中（東三）。弓（東三）。風（東三）。宮（東三）。

108〈關山月〉張正見（逯 2478）

　　華（麻二）。斜（麻三）。車（麻三）。花（麻二）。賒（麻三）。

109〈洛陽道〉張正見（逯 2479）

　　扉（微）。暉（微）。飛（微）。歸（微）。稀（微）。

110〈梅花落〉張正見（逯 2479）

侵（侵）。深（侵）。林（侵）。吟（侵）。

111〈紫騮馬〉張正見（逯 2479）

　　戎（東三）。中（東三）。空（東一）。風（東三）。

112〈雨雪曲〉張正見（逯 2479）

　　漫[5]（桓）。竿（寒）。寒（寒）。紈（桓）。

113〈劉生〉張正見（逯 2480）

　　陪（灰）。來（咍）。杯（灰）。開（咍）。

114〈公無渡河〉張正見（逯 2480）

　　舟（尤）。愁（尤）。流（尤）。侯（侯）。

115〈對酒〉張正見（逯 2480）

　　罍（灰）。開（咍）。來（咍）。杯（灰）。

116〈銅雀臺〉張正見（逯 2480）

　　通（東一）。風（東三）。空（東一）。中（東三）。

117〈長安有狹斜行〉張正見（逯 2481）

　　斜（麻三）。車（麻三）。花（麻二）。家（麻二）。

118〈飲馬長城窟行〉張正見（逯 2481）

　　驚（庚三）。城（清）。行（庚二）。聲（清）。城（清）。

119〈泛舟橫大江〉張正見（逯 2481）

　　磯（微）。飛（微）。衣（微）。歸（微）。

120〈煌煌京洛行〉張正見（逯 2482）

　　京（庚三）。生（庚二）。鳴（庚三）。城（清）。

121〈明君詞〉張正見（逯 2482）

　　月（月）。髮（月）。

122〈神仙篇〉張正見（逯 2482）

　　蜆（齊）。溪（齊）。迷（齊）。泥（齊）。雞（齊）。閣（鐸）。廓

5　「漫」，《集韻》又「謨官切」，音「瞞」。以上下句之平仄而言，此處應讀平聲。

（鐸）。鶴（鐸）。落（鐸）。博（鐸）。藥（藥）。台（咍）。開
（咍）。來（咍）。臺（咍）。雷（灰）。才（咍）。

123〈又〉張正見（逯2482）
年（先）。蓮（先）。前（先）。

124〈前有一樽酒行〉張正見（逯2483）
酒（有）。壽（有）。壽（有）。

125〈採桑〉張正見（逯2483）
愁（尤）。樓（侯）。

陳詩卷三

126〈御幸樂遊苑侍宴詩〉張正見（逯2485）
埏（仙）。宣（仙）。編（先）。畋（先）。邊（先）。川（仙）。煙
（先）。壖（仙）。斿（仙）。鞭（先）。弦（先）。筵（仙）。絃
（先）。天（先）。鮮（仙）。蟬（仙）。鉛（仙）。涓（先）。泉
（仙）。年（先）。

127〈重陽殿成金石會竟上詩〉張正見（逯2485）
泉（仙）。連（仙）。泉（仙）。瀍（仙）。懸（先）。煙（先）。儇
（仙）。椽（仙）。蓮（先）。年（先）。鮮（仙）。躚（仙）。天
（先）。絃（先）。前（先）。翩（仙）。

128〈征虜亭送新安王應令詩〉張正見（逯2486）
平（庚三）。笙（庚二）。輕（清）。明（庚三）。情（清）。

129〈從籍田應衡陽王教作詩〉（五章）張正見（逯2486）
129.1微（微）。歸（微）。威（微）。扉（微）。
129.2卷（獮）。轉（獮）。巘（獮）。輦（獮）。
129.3煙（仙）。川（仙）。天（先）。田（先）。前（先）。
129.4璧（昔）。籍（昔）。辟（昔）。席（昔）。石（昔）。

129.5和（戈）。波（戈）。多（歌）。蘿（歌）。歌（歌）。

130〈從永陽王遊虎丘山詩〉張正見（逯2487）

芒（唐）。鄉（陽）。行（唐）。腸（陽）。涼（陽）。光（唐）。香（陽）。莊（陽）。梁（陽）。

131〈陪衡陽王遊耆闍寺詩〉張正見（逯2487）

臨（侵）。簪（侵）。金（侵）。深（侵）。禽（侵）。林（侵）。

132〈溢城詩〉張正見（逯2488）

流（尤）。樓（侯）。

133〈與錢玄智汎舟詩〉張正見（逯2488）

迎（庚三）。城（清）。橫（庚二）。清（清）。明（庚三）。行（庚二）。

134〈遊匡山簡寂館詩〉張正見（逯2488）

通（東一）。宮（東三）。虹（東一）。風（東三）。中（東三）。

135〈和諸葛覽從軍游獵詩〉張正見（逯2488）

封（鍾）。重（鍾）。鋒（鍾）。蹤（鍾）。容[6]（鍾）。

136〈山家閨怨詩〉張正見（逯2489）

遊（尤）。愁（尤）。秋（尤）。留（尤）。

137〈和陽侯送袁金紫葬詩〉張正見（逯2489）

城（清）。情（清）。聲（清）。輕（清）。明（庚三）。

138〈傷韋侍讀詩〉張正見（逯2489）

河（歌）。波（戈）。多（歌）。蘿（歌）。歌（歌）。

139〈後湖泛舟詩〉張正見（逯2489）

遊（尤）。舟（尤）。流（尤）。秋（尤）。

140〈遊龍首城詩〉張正見（逯2490）

浮（尤）。洲（尤）。丘（尤）。留（尤）。

6　原作「戎」，據《藝文類聚》卷六十六改。

141〈別韋諒賦得江湖汎別舟詩〉張正見（逯 2490）

　　船（仙）。前（先）。船（仙）。仙（仙）。

142〈星名從軍詩〉張正見（逯 2490）

　　邊（先）。連（仙）。天（先）。燃（仙）。懸（先）。

143〈賦得韓信詩〉張正見（逯 2490）

　　兵（庚三）。聲（清）。城（清）。名（清）。情（清）。

144〈行經季子廟詩〉張正見（逯 2491）

　　移（支）。枝（支）。碑（支）。知（支）。

145〈賦得落落窮巷士詩〉張正見（逯 2491）

　　名（清）。榮（庚三）。明（庚三）。清（清）。卿（庚三）。

146〈賦得日中市朝滿詩〉張正見（逯 2491）

　　生（庚二）。明（庚三）。城（清）。輕（清）。情（清）。

147〈賦得題新雲詩〉張正見（逯 2492）

　　松（鍾）。峯（鍾）。重（鍾）。龍（鍾）。

148〈賦得白雲臨酒詩〉張正見（逯 2492）

　　川（仙）。船（仙）。前（先）。千（先）。

149〈詠雪應衡陽王教詩〉張正見（逯 2492）

　　年（先）。田（先）。綿（仙）。前（先）。

150〈賦得雪映夜舟詩〉張正見（逯 2492）

　　舟（尤）。流（尤）。浮（尤）。秋（尤）。

151〈薄帷鑒明月詩〉張正見（逯 2493）

　　樓（侯）。鈎（侯）。流（尤）。遊（尤）。

152〈玄圃觀春雪詩〉張正見（逯 2493）

　　空（東一）。中（東三）。風（東三）。風（東三）。

153〈秋河曙耿耿詩〉張正見（逯 2493）

　　浮（尤）。流（尤）。秋（尤）。留（尤）。

154〈浦狹村煙度詩〉張正見（逯 2494）

　　川（仙）。煙（先）。船（仙）。然（仙）。

155〈和衡陽王秋夜詩〉張正見（逯 2494）
　　收（尤）。流（尤）。浮（尤）。秋（尤）。

156〈賦得山卦名詩〉張正見（逯 2494）
　　籠（東一）。通（東一）。風（東三）。鴻（東一）。

157〈初春賦得池應教詩〉張正見（逯 2494）
　　曦（支）。池（支）。枝（支）。疲（支）。

158〈賦得垂柳映斜谿詩〉張正見（逯 2495）
　　垂（支）。危（支）。枝（支）。吹（支）。

159〈賦得岸花臨水發詩〉張正見（逯 2495）
　　洲（尤）。浮（尤）。流（尤）。舟（尤）。秋（尤）。

160〈賦得風生翠竹裏應教詩〉張正見（逯 2495）
　　池（支）。移（支）。枝（支）。吹（支）。

161〈賦得山中翠竹詩〉張正見（逯 2495）
　　垂（支）。池（支）。枝（支）。移（支）。吹（支）。

162〈賦得梅林輕雨應教詩〉張正見（逯 2496）
　　雨（麌）。聚（麌）。柱（麌）。舞（麌）。

163〈賦新題得蘭生野徑詩〉張正見（逯 2496）
　　心（侵）。琴（侵）。深（侵）。金（侵）。

164〈賦得威鳳棲梧詩〉張正見（逯 2496）
　　中（東三）。空（東一）。風（東三）。桐（東一）。

165〈賦得魚躍水花生詩〉張正見（逯 2497）
　　流（尤）。浮（尤）。鈎（侯）。舟（尤）。

166〈賦新題得寒樹晚蟬疎詩〉張正見（逯 2497）
　　桐（東一）。空（東一）。中（東三）。風（東三）。

167〈賦得秋蟬喝柳應衡陽王教詩〉張正見（逯 2497）
　　天（先）。蟬（仙）。前（先）。連（仙）。弦（先）。

168〈秋日別庾正員詩〉張正見（逯2497）

　　鑣（宵）。潮（宵）。遙（宵）。橋（宵）。

169〈秋晚還彭澤詩〉張正見（逯2498）

　　皋（豪）。蒿（豪）。高（豪）。膠（豪）。

170〈還彭澤山中早發詩〉張正見（逯2498）

　　隈（灰）。來（咍）。開（咍）。才（咍）。

171〈雪詩〉張正見（逯2498）

　　年（先）。田（先）。

172〈賦得佳期竟不歸詩〉張正見（逯2498）

　　源（元）。園（元）。魂（魂）。燭（燭）。玉（燭）。曲（燭）。歸

　　（微）。衣（微）。機（微）。回（灰）。

173〈賦得堦前嫩竹〉張正見（逯2499）

　　叢（東一）。空（東一）。風（東三）。中（東三）。

陳詩卷四

174〈採桑〉陳後主叔寶（逯2501）

　　隨（支）。移（支）。枝（支）。萎（支）。垂（支）。知（支）。

175〈日出東南隅行〉陳後主叔寶（逯2501）

　　暉（微）。威（微）。闈（微）。歸（微）。衣（微）。徽（微）。

176〈三婦豔詞十一首〉陳後主叔寶（逯2502）

　　176.1風（東三）。空（東一）。紅（東一）。同（東一）。

　　176.2樓（侯）。頭（侯）。鉤（侯）。羞（尤）。

　　176.3機（微）。衣（微）。徽（微）。歸（微）。

　　176.4眉（脂）。時（之）。幃（微）。遲（脂）。

　　176.5樓（侯）。舟（尤）。羞（尤）。留（尤）。

　　176.6箏（耕）。聲（清）。楹（清）。爭（耕）。

176.7偏（仙）。堅（先）。前（先）。憐（先）。

176.8杯（灰）。臺（咍）。梅（灰）。來（咍）。

176.9閨（齊）。啼（齊）。棲（齊）。齊（齊）。

176.10壚（模）。襦（虞）。姝（虞）。躕（虞）。

176.11五（姥）。戶（姥）。吐（姥）。炷（麌）。

177〈飛來雙白鶴〉陳後主叔寶（逯2502）

開（咍）。催（灰）。摧（灰）。回（灰）。來（咍）。

178〈采蓮曲〉陳後主叔寶（逯2503）

光（唐）。黃（唐）。長（陽）。航（唐）。香（陽）。房（陽）。

179〈昭君怨〉陳後主叔寶（逯2503）

庭（青）。輕（清）。鳴（庚三）。生（庚二）。聲（清）。

180〈朱鷺〉陳後主叔寶（逯2503）

綠（燭）。曲（燭）。續（燭）。矚（燭）。

181〈巫山高〉陳後主叔寶（逯2504）

深（侵）。林（侵）。吟（侵）。琴（侵）。沈（侵）。

182〈有所思三首〉陳後主叔寶（逯2504）

182.1期（之）。思（之）。眉（脂）。絲（之）。時（之）。

182.2期（之）。思（之）。時（之）。遲（脂）。疑（之）。

182.3燕（先）。邊（先）。天（先）。前（先）。絃（先）。

183〈雉子斑〉陳後主叔寶（逯2504）

前（先）。連（仙）。然（仙）。篇（仙）。

184〈臨高臺〉陳後主叔寶（逯2505）

臺（咍）。來（咍）。開（咍）。回（灰）。杯（灰）。

185〈隴頭〉陳後主叔寶（逯2505）

春（諄）。塵（真）。津（真）。人（真）。

186〈隴頭水二首〉陳後主叔寶（逯2505）

186.1征（清）。鳴（庚三）。輕（清）。清（清）。情（清）。

186.2風（東三）。叢（東一）。蓬（東一）。空（東一）。東（東一）。

187〈折楊柳二首〉陳後主叔寶（逯 2505）

187.1情（清）。驚（庚三）。聲（清）。生（庚二）。鳴（庚三）。

187.2繁（元）。屯（魂）。喧（元）。園（元）。

188〈關山月二首〉陳後主叔寶（逯 2506）

188.1天（先）。前（先）。圓（仙）。弦（先）。翩（仙）。

188.2耀（笑）。搖（笑）。峭（笑）。照（笑）。

189〈洛陽道五首〉陳後主叔寶（逯 2506）

189.1京（庚三）。生（庚二）。甍（耕）。迎（庚三）。名（清）。

189.2杲（晧）。道（晧）。早（晧）。好（晧）。草（晧）。

189.3陽（陽）。莊（陽）。光（唐）。傍（唐）。

189.4堂（唐）。光（唐）。粧（陽）。陽（陽）。

189.5溝（侯）。樓（侯）。侯（侯）。頭（侯）。

190〈長安道〉陳後主叔寶（逯 2507）

央（陽）。光（唐）。堂（唐）。傍（唐）。粧（陽）。

191〈梅花落二首〉陳後主叔寶（逯 2507）

191.1梅（灰）。臺（咍）。開（咍）。來（咍）。徊（灰）。

191.2邊（先）。煙（先）。甄（仙）。弦（先）。前（先）。

192〈紫騮馬二首〉陳後主叔寶（逯 2508）

192.1歸（微）。飛（微）。輝（微）。衣（微）。追（脂）。

192.2鞍（寒）。端（桓）。蘭（寒）。看（寒）。

193〈雨雪曲〉陳後主叔寶（逯 2508）

吟（侵）。深（侵）。沈（侵）。音（侵）。

194〈劉生〉陳後主叔寶（逯 2508）

中（東三）。豐（東三）。弓（東三）。僮（東一）。東（東一）。

195〈飲馬長城窟行〉陳後主叔寶（逯 2508）

　　　鄉（陽）。光（唐）。香（陽）。長（陽）。場（陽）。

196〈舞媚娘三首〉陳後主叔寶（逯2509）

　　196.1五（姥）。戶（姥）。羽（麌）。柱（麌）。

　　196.2臺（咍）。開（咍）。來（咍）。

　　196.3光（唐）。傍（唐）。香（陽）。

197〈估客樂〉陳後主叔寶（逯2509）

　　遙（宵）。潮（宵）。

198〈三洲歌〉陳後主叔寶（逯2509）

　　洲（尤）。留（尤）。

199〈前有一樽酒行〉陳後主叔寶（逯2510）

　　鮮（仙）。筵（仙）。

200〈自君之出矣六首〉陳後主叔寶（逯2510）

　　200.1明（庚三）。停（青）。

　　200.2輕（清）。明（庚三）。

　　200.3情（清）。生（庚二）。

　　200.4帷（脂）。時（之）。

　　200.5生（庚二）。鳴（庚三）。

　　200.6覩（姥）。苦（姥）。

201〈玉樹後庭花〉陳後主叔寶（逯2511）

　　城（清）。迎（庚三）。庭（青）。

202〈烏棲曲三首〉陳後主叔寶（逯2511）

　　202.1生（庚二）。情（清）。伴（緩）。滿（緩）。

　　202.2連（仙）。前（先）。解（蟹）。解（蟹）。

　　202.3香（陽）。鴦（陽）。曙（御）。去（御）。

203〈東飛伯勞歌〉陳後主叔寶（逯2512）

　　鸞（耕）。迎（庚三）。上（漾）。漾（漾）。發（月）。月（月）。
　　笄（齊）。低（齊）。故（暮）。度（暮）。

204〈長相思二首〉陳後主叔寶（逯 2512）

204.1憶（職）。極（職）。息（職）。織（職）。識（職）。

204.2思（之）。悲（脂）。絲（之）。帷（脂）。眉（脂）。時（之）。

205〈古曲〉陳後主叔寶（逯 2512）

開（咍）。迴（灰）。來（咍）。

206〈獨酌謠四首〉陳後主叔寶（逯 2512）

206.1謠（宵）。謠（宵）。飆（宵）。聊（蕭）。調（蕭）。超（宵）。霄（宵）。飄（宵）。遙（宵）。喬（宵）。

206.2謠（宵）。宵（宵）。朝（宵）。徊（灰）。開（咍）。杯（灰）。回（灰）。灰（灰）。哉（咍）。

206.3謠（宵）。消（宵）。調（蕭）。朝（宵）。譙（宵）。嬌（宵）。遙（宵）。

206.4酒（有）。脯（有）。缶（有）。久（有）。斗（厚）。藪（厚）。

207〈同江僕射遊攝山棲霞寺詩〉陳後主叔寶（逯 2513）

心（侵）。林（侵）。沈（侵）。深（侵）。陰（侵）。吟（侵）。簪（侵）。

208〈同平南弟元日思歸詩〉陳後主叔寶（逯 2513）

黃（唐）。湯（唐）。方（陽）。鏘（陽）。長（陽）。香（陽）。江（江）。湘（陽）。

209〈立春日汎舟玄圃各賦一字六韻成篇〉陳後主叔寶（逯 2514）

桃（豪）。滔（豪）。袍（豪）。刀（豪）。高（豪）。濠（豪）。

210〈獻歲立春光風具美汎舟玄圃各賦六韻詩〉陳後主叔寶（逯 2514）

禽（侵）。林（侵）。沈（侵）。深（侵）。音（侵）。心（侵）。

211〈上巳宴麗暉殿各賦一字十韻詩〉陳後主叔寶（逯 2515）

阜（有）。酒（有）。柳（有）。牖（有）。偶（厚）。綬（有）。藪
（厚）。壽（有）。後（厚）。首（有）。

212〈上巳玄圃宣猷堂禊飲同共八韻詩〉陳後主叔寶（逯2515）
平（庚三）。明（庚三）。清（清）。生（庚二）。輕（清）。名
（清）。英（庚三）。情（清）。

213〈春色禊辰盡當曲宴各賦十韻詩〉陳後主叔寶（逯2515）
李（止）。巳（止）。洧（旨）。擬（止）。軌（旨）。雉（旨）。趾
（止）。起（止）。似（止）。鄙（旨）。

214〈祓禊汎舟春日玄圃各賦七韻詩〉陳後主叔寶（逯2516）
尋（侵）。森（侵）。沉（侵）。臨（侵）。音（侵）。侵（侵）。欽
（侵）。

215〈上巳玄圃宣猷嘉辰禊酌各賦六韻以次成篇詩〉陳後主叔寶（逯
2516）
過（戈）。多（歌）。波（戈）。柯（歌）。蘿（歌）。和（戈）。

216〈七夕宴宣猷堂各賦一韻詠五物自足為十并牛女一首五韻物次第
用得帳屏風案唾壺履〉陳後主叔寶（逯2516）
216.1壁（錫）。拆（陌二）。
216.2擊（錫）。敵（錫）。
216.3易（昔）。席（昔）。
216.4役（昔）。擲（昔）。
216.5跡（昔）。客（陌二）。

217〈七夕宴重詠牛女各為五韻詩〉陳後主叔寶（逯2517）
臺（咍）。徊（灰）。開（咍）。杯（灰）。來（咍）。催（灰）。

218〈同管記陸琛七夕五韻詩〉陳後主叔寶（逯2517）
明（庚三）。輕（清）。迎（庚三）。生（庚二）。情（清）。停
（青）。

219〈同管記陸瑜七夕四韻詩〉陳後主叔寶（逯2517）

宵（宵）。遙（宵）。橋（宵）。迢（蕭）。

220〈七夕宴樂脩殿各賦六韻〉陳後主叔寶（逯2518）

開（哈）。迴（灰）。瑰（灰）。來（哈）。梅（灰）。杯（灰）。

221〈七夕宴玄圃各賦五韻詩〉陳後主叔寶（逯2518）

清（清）。明（庚三）。聲（清）。盈（青）。情（清）。

222〈五言同管記陸瑜九日觀馬射詩〉陳後主叔寶（逯2518）

霜（陽）。皇（唐）。荒（唐）。涼（陽）。黃（唐）。光（唐）。傍
（唐）。揚（陽）。藏（唐）。楊（陽）。羌（陽）。

223〈五言畫堂良夜履長在節歌管賦詩迥筵命酒十韻成篇〉陳後主叔
寶（逯2519）

颯（合）。欱（合）。沓（合）。答（合）。合（合）。納（合）。閤
（合）。匝（合）。雜（合）。拉（合）。

224〈初伏七夕已覺微涼既引應徐且命燕趙清風朗月以望七襄之駕置
酒陳樂各賦四韻之篇〉陳後主叔寶（逯2519）

妍（先）。鮮（仙）。筵（仙）。仙（仙）。

225〈晚宴文思殿詩〉陳後主叔寶（逯2519）

暉（微）。飛（微）。扉（微）。歸（微）。稀（微）。

226〈宴光璧殿詠遙山燈詩〉陳後主叔寶（逯2520）

明（庚三）。輕（清）。生（庚二）。星（青）。驚（庚三）。

227〈三善殿夕望山燈詩〉陳後主叔寶（逯2520）

煙（先）。邊（先）。鈿（先）。蓮（先）。連（仙）。

228〈入隋侍宴應詔詩〉陳後主叔寶（逯2520）

居（魚）。書（魚）。

229〈幸玄武湖餞吳興太守任惠詩〉陳後主叔寶（逯2520）

波（戈）。歌（歌）。

230〈宴詹事陸繕省詩〉陳後主叔寶（逯2521）

日（質）。密（質）。實（質）。

231〈聽箏詩〉陳後主叔寶（逯 2521）

　　娟（仙）。仙（仙）。連（仙）。憐（先）。煎（仙）。

232〈戲贈沈后〉陳後主叔寶（逯 2521）

　　去（語）。處（語）。

233〈答後主〉沈后陳後主叔寶（逯 2522）

　　羞（尤）。留（尤）。

陳詩卷五

234〈驄馬驅〉徐陵（逯 2523）

　　駒（虞）。渠（魚）。敷（虞）。屠（模）。書（魚）。踽（模）。

235〈中婦織流黃〉徐陵（逯 2523）

　　前（先）。邊（先）。牽（先）。眠（先）。船（仙）。錢（仙）。

236〈出自薊北門行〉徐陵（逯 2524）

　　愁（尤）。樓（侯）。流（尤）。秋（尤）。州（尤）。侯（侯）。

237〈隴頭水〉徐陵（逯 2524）

　　丈（養）。上（養）。響（養）。往（養）。

238〈隴頭水〉徐陵（逯 2524）

　　度（暮）。路（暮）。素（暮）。故（暮）。

239〈折楊柳〉徐陵（逯 2525）

　　營（清）。聲（清）。城（清）。情（清）。

240〈關山月二首〉徐陵（逯 2525）

　　240.1川（仙）。眠（先）。連（仙）。年（先）。

　　240.2東（東一）。通（東一）。風（東三）。中（東三）。弓（東
　　　　三）。

241〈洛陽道二首〉徐陵（逯 2525）

　　241.1多（歌）。駝（歌）。珂（歌）。何（歌）。

241.2埃（咍）。雷（灰）。開（咍）。來（咍）。

242〈長安道〉徐陵（逯2526）

都（模）。圖（模）。珠（虞）。吾（模）。

243〈梅花落〉徐陵（逯2526）

梅（灰）。栽（咍）。臺（咍）。徊（灰）。裁（咍）。

244〈紫騮馬〉徐陵（逯2526）

幪（東一）。空（東一）。鴻（東一）。東（東一）。

245〈劉生〉徐陵（逯2527）

華（麻二）。笳（麻二）。家（麻二）。嗟（麻三）。

246〈烏棲曲二首〉徐陵（逯2527）

246.1夜（禡三）。價（禡二）。郎（唐）。香（陽）。

246.2燭（燭）。足（燭）。雞（齊）。啼（齊）。

247〈雜曲〉徐陵（逯2527）

儔（尤）。愁（尤）。樓（侯）。發（月）。歇（月）。月（月）。妍
（先）。憐（先）。天（先）。度（暮）。妬（暮）。故（暮）。囊
（唐）。光（唐）。牀（陽）。

248〈長相思二首〉徐陵（逯2528）

248.1難（寒）。蘭（寒）。寒（寒）。寬（桓）。看（寒）。

248.2節（屑）。洩（薛）。髻[7]（霽）。結（屑）。雪（薛）。

249〈同江詹事登宮城南樓詩〉徐陵（逯2528）

孚（虞）。趨（虞）。儒（虞）。樞（虞）。瑜（虞）。巫（虞）。廚
（虞）。誅（虞）。

250〈走筆戲書應令詩〉徐陵（逯2528）

春（諄）。人（真）。塵（真）。新（真）。巾（真）。身（真）。

251〈春情詩〉徐陵（逯2529）

7　「髻」，《集韻》又「喫吉」、「激質」二切。

殘（寒）。寒（寒）。紈（桓）。盤（桓）。安（寒）。蘭（寒）。

252〈奉和詠舞詩〉徐陵（逯 2529）

陽（陽）。章（陽）。粧（陽）。黃（唐）。香（陽）。長（陽）。

253〈和簡文帝賽漢高帝廟詩〉徐陵（逯 2529）

川（仙）。煙（先）。仙（仙）。妍（先）。篇（仙）。

254〈山齋詩〉徐陵（逯 2530）

賓（真）。人（真）。塵（真）。新（真）。神（真）。春（諄）。秦（真）。

255〈詠柑詩〉徐陵（逯 2530）

淑（屋三）。竹（屋三）。國（德）。郁（屋三）。育（屋三）。

256〈侍宴詩〉徐陵（逯 2530）

春（諄）。塵（真）。人（真）。

257〈奉和山池詩〉徐陵（逯 2531）

移（支）。池（支）。奇（支）。枝（支）。

258〈山池應令詩〉徐陵（逯 2531）

斿（尤）。鈎（侯）。舟（尤）。秋（尤）。

259〈別毛永嘉詩〉徐陵（逯 2531）

規（支）。儀（支）。離（支）。知（支）。枝（支）。

260〈秋日別庾正員詩〉徐陵（逯 2531）

鑣（宵）。潮（宵）。遙（宵）。橋（宵）。

261〈征虜亭送新安王應令詩〉徐陵（逯 2532）

平（庚三）。笙（庚二）。輕（清）。明（庚三）。情（清）。

262〈新亭送別應令詩〉徐陵（逯 2532）

梁（陽）。黃（唐）。檣（陽）。漳（陽）。

263〈和王舍人送客未還閨中有望詩〉徐陵（逯 2532）

顏（刪）。鬟（刪）。關（刪）。還（刪）。

264〈為羊兗州家人答餉鏡詩〉徐陵（逯 2532）

月（月）。歇（月）。臺（咍）。開（咍）。來（咍）。

265〈詠織婦詩〉徐陵（逯 2533）

眉（脂）。絲（之）。垂（支）。遲（脂）。

266〈內園逐涼〉徐陵（逯 2533）

東（東一）。中（東三）。空（東一）。桐（東一）。

267〈鬥雞詩〉徐陵（逯 2533）

才（咍）。媒（灰）。臺（咍）。來（咍）。

268〈詠日華詩〉徐陵（逯 2533）

池（支）。陂（支）。儀（支）。移（支）。枝（支）。

269〈詠雪詩〉徐陵（逯 2534）

華（麻二）。斜（麻三）。花（麻二）。車（麻三）。

270〈春日詩〉徐陵（逯 2534）

暉（微）。飛（微）。衣（微）。歸（微）。

271〈奉和簡文帝山齋詩〉徐陵（逯 2534）

梁（陽）。香（陽）。淋（陽）。

272〈採桑〉傅縡（逯 2535）

桑（唐）。傍（唐）。筐（陽）。長（陽）。郎（唐）。

273〈走馬引〉傅縡（逯 2535）

錢（仙）。燕（先）。天（先）。前（先）。鞭（仙）。年（先）。

274〈雜曲〉傅縡（逯 2535）

堂（唐）。淋（陽）。光（唐）。子（止）。齒（止）。似（止）。通
（東一）。風（東三）。同（東一）。薄（鐸）。酌（藥）。鶴
（鐸）。堅（先）。前（先）。年（先）。

275〈賦得名都一何綺詩〉孔奐（逯 2536）

都（模）。壺（模）。塗（模）。盧（模）。吾（模）。

276〈和六府詩〉孔魚（逯 2536）

裾（魚）。余（魚）。漁（魚）。居（魚）。譽（魚）。榆（虞）。

277〈關山月〉陸瓊（逯 2537）

頭（侯）。樓（侯）。鉤（侯）。愁（尤）。

278〈梁南吟〉陸瓊（逯 2537）

倡（陽）。揚（陽）。張（陽）。梁（陽）。忘（陽）。

279〈還臺樂〉陸瓊（逯 2538）

醇（諄）。賓（真）。人（真）。新（真）。

280〈長相思〉陸瓊（逯 2538）

別（薛）。絕（薛）。結（屑）。雪（薛）。滅（薛）。

281〈和張湖熟雹詩〉陸瓊（逯 2538）

陽（陽）。祥（陽）。

282〈玄圃宴各詠一物須箏詩〉陸瓊（逯 2538）

年（先）。前（先）。絃（先）。懸（先）。

283〈仙人攬六著篇〉陸瑜（逯 2539）

神（真）。秦（真）。新（真）。人（真）。

284〈東飛伯勞歌〉陸瑜（逯 2539）

鸞（桓）。看（寒）。路（暮）。度（暮）。華（麻
二）。花（麻二）。五（姥）。戶（姥）。煙（先）。年（先）。

285〈獨酌謠〉陸瑜（逯 2540）

謠（宵）。饒（宵）。飇（宵）。招（宵）。飄（宵）。搖（宵）。宵（宵）。

陳詩卷六

286〈明君詞〉陳昭（逯 2541）

賓（真）。新（真）。塵（真）。人（真）。

287〈聘齊經孟嘗君墓詩〉陳昭（逯 2541）

徊（灰）。臺（咍）。栽（咍）。來（咍）。開（咍）。

288〈洛陽道〉陳暄（逯2542）

春（諄）。人（真）。神（真）。茵（真）。

289〈長安道〉陳暄（逯2542）

門（魂）。軒（元）。園（元）。喧（元）。

290〈紫騮馬〉陳暄（逯2542）

紅（東一）。巆（東一）。風（東三）。空（東一）。中（東三）。

291〈雨雪曲〉陳暄（逯2543）

都（仙）。田（先）。甎（仙）。然（仙）。年（先）。

292〈紫騮馬〉祖孫登（逯2543）

蘭（寒）。難（寒）。寒（寒）。鞍（寒）。單（寒）。

293〈宮殿名登高臺詩〉祖孫登（逯2543）

臺（咍）。來（咍）。回（灰）。開（咍）。

294〈賦得司馬相如詩〉祖孫登（逯2544）

深（侵）。尋（侵）。琴（侵）。金（侵）。心（侵）。

295〈詠風詩〉祖孫登（逯2544）

叢（東一）。空（東一）。中（東三）。窮（東三）。

296〈詠水詩〉祖孫登（逯2544）

沈（侵）。深（侵）。琴（侵）。心（侵）。

297〈詠柳詩〉祖孫登（逯2544）

風（東三）。空（東一）。宮（東三）。中（東三）。

298〈賦得涉江採芙蓉詩〉祖孫登（逯2545）

光（唐）。香（陽）。長（陽）。裳（陽）。

299〈蓮調詩〉祖孫登（逯2545）

風（東三）。紅（東一）。空（東一）。中（東三）。

300〈詠城塹中荷詩〉祖孫登（逯2545）

扉（微）。暉（微）。衣（微）。稀（微）。歸（微）。

301〈泛宮亭湖詩〉劉刪（逯2546）

　　風（東三）。空（東一）。宮（東三）。中（東三）。蓬（東一）。

302〈賦得蘇武詩〉劉刪（逯 2546）

　　梁（陽）。長（陽）。羊（陽）。忘（陽）。

303〈採藥遊名山詩〉劉刪（逯 2546）

　　盤（桓）。冠（桓）。丸（桓）。丹（寒）。安（寒）。

304〈侯司空宅詠妓詩〉劉刪（逯 2547）

　　閨（齊）。啼（齊）。溪（齊）。蹊（齊）。

305〈賦松上輕蘿詩〉劉刪（逯 2547）

　　枝（支）。垂（支）。披（支）。知（支）。

306〈賦得馬詩〉劉刪（逯 2547）

　　風（東三）。驄（東一）。紅（東一）。東（東一）。

307〈賦得獨鶴凌雲去詩〉劉刪（逯 2548）

　　機（微）。衣（微）。歸（微）。飛（微）。

308〈詠青草詩〉劉刪（逯 2548）

　　香（陽）。長（陽）。

309〈詠蟬詩〉劉刪（逯 2548）

　　冠（桓）。寒（寒）。

310〈登廬山詩〉劉刪（逯 2548）

　　前（先）。天（先）。旃（仙）。年（先）。

311〈折楊柳〉岑之敬（逯 2549）

　　知（支）。垂（支）。吹（支）。枝（支）。離（支）。

312〈洛陽道〉岑之敬（逯 2549）

　　濱（真）。津（真）。春（諄）。仁（真）。新（真）。

313〈對酒〉岑之敬（逯 2549）

　　蘭（寒）。盤（桓）。難（寒）。寒（寒）。

314〈烏棲曲〉岑之敬（逯 2549）

　　雲（文）。分（文）。息（職）。憶（職）。新（真）。賓（真）。

315〈鬭雞東郊道詩〉褚玠（逯 2550）

迎（庚三）。驚（庚三）。生（庚二）。鳴（庚三）。

316〈隴頭水〉謝燮（逯 2550）

陽（陽）。腸（陽）。梁（陽）。光（唐）。黃（唐）。

317〈雨雪曲〉謝燮（逯 2551）

別（薛）。切（屑）。雪（薛）。節（屑）。咽（屑）。

318〈明月子〉謝燮（逯 2551）

樓（侯）。頭（侯）。秋（尤）。憂（尤）。

319〈方諸曲〉謝燮（逯 2551）

光（唐）。傍（唐）。壺（模）。俱（虞）。

320〈早梅詩〉謝燮（逯 2551）

寒（寒）。看（寒）。

321〈巫山高〉蕭詮（逯 2552）

窮（東三）。空（東一）。風（東三）。宮（東三）。

322〈賦得往往孤山映詩〉蕭詮（逯 2552）

暉（微）。飛（微）。微（微）。稀（微）。歸（微）。

323〈詠銜泥雙燕詩〉蕭詮（逯 2552）

中（東三）。宮（東三）。空（東一）。風（東三）。

324〈賦得夜猿啼詩〉蕭詮（逯 2553）

通（東一）。風（東三）。空（東一）。弓（東三）。窮（東三）。

325〈賦得婀娜當軒織詩〉蕭詮（逯 2553）

樓（侯）。羞（尤）。鉤（侯）。牖（有）。手（有）。婦（有）。遲
（脂）。絲（之）。詩（之）。辭（之）。

326〈採桑〉賀徹（逯 2553）

欑（東一）。叢（東一）。紅（東一）。風（東三）。空（東一）。
籠（東一）。同（東一）。

327〈賦得長笛吐清氣詩〉賀徹（逯 2554）

侵（侵）。音（侵）。吟（侵）。林（侵）。深（侵）。

328〈賦得為我彈鳴琴詩〉賀徹（逯 2554）

人（真）。新（真）。賓（真）。塵（真）。

329〈賦得夾池脩竹詩〉賀循（逯 2554）

差（支）。池（支）。移（支）。枝（支）。吹（支）。

330〈賦得庭中有奇樹詩〉賀循（逯 2554）

菲（微）。暉（微）。飛（微）。綠（燭）。玉（燭）。曲（燭）。思
（之）。期（之）。帷（脂）。明（庚三）。驚（庚三）。生（庚
二）。

331〈賦得芳樹詩〉李爽（逯 2555）

時（之）。遲（脂）。帷（脂）。持（之）。

332〈山家閨怨詩〉李爽（逯 2556）

梅（灰）。開（咍）。裁（咍）。臺（咍）。

333〈長安道〉蕭賁（逯 2556）

流（尤）。牛（尤）。裘（尤）。留（尤）。

334〈被使出關詩〉何胥（逯 2556）

川（仙）。燕（先）。天（先）。前（先）。年（先）。

335〈賦得待詔金馬門詩〉何胥（逯 2557）

朝（宵）。飈（宵）。貂（蕭）。樵（宵）。

336〈傷章公大將軍詩〉何胥（逯 2557）

新（真）。鄰（真）。春（諄）。人（真）。

337〈哭陳昭詩〉何胥（逯 2557）

源（元）。喧（元）。園（元）。言（元）。

338〈賦得荊軻詩〉陽縉（逯 2558）

通（東一）。功（東一）。風（東三）。中（東三）。宮（東三）。

339〈照帙秋螢詩〉陽縉（逯 2558）

來（咍）。灰（灰）。開（咍）。徊（灰）。

340〈俠客控絕影詩〉陽縉（逯2558）

新（真）。春（諄）。塵（真）。人（真）。國（德）。得（德）。勒（德）。文（文）。群（文）。雲（文）。君（文）。

341〈從駕祀麓山廟詩〉陽慎（逯2559）

靈（青）。平（庚三）。鳴（庚三）。城（清）。行（庚二）。明（庚三）。鷟（耕）。清（清）。輕（清）。

342〈賦得處處春雲生詩〉蔡凝（逯2559）

明（庚三）。生（庚二）。輕（清）。城（清）。情（清）。

343〈君馬黃〉蔡君知（逯2560）

方（陽）。光（唐）。霜（陽）。良（陽）。

344〈關山月〉阮卓（逯2560）

開（咍）。徊（灰）。摧（灰）。來（咍）。哀（咍）。

345〈長安道〉阮卓（逯2561）

開（咍）。臺（咍）。來（咍）。回（灰）。

346〈詠魯仲連詩〉阮卓（逯2561）

求（尤）。愁（尤）。遊（尤）。留（尤）。

347〈賦得詠風詩〉阮卓（逯2561）

林（侵）。吟（侵）。琴（侵）。心（侵）。

348〈賦得蓮下游魚詩〉阮卓（逯2561）

陂（支）。隨（支）。池（支）。披（支）。知（支）。

349〈賦得黃鵠一遠別詩〉阮卓（逯2562）

明（庚三）。驚（庚三）。聲（清）。續（燭）。促（燭）。曲（燭）。恩（痕）。軒（元）。門（魂）。值（志）。駛（志）。意（志）。

350〈仰同令君攝山棲霞寺山房夜坐六韻詩〉徐孝克（逯2562）

峯（鍾）。龍（鍾）。鐘（鍾）。容（鍾）。封（鍾）。逢（鍾）。

351〈仰和令君詩〉徐孝克（逯2562）

空（東一）。中（東三）。宮（東三）。風（東三）。叢（東一）。
同（東一）。東（東一）。

352〈贈北使詩〉潘徽（逯 2563）

敦（魂）。軒（元）。存（魂）。言（元）。論（魂）。源（元）。門
（魂）。翻（元）。猿（元）。萱（元）。

353〈長安聽百舌詩〉韋鼎（逯 2564）

驚（庚三）。聲（清）。

354〈破鏡詩〉徐德言（逯 2564）

歸（微）。輝（微）。

355〈餞別自解詩〉樂昌公主（逯 2565）

官（桓）。難（寒）。

陳詩卷七

356〈雉子斑〉江總（逯 2567）

來（咍）。徊（灰）。媒（灰）。梅（灰）。開（咍）。

357〈隴頭水二首〉江總（逯 2568）

357.1絕（薛）。咽（屑）。折（薛）。節（屑）。

357.2秋（尤）。流（尤）。幽（幽）。悠（尤）。

358〈折楊柳〉江總（逯 2568）

絕（薛）。結（屑）。雪（薛）。折（薛）。別（薛）。

359〈關山月〉江總（逯 2568）

明（庚三）。平（庚三）。行（庚二）。兵（庚三）。城（清）。

360〈洛陽道二首〉江總（逯 2568）

360.1橋（宵）。鑣（宵）。饒（宵）。邀（宵）。

360.2鐘（鍾）。龍（鍾）。從（鍾）。逢（鍾）。

361〈長安道〉江總（逯 2569）

暉（微）。歸（微）。飛（微）。衣（微）。

362〈梅花落二首〉江總（逯 2569）

362.1香（陽）。長（陽）。瑠（唐）。芳（陽）。桑（唐）。

362.2來（咍）。梅（灰）。開（咍）。摧（灰）。徊（灰）。

363〈紫騮馬〉江總（逯 2570）

萋（齊）。閨（齊）。嘶（齊）。堤（齊）。啼（齊）。

364〈驄馬驅〉江總（逯 2570）

寒（寒）。難（寒）。鞍（寒）。乾（寒）。丸（桓）。

365〈雨雪曲〉江總（逯 2570）

溪（齊）。西（齊）。蹄（齊）。低（齊）。迷（齊）。

366〈劉生〉江總（逯 2570）

徊（灰）。臺（咍）。才（咍）。來（咍）。

367〈婦病行〉江總（逯 2571）

婦（有）。久（有）。酒（有）。箒（有）。手（有）。

368〈置酒高殿上〉江總（逯 2571）

宴（霰）。箭（線）。殿（霰）。電（霰）。

369〈今日樂相樂〉江總（逯 2571）

密（質）。瑟（櫛）。實（質）。日（質）。

370〈簫史曲〉江總（逯 2571）

童（東一）。空（東一）。通（東一）。中（東三）。

371〈燕燕于飛〉江總（逯 2572）

暉（微）。衣（微）。菲（微）。飛（微）。歸（微）。

372〈濟黃河〉江總（逯 2572）

方（陽）。長（陽）。章（陽）。陽（陽）。潢（唐）。梁（陽）。

373〈橫吹曲〉江總（逯 2572）

管（緩）。斷（緩）。

374〈怨詩二首〉江總（逯 2572）

374.1深（侵）。林（侵）。心（侵）。

374.2羞（尤）。留（尤）。愁（尤）。

375〈烏棲曲〉江總（逯 2573）

　　橈（宵）。橋（宵）。去（御）。曙（御）。

376〈芳樹〉江總（逯 2573）

　　妍（先）。鮮（仙）。然（仙）。錢（仙）。憐（先）。

377〈東飛伯勞歌〉江總（逯 2573）

　　鴻（東一）。同（東一）。牖（有）。柳（有）。蘇（模）。瑚（模）。臉（鹽）。斂（琰）。歸（微）。衣（微）。

378〈雜曲三首〉江總（逯 2573）

　　378.1心（侵）。金（侵）。五（姥）。虜（姥）。戶（姥）。

　　378.2房（陽）。堂（唐）。梁（陽）。幕（鐸）。箔（鐸）。落（鐸）。真（真）。新（真）。人（真）。領（靜）。並（迴）。冷（迴）。

　　378.3移（支）。差（支）。枝（支）。開（咍）。來（咍）。催（灰）。臺（咍）。杯（灰）。芳（陽）。房（陽）。行（唐）。臧（唐）。香（陽）。

379〈梅花落〉江總（逯 2574）

　　春（諄）。新（真）。臺（咍）。開（咍）。薄（鐸）。落（鐸）。柱（麌）。舞（麌）。薑（耕）。鸎（耕）。照（笑）。笑（笑）。輕（清）。明（庚三）。切（屑）。絕（薛）。

380〈宛轉歌〉江總（逯 2575）

　　明（庚三）。驚（庚三）。行（庚二）。生（庚二）。鳴（庚三）。聲（清）。情（清）。觀（換）。散（翰）。歎（翰）。亂（換）。筠（諄）。人（真）。脣（真）。濱（真）。茵（真）。薪（真）。牀（陽）。方（陽）。梁（陽）。瑠（唐）。芳（陽）。倡（陽）。

381〈長相思二首〉江總（逯 2575）

381.1別（薛）。滅（薛）。咽（屑）。絕（薛）。結（屑）。

381.2離（支）。窺（支）。枝（支）。垂（支）。知（支）。

陳詩卷八

382〈釋奠詩應令〉（八章）江總（逯 2577）

382.1藝（祭）。滯（祭）。礪（祭）。替（霽）。

382.2主（麌）。宇（麌）。府（麌）。五（姥）。

382.3良（陽）。芳（陽）。方（陽）。將（陽）。

382.4里（止）。齒（止）。耳（止）。子（止）。

382.5恭（鍾）。鏞（鍾）。雍（鍾）。縱（鍾）。

382.6暮（暮）。昨（鐸）。諭（遇）。渡（暮）。

382.7周（尤）。流（尤）。抽（尤）。溝（侯）。

382.8典（銑）。璉（獮）。淺（獮）。愞（銑）。

383〈秋日侍宴婁苑湖應詔詩〉江總（逯 2578）

觴（陽）。光（唐）。張（陽）。塘（唐）。涼（陽）。長（陽）。方（陽）。行（唐）。

384〈侍宴玄武觀詩〉江總（逯 2578）

朝（宵）。鑣（宵）。橋（宵）。潮（宵）。搖（宵）。韶（宵）。

385〈宴樂修堂應令詩〉江總（逯 2578）

堂（唐）。觴（陽）。房（陽）。光（唐）。張（陽）。簧（唐）。章（陽）。

386〈三日侍宴宣猷堂曲水詩〉江總（逯 2579）

離（支）。麾（支）。池（支）。漪（支）。枝（支）。危（支）。移（支）。

387〈秋日遊昆明池詩〉江總（逯 2579）

多（歌）。過（戈）。波（戈）。河（歌）。歌（歌）。

388〈秋日登廣州城南樓詩〉江總（逯 2579）

風（東三）。弓（東三）。通（東一）。空（東一）。蓬（東一）。
宮（東三）。（東三）。

389〈贈洗馬袁朗別詩〉江總（逯 2580）

年（先）。賢（先）。連（仙）。泉（仙）。蟬（仙）。煙（先）。篇
（仙）。

390〈詒孔中丞奐詩〉江總（逯 2580）

年（先）。然（仙）。寀（海）。改（海）。在（海）。高（豪）。豪
（豪）。毛（豪）。望（漾）。上（漾）。悵（漾）。開（咍）。枚
（灰）。來（咍）。苑（阮）。晚（阮）。遠（阮）。依（微）。薇
（微）。歸（微）。

391〈贈賀左丞蕭舍人詩〉江總（逯 2580）

秦（真）。人（真）。綸（諄）。珍（真）。駪（臻）。史（止）。里
（止）。士（止）。祀（止）。已（止）。死（旨）。安（寒）。難
（寒）。壇（寒）。干（寒）。丹（寒）。彈（寒）。道（晧）。老
（晧）。抱（晧）。藻（晧）。草（晧）。保（晧）。

392〈遇長安使寄裴尚書詩〉江總（逯 2581）

飛（微）。歸（微）。揮（微）。菲（微）。衣（微）。

393〈別南海賓化侯詩〉江總（逯 2581）

洲（尤）。遊（尤）。休（尤）。猷（尤）。周（尤）。秋（尤）。流
（尤）。愁（尤）。求（尤）。舟（尤）。憂（尤）。

394〈庚寅年二月十二日遊虎丘山精舍詩〉江總（逯 2582）

聞（文）。分（文）。芬（文）。雲（文）。群（文）。縕（文）。

395〈入龍丘巖精舍詩〉江總（逯 2582）

龍（鍾）。峯（鍾）。松（鍾）。鐘（鍾）。重（鍾）。容（鍾）。從
（鍾）。

396〈明慶寺詩〉江總（逯 2582）

年（先）。連（仙）。泉（仙）。禪（仙）。天（先）。蟬（仙）。田
（先）。川（仙）。

397 〈入攝山棲霞寺詩〉江總（逯 2583）

榆（虞）。拘（虞）。枯（模）。衢（虞）。俱（虞）。無（虞）。塗
（模）。紆（虞）。符（虞）。渝（虞）。芻（虞）。夫（虞）。

398 〈遊攝山棲霞寺詩〉江總（逯 2584）

肇（小）。杪（小）。表（小）。小（小）。少（小）。曉（篠）。皎
（篠）。鳥（篠）。裊（篠）。矯（小）。擾（小）。

399 〈攝山棲霞寺山房夜坐簡徐祭酒周尚書并同遊群彥詩〉江總（逯
2584）

丹（寒）。鞍（寒）。難（寒）。寒（寒）。冠（桓）。桓（桓）。

400 〈靜臥棲霞寺房望徐祭酒詩〉江總（逯 2584）

齋（皆）。霾（皆）。埋（皆）。懷（皆）。乖（皆）。儕（皆）。

401 〈營涅槃懺還塗作詩〉江總（逯 2585）

條（蕭）。要（宵）。遙（宵）。椒（宵）。銷（宵）。飆（宵）。朝
（宵）。

402 〈至德二年十一月十二日升德施山齋三宿決定罪福懺悔詩〉江總
（逯 2585）

心（侵）。林（侵）。陰（侵）。禽（侵）。今（侵）。駸（侵）。音
（侵）。深（侵）。

403 〈詠採甘露應詔詩〉江總（逯 2586）

朗（養）。長（養）。賞（養）。上（養）。響（養）。爽（養）。

404 〈借劉太常說文詩〉江總（逯 2586）

伯（陌二）。跡（昔）。席（昔）。籍（昔）。益（昔）。白（陌
二）。石（昔）。澤（陌二）。

405 〈賦得一日成三賦應令詩〉江總（逯 2586）

遒（尤）。遊（尤）。秋（尤）。流（尤）。愁（尤）。樓（侯）。抽

（尤）。

406〈攝官梁小廟詩〉江總（逯 2586）

　　時（之）。思（之）。茲（之）。絲（之）。悲（微）。

407〈卞山楚廟詩〉江總（逯 2587）

　　阿（歌）。歌（歌）。蘿（歌）。和（戈）。何（歌）。

408〈山庭春日詩〉江總（逯 2587）

　　丘（尤）。洲（尤）。榴（尤）。秋（尤）。游（尤）。

409〈七夕詩〉江總（逯 2587）

　　秋（尤）。流（尤）。浮（尤）。愁（尤）。羞（尤）。

410〈南還尋草市宅詩〉江總（逯 2588）

　　轅（元）。蓀（魂）。源（元）。門（魂）。喧（元）。溫（魂）。論
　　（魂）。

411〈和張記室源傷往詩〉江總（逯 2588）

　　年（先）。泉（仙）。絃（先）。燃（仙）。煙（先）。

412〈在陳旦解醒共哭顧舍人詩〉江總（逯 2588）

　　詩（之）。期（之）。帷（脂）。悲（脂）。時（之）。

413〈侍宴臨芳殿詩〉江總（逯 2588）

　　徊（灰）。杯（灰）。開（哈）。來（哈）。陪（灰）。

414〈侍宴瑤泉殿詩〉江總（逯 2589）

　　皇（唐）。行（唐）。涼（陽）。鷁（陽）。

415〈別袁昌州詩二首〉江總（逯 2589）

　　415.1頭（侯）。悠（尤）。秋（尤）。愁（尤）。流（尤）。
　　415.2窮（東三）。東（東一）。蓬（東一）。同（東一）。

416〈經始興廣果寺題憎法師山房詩〉江總（逯 2589）

　　林（侵）。深（侵）。陰（侵）。心（侵）。

417〈和衡陽殿下高樓看妓詩〉江總（逯 2589）

　　粧（陽）。郎（唐）。香（陽）。長（陽）。

418〈賦得空閨怨詩〉江總（逯2590）

居（魚）。餘（魚）。虛（魚）。疎（魚）。

419〈并州羊腸坂詩〉江總（逯2590）

鄉（陽）。腸（陽）。傷（陽）。桑（唐）。涼（陽）。

420〈歲暮還宅詩〉江總（逯2590）

臺（咍）。梅（灰）。開（咍）。杯（灰）。

421〈春夜山庭詩〉江總（逯2590）

深（侵）。陰（侵）。禽（侵）。心（侵）。

422〈夏日還山庭詩〉江總（逯2591）

蘿（歌）。荷（歌）。多（歌）。過（戈）。

423〈賦得謁帝承明廬詩〉江總（逯2591）

廬（魚）。餘（魚）。除（魚）。虛（魚）。

424〈賦得攜手上河梁應詔詩〉江總（逯2591）

涼（陽）。長（陽）。黃（唐）。鄉（陽）。梁（陽）。

425〈賦得汎汎水中鳧詩〉江總（逯2591）

同（東一）。中（東三）。風（東三）。空（東一）。籠（東一）。

426〈賦得三五明月滿詩〉江總（逯2592）

成（清）。輕（清）。聲（清）。明（庚三）。盈（清）。

427〈衡州九日詩〉江總（逯2592）

瑟（櫛）。疾（質）。實（質）。日（質）。

428〈賦詠得琴詩〉江總（逯2592）

琴（侵）。心（侵）。沈（侵）。吟（侵）。

429〈詠雙闕詩〉江總（逯2592）

疎（魚）。盧（魚）。初（魚）。餘（魚）。

430〈三善殿夜望山燈詩〉江總（逯2593）

春（諄）。新（真）。濱（真）。輪（諄）。

431〈奉和東宮經故妃舊殿詩〉江總（逯2593）

悲（脂）。時（之）。遲（脂）。疑（之）。

432〈同庾信答林法師詩〉江總（逯 2593）
　　征（清）。聲（清）。城（清）。

433〈詠李詩〉江總（逯 2593）
　　新（真）。人（真）。鄰（真）。

434〈詠蟬詩〉江總（逯 2594）
　　吹（支）。移（支）。池（支）。知（支）。

435〈答王筠早朝守建陽門開詩〉江總（逯 2594）
　　扉（微）。暉（微）。晞（微）。

436〈侍宴賦得起坐彈鳴琴詩〉江總（逯 25904
　　情（清）。聲（清）。

437〈別永新侯〉江總（逯 2594）
　　關（刪）。還（刪）。

438〈春日詩〉江總（逯 2594）
　　暉（微）。歸（微）。

439〈於長安歸還揚州九月九日行薇山亭賦韻詩〉江總（逯 2595）
　　來（咍）。開（咍）。

440〈哭魯廣達詩〉江總（逯 2595）
　　名（清）。生（庚二）。

441〈秋日新寵美人應令詩〉江總（逯 2595）
　　華（麻二）。家（麻二）。花（麻二）。調（嘯）。要（笑）。笑
　　（笑）。奏（候）。終（東三）。通（東一）。中（東三）。

442〈新入姬人應令詩〉江總（逯 2595）
　　臺（咍）。開（咍）。來（咍）。史（止）。似（止）。市（止）。蘇
　　（模）。誅（虞）。臾（虞）。珠（虞）。

443〈閨怨篇〉江總（逯 2596）
　　邊（先）。前（先）。然（仙）。眠（先）。千（先）。妍（先）。

444〈又〉江總（逯 2596）

　路（暮）。度（暮）。故（暮）。

445〈內殿賦新詩〉江總（逯 2596）

　鋪（模）。壺（模）。圖（模）。芙（虞）。少（笑）。笑（笑）。調

　（嘯）。河（歌）。梭（戈）。

446〈姬人怨〉江總（逯 2597）

　知（支）。宜（支）。枝（支）。伴（換）。斷（換）。

447〈姬人怨服散篇〉江總（逯 2597）

　仙（仙）。煙（先）。年（先）。薄（鐸）。藥（藥）。落（鐸）。風

　（東三）。宮（東三）。同（東一）。中（東三）。

陳詩卷九

448〈春日從將軍遊山寺詩〉何處士（逯 2599）

　華（麻二）。車（麻三）。花（麻二）。蛇（麻三）。

449〈別才法師於湘還郢北詩〉何處士（逯 2599）

　聊（蕭）。遙（宵）。驕（宵）。條（蕭）。

450〈敬酬解法師所贈詩〉何處士（逯 2600）

　阿（歌）。河（歌）。多（歌）。羅（歌）。

451〈通士人篇〉何處士（逯 2600）

　榮（庚三）。輕（清）。明（庚三）。生（庚二）。

452〈朱鷺〉何處士（逯 2600）

　幾（微）。飛（微）。衣（微）。歸（微）。

453〈艾如張〉蘇子卿（逯 2601）

　年（先）。邊（先）。纏（仙）。延（仙）。

454〈梅花落〉蘇子卿（逯 2601）

　梅（灰）。開（咍）。來（咍）。催（灰）。回（灰）。

455〈紫騮馬〉蘇子卿（逯 2601）

　　蘭（寒）。難（寒）。寒（寒）。鞍（寒）。單（寒）。

456〈南征詩〉蘇子卿（逯 2601）

　　安（寒）。寬（桓）。單（寒）。寒（寒）。

457〈關山月〉賀力牧（逯 2602）

　　煙（先）。前（先）。弦（先）。蓮（先）。懸（先）。

458〈亂後別蘇州人詩〉賀力牧（逯 2602）

　　蘇（模）。圖（模）。吳（模）。枯（模）。榆（虞）。烏（模）。趨
　　（虞）。珠（虞）。躕（虞）。隅（虞）。

459〈從軍五更轉五首〉伏知道（逯 2602）

　　459.1鳴（庚三）。城（清）。名（清）。

　　459.2央（陽）。長（陽）。霜（陽）。

　　459.3新（真）。春（諄）。人（真）。

　　459.4低（齊）。齊（齊）。嘶（齊）。

　　459.5籌（尤）。頭（侯）。樓（侯）。

460〈詠人聘妾仍逐琴心詩〉伏知道（逯 2603）

　　催（灰）。迴（灰）。來（咍）。媒（灰）。開（咍）。臺（咍）。

461〈賦得招隱〉伏知道（逯 2603）

　　楹（清）。鳴（庚三）。情（清）。驚（庚三）。

462〈雉子斑〉毛處約（逯 2603）

　　菲（微）。追（脂）。衣（微）。飛（微）。歸（微）。

463〈有所思〉陸系（逯 2604）

　　闉（真）。人（真）。新（真）。塵（真）。津（真）。

464〈紫騮馬〉獨孤嗣宗（逯 2604）

　　春（諄）。闉（真）。津（真）。塵（真）。人（真）。

465〈紫騮馬〉李爕（逯 2604）

　　躕（虞）。隅（虞）。蕪（虞）。胡（模）。珠（虞）。

466〈劉生〉江暉（逯 2605）

　　家（麻二）。華（麻二）。花（麻二）。奢（麻三）。

467〈雨雪曲〉江暉（逯 2605）

　　悲（脂）。遲（脂）。私（脂）。眉（脂）。

468〈班婕妤怨〉何楫（逯 2605）

　　人（真）。新（真）。巾（真）。春（諄）。

469〈長相思〉蕭淳（逯 2606）

　　別（薛）。結（屑）。絕（薛）。雪（薛）。截（屑）。

470〈羈謠〉孔仲智（逯 2606）

　　時（之）。悲（脂）。路（暮）。暮（暮）。

471〈射雉詩〉蕭有（逯 2606）

　　媒（灰）。開（咍）。來（咍）。摧（灰）。迴（灰）。

472〈賦得班去趙姬升詩〉徐湛（逯 2607）

　　宮（東三）。同（東一）。中（東三）。風（東三）。

473〈詠鄰女樓上彈琴詩〉吳尚野（逯 2607）

　　弦（先）。然（仙）。鵾（先）。傳（仙）。

474〈閨怨詩〉吳思玄（逯 2607）

　　房（陽）。傷（陽）。長（陽）。凰（唐）。涼（陽）。

475〈日出東南隅行〉殷謀（逯 2608）

　　光（唐）。香（陽）。

476〈自君之出矣〉賈馮吉（逯 2608）

　　悴（至）。淚（至）。

477〈為徐陵傷妾〉何曼才（逯 2608）

　　胸（鍾）。逢（鍾）。

478〈破扇〉許倪（逯 2609）

　　涼（陽）。香（陽）。

479〈詠袙復詩〉蕭驎（逯 2609）

分（文）。君（文）。

480〈隔壁聽妓詩〉蕭琳（逯2609）

迴（灰）。來（咍）。

481〈賦得白雲抱幽石詩〉孔範（逯2610）

飛（微）。衣（微）。微（微）。歸（微）。

482〈和陳主詠鏡詩〉孔範（逯2610）

時（之）。絲（之）。

483〈折楊柳〉王瑳（逯2610）

黃（唐）。光（唐）。粧（陽）。長（陽）。

484〈洛陽道〉王瑳（逯2611）

開（咍）。臺（咍）。雷（灰）。來（咍）。

485〈長相思〉王瑳（逯2611）

別（薛）。徹（薛）。結（屑）。滅（薛）。絕（薛）。

486〈寄夫詩〉陳少女（逯2611）

梁（陽）。房（陽）。腸（陽）。

【雜歌謠辭】

487〈陳人為齊雲觀歌〉（逯2612）

觀（換）。畔（換）。

488〈陳初童謠〉（逯2612）

涘（止）。始（止）。

489〈陳初童謠〉（逯2612）

起（止）。已（止）。

490〈又〉（逯2612）

柱（麌）。下（馬二）。

491〈時人為張氏語〉（逯2613）

充（東三）。風（東三）。

492〈輿地志引諺〉（逯 2614）

　　吳（模）。徒（模）。

493〈時人為釋貞觀語〉（逯 2614）

　　觀（換）。半（換）。

【清商曲辭】

494〈夜黃〉（逯 2614）

　　雄（東三）。雙（江）。

495〈夜度娘〉（逯 2615）

　　波（戈）。何（歌）。

496〈長松標〉（逯 2615）

　　風（東三）。雙（江）。

497〈雙行纏〉（二曲）（逯 2615）

　　497.1繩（蒸）。凝（蒸）。稱（蒸）。

　　497.2纏（仙）。妍（先）。憐（先）。

498〈黃督〉（二曲）（逯 2615）

　　498.1歸（微）。雛（脂）。

　　498.2載（代）。事（志）。

499〈西平樂〉（逯 2616）

　　天（先）。間（山）。

500〈尋陽樂〉（逯 2616）

　　還（刪）。閒（山）。

501〈白附鳩〉（逯 2616）

　　渚（語）。許（語）。

502〈拔蒲〉（二曲）（逯 2616）

　　502.1風（東三）。中（東三）。

　　502.2下（馬二）。把（馬二）。

503〈作蠶絲〉（四曲）（逯 2616）

503.1婦（有）。手（有）。

503.2絲（之）。時（之）。

503.3密（質）。匹（質）。

503.4羅（歌）。多（歌）。

陳詩卷十

【郊廟歌辭】

504〈陳太廟舞辭七首〉（逯 2619）

504.1〈凱容舞〉（逯 2619）

巍（職）。極（職）。翼（職）。測（職）。

504.2〈凱容舞〉（逯 2619）

源（元）。昆（魂）。存（魂）。尊（魂）。

504.3〈凱容舞〉（逯 2620）

敬（映三）。盛（勁）。映（映三）。詠（映三）。

504.4〈凱容舞〉（逯 2620）

基（之）。思（之）。墀（脂）。綏（脂）。

504.5〈凱容舞〉（逯 2620）

篆（獼）。闡（獼）。璉（獼）。典（銑）。

504.6〈景德凱容舞〉（逯 2620）

祥（陽）。光（唐）。薌（陽）。商（陽）。

504.7〈武德舞〉（逯 2620）

離（支）。祗（支）。嫣（支）。斯（支）。舉（語）。楚
（語）。敘（語）。呂（語）。綴（薛）。烈（薛）。潔（屑）。
絕（薛）。

【釋氏】

505〈詠山詩三首〉釋惠標（逯 2621）

505.1名（清）。瀛（清）。生（庚二）。明（庚三）。情（清）。

505.2居（魚）。書（魚）。蕪（虞）。夫（虞）。

505.3萊（咍）。開（咍）。苔（咍）。回（灰）。

506〈詠水詩三首〉釋惠標（逯 2621）

506.1營（清）。明（庚三）。行（庚二）。情（清）。

506.2沉（侵）。深（侵）。琴（侵）。心（侵）。

506.3風（東三）。[8]紅（東一）。空（東一）。中（東三）。

507〈詠孤石〉釋惠標（逯 2622）

年（先）。煙（先）。蓮（先）。川（仙）。

508〈贈陳寶應〉釋惠標（逯 2622）

風（東三）。宮（東三）。

509〈遊故苑詩〉曇瑗（逯 2623）

多（歌）。歌（歌）。莎（戈）。過（戈）。何（歌）。

510〈遊故苑詩〉釋洪偃（逯 2623）

波（戈）。多（歌）。蘿（歌）。荷（歌）。歌（歌）。

511〈登吳昇平亭〉釋洪偃（逯 2624）

清（清）。情（清）。名（清）。晴（清）。迎（庚三）。并（清）。

512〈遊鍾山之開善定林息心宴坐引筆賦詩〉釋洪偃（逯 2624）

扉（微）。威（微）。稀（微）。衣（微）。霏（微）。歸（微）。依（微）。

513〈臨終詩〉釋智愷（逯 2625）

傾（清）。明（庚三）。生（庚二）。清（清）。聲（清）。

514〈詠孤石〉高麗定法師（逯 2625）

8　詩句原作「長川落日照深。浦漾清風。」句讀有誤，今訂正為「長川落日照。深浦漾清風。」

空（東一）。通（東一）。風（東三）。紅（東一）。中（東三）。

【鬼神】

515〈鳥妖詩〉（逯 2625）

臺（咍）。灰（灰）。開（咍）。

伍　北魏詩韻譜

北魏詩卷一

1〈贈中尉李彪詩〉韓延之（逯 2197）

　　江（江）。蹤（鍾）。龍（鍾）。從（鍾）。邦（江）。鴻（東一）。同（東一）。

2〈贈高允詩〉（十二章）宗欽（逯 2198）

　　2.1溟（青）。精（清）。生（庚二）。英（庚三）。

　　2.2茂（候）。秀（宥）。復（宥）。宙（宥）。

　　2.3映（映三）。鏡（映三）。競（映三）。徑（徑）。

　　2.4史（止）。旨（旨）。擬（止）。士（止）。

　　2.5觀（換）。翰（翰）。粲（翰）。泮（換）。

　　2.6信（震）。進（震）。慎（震）。峻（稕）。

　　2.7申（真）。新（真）。泯（真）。輪（諄）。

　　2.8魯（姥）。五（姥）。武（麌）。矩（麌）。

　　2.9藩（元）。緣（仙）。年（先）。言（元）。

　　2.10都（模）。蘇（模）。虛（魚）。書（魚）。

　　2.11變（線）。電（霰）。憲（願）。蒨（霰）。

　　2.12己（止）。理（止）。止（止）。水（旨）。

3〈贈李寶詩〉（七章）段承根（逯 2199）

　　3.1緬（獮）。玁¹（獮）。踐（獮）。翦（獮）。

　　3.2煥（換）。亂（換）。骭（翰）。翰（翰）。

　　3.3涸（鐸）。託（鐸）。廓（鐸）。漠（鐸）。

1　原作「壐」，據《古詩紀》卷一百十八作改。《集韻》息淺切，音獮。

3.4夷（脂）。師（脂）。幾（微）。熙（之）。

3.5契（霽）。歲（祭）。際（祭）。繼（霽）。

3.6曜（笑）。劭（笑）。躁（號）。調（嘯）。

3.7明（庚三）。成（清）。刑（青）。聲（清）。

4〈詩〉游雅（逯2200）

　　游（尤）。頭（侯）。

5〈縣瓠方丈竹堂饗侍臣聯句詩〉北魏孝文帝元宏（逯2200）

　　曜（笑）。照（笑）。_帝會（泰）。外（泰）。_{彭城王勰}闢（昔）。歷

　　（錫）。_{鄭懿}歸（微）。思（之）。_{鄭道昭}匝（合）。合（合）。_{邢巒（北史作}

　　_{鄭道昭）}貞（清）。明（庚三）。_帝沼（小）。表（小）。_{宋弁}

6〈羅敷行〉高允（逯2201）

　　敷（虞）。膚（虞）。珠（虞）。梳（魚）。裾（魚）。躕（虞）。

7〈王子喬〉高允（逯2201）

　　卿（庚三）。卿（庚三）。庭（青）。酬（尤）。浮（尤）。星

　　（青）。冥（青）。門（魂）。根（痕）。

8〈答宗欽詩〉（十三章）高允（逯2202）

　　8.1都（模）。珠（虞）。圖（模）。區（虞）。

　　8.2風（東三）。隆（東三）。融（東三）。戎（東三）。

　　8.3著（御）。務（遇）。素（暮）。布（暮）。

　　8.4代（代）。配（隊）。載（代）。賚（代）。

　　8.5微（微）。機（微）。墀（脂）。暉（微）。

　　8.6兼（添）。謙（添）。潛（鹽）。閣（鹽）。

　　8.7深（侵）。心（侵）。尋（侵）。箴（侵）。

　　8.8己（止）。史（止）。擬（止）。止（止）。

　　8.9通（東一）。封（鍾）。從（鍾）。同（東一）。

　　8.10寶（晧）。矯（小）。表（小）。縞（晧）。

　　8.11度（暮）。顧（暮）。遇（遇）。悟（暮）。

8.12逝（祭）。滯（祭）。潵（祭）。賜（寘）。

8.13丹（寒）。殘（寒）。蘭（寒）。寒（寒）。

9〈詠貞婦彭城劉氏詩〉（八章）高允（逯2203）

9.1甄（仙）。先（先）。然（仙）。泉（仙）。

9.2彥（線）。變（線）。選（線）。媛（線）。

9.3互（暮）。路（暮）。著（御）。暮（暮）。

9.4笄（齊）。諧（皆）。乖（皆）。懷（皆）。

9.5網（養）。壞（養）。響（養）。想（養）。

9.6好（號）。到（號）。醮（笑）。效（效）。

9.7生（庚二）。輕（清）。冥（青）。兄（庚三）。

9.8丘（尤）。周（尤）。游（尤）。儔（尤）。

10〈斷句詩〉劉昶（逯2204）

起（止）。里（止）。

11〈悲平城詩〉王肅（逯2205）

中（東三）。風（東三）。

12〈應制賦銅鞮山松詩〉彭城王元勰（逯2205）

冬（冬）。同（東一）。

13〈神士賦歌〉李謐（逯2206）

為（支）兒（支）。施（支）。移（支）。斯（支）。

14〈於萊城東十里與諸門徒登青陽嶺太基山上四面及中嶺掃石置仙壇詩〉鄭道昭（逯2206）

場（陽）。堂（唐）。光（唐）。崗（唐）。裳（陽）。房（陽）。章（陽）。香（陽）。梁（陽）。壇（陽）。方（陽）。莊（陽）。行（唐）。桑（唐）。藏（唐）。

15〈與道俗□人出萊城東南九里登雲峯山論經書詩〉鄭道昭（逯2207）

職（職）。涉（葉）。域（職）。逼（職）。虵（職）。極（職）。□

（缺）。勑（職）。亟（職）。億（職）。即（職）。食（職）。直
（職）。日（質）。殖（職）。側（職）。色（職）。力（職）。棘
（職）。識（職）。翼（職）。□（缺）。憶（職）。息（職）。

16〈登雲峯山觀海島詩〉鄭道昭（逯2207）

沙（麻二）。車（麻三）。華（麻二）。家（麻二）。霞（麻二）。
邪（麻三）。葩（麻二）。麻（麻二）。嗟（麻三）。

17〈詠飛仙室詩〉鄭道昭（逯2207）

飛（微）。歸（微）。

18〈刺讒詩〉陽固（逯2208）

興（蒸）。蠅（蒸）。口（厚）。厚（厚）。工（東一）。從（鍾）。
同（東一）。墉（鍾）。貴（未）。愧（至）。繁（元）。言（元）。
緝（緝）。入（緝）。及（緝）。至（至）。及（緝）。梟（虞）。拘
（虞）。徒（模）。愚（虞）。子（止）。理（止）。起（止）。矣
（止）。矣（止）。己（止）。

19〈疾倖詩〉陽固（逯2208）

諛[2]（遇）。蠱（暮）。粟（燭）。辱（燭）。入（緝）。及（緝）。
小（小）。道（晧）。車（魚）。輿（魚）。徒（模）。趨（虞）。笑
（笑）。要（笑）。蹈（號）。言（元）。繁（元）。音（侵）。欽
（侵）。心（侵）。多（歌）。何（歌）。極（職）。識（職）。力
（職）。直（職）。翼（職）。德（德）。國（德）。昵（質）。失
（質）。日（質）。疾（質）。慎（震）。信（震）。備（至）。至
（至）。及（緝）。

20〈幸華林園宴群臣於都亭曲水賦七言詩〉北魏孝明帝元詡（逯
2209）

貞（清）。英（庚三）。

2　《集韻・去聲・七》又俞戍切，俞去聲。

21〈臨終詩〉北魏孝莊帝元子攸（逯2210）

　　長（陽）。鄉（陽）。光（唐）。楊（陽）。當（唐）。

22〈詩〉北魏節閔帝元恭（逯2210）

　　翫（換）。換（換）。觀（換）。

23〈聯句詩〉北魏節閔帝元恭（逯2211）

　　23.1壽（有）。_{孝通}首（有）。_帝

　　23.2窮（東三）。_{元翩}蟲（東三）。_{孝通}芃（東三）。_{元翌}戎（東三）。_帝
　　　　嵩（東三）。_{孝通}

24〈詠寶劍詩〉崔鴻（逯2212）

　　吾（模）。珠（虞）。都（模）。盧（模）。胡（模）。

25〈浮萍詩〉馮元興（逯2212）

　　上（漾）。浪（宕）。

北魏詩卷二

26〈聽鐘鳴〉蕭綜（逯2213）

　　鳴（庚三）。城（清）。星（青）。明（庚三）。聲（清）。情
　　（清）。橫（庚二）。棲（齊）。嘀（齊）。淒（齊）。低（齊）。沱
　　（歌）。歌（歌）。

27〈悲落葉〉蕭綜（逯2213）

　　葉（葉）。疊（怗）。飛（微）。歸（微）。密（質）。失（質）。日
　　（質）。風（東三）。同（東一）。當（唐）。黃（唐）。颺（陽）。還
　　（刪）。關（刪）。攀（刪）。

28〈五月五日詩〉崔巨倫（逯2214）

　　熱（薛）。舌（薛）。

29〈高平牧馬詩〉董紹（逯2214）

　　阿（歌）。河（歌）。歌（歌）。

30〈晦日汎舟應詔詩〉盧元明（逯2215）

　　蓂（霽）。麗（霽）。

31〈贈親友〉李騫（逯2216）

　　坰（青）。瀛（清）。輕（清）。聲（清）。汀（青）。驚（庚三）。

　　營（清）。城（清）。荊（庚三）。明（庚三）。情（清）。冥（青）。

32〈悲彭城〉祖瑩（逯2217）

　　起（止）。裏（止）。

33〈諷真定公詩二首〉鹿悆（逯2217）

　　33.1琶（麻二）。華（麻二）。

　　33.2雪（薛）。絕（薛）。

34〈釋奠詩〉李諧（逯2218）

　　面（線）。奠（霰）。宴（霰）。

35〈江浦賦詩〉李諧（逯2218）

　　清（清）。明（庚三）。

36〈讚四君詩四首〉常景（逯2219）

　　36.1性（勁）。映（映三）。病（映三）。命（映三）。

　　36.2雲（文）。群（文）。分（文）。文（文）。

　　36.3雪（薛）。說（薛）。舌（薛）。徹（薛）。

　　36.4流（尤）。休（尤）。脩（尤）。求（尤）。遊（尤）。

37〈戲為詩〉褚緭（逯2219）

　　衣（微）。非（微）。

38〈白鼻騧〉溫子昇（逯2220）

　　都（模）。壚（模）。

39〈結襪子〉溫子昇（逯2220）

　　魚（魚）。餘（魚）。

40〈安定侯曲〉溫子昇（逯2220）

　　和（戈）。歌（歌）。

41〈燉煌樂〉溫子昇（逯 2221）

　　笑（笑）。調（嘯）。

42〈涼州樂歌二首〉溫子昇（逯 2221）

　　42.1城（清）。橫（庚二）。

　　42.2阪（阮）。遠（阮）。

43〈擣衣詩〉溫子昇（逯 2221）

　　長（陽）。黃（唐）。涼（陽）。光（唐）。狼（唐）。

44〈從駕幸金墉城詩〉溫子昇（逯 2221）

　　竝（迥）。景（梗三）。屏（靜）。影（梗三）。靜（靜）。井
　　（靜）。冷（梗二）。警（梗三）。幸（耿）。騁（靜）。

45〈春日臨池詩〉溫子昇（逯 2222）

　　陰（侵）。金（侵）。琴（侵）。心（侵）。

46〈詠花蝶詩〉溫子昇（逯 2222）

　　散（翰）。亂（換）。玩（換）。歡（翰）。

47〈相國清河王挽歌〉溫子昇（逯 2222）

　　波（戈）。歌（歌）。

48〈示程伯達詩〉胡叟（逯 2223）

　　賓（真）。遵（諄）。均（諄）。仁（真）。

49〈感遇詩〉濟陰王元暉業（逯 2223）

　　英（庚三）。橫（庚二）。

50〈絕命詩二首〉中山王元熙（逯 2224）

　　50.1臣（真）。身（真）。

　　50.2己（止）。已（止）。

51〈空城雀〉高孝緯（逯 2224）

　　上（養）。仰（養）。賞（養）。獎（養）。

52〈大堤女〉王容（逯 2224）

　　珮（隊）。態（代）。碎（隊）。愛（代）。

53〈春詞〉王德（逯 2225）

　　聲（清）。情（清）。屏（清）。征（清）。

54〈晚粧詩〉周南（逯 2225）

　　月（月）。發（月）。滑（沒）。越（月）。

55〈千里思〉祖叔辨（逯 2225）

　　宇（虞）。衢（虞）。殊（虞）。珠（虞）。蕪（虞）。

56〈釋奠詩〉袁曜（逯 2226）

　　親（真）。臣（真）。恂（諄）。始（止）。起（止）。疊（尾）。恥
　　（止）。

57〈青臺歌〉文明太后馮氏（逯 2227）

　　雀（藥）。雀（藥）。著（藥）。

58〈贈王肅詩〉謝氏（逯 2227）

　　絲（之）。時（之）。

59〈代答詩〉陳留長公主（逯 2227）

　　絲（之）。時（之）。

北魏詩卷三

【雜歌謠辭】

60〈咸陽宮人為咸陽王禧歌〉（逯 2229）

　　誤（暮）。露（暮）。渡（暮）。

61〈河北民為裴俠歌〉（逯 2229）

　　取（麌）。矩（麌）。

62〈時人為上高里歌〉（逯 2230）

　　里（止）。止（止）。子（止）。恥（止）。

63〈湘川漁者歌〉（逯 2230）

轉（線）。面（線）。

64〈趙郡為李曾謠〉（逯 2230）

鹿（屋一）。粟（燭）。

65〈河東民為元淑謠〉（逯 2230）

東（東一）。舂（鍾）。止（止）。理（止）。

66〈宣武孝明時謠〉（逯 2231）

貉（鐸）。索（鐸）。

67〈孝明時洛下謠〉（逯 2231）

拔（末）。末（末）。

68〈清河民為宋世良謠〉（逯 2231）

68.1稽（齊）。堤（齊）。

68.2益（昔）。跡（昔）。

69〈洛中童謠二首〉（逯 2232）

69.1初（魚）。珠（虞）。

69.2齊（齊）。梯（齊）。

70〈西魏時童謠〉（逯 2232）

闤（桓）。苑（阮）。

71〈東魏童謠〉（逯 2233）

子（止）。裏（止）。子（止）。

72〈東魏武定末童謠〉（逯 2233）

折（薛）。滅（薛）。

73〈祖珽引魏世謠〉（逯 2233）

生（庚二）。鳴（庚三）。

74〈柳楷引謠〉（逯 2234）

瑕（換）。亂（換）。

75〈詰汾力微諺〉（逯 2234）

家（麻二）。家（麻二）。

76〈廣平百姓為李波小妹語〉（逯 2234）

　　容（鍾）。蓬（東一）。雙（江）。逢（鍾）。

77〈時人為李崇元融語〉（逯 2235）

　　武（麌）。股（姥）。主（麌）。

78〈時人為安豐中山濟南三王語〉（逯 2235）

　　琅（唐）。方（陽）。

79〈時人為祖瑩袁翻語〉（逯 2235）

　　楚（語）。祖（姥）。翻（仙）。袁（元）。

80〈同門生為李謐語〉（逯 2236）

　　青（青）。經（青）。

81〈時人為元頤元欽語〉（逯 2236）

　　略（藥）。若（藥）。

82〈時人為王嶷語〉（逯 2236）

　　昏（魂）。存（魂）。

83〈百姓為公孫軌語〉（逯 2237）

　　弱（藥）。壯（漾）。

84〈時人為王遵業王延明語〉（逯 2237）

　　濟（薺）。弟（薺）。

85〈桑乾鄉里為房景伯語〉（逯 2237）

　　禮（薺）。弟（薺）。

86〈時人為崔楷語〉（逯 2238）

　　獬（蟹）。楷（駭）。

87〈李彪引諺〉（逯 2238）

　　書（魚）。蕪（虞）。

88〈高謙之引諺〉（逯 2238）

　　反（阮）。遠（阮）。

89〈賊為楊津語〉（逯 2239）

城（清）。星（青）。

90〈相府為裴漢語〉（逯 2239）

　　爛（翰）漢（翰）。

91〈楊衒之引謠語〉（逯 2239）

　　囚（尤）。州（尤）。愁（尤）。

92〈楊衒之引京師語〉（逯 2240）

　　魴（陽）。羊（陽）。

93〈楊衒之引京師語〉（逯 2240）

　　榴（尤）。牛（尤）。

94〈楊衒之引游俠語〉（逯 2240）

　　刀（豪）。醪（豪）。

95〈楊衒之引秦民語〉（逯 2241）

　　兒（支）。簁（支）。

96〈闞駰引語〉（逯 2241）

　　喪（唐）。糧（陽）。

97〈酈道元引古語論南北岈〉（逯 2242）

　　岈（麻二）。家（麻二）。

98〈酈道元引澇灘淨灘諺〉（逯 2242）

　　淨（勁）。命（映三）。

99〈高允引諺〉（逯 2243）

　　毫（豪）。刀（豪）。

100〈賈思勰引諺論力耕〉（逯 2243）

　　湯（唐）。耕（耕）。

101〈賈思勰引諺論種穀樹木〉（逯 2243）

　　穀（屋一）。木（屋一）。

102〈賈思勰引諺論養牛馬〉（逯 2244）

　　馬（馬二）。下（馬二）。

103〈賈思勰引河西語〉（逯 2244）

　　牆（陽）。粱（陽）。

104〈仇儒造妖言〉（逯 2244）

　　續（燭）。足（燭）。

105〈魏孝武帝遷長安時諺〉（逯 2245）

　　斗（厚）。走（厚）。

【雜曲歌辭】

106〈阿那瓌〉（逯 2245）

　　埃（咍）。來（咍）。

107〈楊白花〉（逯 2246）

　　花（麻二）。家（麻二）。力（職）。臆（職）。子（止）。裏（止）。

北魏詩卷四

【仙道】

108〈《老子》化胡經玄歌〉（逯 2247）

　　108.1〈化胡歌七首〉（逯 2248）

　　　　108.1.1威（微）。暉（微）。師（脂）。威（微）。頹（灰）。迴（灰）。馳（支）。知（支）。啼（齊）。微（微）。衣（微）。夷（脂）。微（微）。

　　　　108.1.2身（真）。秦（真）。間（山）。人（真）。年（先）。秦（真）。瞋（真）。文（文）。緣（仙）。仙（仙）。連（仙）。緣（仙）。泉（仙）。還（仙）。心（侵）。身（真）。真（真）。形（青）。山（山）。懸（先）。

天（先）。旋（仙）。千（先）。妍（先）。經（青）。
庭（青）。明（庚三）。賢（先）。

108.1.3 山（山）。平（仙）。言（元）。山（山）。淵（先）。
吟（侵）。賢（先）。辛（真）。

108.1.4 山（山）。仙（仙）。文（文）。斳[3]（先）。幡（元）。
身（真）。文（文）。身（真）。

108.1.5 賓（真）。身（真）。雲（文）。身（真）。人（真）。
庭（青）。身（真）。言（元）。文（文）。神（真）。
人（真）。

108.1.6 嬰（清）。身（真）。淵[4]（先）。行（庚二）。身
（真）。天（先）。千（先）。人（真）。君（文）。人
（真）。嫌（添）。文（文）。天（先）。賢（先）。身
（真）。緣（仙）。真（真）。天（先）。身（真）。

108.1.7 松（鍾）。公（東一）。蹤（鍾）。童（東一）。雙
（江）。聰（東一）。

108.2〈尹喜哀歎五首〉（逯2250）

108.2.1 人（真）。榮（庚三）。君（文）。銀（真）。人
（真）。仙（仙）。存（魂）。天（先）。身（真）。文
（文）。神（真）。然（仙）。

108.2.2 天（先）。冥（青）。天（先）。君（文）。文（文）。
間（山）。并（清）。

108.2.3 堭（唐）。長（陽）。方（陽）。行（唐）。傷（陽）。

108.2.4 崖（支）。衣（微）。累（脂）。微（微）。歸（微）。
師（脂）。衣（微）。微（微）。嘀（齊）。歸（微）。

3　原作「斳」，坊間或寫作「剛」，或寫作「斷」，同事林清源教授認為當作「前」，
　　由上下文和字形演變判斷。其說合理，今從其說改作「前」。

4　原作「瀏」，據高原樂〈敦煌本《化胡歌》八首校註〉改。

摧（灰）。微（微）。師（脂）。

108.2.5尋（侵）。深（侵）。身（真）。門（魂）。前（先）。
然（仙）。嚴（嚴）。文（文）。冥（青）。深（侵）。
迎（庚三）。生（庚二）。神（真）。天（先）。

108.3〈太上皇老君哀歌七首〉（逯 2251）

108.3.1君（文）。賢（先）。冥（青）。榮（庚三）。天
（先）。間（山）。天（先）。西（先）[5]。旋（仙）。金
（侵）。

108.3.2民（真）。神（真）。人（真）。前（先）。間（山）。
牽（先）。門（魂）。侵（侵）。天（先）。仁（真）。

108.3.3明（庚三）。行（庚二）。門（魂）。天（先）。然
（仙）。請（勁）。敬（映三）。人（真）。天（先）。
寧（青）。瞋（真）。生（庚二）。身（真）。疼
（冬）。泉（仙）。還（仙）。

108.3.4人（真）。神（真）。緣（仙）。西（先）[6]。山（山）。
眠（先）。千（先）。人（真）。牽（先）。門（魂）。
人（真）。神（真）。天（先）。恩（痕）。

108.3.5人（真）。神（真）。仁（真）。人（真）。年（先）。
雲（文）。尋（侵）。存（魂）。深（侵）。尊（魂）。
還（仙）。

108.3.6人（真）。懃（欣）。人（真）。門（魂）。賢（先）。
天（先）。天（先）。星（青）。名（清）。瞋（真）。
身（真）。身（真）。堅（先）。明（庚三）。生（庚
二）。

108.3.7人（真）。真（真）。人（真）。雲（文）。榛（真）。

5　《篇海類編・西部第二十七》卷二十一：「又蘇前切，音先。」
6　《篇海類編・西部第二十七》卷二十一：「又蘇前切，音先。」

言（元）。存（魂）。

108.4〈老君十六變詞〉（逯2252）[7]

108.4.1火（果）。坐（果）。磓（果）。我（哿）。果（果）。
我（哿）。

108.4.2川（仙）。神（真）。言（元）。銀（真）。文（文）。
臣（真）。論（諄）。人（真）。天（先）。

108.4.3方（陽）。狀（陽）。瑯（唐）。行（唐）。章（陽）。
陽（陽）。翔（陽）。

108.4.4蔥（東一）。春（鍾）。雍（鍾）。龍（鍾）。東（東
一）。空（東一）。通（東一）。

108.4.5川（仙）。顛（先）。年（先）。千（先）。雲（文）年
（先）。賓（真）。秦（真）。文（文）。

108.4.6角（覺）。岳（覺）。瀆（屋一）。曲（燭）。國（德）。
局（燭）。速（屋一）。縠（屋一）。足（燭）。

108.4.7崛（虞）。由（尤）。愁（尤）。篌（侯）。憂（尤）。
頭（侯）。遊（尤）。

108.4.8地（至）。比（至）。詰（質）。炁（未）。利（至）。
企（寘）。次（至）。地（至）。

108.4.9柱（麌）。戶（姥）。所（語）。語（語）。府（麌）。
主（麌）。語（語）。緒（語）。父（麌）。

108.4.10門（魂）。川（仙）。仙（仙）。民（真）。真（真）。
神（真）。言（元）。間（山）。還（仙）。停（青）。
生（庚二）。盆（魂）。身（真）。禪（仙）。根（痕）。
倫（諄）。文（文）。人（真）。緣（仙）。天（先）。

108.4.11為（支）。兒（支）。隨（支）。為（支）。池（支）。

7　前十六首為一至十六變之時，後兩首分別為五百歲、六百歲之時，故得十八首。

靡[8]（支）。虧（支）。支（支）。羲（支）。秖（脂）。
知（支）。

108.4.12昏（魂）。身（真）。新（真）。身（真）。人（真）。
關（刪）。間（山）。聞（文）。夷（脂）。身（真）。
禪（仙）。人（真）。門（魂）。門（魂）。還（仙）。
情（清）。瞋（真）。言（元）。門（魂）。身（真）。
人（真）。勤（欣）。身（真）。難（寒）。看（寒）。

108.4.13賓（真）。元（元）。身（真）。神（真）。人（真）。
君（文）。生（庚二）。輪（諄）。人（真）。僧
（登）。君（文）。蟲（東三）。經（青）。秦（真）。
迎（庚三）。城（清）。情（清）。門（魂）。兵（庚
三）。生（庚二）。經（青）。緣（仙）。人（真）。金
（侵）。新（真）。心（侵）。

108.4.14衛（祭）。偈（祭）。濟（霽）。恑（怪）。拜（怪）。
戒（怪）。退（隊）。誓（祭）。禪（仙）。鶡（仙）。
弗（物）。國（德）。欲（燭）。得（德）。

108.4.15賓（真）。人（真）。夷（脂）。詞（之）。歸（微）。
輪（諄）。人（真）。尼（脂）。尼（脂）。私（脂）。
微（微）。神（真）。形（青）。生（庚二）。人
（真）。天（先）。還（仙）。

108.4.16遮（麻三）。闍（麻三）。蛇（麻三）。家（麻二）咤
（麻二）。家（麻二）。花（麻二）。家（麻二）。迦
（麻二）。

108.4.17昌（陽）。長（陽）。翔（陽）。嘗（陽）。昌（陽）。
央（陽）。長（陽）。

8　《康熙字典・非部・十一》：「《集韻》、《韻會》、《正韻》又<u>犾</u>忙皮切，音麋。」

108.4.18歸（微）。非（微）。誰（脂）。悲（脂）。衰（脂）。
誰（脂）。微（微）。

陸　北齊詩韻譜

北齊詩卷一

【斛律豐樂】

1〈歌〉（逯 2257）

　　醉（至）。醉（至）。醉（至）。次（至）。

2〈征行詩〉高昂（逯 2257）

　　酒（有）。婦（有）。

3〈從軍與相州刺史孫騰作行路難〉高昂（逯 2258）

　　息（職）。食（職）。北（德）。抑（職）。

4〈贈弟季式詩〉高昂（逯 2258）

　　死（旨）。比（旨）。雉（旨）。史（止）。

5〈香茅詩〉蕭祗（逯 2258）

　　滋（之）。時（之）。遲（脂）。詩（之）。

6〈和迴文詩〉蕭祗（逯 2259）

　　斜（麻三）。花（麻二）。

7〈冬夜詠妓詩〉蕭放（逯 2259）

　　年（先）。眠（先）。煙（先）。弦（先）。前（先）。仙（仙）。

8〈詠竹詩〉蕭放（逯 2259）

　　濃（鍾）。龍（鍾）。

9〈讖詩二首〉陸法和（逯 2260）

　　9.1可（哿）。火（果）。坐（果）。

　　9.2天（先）。年（先）。

10〈趙郡王配鄭氏挽詞〉盧詢祖（逯 2260）

中（東三）。宮（東三）。風（東三）。空（東一）。

11〈中婦織流黃〉盧詢祖（逯 2261）

斜（麻三）。嘉（麻二）。賒（麻三）。車（麻三）。花（麻二）。
家（麻二）。

12〈有所思〉裴讓之（逯 2261）

非（微）。衣（微）。微（微）。歸（微）。

13〈從北征詩〉裴讓之（逯 2262）

驚（庚三）。兵（庚三）。生（庚二）。行（庚二）。

14〈公館讌酬南使徐陵詩〉裴讓之（逯 2262）

津（真）。辰（真）。鄰（真）。綸（諄）。陳（真）。因（真）。秦
（真）。濱（真）。珍（真）。人（真）。輪（諄）。新（真）。

15〈鄴館公讌詩〉裴訥之（逯 2263）

賞（養）。響（養）。上（養）。掌（養）。長（養）。兩（養）。

16〈思公子〉邢邵（逯 2263）

色（職）。識（職）。

17〈三日華林園公宴詩〉邢邵（逯 2263）

池（支）。儀（支）。移（支）。枝（支）。虧（支）。卮（支）。離
（支）。

18〈冬夜酬魏少傅直史館詩〉邢邵（逯 2264）

安（寒）。寒（寒）。酸（桓）。端（桓）。殘（寒）。闌（寒）。冠
（桓）。寬（桓）。蘭（寒）。官（桓）。韓（寒）。干（寒）。摶
（桓）。難（寒）。桓（桓）。

19〈冬日傷志篇〉邢邵（逯 2264）

裁（咍）。杯（灰）。臺（咍）。來（咍）。開（咍）。哀（咍）。枚
（灰）。萊（咍）。哉[1]（咍）。

---

[1] 詩句原作「撫己獨傷懷」，據《藝文類聚》卷三、《初學記》卷三等改為「撫己獨
懷哉」。

20〈七夕詩〉邢邵（逯2265）

側（職）。息（職）。測（職）。色（職）。軾（職）。織（職）。翼（職）。

21〈齊韋道遜晚春宴詩〉邢邵（逯2265）

初（魚）。魚（魚）。疏（魚）。書（魚）。

22〈應詔甘露詩〉邢邵（逯2265）

旗（之）。霏（微）。機（微）。

23〈賀老人星詩〉邢邵（逯2265）

重（鍾）。雍（鍾）。

24〈送庾羽騎抱詩〉鄭公超（逯2266）

深（侵）。心（侵）。陰（侵）。吟（侵）。

25〈群公高宴詩〉楊訓（逯2266）

歸（微）。暉（微）。衣（微）。徽（微）。揮（微）。

26〈從駕遊山詩〉袁奭（逯2267）

衷（東三）。叢（東一）。風（東三）。蔥（東一）。

27〈銅雀臺〉荀仲舉（逯2267）

然（仙）。弦（先）。捐（仙）。圓（仙）。

28〈美女篇二首〉魏收（逯2268）

28.1歸（微）。騑（微）。沂（微）。妃（微）。飛（微）。非（微）。

28.2衣（微）。微（微）。稀（微）。威（微）。依（微）。機（微）。違（微）。

29〈永世樂〉魏收（逯2268）

添（添）。霑（添）。嫌（添）。

30〈櫂歌行〉魏收（逯2268）

流（尤）。樓（侯）。

31〈挾琴歌〉魏收（逯2269）

房（陽）。香（陽）。行（唐）。

32〈後園宴樂詩〉魏收（逯 2269）

中（東三）。風（東三）。穹（東三）。功（東一）。通（東一）。
叢（東一）。

33〈喜雨詩〉魏收（逯 2269）

楹（清）。榮（庚三）。平（庚三）。成（清）。靈（青）。鳴（庚
三）。

34〈看柳上鵲詩〉魏收（逯 2269）

成（清）。明（庚三）。驚（庚三）。輕（清）。聽（青）。

35〈晦日泛舟應詔詩〉魏收（逯 2270）

呼^2（暮）。慕（暮）。暮（暮）。步（暮）。

36〈月下秋宴詩〉魏收（逯 2270）

塗（模）。吳（模）。蘇（模）。都（模）。

37〈五日詩〉魏收（逯 2270）

聞（文）。雲（文）。文（文）。君（文）。

38〈庭柏詩〉魏收（逯 2270）

峯（鍾）。濃（鍾）。容（鍾）。從（鍾）。

39〈蠟節詩〉魏收（逯 2271）

平（庚三）。情（清）。

40〈七月七日登舜山詩〉魏收（逯 2271）

河（歌）。阿（歌）。

41〈對雨詩〉劉逖（逯 2272）

空（東一）。風（東三）。紅（東一）。中（東三）。

42〈秋朝野望詩〉劉逖（逯 2272）

湖（模）。枯（模）。烏（模）。隅（虞）。

2　《廣韻・去聲・暮》：「謼，號謼。亦作呼。荒故切。又火姑切二。」

43〈浴溫湯泉詩〉劉逖（逯 2272）

　　家（麻二）。邪（麻三）。沙（麻二）。車（麻三）。

44〈清歌發詩〉劉逖（逯 2272）

　　春（諄）。塵（真）。

北齊詩卷二

45〈從北征詩〉祖珽（逯 2273）

　　乾（寒）。瀾（寒）。寒（寒）。安（寒）。

46〈望海詩〉祖珽（逯 2273）

　　里（止）。已（止）。起（止）。子（止）。

47〈挽歌〉祖珽（逯 2274）

　　宮（東三）。中（東三）。風（東三）。空（東一）。

48〈經墓興感詩〉安德王高延宗（逯 2274）

　　明（庚三）。傾（清）。驚（庚三）。情（清）。名（清）。

49〈臨高臺〉蕭慤（逯 2275）

　　宮（東三）。虹（東一）。紅（東一）。桐（東一）。風（東三）。
　　窮（東三）。

50〈上之回〉蕭慤（逯 2275）

　　遊（尤）。秋（尤）。旒（尤）。州（尤）。

51〈飛龍引〉蕭慤（逯 2275）

　　歸（微）。飛（微）。徽（微）。衣（微）。

52〈奉和濟黃河應教詩〉蕭慤（逯 2276）

　　猷（尤）。舟（尤）。油（尤）。流（尤）。樓（侯）。浮（尤）。洲
　　（尤）。丘（尤）。秋（尤）。遊（尤）。

53〈和崔侍中從駕經山寺詩〉蕭慤（逯 2276）

　　橫（庚二）。旌（清）。聲（清）。明（庚三）。成（清）。平（庚

三）。情（清）。城（清）。

54〈奉和悲秋應令詩〉蕭愨（逯2276）

蒙（東一）風（東三）。濛（東一）。鴻（東一）。空（東一）。蓬（東一）。沖（東三）。同（東一）。功（東一）。蟲（東三）。

55〈屏風詩〉蕭愨（逯2277）

庭（青）。齡（青）。形（青）。星（青）。經（青）。亭（青）。青（青）。情（清）。

56〈奉和元日詩〉蕭愨（逯2277）

開（咍）。臺（咍）。杯（灰）。來（咍）。

57〈奉和初秋西園應教詩〉蕭愨（逯2277）

前（先）。煙（先）。然（仙）。船（仙）。

58〈奉和冬至應教詩〉蕭愨（逯2278）

灰（灰）。來（咍）。栽（咍）。臺（咍）。

59〈奉和望山應教詩〉蕭愨（逯2278）

初（魚）。疏（魚）。居（魚）。餘（魚）。

60〈奉和詠龍門桃花詩〉蕭愨（逯2278）

門（魂）。源（元）。軒（元）。翻（元）。

61〈春庭晚望詩〉蕭愨（逯2278）

隱（隱）。筍（準）。近（隱）。盡（軫）。

62〈秋思詩〉蕭愨（逯2279）

初（魚）。疏（魚）。裾（魚）。居（魚）。

63〈聽琴詩〉蕭愨（逯2279）

生（庚二）。清（清）。聲（清）。情（清）。

64〈和司徒鎧曹陽辟疆秋晚詩〉蕭愨（逯2279）

衰（脂）。歸（微）。

65〈春日曲水詩〉蕭愨（逯2280）

數（遇）。度（暮）。路（暮）。樓（侯）。洲（尤）。流（尤）。渡

（暮）。注（遇）。樹（遇）。住（遇）。鷺（暮）。翬（微）。扉
（微）。衣（微）。

66〈野田黃雀行〉蕭慤（逯2280）

　　文（文）。群（文）。雲（文）。分（文）。軍（文）。

67〈日晚彈琴詩〉馬元熙（逯2281）

　　扉（微）。暉（微）。妃（微）。飛（微）。稀（微）。

68〈春日詩〉陽休之（逯2281）

　　上（養）。網（養）。長（養）。響（養）。

69〈詠萱草詩〉陽休之（逯2281）

　　垂（支）。吹（支）。池（支）。

70〈正月七日登高侍宴詩〉陽休之（逯2282）

　　色（職）。翼（職）。

71〈秋詩〉陽休之（逯2282）

　　薇（微）。飛（微）。

72〈神仙詩〉顏之推（逯2283）

　　年（先）。仙（仙）。前（先）。憐（先）。篇（仙）。煙（先）。泉
（仙）。天（先）。旋（仙）。

73〈古意詩二首〉顏之推（逯2283）

　　73.1仕（止）。裏（止）。史（止）。祀（止）。芷（止）。起
（止）。里（止）。市（止）。水（旨）。恥（止）。子
（止）。齒（止）。

　　73.2荊（青）。聲（清）。名（清）。生（庚二）。城（清）。迎（庚
三）。營（清）。輕（清）。并（清）。榮（庚三）。

74〈從周入齊夜度砥柱〉顏之推（逯2283）

　　津（真）。人（真）。新（真）。賓（真）。

75〈和陽納言聽鳴蟬篇〉顏之推（逯2284）

　　處（御）。曙（御）。慮（御）。笙（庚二）。聲（清）。清（清）。

輕（清）。驚（庚三）。城（清）。里（止）史（止）。市（止）。起（止）。徵（止）。子（止）。士（止）。花（麻二）。華[3]（麻二）。車（麻三）。

76〈詠龜詩〉趙儒宗（逯2285）

謀（尤）。遊（尤）。留（尤）。頭（侯）。

77〈感琵琶弦詩〉馮淑妃（逯2286）

憐（先）。弦（先）。

78〈磧面辭〉崔氏（逯2286）

雪（薛）。悅（薛）。花（麻二）。華（麻二）。白（陌二）。澤（陌二）。紅（東一）。容（鍾）。

79〈謠〉惠化尼（逯2287）

臺（咍）。回（灰）。

北齊詩卷三

【雜歌謠辭】

80〈敕勒歌〉（逯2289）

下（馬三）。野（馬三）。蒼（唐）。茫（唐）。羊（陽）。

81〈兗州民為鄭氏父子歌〉（逯2289）

公（東一）。公（東一）。同（東一）。

82〈邯鄲郭公歌〉（逯2290）

九（有）。口（厚）。走（厚）。酉（有）。

83〈濟北民為崔伯謙歌〉（逯2290）

政（勁）。爭（耕）。

84〈文宣時謠〉（逯2290）

3　原作「草」，據唐・徐堅《初學記・卷三十・蟲部》改。

室（質）。日（質）。

85〈廢帝時童謠三首〉（逯 2291）

　　85.1禿（屋一）。角（屋一）。

　　85.2草（晧）。道（晧）。腦（晧）。

　　85.3也（馬三）。也（馬三）。

86〈孝昭時童謠〉（逯 2291）

　　翁（東一）。雍（鍾）。鐘（鍾）。

87〈武成殂後謠〉（逯 2292）

　　樹（遇）。去（御）。

88〈武平元年童謠〉（逯 2292）

　　尾（尾）。你（止）。

89〈武平中童謠〉（逯 2292）

　　開（咍）。臺（咍）。

90〈又〉（逯 2292）

　　早（晧）。好（晧）。老（晧）。

91〈曲巖祖珽為斛律光造謠二首〉（逯 2293）

　　91.1天（先）。安（寒）。

　　91.2豎（麌）。斧（麌）。語（語）。

92〈武平末童謠〉（逯 2294）

　　落（鐸）。酌。（藥）

93〈徐之範引童謠〉（逯 2294）

　　伽（戈三）。婆（戈）。靴（戈三）。

94〈楊子術引謠言〉（逯 2295）

　　四（至）。二（至）。

95〈清河民為宋世良謠〉（逯 2295）

　　益（昔）。跡（昔）。

【謠語】

96〈清河民為曲隄語〉（逯 2295）

　　稽（齊）。隄（齊）。

97〈顏之推引俗諺論教子〉（逯 2296）

　　來（咍）。孩（咍）。

98〈時人為陳元康語〉（逯 2297）

　　張（陽）。康（唐）。

99〈鄴下為陸仲讓語〉（逯 2297）

　　行（唐）。郎（唐）。[4]

100〈時人為唐邕白建言〉（逯 2298）

　　赫（陌二）。白（陌二）。[5]

101〈時人為裴皇甫二姓兄弟語〉（逯 2298）

　　讓（漾）。亮（漾）。

102〈御史臺中為宋遊道語〉（逯 2299）

　　討（晧）。道（晧）。

103〈時人為宋遊道陸操語〉（逯 2299）

　　形（青）。情（清）。

104〈時人為義深語〉（逯 2300）

　　森（侵）。深（侵）。

105〈時人為陽休之語〉（逯 2300）

　　詩（之）。之（之）。

106〈時人為陰鳳語〉（逯 2300）

　　癡（之）。衣（微）。

107〈時人為法上諺〉（逯 2300）

4　原作「講義兩行得中郎。」中間不句讀。

5　原作「并州赫赫唐與白。」中間不句讀。

來（咍）。災（咍）。

北齊詩卷四

【郊廟歌辭】

108〈大禘圜丘及北郊歌辭十三首〉（逯 2303）

　　108.1〈肆夏〉（逯 2303）

　　　　民（真）。神（真）。臻（臻）。陳（真）。紳（真）。人（真）。

　　108.2〈高明樂〉（逯 2303）

　　　　矣（止）。止（止）。始（止）。變（線）。薦（霰）。煙（先）。
　　　　玄（先）。

　　108.3〈昭夏樂〉（逯 2304）

　　　　之（之）。茲（之）。舞（麌）。府（麌）。恭（鍾）。從（鍾）。

　　108.4〈昭夏樂〉（逯 2304）

　　　　時（之）。期（之）。事（志）。志（志）。刀（豪）。髦（蕭）。
　　　　高（豪）。

　　108.5〈皇夏樂〉（逯 2304）

　　　　致（至）。次（至）。升（蒸）。乘（蒸）。曜（笑）。導（號）。

　　108.6〈皇夏樂〉（逯 2304）

　　　　襄（仙）。虔（仙）。仰（養）。饗（養）。

　　108.7〈高明樂〉（逯 2305）

　　　　從（鍾）。恭（鍾）。雍（鍾）。邦（江）。

　　108.8〈高明樂〉（逯 2305）

　　　　道（晧）。保（晧）。列（薛）。節（屑）。

　　108.9〈武德樂〉（逯 2305）

　　　　靈（青）。冥（青）。成（清）。生（庚二）。

108.10〈皇夏樂〉（逯 2305）

　　誠（清）。靈（青）。明（庚三）。溟（青）。精（清）。聲
　　（清）。

108.11〈高明樂〉（逯 2306）

　　周（尤）。遊（尤）。流（尤）。州（尤）。留（尤）。休（尤）。

108.12〈昭夏樂〉（逯 2306）

　　臨（侵）。心（侵）。報（號）。燎（笑）。香（陽）。疆（陽）。

108.13〈皇夏樂〉（逯 2306）

　　孝（效）。耀（笑）。光（唐）。章（陽）。警（梗三）。永
　　（梗三）。

109〈五郊樂歌五首〉（逯 2306）

109.1〈青帝高明樂〉（逯 2307）

　　歸（微）。飛（微）。邊（御）。馭（御）。滋（之）。期（之）。

109.2〈赤帝高明樂〉（逯 2307）

　　宣（仙）。延（仙）。發（月）。月（月）。昭（宵）。朝（宵）。

109.3〈黃帝高明樂〉（逯 2307）

　　時（之）。基（之）。德（德）。國（德）。

109.4〈白帝高明樂〉（逯 2307）

　　精（清）。成（清）。祉（止）。祀（止）。

109.5〈黑帝高明樂〉（逯 2308）

　　寒（寒）。殫（寒）。極（職）。力（職）。窮（東三）。融
　　（東三）。聖（勁）。敬（映三）。

110〈祀五帝於明堂樂歌十一首〉（逯 2308）

110.1〈肆夏樂〉（逯 2308）

　　聞（文）。君（文）。敘（語）。與（語）。章（陽）。光（唐）。

110.2〈高明樂〉（逯 2308）

　　光（唐）。昌（陽）。方（陽）。闕（月）。發（月）。武（麌）。

雨（麌）。中（東三）。風（東三）。扇（線）。薦（霰）。寧
（青）。精（清）。亭（青）。

110.3〈武德樂〉（逯2308）

命（映三）。聖（勁）。姓（勁）。正（勁）。寧（青）。盈
（清）。呈（清）。清（清）。會（泰）。外（泰）。大（泰）。
賴（泰）。

110.4〈昭夏樂〉（逯2309）

年（先）。輇（仙）。祀（止）。止（止）。羊（陽）。方（陽）。

110.5〈昭夏樂〉（逯2309）

誠（清）。聲（清）。臭（宥）。祐（宥）。祉（止）。已（止）。

110.6〈皇夏樂〉（逯2309）

基（之）。思（之）。佾（質）。吉（質）。升（蒸）。應（蒸）。

110.7〈高明樂〉（逯2310）

戶（姥）。祖（姥）。清（清）。明（庚三）。

110.8〈高明樂〉（逯2310）

德（德）。國（德）。敬（映三）。命（映三）。

110.9〈皇夏樂〉（逯2310）

宣（仙）。泉（仙）。年（先）。川（仙）。漣（仙）。天（先）。

110.10〈高明樂〉（逯2310）

明（庚三）。冥（青）。成（清）。征（清）。旍（清）。城
（清）。庭（青）。溟（青）。精（清）。行（庚二）。靈（青）。
聲（清）。

110.11〈皇夏樂〉（逯2310）

章（陽）。王（陽）。罄（徑）。敬（映三）。途（模）。都
（模）。

111〈享廟樂辭十八首〉（逯2311）

111.1〈肆夏樂〉（逯2311）

心（侵）。歆（侵）。簪（侵）。琛（侵）。音（侵）。金（侵）。

111.2〈高明登歌樂〉（逯 2311）

良（陽）。張（陽）。羽（麌）。舞（麌）。穆（屋三）。福
（屋三）。

111.3〈昭夏樂〉（逯 2311）

儀（支）。犧（支）。慄（質）。室（質）。誠（清）。齡（青）。

111.4〈昭夏樂〉（逯 2312）

思（之）。時（之）。見（霰）。薦（霰）。休（尤）。由（尤）。

111.5〈皇夏樂〉（逯 2312）

闈（微）。輝（微）。慕（暮）。步（暮）。稀（微）。依（微）。

111.6〈登歌樂〉（逯 2312）

設（薛）。潔（屑）。用（用）。降（絳）。禮（薺）。濟（薺）。

111.7〈登歌樂〉（逯 2312）

先（先）。聯（仙）。宣（仙）。天（先）。埏（仙）。纏（仙）。
年（先）。悁（仙）。填（仙）。虔（仙）。懸（先）。然（仙）。
玄（先）。川（仙）。延（仙）。前（先）。

111.8〈始基樂恢祚舞〉（逯 2313）

昌（陽）。方（陽）。光（唐）。長（陽）。

111.9〈始基樂恢祚舞〉（逯 2313）

構（候）。秀（宥）。茂（候）。舊（宥）。

111.10〈始基樂恢祚舞〉（逯 2313）

幾（微）。歸（微）。衣（微）。違（微）。

111.11〈始基樂恢祚舞〉（逯 2313）

聲（清）。冥（青）。行（庚二）。寧（青）。

111.12〈始基樂恢祚舞祖〉（逯 2314）

風（東三）。躬（東三）。隆（東三）。崇（東三）。融（東
三）。窮（東三）。

111.13〈武德樂昭烈舞〉（逯 2314）

紛（文）。焚（文）。文（文）。雲（文）。海（海）。宰（海）。待（海）。凱（海）。成（清）。寧（青）。靈（青）。誠（清）。明（庚三）。

111.14〈文德樂宣政舞〉（逯 2314）

統（宋）。縱（用）。種（用）。綜（宋）。野（馬三）。雅（馬二）。下（馬二）。假（馬二）。

111.15〈文正樂光大舞〉（逯 2314）

期（之）。時（之）。基（之）。熙（之）。度（暮）。措（暮）。布（暮）。路（暮）。綱（唐）。壤（養）。響（養）。仰（養）。

111.16〈皇夏樂〉（逯 2315）

兢（蒸）。升（蒸）。凝（蒸）。膺（蒸）。承（蒸）。陵（蒸）。

111.17〈高明樂〉（逯 2315）

冠（桓）。闌（寒）。奕（昔）。適（昔）。塗（模）。都（模）。

111.18〈皇夏〉（逯 2315）

終（東三）。衷（東三）。路（暮）。慕（暮）。疆（陽）。長（陽）。

【燕射歌辭】

112〈元會大饗歌十首〉（逯 2316）

112.1〈肆夏〉（逯 2316）

天（先）。先（先）。宣（仙）。玄（先）。

112.2〈皇夏〉（逯 2316）

庭（青）。聲（清）。晬（至）。萃（至）。

112.3〈皇夏〉（逯 2316）

明（庚三）。并（清）。庭（青）。平（庚三）。

112.4〈皇夏〉（逯 2316）

家（麻二）。華（麻二）。車（麻三）。麻（麻二）。節（屑）。
列（薛）。晳[6]（薛）。轍（薛）。

112.5〈皇夏〉（逯2317）

寓（麌）。武（麌）。禹（麌）。矩（麌）。甯（真）。神（真）。
人（真）。春（諄）。

112.6〈肆夏〉（逯2317）

申（真）。陳（真）。節（屑）。烈（薛）。

112.7〈上壽曲〉（逯2317）

壽（有）。久（有）。

112.8〈登歌三曲〉（逯2317）

112.8.1明（庚三）。靈（青）。逖（錫）。跡（昔）。

112.8.2時（之）。茲（之）。海（海）。在（海）。

112.8.3庭（青）。聲（清）。布（暮）。步（暮）。

112.9〈食舉樂十曲〉（逯2318）

112.9.1啟（薺）。禮（薺）。體（薺）。晨（真）。新（真）。
臣（真）。春（諄）。瑟（櫛）。一（質）。

112.9.2光（唐）。行（唐）。方（陽）。陽（陽）。皇（唐）。
皇（唐）章（陽）。裳（陽）。

112.9.3穆（屋三）。育（屋三）。造（晧）。寶（晧）。蒼
（唐）。光（唐）。表（小）。擾（小）。哉（咍）。來
（咍）。

112.9.4粟（燭）。玉（燭）。卑（支）。為（支）。訾（支）。

112.9.5道（晧）。夭（晧）。阜（晧）。保（晧）。

112.9.6戰（線）。禪（線）。縣（霰）。殿（霰）。見（霰）。

112.9.7分（文）。君（文）。垠（欣）[7]。群（文）。雲

<hr>

6　原作「晰」，據《樂府詩集》卷十四改。

7　垠，《廣韻》入真、欣二韻，意義相同。惟《說文・土部》：「垠，地垠也。一曰岸

（文）。薰（文）。蒕（文）。

112.9.8協（怗）。燮（怗）。諜（怗）。昌（陽）。光（唐）。
疆（陽）。

112.9.9日（質）。溢（質）。律（術）。首（有）。壽（有）。
厚（厚）。

112.9.10揚（陽）。襄（陽）。壯（漾）。望（漾）。蕤
（脂）。騤（脂）。龜（脂）。

112.10〈皇夏〉（逯 2319）

成（清）。平（庚三）。息（職）。職（職）。

【舞曲歌辭】

113〈文武舞歌四首〉（逯 2319）

113.1〈文舞階步辭〉（逯 2319）

基（之）。期（之）。持（之）。時（之）。茲（之）。詩（之）。
絲（之）。熙（之）。

113.2〈文舞辭〉（逯 2320）

齊（齊）。珪（齊）。黎（之）。泥（之）。西（之）。攜（之）。
大（泰）。外（泰）。會（泰）。帶（泰）。籟（泰）。藹（泰）。

113.3〈武舞階步辭〉（逯 2320）

昭（宵）。巢（肴）。苗（宵）。朝（宵）。韶（宵）。調（蕭）。

113.4〈武舞辭〉（逯 2320）

聖（勁）。映（映三）。命（映三）。鏡（映三）。定（徑）。
性（勁）。生（庚二）。明（庚三）。聲（清）。笙（庚二）。
成（清）。齡（青）。

也。」《廣韻・欣韻》：「圻，圻堮。又岸也。垠，上同。」與之最近；而《廣韻・
真韻》只收「垠岸也」一義。今據以入欣韻。

【仙道】

114〈吳猛贈廬山神徐君詩〉（逯 2321）

　　宅（陌二）。益（昔）。

115〈武陽山遺詠〉（逯 2321）

　　藪（厚）。口（厚）。駒（虞）。軀（虞）。如（魚）。

【鬼神】

116〈夢人倚戶授其詩〉褚士達（逯 2322）

　　真（真）。人（真）。

117〈徐鐵臼怨歌〉褚士達（逯 2322）

　　花（麻二）。何（歌）。子（止）。已（止）。

柒　北周詩韻譜

北周詩卷一

1〈貽韋居士詩〉周明帝宇文毓（逯 2323）

　微（微）。歸（微）。衣（微）。磯（微）。飛（微）。薇（微）。機（微）。

2〈過舊宮詩〉周明帝宇文毓（逯 2324）

　宮（東三）。豐（東三）。桐（東一）。風（東三）。

3〈和王褒詠摘花〉周明帝宇文毓（逯 2324）

　芳（陽）。香（陽）。

4〈陪駕幸終南山詩〉李昶（逯 2324）

　嵩（東三）。鴻（東一）。熊（東三）。中（東三）。窮（東三）。空（東一）。風（東三）。同（東一）。宮（東三）。公（東一）。

5〈奉和重適陽關〉李昶（逯 2325）

　臺（咍）。埃（咍）。苔（咍）。開（咍）。[1]哀（咍）。迴（灰）。來（咍）。

6〈宴詩〉高琳（逯 2325）

　軍（文）。氛（文）。

7〈和歲首寒望詩〉宗懍（逯 2326）

　原（元）。喧（元）。門（魂）。村（魂）。幡（元）。源（元）。

8〈早春詩〉宗懍（逯 2326）

　來（咍）。開（咍）。梅（灰）。臺（咍）。

9〈春望詩〉宗懍（逯 2326）

1　原句讀誤作「丹墀染碧苔金。扉晝常掩珠。簾夜暗開。」今訂正為「丹墀染碧苔。金扉晝常掩。珠簾夜暗開。」

望（陽）。光（唐）。楊（陽）。香（陽）。忘（陽）。

10〈麟趾殿詠新井詩〉宗懍（逯 2327）

　開（咍）。臺（咍）。

11〈登渭橋詩〉宗羈（逯 2327）

　中（東三）。宮（東三）。通（東一）。公（東一）。同（東一）。

12〈孀婦吟〉蕭撝（逯 2328）

　櫳（東一）。叢（東一）。紅（東一）。中（東三）。空（東一）。

13〈日出行〉蕭撝（逯 2328）

　雲（文）。君（文）。

14〈勞歌〉蕭撝（逯 2328）

　生（庚二）。卿（庚三）。

15〈和梁武陵王遙望道館詩〉蕭撝（逯 2328）

　房（陽）。莊（陽）。光（唐）。方（陽）。翔（陽）。羊（陽）。香
　（陽）。裳（陽）。

16〈上蓮山詩〉蕭撝（逯 2329）

　峯（鍾）。龍（鍾）。鐘（鍾）。笻（鍾）。逢（鍾）。

17〈關山篇〉王褒（逯 2329）[2]

　阪（濟）。山（山）。藹（泰）。外（泰）。帶（泰）。中（東三）。
　雄（東三）。戎（東三）。通（東一）。

18〈從軍行二首〉王褒（逯 2330）

　18.1經（青）。亭（青）。陘（青）。泂（青）。形（青）。星
　（青）。青（青）。刑（青）。銘（青）。庭（青）。屏（青）。

　18.2人（真）。津（真）。身（真）。筋（欣）。辛（真）。臣
　（真）。春（諄）。貧（真）。

2　此詩最早收錄於《藝文類聚》卷四十二，後《文苑英華》卷一九八亦收錄此詩，
　提名卻是王訓〈度關山〉，且全詩更為完整。若著眼於全詩的用韻，王褒〈關山
　篇〉應為缺首二句和缺後十六句之殘詩。

19〈長安有狹邪行〉王褒（逯 2330）

　　喧（元）。孫（魂）。門（魂）。轅（元）。園（元）。樽（魂）。園
　　（元）。

20〈飲馬長城窟〉王褒（逯 2330）

　　過（戈）。和（戈）。阿（歌）。波（戈）。多（歌）。河（歌）。歌
　　（歌）。戈（戈）。何（歌）。

21〈輕舉篇〉王褒（逯 2331）

　　窮（東三）。童（東一）。東（東一）。弓（東三）。空（東一）。叢
　　（東一）。銅（東一）。公（東一）。

22〈淩雲臺〉王褒（逯 2331）

　　窮（東三）。宮（東三）。風（東三）。銅（東一）。虹（東一）。忠
　　（東三）。熊（東三）隆（東三）。中（東三）。

23〈出塞〉王褒（逯 2332）

　　驅（虞）。榆（虞）。蒲（模）。圖（模）。

24〈入塞〉王褒（逯 2332）

　　豪（豪）。高（豪）。旄（豪）。刀（豪）。

25〈關山月〉王褒（逯 2332）

　　明（庚三）。城（清）。兵（庚三）。生（庚二）。鳴（庚三）。

26〈長安道〉王褒（逯 2332）

　　宮（東三）。風（東三）。童（東一）。窮（東三）。

27〈明君詞〉王褒（逯 2333）

　　情（清）。征（清）。城（清）。聲（清）。

28〈遊俠篇〉王褒（逯 2333）

　　謳（侯）。遊（尤）。侯（侯）。楸（尤）。留（尤）。

29〈古曲〉王褒（逯 2333）

　　留（尤）。鈎（侯）。頭（侯）。遊（尤）。

30〈高句麗〉王褒（逯 2333）

波（戈）。多（歌）。娑（歌）。跎（歌）。

31〈燕歌行〉王褒（逯2334）

嬌（宵）。橋（宵）。條（蕭）。姚（宵）。分（文）。聞（文）。雲（文）。文（文）。營（清）。城（清）兵（庚三）。行（庚二）。聲（清）。泣（緝）。立（緝）。舒（魚）。疎（魚）。書（魚）。

32〈日出東南隅行〉王褒（逯2335）

隅（虞）。鋪（虞）。無（虞）。圖（模）。襦（虞）。雛（虞）。衢（虞）。趨（虞）。模（模）。顧（模）。珠（虞）。吾（模）。蘇（模）。榆（虞）。歸（微）。輝（微）。飛（微）。追（脂）。

33〈牆上難為趨〉王褒（逯2335）

丘（尤）。酬（尤）。由（尤）。求（尤）。鈎（侯）。侯（侯）。州（尤）。投（侯）。浮（尤）。鈎（侯）。

34〈九日從駕詩〉王褒（逯2336）

長（陽）。霜（陽）。光（唐）。堂（唐）。璜（唐）。黃（唐）。涼（陽）。郎（唐）。

35〈入朝守門開詩〉王褒（逯2336）

晨（真）。闈（真）。塵（真）。輪（諄）。申（真）。

36〈贈周處士詩〉王褒（逯2336）

桓（桓）。難（寒）。冠（桓）。彈（寒）。端（桓）。闌（寒）。歡（桓）。寒（寒）。瀾（寒）。丹（寒）。

37〈別陸子雲詩〉王褒（逯2337）

晨（真）。人（真）。塵（真）。春（諄）。因（真）。

38〈奉和趙王途中五韻詩〉王褒（逯2337）

旗（之）。師（脂）。眉（脂）。絲（之）。時（之）。

39〈和張侍中看獵詩〉王褒（逯2337）

歸（微）。圍（微）。肥（微）。飛（微）。衣（微）。

40〈和庾司水修渭橋詩〉王褒（逯2337）

牛（尤）。舟（尤）。流（尤）。侯（侯）。洲（尤）。鉤（侯）。謳
（侯）。

41〈玄圃浚池臨汎奉和詩〉王褒（逯2338）

中（東三）。虹（東一）。紅（東一）。風（東三）。空（東一）。東
（東一）。

42〈和從弟祐山家詩二首〉王褒（逯2338）

42.1冬（冬）。峯（鍾）。蹤（鍾）。松（鍾）。鐘（鍾）。逢
（鍾）。龍（鍾）。

42.2攜（齊）。霓（齊）。枒（齊）。[3]迷（齊）。啼（齊）。棲
（齊）。蹊（齊）。齊（齊）。

43〈詠鴈詩〉王褒（逯2339）

翬（微）。歸（微）。飛（微）。稀（微）。機（微）。

44〈送觀寧侯葬詩〉王褒（逯2339）

源（元）。蕃（元）。溫（魂）。崑（魂）。暄（元）。魂（魂）。垣
（元）。孫（魂）。轅（元）。樽（魂）。存（魂）。園（元）。門
（魂）。根（痕）。村（魂）。昏（魂）。喧（元）。原（元）。

45〈送劉中書葬詩〉王褒（逯2339）

邙（唐）。鄉（陽）。黃（唐）。涼（陽）。長（陽）。

46〈別王都官詩〉王褒（逯2340）

群（文）。雲（文）。分（文）。聞（文）。

47〈送別裴儀同詩〉王褒（逯2340）

人（真）。輪（諄）。塵（真）。親（真）。

48〈渡河北詩〉王褒（逯2340）

波（戈）。河（歌）。歌（歌）。阿（歌）。

3　原作「埠」，《文苑》作「椑」，注云：「一作棋成枒。」「埠、椑」入支韻，而
　　「枒」入齊韻。今依《文苑》注。

49〈詠月贈人詩〉王褒（逯 2340）

　帷（脂）。眉（脂）。遲（脂）。思（之）。

50〈和殷廷尉歲暮詩〉王褒（逯 2341）

　居（魚）。餘（魚）。疏（魚）。書（魚）。

51〈看鬥雞詩〉王褒（逯 2341）

　行（庚二）。傾（清）。生（庚二）。兵（庚三）。城（清）。

52〈彈棋詩〉王褒（逯 2341）

　人（真）。巾（真）。秦（真）。陳（真）。

53〈從駕北郊詩〉王褒（逯 2341）

　東（東一）。宮（東三）。風（東三）。弓（東三）。

54〈奉和趙王隱士詩〉王褒（逯 2342）

　遙（宵）。飆（宵）。瓢（宵）。燒（宵）。

55〈始發宿亭詩〉王褒（逯 2342）

　嘶（齊）。齊（齊）。低（齊）。

56〈山池落照詩〉王褒（逯 2342）

　扉（微）。暉（微）。歸（微）。飛（微）。

57〈詠霧應詔詩〉王褒（逯 2342）

　氛（文）。雲（文）。文（文）。

58〈入關故人別詩〉王褒（逯 2342）

　塵（真）。人（真）。

59〈過藏矜道館詩〉王褒（逯 2343）

　歸（微）。扉（微）。

60〈明慶寺石壁詩〉王褒（逯 2343）

　餘（魚）。虛（魚）。

61〈雲居寺高頂詩〉王褒（逯 2343）

　晴（清）。生（庚二）。

62〈詠定林寺桂樹〉王褒（逯 2343）

圍（微）。飛（微）。

63〈為周宣帝歌〉楊文佑（逯 2343）

　醉（至）。醉（至）。醉（至）。次（至）。

64〈從軍行〉趙王宇文招（逯 2344）

　泉（仙）。然（仙）。錢（仙）。

65〈至渭源詩〉滕王宇文逌（逯 2345）

　亭（青）。鳴（庚三）。聲（清）。平（庚三）。清（清）。

北周詩卷二

66〈對酒歌〉庾信（逯 2347）

　杜（姥）。取（麌）。脯（麌）。舞（麌）。塢（姥）。五（姥）。賈（姥）。

67〈王昭君〉庾信（逯 2348）

　陽（陽）。梁（陽）。行（唐）。霜（陽）。張（陽）。

68〈昭君辭應詔〉庾信（逯 2348）

　城（清）。生（庚二）。行（庚二）。明（庚三）。聲（清）。

69〈出自薊北門行〉庾信（逯 2348）

　情（清）。城（清）。鳴（庚三）。兵（庚三）。營（清）。名（清）。

70〈結客少年場行〉庾信（逯 2349）

　場（陽）。香（陽）。陽（陽）。牀（陽）。郎（唐）。王（陽）。

71〈道士步虛詞十首〉庾信（逯 2349）

　　71.1開（咍）。來（咍）。臺（咍）。迴（灰）。萊（咍）。災（咍）。

　　71.2車（麻三）。霞（麻二）。華（麻二）。花（麻二）。家（麻二）。

71.3名（清）。城（清）。榮（庚三）。鳴（庚三）。迎（庚三）。

71.4前（先）。然（仙）。年（先）。弦（先）。蓮（先）。天（先）。

71.5真（真）。神（真）。麟（真）。人（真）。春（諄）。塵（真）。

71.6初（魚）。虛（魚）。輿（魚）。書（魚）。魚（魚）。墟（魚）。

71.7根（痕）。元（元）。園（元）。門（魂）。言（元）。

71.8雲（文）。文（文）。分（文）。聞（文）。

71.9深（侵）。林（侵）。金（侵）。心（侵）。尋（侵）。

71.10高（豪）。敖（豪）。桃（豪）。刀（豪）。逃（豪）。

72〈烏夜啼〉庾信（逯 2351）

低（齊）。棲（齊）。攜（齊）。啼（齊）。

73〈怨歌行〉庾信（逯 2351）

前（先）。年（先）。邊（先）。圓（仙）。弦（先）。

74〈舞媚娘〉庾信（逯 2351）

看（寒）。安（寒）。還（刪）。殘（寒）。

75〈烏夜啼〉庾信（逯 2352）

溪（齊）。棲（齊）。妻（齊）。啼（齊）。

76〈燕歌行〉庾信（逯 2352）

昏（魂）。根（痕）。門（魂）。源（元）。居（魚）。疎（魚）。書（魚）。軍（文）。紋（文）。雲（文）。柳（有）。守（有）。壽（有）。久（有）。連（仙）。穿（仙）。錢（仙）。仙（仙）。年（先）。

77〈楊柳歌〉庾信（逯 2353）

枝（支）。垂（支）。危（支）。吹（支）。兒（支）。離（支）。池（支）。隨（支）。枝（支）。皮（支）。陂（支）。馳（支）。支

（支）。騎（支）。螭（支）。碑（支）。吹（支）。窺（支）。璃
（支）。披（支）。為（支）。儀（支）。池（支）。羅（支）。移
（支）。知（支）。垂（支）。吹（支）。

78〈奉和汎江詩〉庾信（逯2354）

牛（尤）。洲（尤）。流（尤）。浮（尤）。樓（侯）。游（尤）。

79〈奉和山池詩〉庾信（逯2354）

輿（魚）。渠（魚）。疎（魚）。魚（魚）。餘（魚）。

80〈陪駕幸終南山和宇文內史詩〉庾信（逯2354）

龍（鍾）。峯（鍾）。衝（鍾）。松（鍾）。蓉（鍾）。鐘（鍾）。重
（鍾）。蜂（鍾）。容（鍾）。封（鍾）。

81〈和宇文內史春日遊山詩〉庾信（逯2355）

輝（微）。微（微）。衣（微）。飛（微）。圍（微）。威（微）。歸
（微）。

82〈遊山詩〉庾信（逯2355）

山（山）。間（山）。聚（麌）。舞（麌）。雨（麌）。竪（麌）。

83〈和宇文京兆遊田詩〉庾信（逯2355）

開（咍）。來（咍）。臺（咍）。回（灰）。枚（灰）。盃（灰）。

84〈奉報寄洛州詩〉庾信（逯2355）

津（真）。鄰（真）。神（真）。人（真）。鱗（真）。輪（諄）。春
（諄）。秦（真）。塵（真）。民（真）。臣（真）。

85〈奉報窮秋寄隱士詩〉庾信（逯2356）

沮（魚）。鋤（魚）。書（魚）。魚（魚）。渠（魚）。疎（魚）。廬
（魚）。

86〈上益州上柱國趙王詩二首〉庾信（逯2356）

86.1帷（脂）。眉（脂）。絲（之）。詞（之）。淄（之）。

86.2窮（東三）。同（東一）。蓬（東一）。風（東三）。紅（東
一）。空（東一）。

87〈謹贈司寇淮南公詩〉庾信（逯2356）

機（微）。旂（之）。歸（微）。衣（微）。飛（微）。稀（微）。依（微）。圍（微）。肥（微）。微（微）。妃（微）。推[4]（脂）。威（微）。磯（微）。扉（微）。闈（微）。薇（微）。非（微）。衰（脂）。追（脂）。

88〈正旦上司憲府詩〉庾信（逯2357）

欄（寒）。端（桓）。官（桓）。盤（桓）。殫（寒）。寒（寒）。蘭（寒）。摶（桓）。攔（寒）。難（寒）。冠（桓）。丹（寒）。竿（寒）。

89〈任洛州酬薛文學見贈別詩〉庾信（逯2357）

蹤（鍾）。龍（鍾）。重（鍾）。烽（鍾）。從（鍾）。庸（鍾）。峯（鍾）。松（鍾）。龔（鍾）。封（鍾）。

90〈將命至鄴酬祖正員詩〉庾信（逯2358）

隄（齊）。黎（齊）。珪（齊）。迷（齊）。低（齊）。蹊（齊）。

91〈將命至鄴詩〉庾信（逯2358）

敦（魂）。言（元）。轅（元）。孫（魂）。蘩（元）。樽（魂）。言（元）。論（魂）。門（魂）。存（魂）。

92〈入彭城館詩〉庾信（逯2359）

威（微）。圍（微）。衰（脂）。飛（微）。稀（微）。衣（微）。歸（微）。

93〈同州還詩〉庾信（逯2359）

村（魂）。門（魂）。蕃（元）。喧（元）。原（元）。園（元）。

94〈從駕觀講武詩〉庾信（逯2359）

楊（陽）。場（陽）。張（陽）。傷（陽）。狼（唐）。驪（陽）。裝

4　詩句原作「明骹實濫吹」，逯欽立注：「文苑作推。」李榮《音韻存稿》（1982:227）認為：「作『濫推』者是也。『濫推』對『明骹』而言。『推、骹』都是推舉的意思。」「吹」入支韻，而「推」入脂韻。

（陽）。行（唐）。芳（陽）。長（陽）。昌（陽）。

95〈奉報趙王出師在道賜詩〉庾信（逯2360）

平（庚三）。兵（庚三）。鳴（庚三）。名（清）。征（清）。明（庚三）。行（庚二）。營（清）。城（清）。迎（庚三）。成（清）。聲（清）。衡（庚二）。

96〈和趙王送峽中軍詩〉庾信（逯2360）

軍（文）。雲（文）。文（文）。群（文）。聞（文）。

97〈奉和趙王途中五韻詩〉庾信（逯2360）

旗（之）。師（脂）。眉（脂）。絲（之）。時（之）。

98〈侍從徐國公殿下軍行詩〉庾信（逯2360）

韜（豪）。旄（豪）。皋（豪）。膠（豪）。高（豪）。刀（豪）。毛（豪）。勞（豪）。

99〈同盧記室從軍詩〉庾信（逯2361）

文（文）。軍（文）。群（文）。汾（文）。分（文）。聞（文）。雲（文）。君（文）。

100〈伏聞遊獵詩〉庾信（逯2361）

晴（清）。橫（庚二）。行（庚二）。聲（清）。鳴（庚三）。驚（庚三）。平（庚三）。城（清）。

101〈見征客始還遇獵詩〉庾信（逯2361）

歸（微）。衣（微）。圍（微）。飛（微）。依（微）。機（微）。

102〈奉和闡弘二教應詔詩〉庾信（逯2362）

開（咍）。來（咍）。臺（咍）。才（咍）。迴（灰）。灰（灰）。

103〈至老子廟應詔詩〉庾信（逯2362）

蜺（齊）。谿（齊）。圭（齊）。泥（齊）。低（齊）。啼（齊）。迷（齊）。西（齊）。

104〈奉和趙王遊仙詩〉庾信（逯2362）

師（脂）。期（之）。龜（脂）。芝（之）。萁（之）。絲（之）。祠

（之）。

105〈奉和同泰寺浮圖詩〉庾信（逯 2363）

清（清）。京（庚三）。城（清）。驚（庚三）。生（庚二）。聲（清）。輕（清）。明（庚三）。城（清）。笙（庚二）。情（清）。

106〈奉和法筵應詔詩〉庾信（逯 2363）

昆（魂）。軒（元）。園（元）。翻（元）。門（魂）。根（痕）。源（元）。昏（魂）。言（元）。天（先）。弦（先）。

107〈和從駕登雲居寺塔詩〉庾信（逯 2364）

臺（咍）。迴（灰）。開（咍）。來（咍）。徊（灰）。

108〈和何儀同講竟述懷詩〉庾信（逯 2364）

機（微）。衣（微）。歸（微）。稀（微）。輝（微）。飛（微）。衰（脂）。機（微）。微（微）。

109〈奉和趙王隱士詩〉庾信（逯 2364）

賢（先）。川（仙）。錢（仙）。穿（仙）。弦（先）。泉（仙）。年（先）。然（仙）。前（先）。傳（仙）。

110〈經陳思王墓詩〉庾信（逯 2365）

生（庚二）。名（清）。平（庚三）。明（庚三）。成（清）。鳴（庚三）。驚（庚三）。城（清）。聲（清）。情（清）。

北周詩卷三

111〈擬詠懷詩二十七首〉庾信（逯 2367）

111.1琴（侵）。心（侵）。林（侵）。吟（侵）。岑（侵）。

111.2川（仙）。天（先）。弦（先）。連（仙）。田（先）。

111.3謀（尤）。侯（侯）。頭（侯）。留（尤）。秋（尤）。

111.4冠（桓）。完（桓）。安（寒）。韓（寒）。難（寒）。

111.5臣（真）。親（真）。秦（真）。申（真）。人（真）。

111.6恩（痕）。吞（痕）。言（元）。孫（魂）。園（元）。

111.7過（戈）。歌（歌）。波（戈）。多（歌）。河（歌）。

111.8波（戈）。河（歌）。多（歌）。戈（戈）。何（歌）。歌
　　　（歌）。

111.9城（清）。情（清）。卿（庚三）。生（庚二）。平（庚三）。

111.10關（刪）。還（刪）。滅（薛）。絕（薛）。雪（薛）。別
　　　（薛）。

111.11情（清）。城（清）。兵（庚三）。營（清）。聲（清）。名
　　　（清）。

111.12冤（元）。屯（魂）。奔（魂）。原（元）。魂（魂）。言
　　　（元）。

111.13氛（文）。雲（文）。軍（文）。聞（文）。君（文）。

111.14善（獮）。蹇（獮）。遣（獮）。圈（獮）。卷（獮）。

111.15哮（肴）。交（肴）。茅（肴）。巢（肴）。膠（肴）。骱
　　　（肴）。崤（肴）。包（肴）。

111.16株（虞）。無（虞）。跗（虞）。奴（模）。愚（虞）。

111.17暉（微）。歸（微）。衣（微）。飛（微）。圍（微）。

111.18侯（侯）。愁（尤）。頭（侯）。周（尤）。秋（尤）。流
　　　（尤）。憂（尤）。

111.19曉（篠）。少（小）。鳥（篠）。悄（小）。小（小）。夭
　　　（小）。

111.20寬（桓）。安（寒）。寒（寒）。看（寒）。欄（寒）。鞍
　　　（寒）。乾（寒）。團（桓）。蘭（寒）。

111.21非（微）。薇（微）。違（微）。衰（脂）。

111.22蘭（寒）。完（桓）。鸞（桓）。安（寒）。

111.23龍（鍾）。重（鍾）。從（鍾）。松（鍾）。

111.24待（海）。海（海）。改（海）。在（海）。

111.25惛（魂）。論（魂）。源（元）。樽（魂）。言（元）。

111.26多（歌）。河（歌）。軻（歌）。歌（歌）。

111.27開（咍）。來（咍）。灰（灰）。回（灰）。

112 〈和張侍中述懷詩〉庾信（逯 2371）

剝（覺）。角（覺）。落（鐸）。塈（鐸）。鶴（鐸）。渥（覺）。寞（鐸）。鑊（鐸）。殼（覺）。籜（鐸）。洛（鐸）。索（鐸）。藥（藥）。繳（藥）。諾（鐸）。託（鐸）。亳（鐸）。郭（鐸）。霍（鐸）。薄（鐸）。穫（鐸）。樂（鐸）。涸（鐸）。朔（覺）。雹（覺）。濁（覺）。鵲（藥）。橐（鐸）。數（覺）。廓（鐸）。

113 〈奉和示內人詩〉庾信（逯 2371）

臺（咍）。來（咍）。回（灰）。開（咍）。杯（灰）。

114 〈奉和趙王美人春日詩〉庾信（逯 2372）

華（麻二）。花（麻二）。沙（麻二）。斜（麻三）。家（麻二）。

115 〈奉和趙王春日詩〉庾信（逯 2372）

池（支）。兒（支）。皮（支）。吹（支）。垂（支）。隨（支）。

116 〈夢入堂內詩〉庾信（逯 2372）

椒（宵）。條（蕭）。撩（蕭）。腰（宵）。搖（宵）。調（蕭）。朝（宵）。

117 〈和詠舞詩〉庾信（逯 2372）

明（庚三）。輕（清）。聲（清）。成（清）。傾（清）。生（庚二）。

118 〈夜聽搗衣詩〉庾信（逯 2373）

聲（清）。城（清）。明（庚三）。成（清）。聲（清）。鳴（庚三）。陰（侵）。林（侵）。砧（侵）。琴（侵）。針（侵）。心（侵）。椀（緩）滿（緩）。短（緩）。管（緩）。斷（緩）。風（東三）。中（東三）。宮（東三）。紅（東一）。風（東三）。闇

（勘）。篸[5]（勘）。摻（勘）[6]。波（戈）。過（戈）。河（歌）。歌
（歌）。多（歌）。

119 〈預麟趾殿校書和劉儀同詩〉庾信（逯2373）

　　謨（模）。圖（模）。都（模）。夫（虞）。枯[7]（模）。狐（模）。
　　烏（模）。蒲（模）。湖（模）。

120 〈和宇文內史入重陽閣詩〉庾信（逯2374）

　　疎（魚）。渠（魚）。書（魚）。蕖（魚）。居（魚）。舒（魚）。妤
　　（魚）。

121 〈忝在司水看治渭橋詩〉庾信（逯2374）

　　陽（陽）。梁（陽）。航（唐）。香（陽）。王（陽）。長（陽）。艭
　　（陽）。

122 〈北園新齋成應趙王教詩〉庾信（逯2374）

　　枝（支）。窺（支）。垂（支）。池（支）。移（支）。吹（支）。皮
　　（支）。兒（支）。厄（支）。知（支）。

123 〈同會河陽公新造山池聊得寓目詩〉庾信（逯2375）

　　峯（鍾）。龍（鍾）。松（鍾）。重（鍾）。鍾（鍾）。濃（鍾）。逢
　　（鍾）。

124 〈登州中新閣詩〉庾信（逯2375）

　　陽（陽）。張（陽）。香（陽）。梁（陽）。章（陽）。將（陽）。簧
　　（唐）。光（唐）。房（陽）。翔（陽）。

125 〈歲晚出橫門詩〉庾信（逯2376）

　　陰（侵）。臨（侵）。心（侵）。深（侵）。陰（侵）。琴（侵）。尋
　　（侵）。

5　原作「纂」，據《古今圖書集成・字學典一》改。

6　《康熙字典・手部・十一》：「《韻會》、《正韻》七紺切，驂去聲。與參同。鼓曲
　　也。」

7　原作「疎」，據《文苑英華》卷三百十一改。且《文苑》注云：「《初學記》作
　　「疎」，韻不同。」

126〈北園射堂新成詩〉庾信（逯2376）

登（登）。堋（登）。騰（登）。能（登）。藤（登）。朋（登）。

127〈七夕詩〉庾信（逯2376）

車（麻三）。槎（麻二）。賒（麻三）。花（麻二）。

128〈園庭詩〉庾信（逯2376）

郊（肴）。爻（肴）。茆[8]（肴）。巢（肴）。苞（肴）。膠（肴）。
嘲（肴）。殽（肴）。庖（肴）。交（肴）。

129〈歸田詩〉庾信（逯2377）

廛（仙）。田（先）。船（仙）。錢（仙）。眠（先）。憐（先）。

130〈寒園即目詩〉庾信（逯2377）

居（魚）。墟（魚）。書（魚）。舒（魚）。餘（魚）。魚（魚）。疎
（魚）。

131〈幽居值春詩〉庾信（逯2377）

沈（侵）。臨（侵）。林（侵）。侵（侵）。琴（侵）。深（侵）。金
（侵）。

132〈臥疾窮愁詩〉庾信（逯2377）

侵（侵）。心（侵）。林（侵）。尋（侵）。琴（侵）。吟（侵）。

133〈山齋詩〉庾信（逯2378）

齋（皆）。階（皆）。埋（皆）。槐（皆）。乖（皆）。

134〈望野詩〉庾信（逯2378）

原（元）。村（魂）。園（元）。門（魂）。論（魂）。

135〈蒙賜酒詩〉庾信（逯2378）

臺（咍）。萊（咍）。杯（灰）。開（咍）。來（咍）。臺（咍）。

136〈奉報趙王惠酒詩〉庾信（逯2378）

園（元）。喧（元）。源（元）。門（魂）。樽（魂）。根（痕）。喧

8　通「茆」。《庾子山集》卷四作「茆」。

（元）。恩（痕）。

137〈有喜致醉詩〉庾信（逯 2379）

珠（虞）。弧（模）。夫（虞）。廚（虞）。須（虞）。株（虞）。雛（虞）。

138〈喜晴應詔勅自疏韻詩〉庾信（逯 2379）

建（願）。販（願）。傳（線）。憲（願）。堰（願）。怨（願）。論（慁）。[9]獻（願）。巽（慁）。寸（慁）。悶（慁）。萬（願）。

139〈同顏大夫初晴詩〉庾信（逯 2380）

隄（齊）。低（齊）。泥（齊）。溪（齊）。齊（齊）。

140〈奉和趙王喜雨詩〉庾信（逯 2380）

臺（咍）。雷（灰）。杯（灰）。來（咍）。開（咍）。臺（咍）。苺（灰）。

141〈和李司錄喜雨詩〉庾信（逯 2380）

回（灰）。媒（灰）。雷（灰）。臺（咍）。開（咍）。來（咍）。胎（咍）。才（咍）。偲（咍）。

142〈郊行值雪詩〉庾信（逯 2381）

茫（唐）。光（唐）。獐（陽）。香（陽）。驪（陽）。梁（陽）。

143〈奉和趙王西京路春旦詩〉庾信（逯 2381）

分（文）。雲（文）。汾（文）。群（文）。氛（文）。君（文）。文（文）。薰（文）。軍（文）。

144〈奉和夏日應令詩〉庾信（逯 2381）

陽（陽）。長（陽）。黃（唐）。香（陽）。涼（陽）。房（陽）。簧（唐）。

145〈和樂儀同苦熱詩〉庾信（逯 2382）

通（東一）。風（東三）。宮（東三）。豐（東三）。筒（東一）。

9　詩句原作「禪河秉高論。法輪開勝辯。」據《文苑英華》卷一七三改為「法輪開勝辯。禪河秉高論。」

東（東一）。

146〈和裴儀同秋日詩〉庾信（逯 2382）

　　皋（豪）。騷（豪）。毛（豪）。勞（豪）。高（豪）。袍（豪）。

147〈詠園花詩〉庾信（逯 2382）

　　傍（唐）。行（唐）。陽（陽）。粧（陽）。房（陽）。香（陽）。王
　　（陽）。

148〈西門豹廟詩〉庾信（逯 2382）

　　深（侵）。侵（侵）。心（侵）。尋（侵）。臨（侵）。琴（侵）。林
　　（侵）。

149〈和王少保遙傷周處士詩〉庾信（逯 2383）

　　秦（真）。人（真）。塵（真）。民（真）。身（真）。真（真）。春
　　（諄）。濱（真）。

150〈傷王司徒褒詩〉庾信（逯 2383）

　　仙（仙）。賢（先）。遷（仙）。前（先）。年（先）。傳（仙）。蟬
　　（仙）。泉（仙）。圓（仙）。然（仙）。天（先）。妍（仙）。連
　　（仙）。鞭（仙）。弦（先）。邊（先）。煙（先）。船（仙）。痊
　　（仙）。綿（仙）。宣（仙）。田（先）。焉（仙）。燃（仙）。憐
　　（先）。玄（先）。川（仙）。全（仙）。篇（仙）。

151〈仰和何僕射還宅懷故詩〉庾信（逯 2384）

　　稀（微）。歸（微）。扉（微）。機（微）。飛（微）。依（微）。輝
　　（微）。衣（微）。

152〈送炅法師葬詩〉庾信（逯 2384）

　　封（鍾）。鋒（鍾）。松（鍾）。重（鍾）。鍾（鍾）。濃（鍾）。從
　　（鍾）。

北周詩卷四

153〈和人日晚景宴昆明池詩〉庾信（逯 2385）

　　過（戈）。多（歌）。荷（歌）。波（戈）。

154〈對宴齊使詩〉庾信（逯 2385）

　　堤（齊）。悽（齊）。低（齊）。珪（齊）。

155〈聘齊秋晚館中飲酒詩〉庾信（逯 2385）

　　才（咍）。杯（灰）。臺（咍）。徊（灰）。

156〈奉和濬池初成清晨臨汎詩〉庾信（逯 2386）

　　開（咍）。灰（灰）。來（咍）。迴（灰）。

157〈和炅法師遊昆明池詩二首〉庾信（逯 2386）

　　157.1懽（桓）。蘭（寒）。看（寒）。鞍（寒）。寒（寒）。

　　157.2天（先）。川（仙）。船（仙）。蓮（先）。絃（先）。

158〈見遊春人詩〉庾信（逯 2386）

　　斜（麻三）。華（麻二）。車（麻三）。花（麻二）。巴（麻二）。

159〈別周尚書弘正詩〉庾信（逯 2387）

　　前（先）。年（先）。然（仙）。絃（先）。

160〈別張洗馬樞詩〉庾信（逯 2387）

　　顧（暮）。路（暮）。渡（暮）。菟（暮）。

161〈別庾七入蜀詩〉庾信（逯 2387）

　　烏（模）。都（模）。圖（模）。枯（模）。株（虞）。

162〈將命使北始渡瓜步江詩〉庾信（逯 2387）

　　河（歌）。沱（歌）。戈（戈）。歌（歌）。

163〈反命河朔始入武州詩〉庾信（逯 2388）

　　班（刪）。還（刪）。顏（刪）。關（刪）。

164〈冬狩行四韻連句應詔詩〉庾信（逯 2388）

　　選（獮）。苑（阮）。轉（獮）。返（阮）。

165〈和王內史從駕狩詩〉庾信（逯2388）

宮（東三）。功（東一）。弓（東三）。熊（東三）。重[10]（鍾）。

166〈入道士館詩〉庾信（逯2388）

危（支）。吹（支）。皮（支）。枝（支）。

167〈奉和永豐殿下言志詩十首〉庾信（逯2389）

167.1譽（魚）。鋤（魚）。蘧（魚）。舒（魚）。

167.2如（魚）。裾（魚）。璩（魚）。輿（魚）。

167.3虛（魚）。墟（魚）。居（魚）。初（魚）。

167.4除（魚）。閭（魚）。妤（魚）。車（魚）。

167.5餘（魚）。疎（魚）。雎（魚）。書（魚）。

167.6初（魚）。畬（魚）。渠（魚）。於（魚）。

167.7沮（魚）。袪（魚）。菹（魚）。諸（魚）。

167.8噓（魚）。廬（魚）。徐（魚）。魚（魚）。

167.9樗（魚）。漁（魚）。挐（魚）。書（魚）。

167.10蔬（魚）。胥[11]（魚）。疎（魚）。璵（魚）。

168〈率爾成詠詩〉庾信（逯2390）

人（真）。濱（真）。秦（真）。人（真）。

169〈慨然成詠詩〉庾信（逯2390）

情（清）。生（庚二）。平（庚三）。鳴（庚三）。

170〈奉和賜曹美人詩〉庾信（逯2391）

圓（仙）。寒（寒）。蘭（寒）。看（寒）。

171〈和趙王看伎詩〉庾信（逯2391）

10　疑作「紅」。李榮《音韻存稿》（1984:228）：「庾氏〈上益州上柱國趙王〉之二云：『寒沙兩岸白，獵火一山紅。』據此，『誰肯一山重』疑為『誰肯一山紅』之誤。言行獵時網開三面，不肯放火。」

11　原作「蛆」，逯欽立注：「本集作胥。詩紀云：一作胥。」《說文·肉部》：「胥，蟹醢也。」當以「胥」為是。

長（陽）。凰（唐）。㴪（陽）。郎（唐）。

172〈奉答賜酒詩〉庾信（逯2391）

城（清）。平（庚三）。驚（庚三）。鳴（庚三）。榮（庚三）。

173〈奉答賜酒鵝詩〉庾信（逯2391）

心（侵）。沈（侵）。金（侵）。林（侵）。

174〈正旦蒙趙王賚酒詩〉庾信（逯2392）

杯（灰）。來（咍）。開（咍）。迴（灰）。

175〈衛王贈桑落酒奉答詩〉庾信（逯2392）

斜（麻三）。霞（麻二）。花（麻二）。沙（麻二）。斜（麻三）。

176〈就蒲州使君乞酒詩〉庾信（逯2392）

愁（尤）。流（尤）。秋（尤）。侯（侯）。

177〈蒲州刺史中山公許乞酒一車未送詩〉庾信（逯2392）

臺（咍）。迴（灰）。開（咍）。催（灰）。來（咍）。

178〈答王司空餉酒詩〉庾信（逯2393）

中（東三）。紅（東一）。風（東三）。戎（東三）。中（東三）。

179〈舟中望月詩〉庾信（逯2393）

家（麻二）。華（麻二）。沙（麻二）。花（麻二）。斜（麻三）。

180〈望月詩〉庾信（逯2393）

賒（麻三）。華（麻二）。斜（麻三）。槎（麻二）。

181〈對雨詩〉庾信（逯2393）

庭（青）。萍（青）。螢（青）。星（青）。

182〈喜晴詩〉庾信（逯2394）

逢（鍾）。峯（鍾）。濃（鍾）。龍（鍾）。

183〈詠春近餘雪應詔詩〉庾信（逯2394）

林（侵）。心（侵）。琴（侵）。深（侵）。

184〈奉和初秋詩〉庾信（逯2394）

鍾（鍾）。龍（鍾）。蓉（鍾）。重（鍾）。

185〈晚秋詩〉庾信（逯2394）

階（皆）。槐（皆）。霾（皆）。排（皆）。

186〈和潁川公秋夜詩〉庾信（逯2395）

變（線）。燕（霰）。囀（線）箭（線）。

187〈詠畫屏風詩二十五首〉庾信（逯2395）

187.1鑣（宵）。條（蕭）。飄（宵）。驕（宵）。橋（宵）。

187.2開（咍）。來（咍）。迴（灰）。杯（灰）。

187.3前（先）。船（仙）。蓮（先）。燃（仙）。

187.4春（諄）。鄰（真）。人（真）。脣（諄）。神（真）。

187.5源（元）。門（魂）。園（元）。根（痕）。

187.6遊（尤）。流（尤）。樓（侯）。侯（侯）。

187.7連（仙）。弦（先）。前（先）。年（先）。

187.8車（麻三）。花（麻二）。華（麻二）。斜（麻三）。

187.9林（侵）。琴（侵）。心（侵）。深（侵）。

187.10堂（唐）。梁（陽）。香（陽）。牀（陽）。

187.11飄（宵）。腰（宵）。調（蕭）。姚（宵）。

187.12羅（歌）。歌（歌）。荷（歌）。多（歌）。

187.13捲（仙）。懸（先）。蓮（先）。前（先）。船（仙）。

187.14齊（齊）。低（齊）。雞（齊）。啼（齊）。

187.15過（戈）。波（戈）。河（歌）。多（歌）。

187.16壺（模）。廚（虞）。孤（模）。爐（模）。

187.17長（陽）。楊（陽）。香（陽）。光（唐）。

187.18開（咍）。來（咍）。杯（灰）。迴（灰）。

187.19戎（東三）。豐（東三）。弓（東三）。中（東三）。

187.20鱗（真）。人（真）。春（諄）。秦（真）。

187.21池（支）。吹（支）。枝（支）。攲（支）。

187.22齋（皆）。埋（皆）。懷（皆）。偕（皆）。

187.23菲（微）。飛（微）。衣（微）。歸（微）。

187.24流（尤）。舟（尤）。樓（侯）。浮（尤）。遊（尤）。

187.25臺（咍）。杯（灰）。開（咍）。來（咍）。梅（灰）。迴
　　　（灰）。

188〈鏡詩〉庾信（逯2398）

　　塵（真）。人（真）。春（諄）。鄰（真）。

189〈梅花詩〉庾信（逯2398）

　　闌（寒）。看（寒）。寒（寒）。單（寒）。

190〈詠樹詩〉庾信（逯2399）

　　尋（侵）。琴（侵）。林（侵）。沈（侵）。

191〈鬪雞詩〉庾信（逯2399）

　　王（陽）。場（陽）。張（陽）。

192〈應令詩〉庾信（逯2399）

　　灣（刪）。還（刪）。關（刪）。

193〈杏花詩〉庾信（逯2399）

　　英（庚三）。城（清）。瓊（清）。

194〈贈周處士詩〉庾信（逯2400）

　　林（侵）。尋（侵）。琴（侵）。吟（侵）。

195〈尋周處士弘讓詩〉庾信（逯2400）

　　遊（尤）。丘（尤）。秋（尤）。愁（尤）。樓（侯）。留（尤）。

196〈集周公處連句詩〉庾信（逯2400）

　　焚（文）。聞（文）。

197〈寄徐陵詩〉庾信（逯2400）

　　時（之）。悲（脂）。

198〈寄王琳詩〉庾信（逯2401）

　　疎（魚）。書（魚）。

199〈奉和趙王詩〉庾信（逯2401）

攜（齊）。棲（齊）。嗁（齊）。

200〈和劉儀同臻詩〉庾信（逯 2401）

城（清）。明（庚三）。

201〈和庾四詩〉庾信（逯 2401）

愁（尤）。秋（尤）。

202〈和侃法師三絕詩〉庾信（逯 2401）

202.1潭（覃）。南（覃）。

202.2多（歌）。河（歌）。

202.3絕（薛）。別（薛）。

203〈送周尚書弘正詩〉庾信（逯 2402）

203.1鳶（仙）。年（先）。

203.2從（鍾）。松（鍾）。

204〈重別周尚書詩二首〉庾信（逯 2402）

204.1歸（微）。飛（微）。

204.2分（文）。聞（文）。

205〈贈別詩〉庾信（逯 2402）

參（覃）。浛（覃）。

206〈徐報使來止得一相見詩〉庾信（逯 2402）

論（魂）。源（元）。

207〈行途賦得四更應詔詩〉庾信（逯 2403）

下（馬二）。馬（馬二）。

208〈和江中賈客詩〉庾信（逯 2403）

浦（姥）。鼓（姥）。

209〈奉和平鄴應詔詩〉庾信（逯 2403）

兵（庚三）。城（清）。清（清）。

210〈送衛王南征詩〉庾信（逯 2403）

降（江）。江（江）。

211〈仙山詩二首〉庾信（逯 2403）

211.1神（真）。人（真）。

211.2銀（真）。塵（真）。

212〈山齋詩〉庾信（逯 2404）

峯（鍾）。濃（鍾）。

213〈野步詩〉庾信（逯 2404）

杯（灰）。來（咍）。

214〈山中詩〉庾信（逯 2404）

香（陽）。王（陽）。

215〈閨怨詩〉庾信（逯 2404）

多（歌）。河（歌）。

216〈和趙王看妓詩〉庾信（逯 2404）

砧（侵）。心（侵）。

217〈看舞詩〉庾信（逯 2405）

關（刪）。鬟（刪）。

218〈聽歌一絕詩〉庾信（逯 2405）

歸（微）。飛（微）。

219〈暮秋野興賦得傾壺酒詩〉庾信（逯 2405）

琴（侵）。林（侵）。

220〈對酒詩〉庾信（逯 2405）

知（齊）。吹（齊）。

221〈春日極飲詩〉庾信（逯 2405）

開（咍）。杯（灰）。

222〈春望詩〉庾信（逯 2406）

臺（咍）。開（咍）。來（咍）。

223〈新月詩〉庾信（逯 2406）

懸（先）。弦（先）。

224〈秋日詩〉庾信（逯2406）

　　秋（尤）。愁（尤）。

225〈望渭水詩〉庾信（逯2406）

　　灣（刪）。還（刪）。

226〈塵鏡詩〉庾信（逯2406）

　　中（東三）。蓬（東一）。

227〈和淮南公聽琴聞弦斷詩〉庾信（逯2407）

　　雲（文）。君（文）。

228〈弄琴詩二首〉庾信（逯2407）

　　228.1眠（先）。弦（先）。

　　228.2林（侵）。心（侵）。

229〈詠羽扇詩〉庾信（逯2407）

　　衣（微）。歸（微）。

230〈題結綾袋子詩〉庾信（逯2407）

　　霞（麻二）。花（麻二）。

231〈賦得鸞臺詩〉庾信（逯2407）

　　臺（咍）。來（咍）。

232〈賦得集池鴈詩〉庾信（逯2408）

　　飛（微）。歸（微）。

233〈詠鴈詩〉庾信（逯2408）

　　關（刪）。還（刪）。

234〈忽見檳榔詩〉庾信（逯2408）

　　開（咍）。來（咍）。

235〈賦得荷詩〉庾信（逯2408）

　　欹（支）。隨（支）。

236〈移樹詩〉庾信（逯2408）

　　榴（尤）。侯（侯）。

237〈奉梨詩〉庾信（逯 2409）

　　香（陽）。漿（陽）。

238〈傷往詩二首〉庾信（逯 2409）

　　238.1眉（脂）。悲（脂）。

　　238.2重（鍾）。松（鍾）。

239〈春日離合詩二首〉庾信（逯 2409）

　　239.1心（侵）。尋（侵）。

　　239.2連（仙）。弦（先）。

240〈和迴文詩〉庾信（逯 2409）

　　鄰（真）。人（真）。

241〈問疾封中錄詩〉庾信（逯 2410）

　　閒（山）。寒（寒）。還（刪）。紈[12]（桓）。

242〈示封中錄詩二首〉庾信（逯 2410）

　　242.1街（佳）。佳（佳）。

　　242.2柯（歌）。過（戈）。

243〈秋夜望單飛鴈詩〉庾信（逯 2410）

　　憐（先）。邊（先）。眠（先）。

244〈代人傷往詩二首〉庾信（逯 2410）

　　244.1鴦（陽）。雙（江）。

　　244.2城（清）。行（庚二）。

245〈詠日應趙王教詩〉孟康（逯 2411）

　　曦（支）。池（支）。規（支）。移（支）。

246〈短歌行二首〉徐謙（逯 2411）

　　246.1身（真）。人（真）。

12　原詩句作「和緩惠綺紈」，《古詩紀》注云：「疑是何丸。」李榮《音韻存稿》
　　（1984:249）注②：「這是雙聲詩。……『綺』字《廣韻》紙韻墟彼切，溪母，與
　　其他字聲母不同。醫和醫緩，秦之良醫，『和緩惠何丸？』與問疾題意符合。」

246.2外（泰）。會（泰）。

【雜歌謠辭】

247〈周初童謠〉（逯 2411）
　　鳴（庚三）。甥（庚二）。

248〈玉漿泉謠〉（逯 2412）
　　陽（陽）。漿（陽）。翔（陽）。

249〈蜀中為于仲文語〉（逯 2412）
　　雙（江）。公（東一）。禦（語）。武（麌）。[13]

250〈時人為裴諏柳虯語〉（逯 2412）
　　諏（侯）。虯（幽）。

251〈諸生為呂思禮語〉（逯 2413）
　　易（昔）。敵（錫）。

252〈周地圖記引語〉（逯 2413）
　　布（暮）。暮（暮）。

北周詩卷五

【郊廟歌辭】

253〈周祀圜丘歌十二首〉庾信（逯 2415）
　　253.1〈昭夏〉庾信（逯 2415）
　　　　天（先）。圜（仙）。弦（先）。然（仙）。臺（咍）。徊
　　　　（灰）。來（咍）。開（咍）。
　　253.2〈皇夏〉庾信（逯 2415）
　　　　門（魂）。屯（魂）。尊（魂）。步（暮）。顧（暮）。祚（暮）。

13　原作「明斷無雙有于公。不避強禦有次武。」中間不句讀。

253.3〈昭夏〉庾信（逯 2416）

辰（真）。純（諄）。陳（真）。日（質）。瑟（櫛）。質（質）。

253.4〈昭夏〉庾信（逯 2416）

陳（真）。春（諄）。神（真）。遵（諄）。

253.5〈皇夏〉庾信（逯 2416）

憑（蒸）。升（蒸）。繩（蒸）。格（陌二）。澤（陌二）。尺（昔）。

253.6〈雲門舞〉庾信（逯 2416）

誠（清）。清（清）。傾（清）。情（清）。明（庚三）。

253.7〈雲門舞〉庾信（逯 2417）

源（元）。門（魂）。天（先）。年（先）。

253.8〈登歌〉庾信（逯 2417）

祥（陽）。陽（陽）。長（陽）。章（陽）。戶（姥）。雨（麌）。舞（麌）。輇（仙）。樽（魂）。原（元）。

253.9〈皇夏〉庾信（逯 2417）

天（先）。虔（仙）。年（先）。徊（灰）。罍（灰）。來（咍）。

253.10〈雍樂〉庾信（逯 2417）

闌（寒）。關（刪）。響（養）。上（養）。車（麻三）。霞（麻二）。命（映三）。慶（映三）。

253.11〈皇夏〉庾信（逯 2418）

則（德）。塞（德）。焉（仙）。輇（仙）。晰[14]（薛）。徹（薛）。

253.12〈皇夏〉庾信（逯 2418）

分（文）。雲（文）。軌（旨）。指（旨）。清（清）。寧（青）。成（清）。

254〈周祀方澤歌四首〉庾信（逯 2418）

14　原作「晰」，據《樂府詩集》卷三改。

254.1〈昭夏〉庾信（逯2418）

郊（肴）。庖（肴）。茅（肴）。匏（肴）。荔（霽）。衛（祭）。齊（霽）。祭（祭）。

254.2〈昭夏〉庾信（逯2419）

澤（陌二）。帛（陌二）。跡（昔）。百（陌二）。

254.3〈登歌〉庾信（逯2419）

陽（陽）。方（陽）。香（陽）。翔（陽）。喤（唐）[15]。桑（唐）。光（唐）。藏（唐）。

254.4〈皇夏〉庾信（逯2419）

次（至）。位（至）。氣（未）。意（至）。

255〈周祀五帝歌十二首〉庾信（逯2419）

255.1〈皇夏〉庾信（逯2419）

芳（陽）。量（陽）。方（陽）。常（陽）。章（陽）。

255.2〈皇夏〉庾信（逯2420）

辰（真）。陳（真）。神（真）。分（文）。雲（文）。文（文）。序（語）。俎（語）。許（語）。。

255.3〈青帝雲門舞〉庾信（逯2420）

星（青）。靈（青）。史（止）。起（止）。宮（東三）。桐（東一）。天（先）。年（先）。

255.4〈配帝舞〉庾信（逯2420）

神（真）。春（諄）。人（真）。身（真）。

255.5〈赤帝雲門舞〉庾信（逯2420）

宮（東三）。中（東三）。風（東三）。精（清）。迎（庚三）。城（清）。生（庚二）。

---

15 《康熙字典・口部・九》「喤」：「《唐韻》、《集韻》、《韻會》、《正韻》𠀤胡光切，音黃。」

255.6〈配帝舞〉庾信（逯 2421）

官（桓）。壇（寒）。蘭（寒）。難（寒）。

255.7〈黃帝雲門舞〉庾信（逯 2421）

同（東一）。宮（東三）。中（東三）。馮（東三）。風（東三）。蔥（東一）。

255.8〈配帝舞〉庾信（逯 2421）

論（魂）。園（元）。尊（魂）。門（魂）。

255.9〈白帝雲門舞〉庾信（逯 2421）

壇（寒）。寒（寒）。令（勁）。映（映三）。宜（支）。斯（支）。

255.10〈配帝舞〉庾信（逯 2422）

宣（仙）。川（仙）。天（先）。年（先）。

255.11〈黑帝雲門舞〉庾信（逯 2422）

壇（寒）。官（桓）。蘭（寒）。寒（寒）。泉（仙）。弦（先）。年（先）。

255.12〈配帝舞〉庾信（逯 2422）

藏（唐）。堂（唐）。湯（唐）。香（陽）。疆（陽）。康（唐）。

256〈周宗廟歌十二首〉庾信（逯 2422）

256.1〈皇夏〉庾信（逯 2422）

門（魂）。言（元）。鼓（姥）。羽（麌）。舞（麌）。奠（霰）。薦（霰）。位（至）。謂（未）。

256.2〈昭夏〉庾信（逯 2423）

長（陽）。昌（陽）。陽（陽）。煌（唐）。唐（唐）。香（陽）。翔（陽）。方（陽）。

256.3〈皇夏〉庾信（逯 2423）

言（元）。奔（魂）。樽（魂）。燔（元）。

256.4〈皇夏〉庾信（逯 2423）

長（陽）。光（唐）。昌（陽）。祥（陽）。

256.5〈皇夏〉庾信（逯 2423）

藩（元）。原（元）。尊（魂）。園（元）。孫（魂）。

256.6〈皇夏〉庾信（逯 2424）

飛（微）。機（微）。推（脂）。晞（微）。歸（微）。追（脂）。微（微）。衣（微）。

256.7〈皇夏〉庾信（逯 2424）

源（元）。門（魂）。章（陽）。陽（陽）。晚（阮）。遠（阮）。

256.8〈皇夏〉庾信（逯 2424）

難（寒）。壇（寒）。寒（寒）。微（微）。歸（微）。追（脂）。

256.9〈皇夏〉庾信（逯 2424）

政（勁）。命（映三）。令（勁）。鏡（映三）。聚（麌）。竪（麌）。詡（麌）。舞（麌）。

256.10〈皇夏〉庾信（逯 2425）

辰（真）。人（真）。馴（諄）。鄰（真）。塵（真）。輪（諄）。臣（真）。麟（真）。賓（真）。

256.11〈皇夏〉庾信（逯 2425）

成（清）。明（庚三）。鬯（漾）。覎（漾）。樽（魂）。孫（魂）。

256.12〈皇夏〉庾信（逯 2425）

薦（霰）。奠（霰）。途（模）。烏（模）。時（之）。之（之）。

257〈周大祫歌二首〉庾信（逯 2426）

257.1〈昭夏〉庾信（逯 2426）

袞（混）。遠（阮）。本（混）。章（陽）。王（陽）。鏘（陽）。金（侵）。琴（侵）。臨（侵）。

257.2〈登歌〉庾信（逯 2426）

令（勁）。敬（映三）。命（映三）。行（映二）。

【燕射歌辭】

258〈周五聲調曲二十四首〉庾信（逯 2426）

　　258.1〈宮調曲五首〉庾信（逯 2426）

　　　　258.1.1分（文）。文（文）。君（文）。雲（文）。歌（歌）。
　　　　　　河（歌）。和（戈）。波（戈）。

　　　　258.1.2臨（侵）。琴（侵）。心（侵）。深（侵）。平（庚三）。靈（青）。庭（青）。衡（庚二）。庚（庚二）。

　　　　258.1.3樞（虞）。都（模）。圖（模）。烏（模）。租（模）。梧（模）。符（虞）。

　　　　258.1.4賓（真）。臣（真）。綸（諄）。親（真）。辰（真）。神（真）。均（諄）。人（真）。

　　　　258.1.5壯（漾）。匠（漾）。抗（宕）。望（漾）。帳（漾）。尚（漾）。相（漾）。

　　258.2〈變宮調二首〉庾信（逯 2428）

　　　　258.2.1離（支）。為（支）。窺（支）。隨（支）。多（歌）。河（歌）。和（戈）。歌（歌）。

　　　　258.2.2年（先）。天（先）。宣（仙）。弦（先）。前（先）。賢（先）。然（仙）。焉（仙）。

　　258.3〈商調曲四首〉庾信（逯 2428）

　　　　258.3.1明（庚三）。行（庚二）。成（清）。衡（庚二）。刑（青）。情（清）。寧（青）。平（庚三）。開（咍）。乖（皆）。懷（皆）。哉（咍）。

　　　　258.3.2深（侵）。林（侵）。侵（侵）。心（侵）。慮（御）。步（暮）。豫（御）。懼（遇）。

　　　　258.3.3和（戈）。戈（戈）。河（歌）。歌（歌）。聲（清）。形（青）。穆（屋三）。平（庚三）。檥（葉）。梅（灰）。埃（咍）。才（咍）。

258.6.1平（庚三）。成（清）。旌（清）。盟（庚三）。門（魂）。原（元）。存（魂）。言（元）。

258.4〈角調曲二首〉庾信（逯 2429）

258.4.1征（清）。兵（庚三）。生（庚二）。聲（清）。并（清）。盈（清）。成（清）。刑（青）。

258.4.2谷（屋一）。竹（屋三）。牧（屋三）。穀（屋一）。叔（屋三）。漉（屋一）。屋（屋一）。

258.5〈徵調曲六首〉庾信（逯 2430）

258.5.1臨（侵）。心（侵）。深（侵）。任（侵）。

258.5.2欲（燭）。俗（燭）。粟（燭）。觸（燭）。足（燭）。

258.5.3生（庚二）。清（清）。明（庚三）。傾（清）。平（庚三）。庭（青）。銘（青）。

258.5.4位（至）。氣（未）。緯（未）。類（至）。移（支）。虧（支）。為（支）。危（支）。池（支）。知（支）。稼（禡二）。暇（禡二）。化（禡二）。霸（禡二）。

258.5.5成（清）。生（庚二）。輕（清）。傾（清）。首（有）。後（厚）。負（有）。該（咍）。開（咍）。來（咍）。才（咍）。臺（咍）。回（灰）。

258.5.6繁（元）。尊（魂）。園（元）。源（元）。奔（魂）。心（侵）。琴（侵）。琛（侵）。林（侵）。

258.6〈羽調曲五首〉庾信（逯 2431）

258.6.1亂（換）。竄（換）。旦（翰）。渙（換）。基（之）。思（之）。期（之）。之（之）。

258.6.2雄（東三）。鴻（東一）。風（東三）。紅（東一）。暑（語）。雨（麌）。聚（麌）。序（語）。府（麌）。

258.6.3辰（真）。臣（真）。麟（真）。輪（諄）。巡（諄）。銀（真）。賓（真）。人（真）。

258.6.4尺（昔）。石（昔）。璧（昔）。錫（錫）。脊（昔）。
冊（麥）。籍（昔）。

258.6.5言（元）。源（元）。尊（魂）。繁（元）。徹（薛）。
拙（薛）。絕（薛）。

北周詩卷六

【釋氏】

259〈五苦詩〉釋亡名（逯2433）

259.1〈生苦〉釋亡名（逯2433）
生（庚二）。驚（庚三）。明（庚三）。名（清）。

259.2〈老苦〉釋亡名（逯2433）
侵（侵）。吟（侵）。簪（侵）。心（侵）。

259.3〈病苦〉釋亡名（逯2434）
夫（虞）。扶（虞）。俱（虞）。隅（虞）。

259.4〈死苦〉釋亡名（逯2434）
終（東三）。中（東三）。空（東一）。風（東三）。

259.5〈愛離〉釋亡名（逯2434）
思（之）。辭（之）。期（之）。時（之）。

260〈五盛陰詩〉釋亡名（逯2434）
親（真）。鱗（真）。秦（真）。塵（真）。人（真）。身（真）。

261〈過徐君墓詩〉無名法師（逯2435）
公（東一）。同（東一）。東（東一）。空（東一）。中（東三）。
風（東三）。

262〈飲馬長城窟〉尚法師（逯2435）
群（文）。文（文）。雲（文）。軍（文）。

【仙道】

263〈青帝歌〉無名氏（逯2436）

君（文）。春（諄）。輪（諄）。均（諄）。人（真）。仁（真）。

264〈白帝歌〉無名氏（逯2436）

壇（寒）。蟠（桓）。干（寒）。寒（寒）。安（寒）。讙（桓）。

265〈赤帝歌〉無名氏（逯2436）

樞（虞）。除（魚）。株（虞）。居（魚）。都（模）。廬（魚）。書
（魚）。餘（魚）。

266〈黑帝歌〉無名氏（逯2437）

心（侵）。深（侵）。淫（侵）。尋（侵）。沈（侵）。任（侵）。

267〈黃帝歌〉無名氏（逯2437）

宸（真）。根（痕）。門（魂）。魂（魂）。存（魂）。春（諄）。垠
（真）。

268〈金章太守章〉無名氏（逯2437）

庭（青）。名（清）。生（庚二）。兵（庚三）。征（清）。營
（清）。名（清）。鈴（青）。冥（青）。精（清）。平（庚三）。傾
（清）。清（清）。經（青）。程（清）。榮（庚三）。生（庚二）。
京（庚三）。軿（青）。庭（青）。

269〈步虛辭十首〉無名氏（逯2438）

269.1無（虞）。周（尤）。侯（侯）。敷（虞）。娛（虞）。儔
（尤）。遊（尤）。

269.2紀（止）。理（止）。子（止）。起（止）。擬（止）。始
（止）。

269.3一（質）。日（質）。實（質）。質（質）。逸（質）。

269.4田（先）。璘（真）。新（真）。親（真）。篇（仙）。津
（真）。便（仙）。仙（仙）。天（先）。緣（仙）。人（真）。

269.5阿（歌）。羅（歌）。華（麻二）。和（戈）。多（歌）。

269.6英（庚三）。章（陽）。迎（庚三）。翔（陽）。梁（陽）。京
　　　（庚三）。

269.7林（侵）。尋（侵）。吟（侵）。¹⁶衿（侵），心（侵）。

269.8遙（宵）。遼（蕭）。謠（宵）。霄（宵）。寥（蕭）。橋
　　　（宵）。

269.9靈（青）。形（青）。經（青）。貞（清）。

269.10龍（鍾）。鐘（鍾）。宮（東三）。蓉（東三）。王（陽）。同
　　　（東一）。通（東一）。

270〈三徒五苦辭〉無名氏（逯 2440）

　　　270.1齡（青）。傾（清）。生（庚二）。并（清）。

　　　270.2情（清）。嬰（清）。明（庚三）。經（青）。

　　　270.3身¹⁷（真）。緣（仙）。泯（真）。真（真）。

　　　270.4患（諫）。安（寒）。殘（寒）。歎（寒）。

　　　270.5無¹⁸（虞）。悠（尤）。夫（虞）。憂（尤）。

　　　270.6火（果）。假（馬二）。我（哿）。下（馬二）。禍¹⁹（果）。

　　　270.7心（侵）。尋（侵）。林（侵）。寶（晧）。早（晧）。老
　　　　　（晧）。惱（晧）。道（晧）。

271〈碧落空歌〉無名氏（逯 2441）

　　　文（文）。分（文）。傳（仙）。雲（文）。仙（仙）。勤（欣）。清
　　　（清）。

272〈魔王歌章〉無名氏（逯 2441）

　　　紀（止）。理（止）。死（旨）。滓（止）。解（蟹）。體（薺）。子

16　原詩句作「飛龍蹦躅吟。神鳳應節鳴。」據《道門通教必用集》卷二第四改為
　　「飛龍蹦躅鳴。神鳳應節吟。」

17　原作「聲」，據《玉音法事》卷下改。

18　原作「旡」，今正作「無」。

19　原作「福」，據《太上黃籙齋儀》卷五十第八改。

（止）。喜（止）。禮（薺）。

273〈第一欲界飛空之音〉無名氏（逯 2441）

273.1終（東三）。凶（鍾）。

273.2空（東一）。窮（東三）。群（文）。門（魂）。酆（東三）。
　　　鋒（東三）。隆（東三）。

274〈第二色界魔王之章〉無名氏（逯 2442）

274.1騫（仙）。方（陽）。身（真）。仙（仙）。連（仙）。氛
　　　（文）。存（魂）。然（仙）。恩（痕）。

274.2真（真）。文（文）。身（真）。人（真）。音（侵）。

275〈第三無色界魔王歌〉無名氏（逯 2442）

275.1羅（歌）。峩（歌）。都（模）。虛（魚）。魔（戈）。

275.2葩（麻二）。多（歌）。邪（麻三）。他（歌）。華（麻二）。
　　　過（戈）。何（歌）。

文學研究叢書・古典詩學叢刊 0804021

南北朝詩歌韻轍研究（下）

作　　者	丘彥遂
責任編輯	廖宜家、陳胤慧

發 行 人　林慶彰

總 經 理　梁錦興

總 編 輯　張晏瑞

編 輯 所　萬卷樓圖書股份有限公司

　　　　　臺北市羅斯福路二段 41 號 6 樓之 3

　　　　　電話 (02)23216565

　　　　　傳真 (02)23218698

發　　　行　萬卷樓圖書股份有限公司

　　　　　臺北市羅斯福路二段 41 號 6 樓之 3

　　　　　電話 (02)23216565

　　　　　傳真 (02)23218698

　　　　　電郵 SERVICE@WANJUAN.COM.TW

香港經銷　香港聯合書刊物流有限公司

　　　　　電話 (852)21502100

　　　　　傳真 (852)23560735

ISBN 978-986-478-341-0

2020 年 7 月初版二刷

2020 年 1 月初版

定價：新臺幣 1400 元

（上、下冊不分售）

如何購買本書：

1. 劃撥購書，請透過以下郵政劃撥帳號：

　帳號：15624015

　戶名：萬卷樓圖書股份有限公司

2. 轉帳購書，請透過以下帳戶

　合作金庫銀行　古亭分行

　戶名：萬卷樓圖書股份有限公司

　帳號：0877717092596

3. 網路購書，請透過萬卷樓網站

　網址 WWW.WANJUAN.COM.TW

大量購書，請直接聯繫我們，將有專人為
您服務。客服：(02)23216565　分機 610

如有缺頁、破損或裝訂錯誤，請寄回更換

國家圖書館出版品預行編目資料

南北朝詩歌韻轍研究 / 丘彥遂著. -- 初版. --
臺北市 ：萬卷樓, 2020.01

　面 ；　公分. -- (文學研究叢書. 古典詩學叢
刊 ; 0804021)

ISBN 978-986-478-341-0(平裝)

1.詩歌 2.詩評 3.南北朝文學

820.9103　　　　　　　　　　109001163